봄그늘

5

봄그늘 5

ⓒ김차차 2024

1판 1쇄 인쇄	2025년 2월 12일
1판 1쇄 발행	2025년 2월 14일
지은이	김차차
펴낸이	박대일
교정	박지해
편집	이주현 · 이문영 · 임유리 · 이지영 · 임지원
마케팅	임유미
표지 디자인	김차차 · 스튜디오봄빔
내지 디자인	송새연
펴낸곳	파란미디어
출판등록	2004년 9월 14일 제313-2004-00214호
주소	03992 서울시 마포구 동교로23길 14 국제빌딩 6층
전화	02.3141.5589 영업부 070.4616.2012 편집부
팩스	02.6499.5589
전자우편	paranbook@gmail.com
카페	http://cafe.naver.com/paranmedia
인스타그램	@paranmedia
ISBN	979-11-93185-41-4(04810)
	979-11-93185-36-0(전5권)

봄그늘

김차차 장편 소설

3

파란

목차

#46. 언젠가 우리의 이야기도 끝이 난다면

제 아들이 지금 엉뚱하게 죄를 뒤집어썼다는데도, 자수하겠다는 사람을 붙잡아 두었던 이유가 바로 저런 것이었다. 면전에서 제 과수원에 불을 질렀다 해도 남의 것인 양 차분했던 이유 또한 마찬가지다.

"……행님, 말이 되는 소리를 하이소."

"말이 안 될 게 어디 있노."

"내한테 도대체, 우경이 얼굴을 우째 보라고……."

"쪽팔린 건 잠깐이다. 준영아. 니 지금 잘못되믄 아픈 제수씨를 누구한테 떠안기게. 한창 대구에서 일하는 태희한테 맡길 끼가. 차희 학교도 다 못 다니게 청라에 내도록 붙잡아 둘 끼가."

박동주는 일종의 거래를 생각해 낸 것이다.

아빠에게 빚을 지우는 것. 그것으로 박우경이 짐처럼 짊어진

제 부모의 그늘을 얼마간 거두게 하는 것.

"쪽팔린 걸로 치면 나는, 준영아……. 내 니한테 쪽팔린 거 말로 다 못 한다."

"……."

"준영이 니 어릴 때, 혜영이가 니를 얼마나 이뻐했노. 귀엽다고 내내 안고 다니고, 아가 걷고 뛰니까 손잡고 다니고……. 그런데 세월이 이래 지나가, 혜영이 손 잡고 다니던 니가 벌써 오십이 다 됐다 카대. 세월이 그렇다."

"……."

"눈 몇 번 감았다 뜨니까 혜영이는 없고, 나는 아무 가치도 없이 늙었더라. 내가 준영이 니를 태어났을 때부터 봤다. 세월은 이렇게 지나고 보면 아무것도 아이다."

"……."

"다 지나간다. 제발 그라지 마라."

나는 아래로 떨어진 시야 안에서 끝도 없이 주먹을 쥐었다 펴는 윤태희의 손을 바라보았다. 가만히 바라보다 조심스레 손을 뻗어 그 손을 잡았다.

갑자기 징그럽게 손은 왜 잡노. 소름 끼치게……. 윤태희는 작은 소리로 중얼거리면서도 손은 빼지 않고 멀거니 문만 바라보았다. 그 옆에 조금 떨어져 서 있는 해경 오빠와 표정이 똑같았다.

"이유도 과거도 명분도 다 죽은 물건이다. 숨 쉬는 건 사람 아이가."

"……"

"인생을 통째로 낭비하면서 깨달은 거라고는, 그거 하나뿐이다. 이유가 수만 가지라도 사람이 이유에 매몰될 필요가 있겠나."

이유가 수만 가지라도 살아 있으면 매몰될 필요가 없다. 나는 그 말을 혀끝에 달라붙은 모래알처럼 헤아려 보았다.

"혜영이랑 나는 그렇게 지나갔다. 내 손으로 혜영이 잡으면 안 될 이유가 수만 가지라, 그 이유나 곱씹다 인생이 다 지나갔다. 늙어 죽으면 그딴 게 무슨 의미가 있노."

"……"

"그날 내가 대구에서 혜영이를 죽기 살기로 끌고 왔으면 어땠을까. 그때 누가 욕하고 돌을 던지든, 내가 그랬으면 혜영이는 지금 어떻게 살았을까……"

"……"

"준영아. 후회는 진작 나온 책을 붙잡고, 내가 다 읽으면 결말이 바뀌기를 바라는 거랑 똑같더라."

"……"

"과거는 남이 써 놓은 책이다. 그러니까 후회가 웃긴 거지. 남이 진작 다 써 놓은 책이, 내 하나 읽는다고 어떻게 바뀐다고. 그제…… 책을 백날 헤집어도 내가 어떻게 그때로 돌아가서, 그때의 혜영이를 만나 보겠노."

"……"

"근데 우경이한테는 지금이 '그때' 아이가. 차희한테도 어쩌면, 나중에 돌아볼 그때가 지금일 수도 있다 아이가……."

"……행님, 일어나이소."

"우리 우경이 한 번만 봐도. 부탁한다. 준영아. 우경이는 죄 없다."

"압니다. 내 안다고요. 그걸 아니까 내가 지금……."

"준영이 니도 잘못 없다. 이건 니가 지은 죄가 아니라, 내가 지은 죄다. 우경이가 뒤집어쓴 것도 니 죄가 아니라 애비인 내 죄다."

"……."

"다 내 잘못이다."

'쪽팔린 게 네 자식들보다도 중하냐'는 말은 결국 '우리 우경이가 나중에 너희 가족 앞에서 고개라도 들게 해 달라'는 말로 바뀌었다.

할 수만 있다면 전부 태워 버리고 싶었다는 박동주의 말은 허언이 아닐 것이다. 그렇게 저지르고 싶었던 일의 누명을 쓰는 것 따위는 아무것도 아닐 테고. 주인의 실수로 포장하면 실상 해결도 가장 용이했다.

그럼에도 박우경의 누명을 기꺼이 용인하고, 제발 제 아들이 누명을 쓰게 해 달라고 역으로 비는 건 어떤 계기를 바라서겠지.

자기가 책임지는 것은 일의 결말이지만, 박우경이 책임지는 것은 어떤 일의 시작이 될 수도 있다 여기고.

"지금 살아 있는 건 과거가 아니라 애들이다, 준영아."

아빠는 아무 말도 하지 않았다. 안에서 얼마간 침묵이 이어졌다.

그러다 문 쪽으로 다가오는 발소리가 났다. 나는 물러나고, 윤태희는 물러나지 않았다. 그래서 잡고 있던 손도 우스꽝스럽게 허공에서 끊어졌다.

아빠는 문 앞에 서 있던 우리 셋을 아주 짧게 번갈아 보고는 나직한 한숨으로 지나쳤다. 해경 오빠가 곧바로 아빠의 뒤를 쫓았다.

윤태희는 그쪽을 흘끗 보고는 다시 박동주를 얼마간 바라보다 고개를 꾸벅 숙이고 갔다.

엉겁결에 홀로 남은 나를 물끄러미 바라보던 박동주가 문득 내 이름을 불렀다.

"차희야."

"네."

"미안하다."

"……."

"정말, 미안하다."

돌을 깎고 깎은 듯한 사과였다. 박동주는 내게 그 말을 몇 년간 하고 싶었다고 했다. 자기를 위한 변명은 하나도 없지만, 아들을 위한 변명은 많다고도 했다.

"우경이 한 번만 봐줘라."

내가 그 애를 한 번도 봐주지 않을까 봐 걱정된다는 듯이.

"근데 박우경이 저 벌써 찼어요."

"······."

"모르시는 것 같아서."

박동주가 조금 아연해진 표정으로 날 보았다.

나는 그 얼굴이 해경 오빠와 무척 닮은 것 같다고 생각하다가, 그래서 결국은 박우경과도 닮았다는 것을 알게 됐다.

고모는 박우경으로부터 저 얼굴을 보고 싶었을까.

그건 옛날에 쓰인 책을 향한 미련이었을까, 아니면 지금도 쓰이고 있는 책이었을까.

박동주는 후회가 과거를 보는 일뿐이라고 했지만, 나는 후회랍시고 미련을 떠는 것 또한 가끔은 현재의 일이라고 생각했다.

박동주가 꿈속에서 살았다 해도, 그 꿈은 어제까지 박동주의 현재였다. 꿈으로, 과거로, 수십 년 전의 일로 여태껏 살아온 것이다.

"······고모는 살 만하니까 살았대요. 참으면서. 기다리면서. 백 초가 아무리 지루해도, 십 초씩 세면 견딜 만해서. 그것도 힘들면 삼 초, 오 초, 그렇게 세면서."

"······."

"고모 말로는, 겨우 그런 게 살 만했대요. 그냥 그렇게 살았대요. 그러니까 어쩌면 아저씨 말이 맞을지도 모르겠어요. 제가 생각하기에는요."

"······."

"결혼했으니까. 애가 있으니까. 엄마니까······ 이유를 대면 끝도 없고 명분도 있는데, 다 지나고 보니까 명분이고 나발이고 옛날에 욕 좀 먹고 도망치는 게 나았을 수도 있는 거. 그렇게 몇 십 년은, 우리 고모가 더 괜찮게 살 수도 있었던 거."

우물처럼 어둡고 고요한 눈동자가 내 눈을 들여다보았다.

"몇 초가 아니라 하루하루 셀 일도 없이 나이 들 수도 있었던 거. 남들은 와, 언제 내가 이래 늙었노, 그러잖아요. 언제 이렇게 한 달이 지났나. 해 바뀐 게 엊그제 같은데 언제 이렇게 또 여름이 됐나. 언제 또 일 년이 다 지나갔나……."

"……."

"우리 고모도 그렇게 살 수 있었을 거예요. 아저씨 옆이든 아니든. 그렇게 예뻐했다던 자기 동생들이랑 한 번씩 여행도 가고 회도 먹으러 가면서."

"……."

"고모가 그렇게 된 건 아저씨네 할매 탓도 크고, 아저씨 와이프 탓도 크지만 아저씨네 아버지도 드럽게 잘못했고, 아저씨도 큰 실수했어요. 우리 할아버지는 아저씨네 할매한테 괜히 목숨이나 빚져서 딸이 그 지경이 되어도 나서서 욕 한 마디 못하고 참았고, 복권인 줄 알았던 고모부는 세상 개새끼였고, 친정은 평생 해 준 것도 없고, 스무 살에 뭣 모르고 결혼한 고모는 도망칠 줄도 모르고 버티고만 살았고요."

"……."

"그게 꼭 아저씨 혼자서 다 한 일은 아니에요."

"……."

"저는, 좋은 책은 몇 번이든 몇십 번이든 읽어도 되는 거 같아요. 고모가 아저씨 인생에서 제일 좋은 책이었으면, 그러셔도 돼요. 결말을 마음대로 바꿀 수 없어도요."

나는 내 손끝끼리 가까스로 닿아 있던 것을 겨우 쥐었다. 가까스로 용기를 내듯이.

"그래도 해경이 오빠야랑 박우경은, 후회하지 마세요. 아저씨가 읽고 싶은 책이 아니었어도. 다른 건 다 후회하셔도."

"……."

"네가 태어나지 말았어야 했다는 말처럼 들리면, 아무리 아닌 척해도 슬프니까."

내 평생 박동주에게 이렇게 일방적으로 많은 말을 한 건 처음이었다.

그런 날 물끄러미 바라보던 박동주가 문득 물었다.

"……차희 니 회 좋아하제?"

"네?"

스스로 실없는 물음을 하고 있다는 걸 아는 표정이다.

"니네 큰 고모도 회 참 좋아했거든. 여기가 바다가 멀어서 먹을 일은 얼마 없었어도."

"저는 아빠 닮아서 그런 거예요. 고모가 아니라."

"맞나."

"우경이도, 솔직히 아저씨 안 닮았어요. 할머니 닮았지."

"그러네."

나는 언젠가 아빠가 우리의 팔자 비스무리한 것을 부정했던 것처럼 부정해 보았다. 박동주가 단조롭게 맞장구를 쳤다. 그리고 자연스레 떨어진 시선으로 내 발치를 바라보다, 느릿하게 말했다.

"그러니까, 우경이 한 번만 봐주라."

"제가 차였다니까요."

"다른 건 하나도 안 닮았어도 지 좋아하는 여자한테 기죽는 건 내 닮은 거 같으니까."

"……."

"금마가 니한테 기가 죽어서, 드럽게 염치가 없어서 그런다."

염치없고 기죽은 것치고는 되게 싸가지 없고 당당하던데.

날 위한답시고 누명을 쓰러 가는 길이기는 했다. 그렇게 갈 길이 바빠 귀찮았는지, 잠깐 마주치는 것조차 난감했는지, 완전히 끊어 버리고 싶었는지. 알 바는 아니지. 내 속이 아니니까 다 알 수도 없었다.

나는 대꾸할 말을 찾지 못하고 멀거니 서 있다가, 고개를 꾸벅 숙였다.

돌아서는 내 등에 대고 그 사람이 말했다.

"아무리 좋은 책이라도 책보다 눈앞에 있는 게 낫더라."

나는 거기에 대고 대충 이런 말이나 돌려주었다. 우리 아빠의 편의를 봐주셔서 감사하다고.

편의라는 단어 하나에 담기에는 너무나 큰 사고였다. 그러나 나는 우리 아빠를 아주 원망할 수도 없었다. 그래서 아주 어정쩡한 말을 골랐다.

박동주는 그런 내게 다시 미안하다고 했다. 자기가 나한테 건넬 수 있는 유일한 인사가 그 말인 것처럼.

"……아까 해경이가 그러더라. 내가 이대로 경찰서 가가 자수하면, 니랑 우경이는 평생 꿈도 희망도 없을 끼라고."

지금이라고 딱히 꿈이나 희망이 있어 보이지는 않는데.

나는 윤태희 차에 타지 않은 것을 후회하며 은근슬쩍 우리 집을 지나치는 트럭의 전방을 응시했다. 날 두고 앞서 출발한 윤태희는 진작 집으로 갔을 것이다.

"해경이 지랑 태희도 영원히 얼굴도 못 보고 살 거라고."

"그래도 어쩌다 한 번씩 얼굴은 보겠죠. 부모 장례식장 이런 데서."

"이게 애비를 죽일라고."

"미안하면 미안하다고 말이나 하고 치우지."

"……."

"아빠가 어디 잡혀가는 게 나한테 무슨 보상이 되는데요. 내가 언제 아빠랑 원수라도 졌다 캤어요? 내가 언제 아빠 인생 망하기만 기다린대요?"

"희야."

"나는 신미진이 한 말 백 마디보다, 엄마가 나한테 말한 한

16

마디가 더 아팠어요. 우리는 부모 자식으로 태어날 연이 아니었다는 말."

"……."

"나가서 평생 부모 얼굴도 보지 말고 살라는 말."

"……희야, 그거는, 느그 엄마가 아빠 때문에 무슨 사달이라도 날까 겁먹어가……."

그리고 아빠는 엄마가 겁먹고도 남을 짓을 기어코 했다. 정말로 사달이 났다.

붙잡고 욕을 하자니 내가 잘못한 게 있어 더 말할 수도 없었다. 나는 말없이 창밖으로 고개를 돌렸다.

"……니 마음에 꿈과 희망이 있나?"

꿈과 희망이 있냐니. 나는 순간 뭔 개소린가 하는 눈으로 아빠를 봤다. 아빠가 그제야 부연했다.

"박우갱이랑 니 말이다."

"아."

"이 지경이 되고도 느그한테 꿈과 희망이 있냐고."

"차였어요."

"뭐?"

"걔가 방화범 행세하면서 저 찼어요."

진짜 방화범이지만 기억이 흐릿한 아빠는 눈매를 설핏 찌푸렸다.

"지까짓 놈이 제발 버리지 말라고 니한테 빌어도 부족할 판에 뭐가 우째. 니를 차?"

그러다 '방화범 행세'가 무엇인지 한 박자 늦게 깨달은 아빠가 낯을 붉혔다.

"……그거는 금마가 내를 감싸겠다고 한 거 아이가."

"알아요."

하지만 그게 아니라도 박동주의 말대로면 기가 죽어 도망쳤을 것이다. 애초에 도망치는 박우경을 상상해 보지 않은 것도 아니다.

"그래가 꿈도 희망도 없다고?"

"차였다니까요."

누군가는 매듭짓는 것을 좋아하고, 누군가는 매듭짓기를 피한다.

실제로는 모든 사람이 모든 일을 확실히 매듭짓고 살아가지도 않는다.

많은 일이 결국에는 모호한 과거로 흘러갔다. 드라마의 주인공이 아닌 사람들에게는 극적인 경계가 없고, 새벽에는 드라마를 찍다가도 해가 뜨면 먹고사는 일이나 대수였다.

사랑하는 시간에 돈이 들듯이, 화를 내고 슬퍼하는 시간에도 돈이 필요했다. 그 틈에서의 진실은 사실 편리하지도, 유용하지도 않다.

후련한 것은 찰나고, 부차적인 피로감은 길며, 진실의 반대처럼 현재의 평온은 달다. 사실은 가만히 있으면 조금이라도 평온할 수 있는 것이다. 애를 쓰면 오히려 어려워졌다.

애초에 내가 함정에 걸린 계기는 고작 시시껄렁한 연애 때문이었다. 그리고 함정에서 도무지 벗어날 수 없었던 건 내 부모의 지난한 현실 때문이었다. 4년간 입을 다문 건 내 가족의 미래 때문이다.

그러나 그 밑바닥을 들춰 보면, 멀리 도망쳐 가만히 웅크려 있는 것이야말로 내 인생의 어떤 순간부터는 가장 편리했다는 것을 알 수 있다. 결국에는 청라에 돌아와서도 매한가지였다.

엄마는 내 침묵을 둘도 없는 희생이라 말했지만, 처음에는 정말이지 별수 없이 입이 틀어막힌 거였다. 겨우 이런 일 때문에 내 부모가 잘못되는 걸 볼 수 없다는 마음으로.

그런 게 정말 희생이라 치면, 희생은 가끔 비겁해지는 일인지도 모른다.

이타심이 사실은 이기심을 닮은 것처럼.

박우경 따위와 헤어지는 건 헤어지는 거고 말할 건 말해야 한다고 악착같이 맞서던 내게, 언젠가부터 침묵이 훨씬 더 편해진 것처럼.

아무에게도 말하지 않으면 적어도 지금 그대로일 수는 있어서. 가만히 버티는 일에는 꼭 힘이 들어가지 않는 것처럼 착각해서. 관성으로, 타성으로, 지나가 버릴 것처럼 생각해서.

그렇게 남과 매듭짓기 싫어서 혼자 다른 매듭을 짓는다. 현상유지의 틀을 벗어나는 일이야말로 세상에서 제일 어려운 일 같다고 생각하면서.

생각해 보면 그 애에게 나는 늘 그랬다. 어릴 때부터, 늘 그 애가 모르는 매듭을 짓고 그 애가 원하지 않는 매듭도 지었다.

그렇게 내내 도망쳤다. '진짜로 매듭짓지는' 않으려고. 그대로 있으려고. 그 애 때문에 변하지 않으려고.

그리고 박우경은 언제나 반대였다. 내가 있는 곳에 제가 있기를 바랐다. 모든 것이 확실하기를 원했다. 그렇게 어릴 때도 '평생'을 원했다. 그러기 위해 변해야 한다면 변하려 했다.

사과나무의 가지를 잘라 내는 일부터 자기 인생을 어디로 밀어 넣는 일까지 확고한 애였다. 평생 어디서도 도망치지 않을 것처럼.

그래서 그 애를 생전 처음으로 도망치게 한 게 나라는 사실이 좀 웃겼다.

읍내에 있는 3층짜리 경찰서 주차장에 트럭이 멈춰 섰다. 아빠는 다소 결연한 표정으로 건물을 바라보았다.

쪽팔리지 않고 당당하게 망하는 것과 가족을 생각한다는 핑계로 쪽팔림을 감수해 보는 것. 그 사이 어딘가에 서 있는 것처럼.

나는 아빠의 정신을 일깨우듯 물었다.

"고모는 어떻게 할 거예요. 아빠."

"날 잡고 누나들이랑 단체로 가가 그 미친갱이랑 이혼시켜야지. 이번에는 무슨 수를 써서라도."

"지금 이거는요."

"……일단 우경이부터 함 보고."

개한테도 꿈과 희망이 있냐고 희한하게 물어볼 건가. 있다고만 하면 쪽팔려도 견딜 건가.

이유나 과거가 고작 죽은 물건이라면, 우리 모두는 죽은 물건들로 발 디딜 틈도 없는 곳에 서 있는 사람들이었다.

나는 아빠가 쪽팔린 걸 얼마나 싫어하는지 잘 안다. 일고여덟 살배기 남자애를 제 딸 옆에서 멀리 쫓아낼 정도로 '이유'가 중요한 사람이었다는 것도.

아빠에게는 박우경이 지금쯤 앉아 있을 자리에 자기가 앉아 있는 편이 훨씬 더 편하리라는 것도.

그럼에도 내지르지 못하는 것은, 결국 아빠가 평생을 미워했던 박동주의 말 몇 마디 때문이다. 어쩌면 해경 오빠가 말한 일말의 가망 때문인지도 모르고.

때마침 전화를 받으며 경찰서 건물을 나오는 그 애의 큰아버지가 보였다.

방금 전 박우경을 생각할 때는 보이지 않았던 증오가 아빠의 얼굴에 잠시 떠올랐다가, 이윽고 불편한 죄악감과 뒤섞였다.

"희야 니는 잠시 여 있어라."

내가 대꾸하기도 전에 아빠가 차에서 내려 뛰어갔다. 나는 아빠가 차에 두고 간 어린애처럼 헤드레스트에 무료하게 머리를 기대고 지직대는 라디오 주파수를 몇 번 바꾸다 바깥을 보았다. 아빠와 그 애의 큰아버지는 그새 어디로 사라졌는지 보이지 않았다.

그러다 모르는 사람과 유리문을 열고 나오는 그 애를 봤다. 나는 함께 나온 사람이 차를 타고 먼저 사라지도록 가만히 박우경을 바라보다가, 그 애가 주차장을 가로지르는 방향을 따라 시선을 던졌다.

신미진의 차와 충돌한 그 애의 차는 밝은 날에 보니 훨씬 볼썽사나웠다. 시선이 저절로 팔을 향했다. 옷을 갈아입은 모양인지 어제와 달리 핏자국 한 점 없이 깨끗했다. 삭막한 눈이 사방 어느 곳도 바라보지 않고 제 차로 갔다.

화는 조금 뒤늦게 났다.

"야."

차 키를 뽑아 트럭에서 내린 나는 그 애가 내 목소리를 뻔히 듣고도 제 차 문이나 그대로 여는 것을 잡아채 쾅 닫았다.

박우경이 순간 내 기세에 놀란 것처럼 멈칫했다.

"팔."

"……새벽에 응급실 갔다 왔다."

"걷어 봐 봐."

내 머리 위로 낮게 한숨이 흘렀다.

"윤차희."

"누가 박우경 니 붙잡는다 캤나. 지 팔 확인한다는데 한숨은."

자의식 과잉 환자 보듯 보자 그 애가 떠밀리듯 소매를 걷었다. 제 큰아버지가 병원에 끌고 갔다 온 모양이었다.

팔목 전체에 드레싱을 받은 것을 확인했으니 용건은 다 끝났다. 나는 그대로 돌아섰다.

그러자 박우경이 내 옷자락을 급히 붙잡았다. 팔도, 손도, 어깨도 아니고.

돌아보니 그마저도 대단한 충동이었던 게 분명한 얼굴이었다. 누가 보면 내 손도 잡아 본 적 없는 앤 줄 알겠다.

박우경은 내 눈을 마주친 것만으로도 아연해진 낯으로 날 물끄러미 바라보다 까무룩 식은 음성으로 말했다.

"……니 얼굴 다시 보면 미안하다고 말하고 싶었는데, 미안하다는 말도 못 하겠다."

차마 못 하겠다는 것치고는 두 번이나 은근슬쩍 잘도 말했다. 나는 사과에 대꾸도 하지 않고 다른 말로 되물었다.

"무슨 생각으로 이랬는데."

무슨 생각으로 이런 짓을 했냐고 했는데, 박우경은 갑자기 이렇게 건조한 날씨에 꺼지지 않은 담배꽁초를 산에다 던지는 게 얼마나 위험한 일인지 아느냐고 말했다.

"뭔 개소린데."

"결론이 그렇게 났다고."

"니가 산에서 담배 피우다 버려서 불났다고?"

"나는 가만히 있는데 말이 그렇게 되더니, 나중에는 그 꽁초가 내가 던진 것도 아니게 되던데. 내가 붙잡혀 있었던 건 대충 목격자 진술이었다 치고, 범인은 못 잡은 거고, 내가 한 말도 반은 못 들은 걸로 친다고. 생판 남한테 민폐 끼친 것도 아닌데 집안에서 분란 일어난 거는 넘어가자고."

"세상 진짜 썩었네."

"어. 존나 썩었다."

나는 이 작은 지역사회가 이렇게나 썩어서 박우경의 큰아버지가 돈과 힘으로 조카를 법망에서 빼낼 수 있는 것에 야비한 안도를 느꼈다. 무마된 것은 아빠의 혐의였으니까.

"그럼 박우경 니한테는 빨간 줄 안 그이나."

"어."

"확실하나."

"어."

"남으면 어쩌려고 했는데."

"남아도 대충 잘 살았겠지. 할매가 물려준 돈 많으니까."

"장난치지 말고."

"잘 해결됐다이가."

"해결이 안 됐으면."

"……."

"되게 잘못될 줄 알았으면서."

나는 신경질적으로 입술을 잘근잘근 깨물다 습관처럼 그 애의 손이 내 얼굴로 다가오는 것을 탁 쳐 냈다. 어제 보았던 그 애의 얼굴이 떠올랐다. 어디로든 가서 제 머리를 처박고 죽을 것처럼 뒤틀린 표정이 생각났다.

박우경의 손이 허공에서 얼마간 남아 있다 뚝 떨어졌다.

"잘못될 줄 알고 했제. 니."

"……남았으면 좋겠더라."

"……."

"니네 아빠가 존나 술 깨서 득달같이 쫓아올 거 생각하기 전에는, 내 인생에 뭐라도 남았으면 좋겠더라."

24

"왜. 인생 망하고 싶어서?"

"씨발 좀 망했으면 좋겠어서. 벌 좀 받고 싶어서……."

"……."

"계속 생각해 봤거든. 내가 윤차희 니한테서 뺏어 갔던 게 뭐가 있는지."

"……."

"근데 니가 가야 했던 학교부터, 내가 도둑질해서 간 거더라."

"……."

"내가 그거 훔쳤더라. 더 어이없는 건 뭔지 아나."

"……."

"나는 그 학교를 그렇게 가고 싶지도 않았거든. 윤차희 니가 아니었으면."

메마른 얼굴이 허탈하게 웃었다.

"거기라도 가면 윤차희 니 다시 만날 수 있다는 가망만 아니었으면."

"……."

"니는 그때 다 말라 죽어 가고 있었는데, 다시 만날 가망은 씨발……."

"……."

"내가 니를 그렇게 만들었는데. 그렇게 니가 갈 학교를 내가 가 놓고, 윤차희 니는 안 왔다고 이 갈았다. 내한테 사기 쳤다고. 니가 진짜로 도망갔다고……."

"......."

"나는 니가 미워서, 너무 미워서 정신이 나갈 것 같은 때도 있었다. 아나, 윤차희."

"아는 거 같은데."

사실은 말하고 보니 모르는 것 같기도 했다. 네가 미워 죽겠다고 앞에서 악다구니를 쓰는 꼴은 본 적이 없으니까. 네가 너무 좋아서 싫다는 멍청한 말 같은 건 수도 없이 들었어도.

그래도 그 애가 날 미워한다 느꼈던 순간의 공기는 기억났다. 내 헐벗은 등으로 쏟아지던 그 애의 냉담한 숨도 떠올랐다.

아무렇지 않게 내 앞에서 다시 웃던 그 애가 억지로 삼켰던 미움이 희미하게 느껴지던 순간.

"쟤는 어떻게 날 그렇게 잘라 냈지. 쟤는 어떻게 내가 없어도 살지. 나는 아닌데. 죽겠는데."

"......."

"어떻게 사람 마음이 이렇게 불공평하지. 왜 내가 사랑하는 것만큼, 쟤는 날 사랑할 수가 없는 거지."

박우경이 비식 웃음을 터트렸다.

"그러다 윤차희 니가 학교 어디 갔는지 나중에 듣고는 아, 씨발, 또 그놈의 돈 때문이었네."

"......."

"씨발, 결국 애가 장학금 받겠다고 학교도 낮춰 갔구나. 기어코 지가 공짜로 다닐 수 있는 학교를 갔구나. 그 공부 잘하는 애를. 그렇게 열심히 한 애를, 니네 집은 항상 저렇게 만드는구나.”

“…….”

“어. 그래서 니네 집 원망했다. 내가, 니네 부모님을 존나 원
망했더라.”

“…….”

“자기들 사는 거 힘들다고 애를 씨발, 그렇게 몇 년을 괴롭
혀 놓고, 평생 살던 집에서 애가 숨도 못 쉬게 해 놓고…… 공
부를 제일 잘 하는 애가 공부도 못 붙잡고 있게 했다고. 학교
좀 낮춰 가는 건 시작이겠지. 어쩌면 쟤네 부모는 쟤한테 평생
저러겠지.”

“…….”

“그렇게, 니 부모가 니를 끌어내리는 것 같아서. 그때는 그
랬거든. 니가, 그때는 아저씨랑 아줌마한테, 너무 과분한 딸처
럼 느껴졌거든……. 니가 그 집에서 태어난 게, 니한테 너무 재
수가 없는 일처럼 느껴졌거든.”

“…….”

“윤차희는 왜 하필 그 집에서 태어났을까. 좀 좋은 집에서
태어나지. 좀 능력 있는 부모 밑에 태어나지. 아. 그랬으면 날
못 만났나.”

“야.”

“그 집에 안 태어났으면, 이 촌구석에서 안 태어났으면 내가
윤차희를 아예 못 만났나.”

“…….”

"그렇게 생각하면 니 불행이 나한테는 다행인가."

"박우경."

"나는 그때도, 가끔, 니가 없으면 아무것도 없는 것 같았거든. 니가 나 버린 뒤에도."

"……."

"니가 내 옆에 없어도, 니한테 버려진 역사조차 없으면 나는 아무것도 아닌 거 같았거든. 그러니까. 내한테는 다행이다이가. 니가 이딴 동네에서 태어난 게……. 그때 알았어야 됐는데."

"……."

"윤차희가 나를 만난 게 제일 문제였다는 걸 알았어야 했는데."

물이 가득 찬 잔의 표면처럼 그 애의 눈이 일렁거렸다.

"니가 하필 그런 집에서 태어난 게 문제가 아니라, 하필 나를 만난 게 문제였는데."

그리고 끝내는 넘쳐흐르듯 눈물이 그 애의 뺨을 타고 흘렀다.

"나한테는 다행인 일이, 니한테는 전부 불행이더라. 내가 윤차희 니를 망쳤더라. 내가 니를 좋아했던 게 니를 망쳤더라……."

"……."

"니를 망쳐 놓고, 니를 원망했더라. 존나 웃기제. 남의 딸 망쳐 놓고 그 부모를 미워하면서, 그렇게, 나는 4년을 너무 편하게 보냈더라. 차희야. 전부 내 탓이었는데."

"박우경 니가 뭘 알아서."

"더 좋을 수 있었던 니 미래도 망쳤고, 니 부모 근처도 못 오고 밖에서 떠돌던 4년도, 내가 뺏어 갔다이가. 내가 니 거 전부 뺏어 갔잖아."

"박우경 니가 나한테서 뺏어 간 건, 니 하나뿐인 것 같은데."

"……."

"니네 엄마가 자식 같지도 않은 니 이름 팔아서 몰래 나한테 한 짓 말고, 뻔뻔하게 우리 고모 팔아먹으면서 나한테 해 댄 짓 말고."

"……."

"박우경 니가 니 스스로 내한테 한 짓이라고 해 봤자, 그런 거뿐이다이가. 말 한 마디 해 보기도 전에 내 손부터 제일 먼저 놓은 거. 아. 헤어지자는 말도 드럽게 성의 없이 한 거."

턱 끝을 타고 툭 떨어져 내리는 눈물을 따라 내 시선이 같이 떨어졌다.

"니가 옛날에 당한 게 있어서 복수하는 거라고 하면 나도 할 말은 없는데."

"……."

"닌 내가 좋아한다는 말 처음부터 안 믿었제. 박우경."

"……."

"좋다고. 또 말해 달라고 사람 그렇게 귀찮게 해 놓고 다 귓등으로 들었제. 그러니까 그랬지. 바로 부정했지. 지만 좋아했다고."

"……."

"지가 뭔데."

따지고 싶은 건 이런 게 아니었다. 내가 저를 좋아하지 않던 때가 낫다는 애한테는.

우스꽝스럽게도 우리 집이 또 신세를 졌다. 아빠를 구렁텅이 바로 앞에서 건져 냈으니 냉정하게 따지면 아주 고맙게 여겨야 했다. 나 때문에 전과까지 뒤집어쓰려고 했던 무식한 애니까.

그럼에도 불구하고 그 애 면전에 욕을 갈기고 싶은 기분은 어떻게 할 수가 없었다.

예전에 그 애가 엄마를 살려 주었을 땐 내 머릿속 어딘가가 그 빌미를 잡았다. 고마우니까. 미안하니까. 은인이니까, 이제 더 이상 문전 박대는 할 수 없다는 이유가 생겨서.

그게 아무리 죽은 물건이라고 해도 나는 필요해서.

그러니까 이제는 박우경을 쫓아내고 밀어내고 막 대할 수는 없다고. 그렇게 어영부영 얼마간이라도 그 애를 보고 싶다고. 머잖아 헤어지면 없었던 일과 다름없으니까, 잠깐만 욕심을 부려 보겠다고.

나중에 네가 나오는 책을 다시 펼쳐 보는 게 죄는 아닐 거니까. 그냥 혼자서 좋았던 페이지만 내내 보는 것도, 누구에게도 말하지 않으면 세상에서는 없는 일이 될 테니까.

어쩌면 지금도 그때와 비슷할 수 있었다. 빌미나 변명은 좀 비겁해도 염불처럼 외다 보면 언젠가 이유가 됐다.

그 애가 아빠를 구해 주었다고, 그 사실을 빌미 삼으면, 박동주가 바라는 대로 한다면.

하지만 나는 그 애를 놓지 않을 수 있는 핑계보다, 박우경을 죽을 만큼 때리고 싶었다.

내가 있든 말든 정신 좀 똑바로 차리고 살라고.

"……윤차희 니 말 귓등으로 들은 거 아닌데. 한 번도 귓등으로 안 들었다."

파리한 얼굴로 울면서 본인이 우는 줄도 모르고 말하는 꼴이 전에 없이 불쌍해 보였다. 나는 퍽 야멸차게 코웃음을 쳤다.

"니 싫다는 말이랑 꺼지라는 말은 귓등으로 듣던데."

"씨발, 그건 내한테 유리한 말이 아니다이가……."

"그럼 평생 지한테 유리한 말만 주워듣고 살든가. 어디 가서 간신배 같은 여자나 만나라."

"……좋아한다는 말 말이야. 윤차희 니가, 내 좋아한다는 말."

"……."

"그거 한 번도 가벼운 적 없었다고. 나는. 일 년 전에 니가 그 말 한 마디 해 줄 테니까 손가락 하나 잘라 보라고 했으면 니 앞에서 손가락도 잘랐다."

"걍 그딴 말 평생 듣지 말고 손가락 간수나 잘해라. 그딴 같잖은 일로 손가락 아홉 개 됐으면 애초에 니 안 만났다."

"아니 씨발 말이 그렇다는 거다이가."

울다 말고 발끈한 박우경이 제 머리를 거칠게 헝클어뜨리며 답답하다는 듯 하늘을 봤다.

누구는 지금 지 얼굴이 되게 보고 싶어서 보고 있는 줄 아나. 하늘이나 쳐다보고 싶은 건 나였다.

"말이라도 그렇게 하지 말라고. 이 미친갱이야."

"말도 못 하나."

"그래서 열심히 새겨들은 결과가 이거네."

"윤차희 니가 나 좋아한다는 게, 너무 좋아서 가끔은 믿어지지가 않더라."

"……."

"아무리 생각해도 말이 안 되게 좋아서. 대체로는 믿었는데, 가끔은 의심스럽더라. 그냥, 그랬다. 그랬는데, 알고 보니까 니가 진짜로 나를 너무 좋아해서……."

"어이없다. 지 입으로."

"이딴 새끼 좋아한다고, 너무 많은 걸 니가 삼켜서……."

"……."

"내가 모르는 사이에 니가 너무 많은 걸 잃어버려서. 그래서 부정하고 싶었나 봐. 차라리 니가 날 안 좋아했다고, 얘는 한 번도 그런 적이 없다고 생각하면 이제 와서 뭐라도 나아질 것처럼. 어차피 아무것도 돌이킬 수가 없는데, 아무리 생각해도 차라리 니가 날 안 좋아했으면 전부 다 쉬웠을 것 같아서. 그냥 그래서……."

"……."

"니 인생 구렁텅이로 떠민 그 말 한 마디를, 평생 기다린 내가 너무 싫어서."

"……."

"내가 윤차희 니한테서 좋아한다는 말 한 번 듣고 싶었던 게, 꼭, 니가 잘못되기만 바란 것처럼 느껴져서."

"……."

"그래서 놔줬다. 차희야."

그 애는 화재나 시답잖은 누명 따위는 제가 어떻게 되든 나는 애초에 진위를 알 필요가 없었다고 했다.

"니는 항상 붙잡히니까. 니네 부모님한테. 나한테. 결국에는 그렇게 발목이나 잡히니까."

"……."

"이제 그러지 말라고. 어디에도 붙잡히지 말라고."

"……."

"나한테도."

미안하다는 말. 잘못했다는 말. 제 부친을 어쩔 수 없이 닮은 사과 속에서 나는 가만히 그 애의 눈을 바라보았다.

"우경아. 다른 건 모르겠는데."

무력하게 그 애의 시선이 끌려왔다.

"니 지금 내 생각 하는 거 아니다."

"……."

"쪽팔린 니 생각이나 하는 거지."

웃음이 나왔다.

"그래서 나는 어디로 가라고?"

"……."

"이럴 거면 다들 평생 모르지 그랬노. 다들 핑계도 이유도 좋드라. 면목이 없으니까 보지 말자. 멀리 가라. 앞으로 부모 얼굴도 보지 말고 살아라. 미안하니까 헤어지자……. 우리 엄마는, 자기 같은 사람은 엄마도 아니래. 그럼 뭐 하노, 나는 벌써 자기 딸로 태어났는데. 그래도 가래. 니랑 어디 멀리 가래."

"……."

"우리 엄마는 박우경 니가 내 얼굴 보자마자 찰 것도 몰랐나 봐."

"윤차희."

"쪽팔리니까 보지 말자……. 편하게들 생각하고 치우제. 그때의 내가 그렇게 불쌍하고 미안하면 지금 여기 있는 나도 좀 챙겨 주지. 그냥 한 명이라도. 누구 하나라도."

"……."

"나는 아직 여기 있는데."

"……."

"나보고 대체, 어디로 가라고……."

그 애의 손이 내 얼굴로 뻗어 올 즈음에야 나는 내가 그 애처럼 울고 있다는 것을 알았다. 나는 박우경의 손을 밀어내고 한 걸음 물러섰다.

그러나 박우경은 아까처럼 그 손을 뚝 떨어트리지 않고 한 걸음 다가와 내 얼굴을 감쌌다.

그 애 앞에서 울고 싶지 않았다. 이딴 자질구레한 눈물로 붙잡고 싶지 않았다. 나는 이를 악물고 손바닥으로 내 얼굴을 벅

벽 문질러 닦았다. 내 손등 위에서 형편없이 떨리는 그 애의 손이 느껴졌다.

"박우경 니가 뭐 대단한 줄 아나."

"아니."

"남의 속도 모르면서 자꾸 안 먹고 싶은 음식 억지로 남의 입에다 들이밀고, 먹기 싫다는데 좀 먹어 보라고 그렇게 사람 귀찮게 온갖 지랄은 다 해 놓고, 내가 겨우 한 입 먹자마자 바로 뺏어 가는 음식 같은 거다, 니는."

"……설마 내가, 니 안 먹고 싶은데 억지로 먹으라고 니한테 디밀었다는 그 음식이가?"

"맛있다고 한 마디 하자마자 어, 그럼 먹지 마라 이카면서 가져가는 음식밖에 안 된다고. 나는 지금 그래서 니가 이렇게 짜증 나고 재수 없는 거다."

"아니 진짜네."

"내 인생이 뭐 얼마나 망했다고 망했다, 망했다 지랄이야."

"……."

"지나 어디 차 갖다 박고 빨간 줄 그을 생각하지, 난 공부하고 사과 팔고 잘만 사는데. 지는 다 뿌사진 차나 타고 다니는 주제에. 누구보고 망했대. 지 없어도 잘만 살았는데. 박우경 지 주제에."

"차희야."

"지가 뭔데. 나도 니 필요 없다."

"차희야."

"꺼져라. 진짜……."

박우경이 가슴팍을 마구잡이로 얻어맞으면서도 날 억지로 끌어안았다. 제 품에서 팔 하나 빠져나가지 못하게 내 온몸을 꽉 껴안고, 내 어깨 위에는 제 얼굴을 묻었다.

위에서 아래로 날 내리누르는 그 애의 무게가 괘씸하게도 날 묶었다.

"잘못했다."

"봐봐. 또 내 말 귓등으로 듣는다이가. 꺼지라는데 안 꺼진다이가."

"다 잘못했다. 내가."

"내가 가지 말라고 할 땐 갔으면서……."

"내가 개새끼다."

"개새끼야."

"어."

"개그지 같은 새끼."

"나도 그렇게 생각한다."

"제발 이상한 짓 좀 하지 마라……."

"……."

"나랑 헤어져도 되니까, 안 보고 살아도 되니까, 앞으로 제발 이러지 마라. 그냥 말이 그런 거잖아. 내 하나 없다고, 진짜로 니 인생에 아무것도 없는 거 아니다이가."

"……."

"니는 느그 할매 생각도 안 하나."

36

어쩌면 나는 박우경이 그때를 알고, 저 바닥까지 한 번은 무너지기를 원했을지도 모른다.

그래. 그렇게, 산산조각이 난 그 애의 얼굴을 한 번은 보고 싶었을지도 몰랐다. 내가 그럼에도 불구하고 얼마나 저를 어리석게 좋아했는지 알기를 바랐다.

여태껏 일어난 그 모든 일에도 불구하고 내가 네 손을 다시 잡는다는 게 얼마나 우습고 멍청한 일이었는지를 너만큼은 알아주었으면 했다.

그런 내 스스로를 혐오하면서도 잠깐의 욕심이라는 말로 날 속이고, 끝내는 네 손을 잡았다. 지나간 페이지에 널 남기지 않겠다고 생각했다. 차라리 널 계속 사랑하고 날 혐오하기로 했다.

그래서 가끔은 저만 사랑한다는 착각을 부수고 싶었다. 그때의 내가 저를 아주 쉽게 놓았다고 생각하는 그 애를, 깨트리고 싶었다.

그 모든 일을 알고도 네가 날 놓지 않는 것을 보고 싶었다.

제일 먼저 날 놓아 버리는 게 아니라.

도망쳐 버리는 게 아니라.

그러나 지나고 보니 가장 보고 싶지 않았던 건 찢기고 불에 녹은 그 애의 팔이었다. 전부 엉망이 된 박우경이었다.

"꼭 같이 있어야만 행복한 건 아니니까. 그냥, 나는 니가 다치지나 않으면 되거든. 우경아."

"……."

"화상을 입었으면 병원부터 가라. 살이 찢어지면 제발 좀 꼬매러 가라."

"……."

"도망칠 거면 다치지나 말고."

"……."

"내가 그때도 그랬잖아. 우경아. 잘 살라고."

어깨가 그 애의 눈물로 온통 젖어 들어갔다. 나는 두 손으로 천천히 그 애의 얼굴을 감싸 들었다. 그리고 도저히 내 눈을 똑바로 바라보지 못하는 그 눈을 바라보았다.

"막 살다 빨간 줄 몇 개 그여도 돈이 많으니까 살 만하겠지만, 그래도 그러지는 말고. 니 공부한 게 아깝다."

"……."

"학교는 니가 공부를 잘해서 잘 간 거다이가. 나한테서 도둑질한 게 아니라. 나는 그냥 그때 니만큼 못한 거고."

"……."

"나는 나대로 잘 살 수 있다. 그러니까 박우경 니는 니대로 니 하고 싶은 거 다 하고 살면 된다. 니 때문에 내가 뭘 잃어버렸다고 생각하지 말고."

"……."

"벌받기를 바라지 말고."

나는 사실 그 애가 꿈꾸었던 평생을 알고 있었다. 대단하지도 않았다. 그냥 나랑 있고 싶어 했다.

자기 꿈 하나 없는 시시한 남자처럼 늙으면 나랑 진주나 가서, 늙어 죽을 때까지 구름이 고인 강변을 걷고 싶어 했다. 나더러 고양이 한 마리를 키우게 해 주고, 저는 개 한 마리를 키우겠다고 했다.

내가 대구에 있으면 대구에 있고 싶다고 했다. 내가 서울에 있으면 서울에 있겠다고 했다.

있는 돈이나 야금야금 까먹으면서. 작은 지방 로펌에 월급쟁이로 다니면서. 어디에 있어도 좋으니 나랑 출퇴근길이나 비슷하면 좋겠다고 말했다.

그리고 주말이 되면 청라로 와서, 아빠에게 목공을 배워 보고 싶다고 했다. 사과원 일을 하러 오겠다는 말이었다.

고작 그렇게 살고 싶어 했다. 세상 호구같이. 결국에는 가진 게 나밖에 없다는 듯이.

하지만 내가 없어도 어떻게든 살아질 것을 알았다.

우리는 너무 오랫동안 함께 있었다. 이 좁은 세상에서 너무 오랫동안 서로를 당연히 여겼다. 우리가 살아 본 평생에 가까운 시간이었다. 하지만 당연한 것은 원래 어디에도 없다. 언젠가는 우리의 이십 년이 짧은 시간처럼 여겨질지도 몰랐다.

살다 보면 그렇게 될 것을 나는 알았다. 지나고 보면 박우경도 꿈에서 깨어난 것처럼 정신을 차리고, 제 아버지처럼 살지 않을 수도 있었다.

어쩌면 허무할 정도로 지금의 우리가 아무것도 아닐 수도 있었다. 그저 소꿉놀이처럼 십수 년간 옆에 있었던 나와는, 비교도 할 수 없는 사랑을 그 애가 만날 수도 있다.

그렇다면 떠나도 됐다. 설령 내게는 그 애가 그렇지 않더라
도. 지나가지 않더라도. 나는 그래도 지난 4년을 반복하며 살
면 되니까. 그렇게 4년. 또 4년.

　네가 지나가지 않아도 내 시간은 지나갈 테니까. 나도 그렇
게 나이들 테니까.

　어차피 언젠가는 전부 끝나는 이야기다.

　아주 좋은 이야기에도, 아주 나쁜 이야기에도, 그저 그런 이
야기에도 끝은 있다.

　그러니까 중요한 건 이유도, 과거도 아니었다.

　"너무 힘들면 가도 된다. 우경아."

　"……."

　"창피하면 안 봐도 된다."

　"씨발……."

　"그렇게 가 봐야 대충 어영부영 쓰레기같이 살 거면 내 옆에
있어도 되고."

　"……."

　"니처럼 다 퍼 주는 호구 새끼를 왜 안 좋아하냐고 욕먹다가
이제는 니를 어떻게 좋아할 수가 있냐고 욕먹는데, 나는 어차
피 이래도 욕먹고 저래도 욕먹으니까."

　"……."

　"그러니까, 나랑 나중에 진주나 가서 같이 늙어 죽어도 되
고."

　지나간 이야기는 우리가 어떻게 살아도 다시는 새롭게 쓰일

수 없다.

　어떤 식으로든 언젠가 우리의 이야기도 끝이 난다면.

　나는 그 애를 내 이야기의 끝에서도 보고 싶었다.

#47. 악성 재고

"싫으면 말고."

"안 싫다. 안 싫으니까 제발……."

다급하게 내 말을 치고 나온 그 애의 말이 울음에 잠겨 들어갔다. 말을 곧바로 못 하니 고개라도 서둘러 저어 보이는 꼴이 멋이라고는 하나도 없었다. 덩치만 크고.

나는 이런 애가 대체 왜 좋지.

덧없는 의문에 빠진 사이 박우경이 더는 서 있을 힘도 없는 것처럼 무너졌다. 그 애의 몸이 저 아래로 무너지는 것을 따라 내 어깨며 등을 안고 있던 커다란 손도 맥없이 내 팔을 타고 미끄러졌다.

덜덜 떨리는 두 손이 밑에서 내 손목을 절박하게 움켜쥐었다. 그 애가 그렇게 흐느꼈다. 그 꼴을 보는데 목구멍에서 가슴 어딘가로 한기가 스며들어 가는 것 같았다.

"······제발 나랑 같이 있어 주라. 차희야. 싫으면 치우라고, 그러지 말고······."

"······."

"내가 개새낀 거 아는데, 한 번만 다시 주워 주면 안 되나. 한 번만······."

"······."

"다시는 니 안 아프게 할게. 윤차희 니 평생 아무도, 니 못 건드리게 할게. 내 가족이든 누구든 니가 다시는, 그렇게······."

그 애가 눈물에 젖은 얼굴을 내 손에 묻었다. 비를 맞은 것처럼 손이 물기에 젖어 들어갔다. 언젠가 그 애와 앉아 있던 사과원의 그늘 막 아래에서 빗속으로 손만 내밀어 보았던 것처럼.

"······내가 아무것도 모르는 병신 새끼라서 미안하다, 차희야."

"······."

"니가 아픈 것도 모르고 괴로운 것도 모르는 새끼라서. 내가 내 주제도 모르고 니 좋아해서. 다시 붙잡아서······."

"······."

"씨발 니 먹기 싫다는데 계속 먹으라고 들이밀어서······."

와중에도 그 말이 조금 사무친 모양이었다. 먹기 싫은데 자꾸 억지로 권했던 음식.

나는 멀거니 자괴감에 다 허물어진 얼굴을 내려다보았다.

"개새끼가 하는 짓도 존나 질척거렸다이가. 지긋지긋한 새끼가 존나 니 평생 귀찮게 했다이가. 옛날에 사귀기 전에는 함 사귀자고 지랄하고, 사귀고 나서는 이쪽 좀 봐 달라고 존나 치대고, 차이고 나서 몇 년이 지났는데 미친 새끼가 니 다시 만나겠다고 대기 타고 있었다이가. 나는 씨발 내가 니 인생에 재앙 같다. 존나 재앙 같은 새끼."

"……."

"윤차희 니는 하필 왜 그 따위로 재수가 없어서 이런 새끼한테 찍혔을까. 지금 이 지랄 나기 전에도 그거 하나는 알았는데."

"……."

"사실은, 내가 니 좋아하는 게 니한테 별로 좋을 일은 아닌 거, 옛날부터 알았는데."

"……."

"아는데…… 알아도 안 되더라. 차희야. 나는, 니가 너무 좋아서 어떻게 안 되더라……."

박우경이 밭은 숨을 흘리며 가까스로 말을 이었다.

"그래서, 그 대신 내가 니를 더 행복하게 해 주면 된다고 생각했거든. 평생. 내가 니 좀 귀찮게 하는 대신. 니 인생 좀 방해하는 대신. 그냥 그렇게. 뻔뻔하게."

"……."

"당연한 거 아니가. 나는 씨발 유치원에서도 어떻게 하면 니 평생 내 옆에 주저앉힐까 그 생각만 했던 음침한 새끼니까……."

"……."

"그렇게 내 주제도 모르고, 나중에 니 행복하게 만들어 주겠다고 생각했다는 게…… 그게 너무 웃겼다. 차희야."

"……."

"니가 알면 무섭다고 도망갈까 봐 말 못 했는데, 나는, 차희야. 니 사랑하거든. 씨발, 좋아하지도 않거든……. 그래서 더 웃겼다. 내가 니를 사랑한다는 게."

"……."

"내가 차희 니를 사랑하는데 이랬다는 게."

울음에 잠긴 실소가 젖은 손 위로 흘렀다. 당연한 것 아니냐고 해 놓고는, 사실은 전혀 당연하지 않은 것을 안다는 양.

"그게 너무 쪽팔렸다. 그래서 그런 거다. 처음부터 윤차희 니 위한 거 아니었다. 니 말대로."

"……."

"애초에 사랑도 내 좆대로 한 건데."

"……."

"윤차희 니는 나 보고 사랑하라고 한 적도 없고, 도망치라고 한 적도 없는데."

나는 그 애의 두 손에 나란히 잡혀 있는 내 두 손을 조금 비틀어 빼냈다. 득달같이 도로 달라붙는 손에 간절한 악력이 실렸다.

"그러니까 한 번만 더 내 좆대로 할게. 니 한 번만 더 잡을게."

잡지 말라고 한 적도 없는데 왜 이러는지 모를 일이었다. 나는 손을 더 비틀었다.

"못 놓겠다. 차희야."

"……."

"사실은 평생 놔주기 싫다……. 그냥 개뻔뻔한 새끼처럼 붙잡고 늘어지고 싶다."

겨우 손 하나를 빼내어 박우경의 뜨거운 이마를 쓸어 넘기고 이마를 눌러 얼굴을 들게 했다. 그러자 그 애가 처연하게 눈을 내리깔고 울었다. 여전히 내 눈을 못 마주치고서.

"창피해도 니 보고 싶다."

"지금 니 내 안 보고 있는데."

"니한테 미안해서 죽고 싶은데도 니 놓기 싫다. 사실은 니 놓기 싫어서 죽기도 싫다……."

"그럼 걍 죽기 싫은 거네. 입만 살았노."

"죽으면 윤차희 니를 못 보잖아."

나는 박우경의 눈꺼풀을 조심스레 쓸어 올렸다. 물기 어린 검은 눈 위에서 아침 햇살이 서늘하게 일렁거렸다.

"3월에는 가끔 그런 생각을 했거든. 니가 돌아올 거라고 기다리기는 했는데, 사실은 니가 오지 않을 것 같더라. 내려올 거면 겨울에 진작 왔을 텐데. 아니라도 학기 시작되기 전에는 왔을 건데."

"……."

"어쩌면 니가 올해는 안 올 것 같더라고. 그럼 내년에는 오나…… 생각해 보니까 니가 그때 벌써 졸업하더라. 그렇구나 했거든. 안 오는구나. 못 보는구나…….”

“…….”

“그럼 나중에 서울에 가서 어떻게 해 볼까. 근데 씨발 윤차희가 스토커라고 신고하면 우짜지……. 괜히 옆에서 얼쩡거리면서 들이대기는 여기가 딱인데. 가시나 좀 오지. 드럽게 눈치도 없다고.”

“…….”

“그냥, 그렇게 살았거든. 할매 보러 다니고 존나 하기 싫은 공부나 하면서. 시간이나 죽이면서. 어차피 대충 하루 이틀 기다리다 치우려던 것도 아니니까. 괜찮았거든. 그런데.”

“…….”

“하루는 병원에 갔는데, 할머니가 당장 내일 죽어도 이상할 게 없어 보이더라.”

하늘에서 제 얼굴에만 비가 쏟아지는 것처럼 멍하니 열린 눈에서 흐르는 눈물이 끝도 없었다.

“죽은 것도 아니고. 산 것도 아니고. 어차피 옛날부터 그랬는데. 어차피 내가 알던 할머니는 어디에도 없는데. 그냥 껍데기나 남은 건데.”

“…….”

“옛날에는, 할매가 그렇게 있다가 죽어 버리면 슬프지 않을까 봐 무서웠거든. 멀쩡히 살다 죽으면 멀쩡하게 슬플 건데, 저러다 죽으면 슬픈 줄도 모를 것 같아서.”

"……."

"근데 아니더라. 날 알아보지도 못하는 껍데기가, 내가 가진 전부더라. 너무 힘드니까 한 번만 나 좀 안아 달라고 울면서 빌어도 욕이나 하고 때리는 그 껍데기가, 그 순간 나한테 남은 전부 같더라."

"……."

"할머니는 진작 그렇게 됐고 윤차희 니는 놓쳐서, 사실은 진작 아무것도 없다고 생각했는데. 근데 아무것도 없는 게 아니었어. 사실은 나도 모르는 사이에 내 손에 남은 게 있어서. 그 껍데기. 내가 살면서 제일 사랑했던 두 사람 중 하나가 남긴 껍데기."

"……."

"그래서 그날 병원에서 나오면서, 할머니가 죽으면 나도 죽어도 되지 않을까 했다."

"야."

"어차피 니를 다시 만나겠다는 것도 내 망상 같아서. 시간이 가면 갈수록 니가 내 다시 만나 준다는 게 꿈에서나 있을 일 같았거든. 근데 꿈도 살아야 꾸더라고."

"……."

"죽으면, 꿈에서도 니를 못 보더라고."

"……."

"나는 니가 너무 보고 싶었다. 차희야. 그때는, 그냥 한 번이라도."

손이 다시 그 애의 손안으로 빨려 가듯 붙잡혔다.

"니 마음 함부로 말해서 미안하다. 가난할 때 생각도 못 하고 돈 좀 벌었다고 유세 부리는 새끼처럼, 놔 버릴 수 있는 것처럼 허세나 부린 것도 잘못했다. 그래서 여기서부터 개뻔뻔하게 빌고 붙잡으려고 했는데, 니가 갑자기 헤어져도 된다고 해서……."

"……."

"알아서 잘 살라고 해서 죽을 만큼 무서워졌다가, 니가, 멋있는 거 다 먼저 해서 존나 더 쪽팔렸는데, 그래도."

"……."

"쪽팔린다고 도망치는 게 더 쪽팔린 일인 거 니가 알려 줬으니까."

"……."

"욕도 내가 다 먹을 테니까, 꺼지라고 백번 말해도 들은 척도 안 하고 니한테 들러붙어서 집적거린 새끼는 나니까."

"……."

"내 손 한 번만 더 잡아 줘."

명절 아침 읍내 경찰서 주차장은 사실 연애 같은 일로 꼴값을 떨기에 별로 좋은 장소가 못 됐다.

내가 그 애 손을 잡을 새도 없이 1톤 전기 트럭 한 대와 새까만 독일제 세단 한 대가 연달아 주차장으로 들어섰다.

어지간하면 별로 요란한 소리가 날 수 없는 차종이었지만 주차장 모퉁이를 돌며 타이어가 아스팔트 포장을 긁는 소리만은 요란했다. 주인의 불편한 심기를 드러내듯이.

아니나 다를까 웬 아저씨들이 제대로 주차를 하지도 않고 각자 괴성을 지르며 내렸다.

"아 빨리 드가라! 빨리! 니 말대로 내가 잘못했는지 니가 잘못했는지 경찰 앞에 가가 어데 함 대보자!"

"니? 니? 이 씨발 새끼! 니 몇 살이고? 어?"

"하이고. 지 늙은 거 말고는 인생에 자랑할 게 없는 갑지. 개쉐이 니는 몇 살이고?"

"머리도 시커멓게 어린기 어데 아까부터."

"이게 어려서 까만 기가? 누구랑 다르게 부지런히 염색을 해서 까만 기지. 영감쟁이 니는 집에서 염색 좀 해라. 요즘 세상에 늙은 기 자랑인 줄 아나."

"진짜 주디를 콱 마. 니 진짜 몇 년생이고. 똑바로 안 대나?"

"물 만큼 무따. 왜."

"마, 내가 여기 교통과장이랑, 어?"

"교통과장이랑 뭐? 아무 사이도 아이제?"

우리가 보이지도 않는 양 시끄럽게 옆을 지나가던 아저씨들이 뒤늦게 우리를 발견하고 멈칫했다.

분주한 눈 두 쌍이 죄인처럼 내 밑에 매달려 울고 있는 박우경을 한 번 보고, 그 앞에 우두커니 서 있는 나를 또 한 번 봤다.

마치 우리 둘 중 누가 쓰레기라 과연 저 꼴이 되었을지를 가늠하는 듯한 눈들이었다.

　"……와, 명절 아침 댓바람부터 여자 붙잡고 저카는 놈이 다 있노. 다 큰 머스마가 경찰서 앞에서 무릎까지 꿇고 저게 뭐고."

　"남자가 바람이라도 폈나."

　"바람 좀 폈다고 경찰서까지 저래 오겠나."

　"하긴 간통죄 폐지된 게 언젠데."

　"여자 쪽에서 헤어지자 캤는갑다. 그래도 남자가 주차장 바닥에서 저래 울고불고 죽기 살기로 불쌍하게 매달리는데 저 딸래미가 애법 야멸차이 생긴 값 하네."

　"아무리 그래도 사람이 저래 정이 없노. 딸아가 울지도 않네."

　"울든가 말든가, 남자가 대가리를 눈물에 담가도 저래 경찰서나 들락거리는 범죄자 새끼랑은 몬 만나지. 저게 맞지. 우리 딸래미 같으면 지금 저러고 있는 것도 가만 안 뒀다."

　"하이고 망신스르브라."

　서로 나이도 모르고 너 몇 살이냐 싸우던 아저씨들이 어느새 잘 아는 사이처럼 속닥거리며 지나갔다. 우리한테 그 말들이 죄다 들리지 않는 줄만 알고.

　박우경이 문득 젖은 눈을 가늘게 뜨고 지나가는 아저씨들을 죽일 듯 노려보았다.

　아저씨들은 그것도 모르고 박우경의 흉을 봤다.

"하이튼 간에 머스마들은 저래서 안 된다. 애시당초 나중에 울고불고 할 짓을 와 하노?"

"내 말이."

"점마 저거, 내 장담하는데 분명히 여자 문제다."

"사고를 쳤든 여자를 만났든 다 얼굴값 하는 기지 뭐. 좀 생겼다 카면 다 저 지랄 아이가. 뒤로 여자 안 만나면 도박하고 도박 안 하면 음주 운전하고 음주 운전 안 하면 사람 패고 다니고 그카는 거지 뭐. 저런 물건 만나 주는 여자도 문제다."

"안 생겨도 그 지랄들 하는데 생기기나 하면 보기에는 낫지 뭐."

"머스마 무릎 다 닳겠노."

"덩칫값도 몬하고. 꼴에 지 여자 친구는 계속 만나고 싶은갑지……."

그야 우리보다는 잘 알겠지. 자기들끼리 싸운다고 몇 분은 더 빨리 봤을 테니까.

나는 미처 아무 항변도 못 하고 멀어지는 아저씨들을 보다 뒤늦게 주변을 이리저리 살폈다. 박우경이 우는 게 마음 아프지 않은 것은 아니었지만 그것과 별개로 내가 너무 큰 오해를 받을 것도 같아서.

얘 나한테 무릎 꿇은 거 아닌데. 그냥 쭈그려 앉아 있는 건데.

"……씨발, 길바닥에서 우는 새끼 처음 보나."

"어지간하면 이러고 있는 걸 자주 보기는 어렵지."

"존나 영감쟁이들 즈그는 명절 아침부터 나잇값도 못하면서."

"빨리 일어나라. 박우경 니 때문에 내까지 이상한 사람 됐잖아."

"내 손 잡아 주면."

"니가 지금 잡고 있으면서 나보고 어케 잡으라고."

"아."

박우경이 눈물에 젖은 처연한 얼굴 그대로 깨달음의 탄성을 내뱉고는 내 손을 주섬주섬 놓아주었다. 그리고 슥 내밀었다.

"앞발 내미는 개도 아니고……."

"손잡아 줘."

"……자. 잡았다."

"이제 일으켜 세워 줘."

"지랄하고 있다, 진짜."

잡았던 손을 야멸차게 뿌리치자 잽싸게 내 손을 도로 잡은 박우경이 스스로의 힘으로 일어났다. 눈물은 여전히 마르지 않고 뚝뚝 흘러내리고 있었다. 놔두면 하루 종일도 저렇게 울 것 같았다.

나는 손등으로 그 애의 얼굴을 대충 닦아 주었다. 그렇게 닦아도 계속 새로운 눈물이 내 손을 타고 내렸다.

박우경은 여전히 내 얼굴을 제대로 보지 못했다.

"내가 먼저 잡아 줬는데 굳이 지가 잡는 척은."

"윤차희 니는 내 안 보고 살아도 된다매."

"……."

"나는 차희 니 안 보고 못 사니까."

"……."

"그러니까 빌고 붙잡아야지. 나 꼭 보고 살라고."

아직도 바닥만 쳐다보고 있는 주제에, 그 애가 나더러 그렇게 말했다. 자기를 꼭 보고 살라고.

안 보고 살아도 된다. 헤어져도 된다. 힘들면 가고, 창피하면 보지 말자.

겨우 용기를 바닥까지 긁어내 뻔뻔하게 붙잡으려는 찰나 내가 줄줄이 내놓는 게 그런 말들이라 자기가 얼마나 기가 죽었었는지, 거기에 또 어떻게든 용기를 내려는데 선수를 뺏긴 건 얼마나 뻘쭘한 일이었는지.

나는 기죽은 박우경이 그렇게 혼자 구시렁거리는 소리를 귓등으로 들으며 몸을 돌려 아빠를 찾았다.

눈으로 이리저리 둘러보고 핸드폰을 꺼내며 분주한 와중에 그 애가 날 뒤에서 끌어당겨 안았다.

"아 좀."

"넌 내가 창피하나."

"어."

"고맙다. 창피해도 잡아 줘서."

"고마우면 놓지."

"못 놓겠다. 도망갈까 봐."

"도망갈 힘도 없다."

"도망가면, 내가 다시는 니 못 붙잡을까 봐……."

여전히 불안하게 떨리는 손. 어깨에 묻은 얼굴.

그 애는 나더러 놀라지 말라고, 자기도 가끔은 염치를 안다고 말했다. 내가 수백 번을 떨쳐 내도 들러붙을 자신이 있다가, 딱 한 번만 제 손을 뿌리쳐도 그대로 절벽에서 떨어지는 기분이 들 것 같은 날도 있었다고.

"사람이 수백 번 가라고 하면 좀 가라. 말 좀 듣고."

"다른 말만 들을게."

"또 지 유리한 말만."

"어. 니가 진주 가서 같이 늙어 죽자고 한 이야기 같은 거만."

그러고 있는 사이 계속 전화를 받지 않던 아빠가 돌아왔다. 그 애의 큰아버지와 함께.

"……느그 둘은 여기가 경찰서 주차장인 거 알기는 하나?"

박우경의 큰아버지가 떫게 중얼거렸다. 나는 수치를 이기지 못하고 등 뒤에서 날 끌어안고 울고 있던 그 애의 정강이를 걷어찼다. 정신 차리라고.

배를 누르면 사랑한다고 말하는 인형처럼, 어디를 맞으면 반사적으로 사납게 욕설을 중얼거리고 보는 박우경이 뒤늦게 아빠를 발견하고 바보 같은 표정을 지었다. 제 큰아버지는 보이지도 않는다는 듯이.

"박우갱이 니 임마, 진짜 내가……."

"아저씨."

우스운 건 아빠도 내가 보이지 않는 양 그랬다. 아빠가 냅다 달려와 날 지나치더니 박우경의 어깨며 등짝을 내리치며 울음을 터트렸다.

"니가 내 대신 다 뒤집어쓰믄 내가 아이고 고맙다 이카고 치울 줄 알았나! 어!"

"아저씨…….."

"잘못되면 우짤라고. 나만사람이 술이나 처먹고 한 짓을, 젊디젊은 기, 우갱이 니가 잘못되면 우짤라고…….."

"잘못했어요. 제가 잘못했어요."

"내가 니 빨간 줄 그인다 하믄 가만있을 것 같드나. 내 대신 빨간 줄까지 다 그이고 고맙그로, 그카믄서 대신 내 딸래미나 델꼬 가라 그카겠나."

"차희 계속 만날라고 그런 거 아니에요. 그걸로 아줌마랑 아저씨 허락 받으려고, 차희랑 계속 만나고 싶어서 그런 거 아니었어요. 진짜로 아니었어요…….."

박우경은 이미 울고 있었으므로, 결국 위화감 없는 한 쌍이 됐다. 언젠가 우리 집 거실에서 자기들 마음대로 허락을 주고받 운 것처럼.

"너무 죄송해서 그런 거예요. 아저씨가 잘못한 게 아니라, 그냥 제가, 아저씨랑 아줌마한테, 너무 죄송해서…….."

"어제 팔도 다쳤다매. 어데 한번 보자. 어?"

"죄송해요. 잘못했어요."

"니가, 뭐가…….."

"제가 처음부터 끝까지 다 차희한테 잘못했어요. 아저씨…….."

아빠는 어제를, 박우경은 몇 년 전을, 둘은 서로 다른 시간대의 이야기를 하며 울었다.

그 애의 큰아버지가 내 옆에서 중얼거렸다.

"점마가 저래 사과를 잘하는 새끼였네."

다 큰 남자들이 경찰서 주차장 한복판에서 울며 부둥켜안고 있는 꼴은 당연히 시선을 끌었다.

그 꼴을 지나가던 한 아줌마가 보고는 '아이고, 아부지가 사고 친 아들래미 데리러 왔는갑네……' 하고 중얼거리기도 했는데, 사실상 사고는 아빠가 쳤거니와 그 애가 아빠의 아들도 아닌 점을 감안하면 오해도 겹겹이었다.

그것만 해도 충분히 이상하고 어색했다. 그래서 대충 그러다 말고 어영부영 가족끼리 찢어질 줄 알았는데, 그 애의 큰아버지가 문득 밥이나 먹으러 가자고 했다. 자기는 지금 배가 고파 죽을 것 같다고.

그렇게 어쩌다 보니 우리는 경찰서 맞은편 돼지국밥집에 와 있었다.

아빠와 나. 박우경과 그 애의 큰아버지.

태어나서 이렇게 희한한 식사는 처음이었다. 평생 마주 앉아 식사를 할 일이라고는 없었던 남의 집 큰아버지. 어젯밤 나한테 헤어지자고 한 남자. 그리고 그 집 과수원을 태워 먹으려 했던 아빠.

어이가 없는 건 나만 이 자리를 이상하게 여긴다는 거였다.

이를 테면 나를 뺀 나머지는 그런 식이었다. 그냥 밥 먹을 때가 됐으니 먹는다는 양 멀쩡했다. 얼마든지 같이 식사할 만한 사람끼리 먹으러 온 것처럼 서로 수저를 챙기고 물을 따라 주었다.

그 애의 큰아버지는 경찰서에서 나오고 나서야 아빠를 통해 뒤늦게 사건의 진위를 알았다고 했다. 그 말은 곧 '자신이 간밤에 온갖 용을 다 써서 구명한 조카가 사실은 생판 남의 죄를 엉뚱하게 뒤집어쓰고 있더라'는 것을 알게 되었다는 뜻이었다.

그런데도 밤새 자기를 속였던 조카와 진범을 앞에 두고 지금은 배가 고프니까 일단 국밥이나 먹겠다고.

이따금 자기 옆에 앉아 있는 박우경의 머리통이라도 후려갈기고 싶은 것처럼 보기는 해도, 그것으로 끝이었다. 아빠와 나를 보는 박강주의 표정은 한 점 흔들림 없이 태연했다. 아주 허무할 만한 일인데도.

"지 하고 싶은 일은 누가 때려죽인다 해도 하는 새끼인데 우짜겠노. 준영이 니가 참아라."

도리어 그렇게 말하고는 박동주와 비슷한 말을 더 했다.

자존심은 원래 비싼 것이라고. 그래서 사람들이 가끔은 자존심 같은 비싼 물건을 사느라 자기 인생을 낭비하는 거라고.

그 말에 따르면 인생은 재화의 영역이고 자존심은 소비의 영역이다. 선택은 언제나 재화를 소모한다. 굳이 그럴 필요가 있겠냐는 박강주의 질문에, 아빠는 아무런 대꾸도 없이 깍두기를 씹었다.

거기에 대고 애초에 자기한테 사실을 알릴 필요도 없었다고 말한 박강주는, 그렇게 말하고 나를 물끄러미 보았다.

"느그 집에는 오래전부터 빚이 있으니까."

예전에는 강당의 단상 위에서나 몇 번 보았던 사람이었다. 입학식에서, 졸업식에서.

그 애의 큰아버지는 우리가 다녔던 고등학교의 이사장이었다. 그림으로 그린 것처럼 돈도 감투도 많은 사람.

아빠는 큰 고모와 꼬박 아홉 살 차이가 났고, 큰 고모와 동창인 박동주와도 매한가지로 아홉 살 차이였다. 그러니 박동주보다도 몇 살은 더 위라는 그 형과는 더하겠지.

지나가듯 '내일 모레면 60대 중반이 된다'고 말한 60대 초반의 박강주는 자기가 한 말과 달리 이제 겨우 50대 초중반을 넘어선 것처럼 보였다.

아빠와 몇 살 차이가 나 보이지도 않았다. 그나마도 아빠는 평생 해 아래에서 고생하며 일한 것치고는 알로에며 선크림을 열심히 발라가며 관리한 낯짝이라 그랬고, 겉늙은 아빠 친구들을 데려다 놓으면 죄다 박강주보다도 형처럼 보일 것이다.

"내가 오십도 안 된 준영이 니랑 같나."

그래서 아빠보다 한참은 더 나이 든 것처럼 말하는 박강주가 신기했다. 박강주는 말 그대로 아빠를 어린아이처럼 봤다. 내가 준영이 니 네 발로 기어다닐 때부터 봤는데, 하고.

내도 이제 내일모레면 나이가 오십입니다. 오십이면 반백 년 아닙니까. 그렇게 말하는 아빠 말에는 코웃음이나 쳤다.

아빠와 그 애의 큰아버지가 대각선으로 서로를 보며 어제나 오늘과 아무런 상관도 없는 이야기를 덤덤하게 나누었다. 더는 화재에 관해 말하지도 않았다.

우리는 그 사이에서 사실 할 말이 별로 없었다. 박우경은 제 큰아버지 옆에서 우리 아빠를, 나는 아빠 옆에서 그 애의 큰아버지를 마주 보고 있었다.

국밥이 나오고 나서야 이거 먹어라, 저거 넣어라, 박강주와 아빠가 하는 말에 할 말이 생겼다.

"차희 니는 다대기 넣어 묵나."

"아뇨. 저 소금만요."

"젓갈은?"

"괜찮아요."

"아저씨는 국밥에 젓갈 넣어 드세요. 이리 주세요."

박강주가 친절하게도 내게 소금을 한 스푼 넣어 주는 사이, 박우경이 제 큰아버지 앞에 있던 새우 젓갈이 담긴 작은 그릇을 아빠에게로 슥 밀어 주었다. 제 큰아버지보고는 묻지도 않고. 둘이서 몇 번 같이 나갔다 오더니, 그때 국밥을 먹었던 모양이다.

순간 살면서 그것보다 더 기가 막힌 꼴은 본 적이 없다는 듯 공손한 제 조카를 흘겨보던 눈이 아빠를 한 번 보고 나를 또 한 번 봤다.

"혜영이 손잡고 다니던 그 쪼매난 머스마가 언제 다 커가 딸래미를 이래 낳아 놨노."

"언제 적 얘기를 자꾸 하십니까. 집에 더 큰 아들도 있고마."

"세월이 신기해가 안 이카나. 니가 딸래미를 언제 낳고 언제 자라가 우갱이 이 새끼랑 지지고 볶고 있는가."

"하다 보이 그래된 거지, 뭘."

제 큰아버지가 그러든 말든, 박우경이 삶은 소면이 담긴 그릇도 아빠에게 밀었다.

"국수도 좋아하시잖아요. 제 거 드세요."

"우갱이 니 무라."

"저는 면 별로 안 좋아해서 괜찮은데."

"집에서는 잘 묵드만."

"아줌마가 해 준 건 먹어요."

"마누라가 이쁘면 처갓집 말뚝에도 절을 한다 카드마."

"……."

"니 여자 친구가 이쁘기는 진짜 이쁘네."

박강주가 불쑥 중얼거린 말에 아빠가 흠칫했다. 간밤에 있었던 일만 본다면 말뚝에 절을 한 수준이 아니어서 그럴 수도 있었다. 박우경이 국물에 밥을 말며 태연히 말했다. 자기는 제사도 지낼 수 있다고.

"머슴살이도 했다는 기 제사만 지내겠나. 니는 그냥 저 집 아들래미 해라."

"족보 꼬여서 안 돼요. 차희랑 결혼해야 돼서."

"누가 니같이 싸가지 없는 새끼 아들로 받아 준다 카드나."

"그럼 방금 전에 왜 저 집 아들 하라 캤는데요. 웃기네."

아빠한테 소면을 권할 때와 달리 박정한 어조였다. 조카의 버르장머리 없는 말본새가 익숙한 양 박강주가 아무렇지 않게 고개를 돌렸다.

"차희 니는 옛날에 삼촌 본 거 생각나나."

"삼촌은 무슨. 할배 아인가."

"우갱이 니는 입 좀 닥치라."

"……저희 학교에서요?"

"아니, 느그 고등학교 말고 옛날에 느그 친할아버지 장례식에서. 니 요만할 때 봤거든. 그때도 아가 참 인형같이 이쁘드만."

의례적인 칭찬과 기억나지 않는 추억에 나는 뻣뻣하게 고개를 끄덕이며 국물을 떠먹었다.

"그래서 하는 말인데, 이참에 그냥 결혼하면 어떻겠노."

"……."

"마 재고 자시고 할 것도 없이 결혼해라."

그래서 하는 말이라고는 하는데 전혀 상관이 없는 말이었다.

아빠가 옆에서 곧바로 국물을 뱉었다. 사레에 걸려 격하게 기침을 쏟아 내자 방금 전 자기 큰아버지가 무슨 말을 했는지도 까먹은 박우경이 얼른 아빠 옆으로 와서 세상 둘도 없는 효자처럼 등을 두드렸다.

"삼촌이 살아 보니까 그렇더라. 인연이라는 게 마냥 예쁘고 아름다운 게 아니라, 뒤집어 보믄 그냥 공교로운 거드라. 하필이면, 그렇게 옆에서 아무리 떠들어도."

"……."

"나는 솔직히 동주 때 학을 뗐다. 그리고 이 새끼가 전과까지 뒤집어쓰는 데서, 이 새끼들한테 완전히 학을 다 떼뿟따."

질리고 지겨운 표정이 생생했다. 아빠가 겨우 숨을 고르며 기가 막힌 듯 말했다.

"행님, 지금 애들 나이가 몇 살인데."

"어차피 나중에 할 거 아이가. 나중에 하나 지금 하나 늙으면 다 똑같다. 그제."

"그제는 무슨, 나중에 하는 건 나중에 하는 기고 지금은 지금이지. 아직 대학도 졸업 안 한 애들한테 뭔 놈의 결혼을 하라카십니까."

"준영이 니는 니 처 고등학교 졸업하자마자 기다렸다는 듯이 낚아채가 결혼했다 카드만."

아빠의 얼굴이 대번에 시뻘게졌다. 제 큰아버지 옆으로 돌아가 자리에 앉던 박우경이 그런 아빠를 흘끗 보았다.

"누가 애들 엄마 졸업하자마자 그캤다고……."

"경홍이가 그카던데. 말희 니는 왜 내보다 일 년 늦게 태어나가 내랑 지금 결혼도 못 하고…… 아, 또 뭐라 캤드라. 뒤에서 드릅게 징징댔다 카던데."

"그거는 전혀 사실이 아이고, 그때 우리 엄마가 건강이 안 좋아가 준영이 니 자리 잡는 거 좀 일찍 보고 싶다고……."

"그니까. 그래 아픈 엄마 팔아가 결혼 안 했나."

"아 누가 아픈 엄마를 팔았다고 그캅니까 진짜! 애들 앞에서 참말로."

"니가 그래 가지고 우갱이 이 새끼보다 더 어릴 때 덜컥 애 아빠 돼 뿟다 아이가. 내가 다 알구만."

"합법적으로. 합법적으로. 사고 쳐가 덜컥 낳은 게 아니라 합법적으로."

아빠가 서둘러 윤태희의 합법적인 탄생 비화를 내게 해명했다. 해명하지 않아도 아빠랑 엄마가 언제 결혼했는지, 윤태희가 언제 '합법적으로' 태어났는지 아는 나로서는 아빠가 그 사실도 까먹고 허둥지둥 내게 해명하는 꼴이 와중에도 조금 우스웠다.

"느그 오빠야는 우리 결혼하고 한참 있다가 낳았다. 희야. 진짜다."

"뭘 또 한참이야. 금방 낳던데."

"아 자꾸 쓸잘데기 없는 말 하지 마이소."

"막말로 느그 딸보고 우리 우경이랑 당장 애를 낳으라는 것도 아이고, 그냥 결혼이나 하라는 건데."

가만히 입 닥치고 국밥이나 먹고 있던 박우경이 일순 헛기침을 했다. 애를 낳으라는 것도 아니고, 라는 지점에서 정확히.

사과 사는 할머니가 '나중에 자식 낳아 아역 배우나 시켜 보라'고 할 때는 그러겠다던 뻔뻔하던 얼굴이 조금 발갰다. 나는 좀 어이가 없어졌다.

"아 행님. 우리랑 얘네가 같습니까."

"짜달시리 다를 건 뭐고. 내 눈에는 준영이 니도 아직 애 같다."

"그거는 이제 행님이 늙어서……."

"반백 년 살았다는 새끼가 말본새 하고는. 그래, 내는 다 늙어서 이 지랄을 하는 게 다 부질없고 소용없다고 느낀다."

"……."

"동주랑 혜영이 봐라. 구태여 그래 살 필요가 있드나. 준영이 느그 아부지가 어떻고, 집안이 어떻고……. 그 둘이 두고 잴거 재고 따질 거 따지던 우리 집 인간들은 진작 땅 속에서 다 썩어가 흙이나 됐다."

"……."

"즈그 인생 즈그 마음대로 해가 지지고 볶고 말아먹으면 억울하지나 않지, 남이 갈라 놓은 인생은……."

"……."

"막상 살아 보면 별거 아니었을 수도 있다. 안 살아 봤으이 별거지. 내 하고 싶은 대로 못 해 봤으니 미련이지. 즈그 어릴 때 이래라저래라 한 어른들은 벌써 다 죽고 없는데 다 늙어가 누구 탓을 하고 살겠노."

"……."

"부자든 가난하든 기껏해야 한 번 젊고 한 번 늙더라. 아무리 지 잘났다고 날고 기어도 한 번 태어나고 한 번 죽는다 아이가. 사람 태어나는 것도 별일이고, 죽는 것도 별일이듯이 얘네

젊은 때도 한 번이고 한때다. 세상 별일이지."

"……."

"부모도 결국에는 남인데, 남의 인생에서 그 한 번을 함부로 앗을 게 아이더라."

언젠가 그 애의 할머니가 했던 말이 떠올랐다. 남이랑 남이 만나서, 또 남을 낳는 게 결혼과 자식이라던.

어쩌면 그 아들다운 말이었다.

"준영아, 내는 그렇다. 니 눈에는 당연히 우리 동주가 밉고 싫겠지만, 내 눈에 동주는 아직도 강물에서 시체처럼 건져 내던 스무 살짜리 애다. 그때부터, 그냥 숨이 붙어 있으니까 살아 있는 그런 애다."

"……."

"옛날에 안기부에서 고문을 얼마나 당하고 나왔는지 반병신이 되어가 지 혼자 걷지도 서지도 못하던 거를 내가 겨우 서울 방에 데려다 놓고 한참을 울고 있는데…… 동주가 내한테 그카드라. 아프지도 않다고. 안 아프니까 울지 말라고. 이상하게 아무리 얻어맞아도, 자기는 하나도 아프지가 않다고……. 이만 죽어도 괜찮을 것 같은데 죽지를 않는다고."

"……."

"계속 안 죽고 형 고생시켜서 미안하다고……."

고작 엊그제 일을 뒤돌아보듯 박강주의 눈이 붉었다.

"내 아직도 한 번씩 생각한다. 그때 정신 다 놓고 죽어 가던 새끼가 가물가물 감긴 눈으로 딱 한 번만이라도 혜영이 더 보고 싶다고 했을 때, 내가 그 한 번이라도 만나게 해 줬으면. 혜영이한테 빌고 빌어서라도, 그때 한 번만 우리 동주 만나 달라고 했으면 어땠을까."

"……."

"가끔 동주를 보면, 그 한 번도 사무치거든. 둘을 같이 살 게 해 주고 자시고, 그런 대단한 게 아니라 그냥 그 한 번. 딱 한 번. 잠깐 얼굴이나 보는 거."

"……."

"지금 내가 돈이 아무리 많아도 그때의 혜영이는, 그때의 동주한테 보여 줄 수 없으니까."

아빠는 말없이 시선을 떨어트리고 국밥을 삼켰다. 박강주가 옆에 앉은 제 조카를 물끄러미 바라보았다.

"……박우갱이 이거는 즈그 아부지랑 똑같다. 생긴 것도 그렇고. 영판 성격 드러븐 동주다."

"……."

"그래도 동주는 어릴 때 어른들 말씀은 참 잘 들었거든. 임마보다 훨씬 순하고. 박우갱이 이거는 생전 안 그랬지만."

"사람이 바로 옆에 있는데 또 이거, 저거 하시네."

"지 어릴 때부터 하나 찍어 놓고 미친갱이처럼 죽어라 좋아하는 거. 지가 한번 좋으면 죽을 때까지 좋은 거. 다 똑같은데 이게 또 못돼 처먹은 인성 하나는 즈그 아부지랑 다르다 아이가."

"큰아빠. 결혼하라 캐놓고 장인 될 분 앞에서 인성 못돼 처

먹은 새끼라고 제 흉을 보면 그게 결혼을 하라는 거예요, 말라
는 거예요?"

"장인 될 분 앞은 지랄……. 마, 누가 니랑 벌써 결혼해 준다
카드나."

"아니 이게 진짜 내를 도와주는 거가."

"아 입 좀 닥치라, 이 쌍노무 새끼야……. 콱 마 쥐박아 뿔
라."

정말로 박우경을 쥐어박을 듯 사납게 손까지 들어 올렸던 박
강주가 한숨을 쉬며 도로 손을 내렸다.

"그래서 동주는 크는 내내 숨도 못 쉬고 살았거든. 지 아들
처럼 좀 못돼 처묵지를 못해서. 내가 공부에도 뜻 없고 장남 노
릇도 안 할라 카니까 공부 잘하는 동주 P대 법대 보내가, 집안
에 돈도 있겠다 사람도 많겠다, 일찌감치 정치나 시켜서 크게
키우겠다고 난리였다. 맨날천날 애를 잡아 족치듯 키웠지. 내
대신……."

"……."

"그렇게까지 해도 동주가 뭐든 들어먹는 거 같으니 할매도
다 똑같은 줄 알았을 기다. 혜영이 일도. 결국 순종하고 지나갈
거라고."

"……."

"그때까지 혜영이 덕분에 애가 버틴 것도 모르고."

"……."

"우경이도 비슷했지. 애 대충 던져 놓고 있다가 알고 보이

머리가 좋다 카니까 아예 눈이 뒤집혔드라. 그거 보면 차라리 못된 게 낫다. 지가 못돼 처먹으면 가끔 숨이나 쉬고 사니까. 지 욕심 나는 건 끝까지 안 놓으니까."

"……."

"그러니까 동주처럼 살 필요도 없지."

국밥은 먹는 둥 마는 둥, 배가 고파 죽을 지경이라더니 애초에 입맛도 별로 없었던 것처럼 밥에는 별로 손도 대지 않았다.

"이래 봬도 우갱이 이게 내 제일 아픈 손가락이다. 준영아. 내 자식보다 더하다."

"……방금 행님 손으로 쥐어박을라 카시드만."

식사가 아니라 처음부터 박우경을 팔아먹으려고 만든 자리였던 것이다. 모두가 이런저런 일로 경황이 없는 사이에.

박강주가 한숨을 쉬었다.

"즈그 형들은 그래도 어릴 때 좀 괜찮았는데, 우갱이 이거는 날 때부터…… 말도 마라. 진짜 몇 번을 죽을 뻔했는가 모른다. 내 동생이지만 애들한테는 애비도 아니지. 신미진이 그 여자는 말할 것도 없다."

"……."

"지가 죽일 뻔한 애 겨우 여러 번 살려 놨더니 좀 커서도 지가 끼고 안 키웠다고, 태경이 해경이 어릴 때는 그래 지극정성이었으면서 제일 어린 거는 항상 아무렇게나 두고, 할매 편 든다고 남들 안 보는 데서 닦달하고 손찌검하고, 사사건건 트집 잡아 애를 그렇게 정신 고문 하고……."

객관적으로 안타깝고 불쌍한 이야기지만, 박강주는 진실로 옆에 앉은 조카가 지금 이 순간도 가여워 어쩔 줄 모르는 기색은 아니었다.

오히려 아빠랑 나더러 들으라고 늘어놓는 기색이 역력했다.

옛날에는 분명 그랬고, 지금도 아주 아픈 손가락이라 이토록 박우경을 돌봐 주는 것일지는 몰라도.

"그래도 애가 이래 지 혼자 잘 자랐다. 할매가 지 옆에 없어도 계속 지 키워 주는 것처럼 잘 컸다."

"……."

"차희 니가 옆에 있어서 그랬겠지. 나중에도 니랑 같이 있고 싶으니까. 멀쩡한 부모 밑에서 멀쩡히 자란 놈처럼 보여야 니 데리고 오니까."

"……."

"그래서 우리 우경이도 잘 자라고 싶었던 거다. 차희 니처럼."

아빠가 그 애를 물끄러미 바라보았다.

"우경이는 진짜로 차희 니 덕분에 여태 버티고 잘 큰 거다. 나는 그렇게 생각한다. 고맙다. 차희야."

"아니에요. 저는 별로 쟤한테 해 준 것도 없고……."

"그런데 애가 다 컸다고 끝이 아이그든."

"……네?"

"차희 니는 어떨지 몰라도, 니 옆에 이게 있든가 말든가 잘 살지 몰라도, 우갱이 이 새끼는 살아 있는 한 끝이 없다. 나무

코트 입을 때까지……."

나무 코트가 뭔데요? 박우경이 아빠에게 곁다리로 물었다. 사람이 죽어서 관짝에 드가믄 그게 바로 나무코트다. 아빠가 와중에도 친절하게 대꾸를 해 주자 박우경이 아, 하고 고개를 끄덕였다.

"일단 이 새끼가 차희 니랑 결혼하기 전에는 이 지랄이 안 끝난다. 그니까 빨리 좀 어떻게 해 봐라."

결국은 그게 결론이었다. 우리를 아름답게 짝지어 주고 싶기 보다는, 박우경을 빨리 해치우고 싶다는 것이다.

"저희가 결혼하고 더 개판이 날 수도 있잖아요."

내 대꾸에 잠시 아연한 표정이 된 박강주의 얼굴이 박우경이 바보처럼 보일 때와 닮아 있었다.

"벌써부터 그런 썩은 생각은 하지 말자."

박우경이 대각선으로 날 달래듯 말했다. 지가 그만하자고 한 일은 벌써 전생의 일 같나 보다.

"……내가 박우갱이 이거 드럽게 못돼 처먹었다 캤제. 그러니까 니네가 결혼하면 절대로 잘못될 수가 없는 거다."

"자기 큰아버지도 못돼 처먹었다고 하는 남자랑요?"

"세상 사람한테 착하고 바르게 할 거 다 모아서 차희 니 하나한테 다 해 줄 거니까."

"……."

"삼촌이 그거 하나는 보증한다."

"저는 애초에 애들 만나는 거 반대 안 합니다. 결혼도 진작 허락은 했습니다. 나중에 느그 하고 싶으면 하라고. 근데 당장은 너무 별일 아입니까. 둘 다 졸업도 안 했고, 우경이 점마는 학교를 최소 3년은 더 다녀야 되는데."

"뭐 묵고 살까 걱정할 것도 없다. 우경이 즈그 할매가 자기 다섯째 아들맹키로 미리 물려준 게 다 얼만데."

"우경이 할매한테 물려받은 돈 많은 거야 압니다. 그래도 명색이 결혼했는데 있는 돈 까먹고 사는 거는 좀 그렇지 않습니까."

"아이고, 까먹기는 뭘 까먹노. 이 새끼가 가만히 앉아만 있어도 지 건물에서 월세가 몇 천씩 들어오는데. 차희는 공부 더 하고 싶으면 대학원 가가 공부 더 하고, 같이 그 돈으로 서울에서 생활하면서 학교 다니고 그카면 되지. 임마 이거 주식도 잘 한다. 미국 주식 다 떠내려갈 때 지 혼자서 돈 벌었다 아이가. 얄밉그로 물리지도 않드라. 박우갱이 이게 또 뭘 잘하는지 아나?"

"아니 무슨 물건 팔듯이 자꾸……."

"준영아. 나는 솔직히 이 새끼를 느그 집에 치워 버리고 싶다."

"……."

"더 사고 치기 전에 제발 델꼬 가라."

"아니 이게 무슨 떡이가?"

박우경이 입맛이 뚝 떨어진 것처럼 숟가락을 탁 놓으며 중얼거렸다.

"뭔 말을 하면 할수록 더 없어 보이잖아요. 이거 치워 버리고 싶다 카면 누가 치워 주는데요."

"아 니는 좀 가만있어 봐라. 지금 준영이 생각하고 있다이가."

"자기 조카를 무슨 악성 재고 취급하노."

"니는 악성 재고도 아이고 악성 그 자체다. 내는 박우갱이 니만 생각하면 진짜로 한 번씩 뒷골이⋯⋯. 아, 준영이 느그 집 가서는 잘할 끼라. 아까 들었제? 이 악성 새끼가 결혼하면 처갓집 말뚝에 대고 사이비처럼 제사도 지낸다카이."

"우리 집에는 말뚝도 없습니다."

아빠가 무덤덤하게 대꾸하고 가만히 박우경을 바라보았다. 그 애가 조금 긴장한 것처럼 천천히 숨을 삼켰다.

그대로 침묵이 흐르자, 그제야 국밥을 몇 숟갈 말아 떠먹던 박강주가 아빠의 눈치를 살피며 팔꿈치로 제 조카의 팔을 툭툭 쳤다.

"마, 악성 베토벤."

"왜요."

"니 대구에 그 메디컬 빌딩에서 매달 얼마 들어오노."

"아 쫌."

"오천 우에가, 밑이가. 아 말해 봐라."

"그런 걸 왜 말해요."

"하기사 9층짜리니까 우에겠네. 이거 완전 재벌이다. 재벌."

"뭔 재벌이야⋯⋯."

"임마가 또 부산 서면에 상가가 하나 있그든. 거기서만 또 몇 천 아이가. 경기도에도 땅이 그래 많은데 융자 하나도 없다. 그래가 월세 들어오면 손 하나도 안 대고 따박따박 다 모으고 지 생활비는 주식 야금야금 굴려서 쓰고 있다 안 카나. 얼마나 팔자가 좋노."

"아 왜 자꾸 돈 얘기만 해요."

"박우갱이 니가 돈 말고 볼 게 뭐가 있노."

"……."

"얼굴이 좀 생겼다 아입니까."

아빠가 할 말을 잃은 박우경을 대신해 한마디 밀어 주었다. 그 말에 실실 웃는 그 애 옆에서 박강주가 단호하게 고개를 저었다.

"남자 생긴 거야 잠깐이지. 나중에 머리가 벗겨질지 술 처묵고 배가 나올지 우째 아노?"

"걍 저주를 해라. 진짜."

"차희야. 이런 거 옆에 끼고 딱 10년만 있다가 애 하나 낳고 이혼해 봐라. 나중에 얼마나 뽈가먹는 재미가……."

"아직 결혼도 안했는데 이제는 이혼을 하라 카노."

"아니 결혼만 하라 카니까 반응이 시원찮다 아이가. 니 정도 면 서류에 기스 좀 남아도 테스트는 해 볼 만하다 이거지. 어떤 데? 니 서류에 박우갱이라는 기스를 함 남기 바라."

나는 아빠를 흘끗 보았다. 아빠는 여전히 별다른 표정이 없었다.

"왜, 모자라면 삼촌이 더 주까? 삼촌이 니 우갱이랑 결혼하면 차도 한 대 바로 뽑아 주고, 혼수도…….."

"그거는 제가 사과원 다 팔아서라도 합니다. 행님."

어느새 혼자서 국밥 한 그릇을 다 비우고, 티슈를 뽑아 입가를 닦은 손이 차분하게 자리를 정리했다. 박강주가 그런 아빠를 물끄러미 응시했다.

"돈 많은 남자랑 산다고 다 행복할 거 같으면, 우리 큰누나 같은 사람이 왜 있겠습니까."

"아니 우리 우갱이는."

"우리도 남자지만 지 여자한테 치사한 남자들이 얼마나 많습니까. 결국 다문 만 원짜리 한 장도 지 손으로 벌어야 지 돈이지. 그래 돈을 벌어야 살아 보고 아니다 싶으면 도로 나오지. 안 그렇습니까."

"아니, 도로 나갈 일 없게 우갱이가 잘해야지."

"우경이가 가진 게 얼마든 우리 차희는 지 할 일 지 알아 할 낍니다. 그 돈이 차희 것도 아이고."

"부부 사이에 니 거 내 거가 어데 있노."

"우갱이 가진 거 많은 거, 내 이제 와가 처음 안 것도 아이고, 애가 어린 나이에 그래 큰 돈 만져도 거들먹거리지 않게 잘 컸다고는 생각합니다."

아빠는 무언가 생각하듯 잠깐 식탁을 내려다보았다가, 천천히 박우경을 응시했다.

"나는 우경이가 돈이 아무리 많다 캐도 박동주 아들이라 마음에 안 들었습니다. 애당초 유치원 재롱 잔치에서 아무 죄 없는 어린애가 내 딸 손잡고 춤 추는 꼬라지만 봐도 속이 뒤틀렸던 사람입니다, 내가."

"……."

"그리고 이제는 우경이가 지 손에 가진 거 하나 없다 캐도 마음에 듭니다. 차라리 저래 가진 거나 없으면 어디 가지 말라 카고 내 딸이랑 영영 같이 끼고 살고 싶습니다."

그 애가 아빠를 멍하니 바라보다 황급히 고개를 돌렸다. 아. 또 우는 게 분명했다.

"돈은 있다가도 없는 거고, 굶어 죽을 지경만 아니면 대수는 아입니다. 그니까 돈 때문도 아니고, 너무 미안해서도 아니고, 애가 그래 컸다는 게 불쌍해서도 아입니다. 어차피 진작 결혼하고 싶으면 하라 캤습니다. 내가 내 딸 생각하는 것보다, 점마가 내 딸을 더 생각하는 거 같아서."

"……."

"돈이 많다 못해 썩어 나도 우리한테는 아무것도 안 해 줘도 됩니다. 자식은 원래 부모한테 받는 사람이지, 부모한테 주는 사람이 아이니까. 내줄 것도 없는데 받지는 말아야지……. 그러니까 우리 집도 그냥 아들 하나 더 생긴 셈 칠랍니다."

"……."

"박동주, 신미진이 아들이 아니라 내 아들이라고 생각하고."

아빠는 그렇게 말하면서도 엄마의 아들까지 될 수 있을지는 좀 더 보아야 안다고 했다. 자기 기억에는 여론이 좀 안 좋았던 것 같다고. 실은 결혼도 자기 손에 달린 것은 아니라고.

"준영아, 니 때문에 악성 이거 운다. 우짜노."

처연하게 우는 조카를 우롱하듯 말한 박강주가 다 식은 국밥을 마저 먹었다.

그렇게 우는 와중에도 그 애가 정말 잘하겠다고 거듭 말했다. 악성 치고는 흐느끼며 말하는 꼴이 제법 가엽고 불쌍해 보였다.

남의 일인 양 국밥을 부지런히 먹으며 구경만 하고 있는 자기 딸을 세상 매정하다는 듯 흘끗 본 아빠가 한숨처럼 대꾸했다. 나는 좀 대충 잘해도 된다고.

"느그 아부지도 그렇고, 느그 큰아부지도 그렇고. 니 우리 집에 떠넘길라고 난리네."

"애물단지라 그래요."

박우경은 반파된 제 차 대신 아빠의 트럭을 탔다. 그 애의 큰아버지가 견인차를 불러 치워 버린 까닭도 있고, 자기 차에 태워 주지 않은 까닭도 있었다.

네 장인어른 차나 얻어 타고 가라고.

"애물단지가 아이라, 니를 사랑하시니까 글치."

그 애는 앞서가는 박강주의 차를 바라보다 나직하게 대꾸했다. 네. 큰아빠는요.

큰아버지가 저를 그렇게까지 신경 써 준 것이 의외라는 양 말하면서도, 제 아버지에게는 멀찍이 선을 긋는 것에 아빠가 다른 말로 넘어갔다.

아빠와 그 애 사이, 가운데 앉아 있던 나는 박우경의 어깨를 톡톡 두드렸다. 박우경이 습관처럼 고개를 조금 틀어 내 손끝에 입술을 맞추려다, 불현듯 아빠의 눈치를 흘끗 보고는 부자연스럽게 고개를 뒤로 뺐다.

아빠는 차마 못 볼꼴을 봤다는 듯 고개를 돌렸다.

그러고는 한동안 조용했다. 갑자기 끼어드는 차를 보고 아빠랑 그 애가 운전 참 개같이 한다며 동시에 욕을 하기까지는.

누가 누굴 닮아서가 아니라 각자 타고난 성미 때문일 테지만, 그게 조금은 닮아 보였다.

"생각해 보면 느그 큰아부지 말이 맞다."

"뭐가요."

"여름에 우리 태희 엄마 죽을 뻔했을 때. 그때."

아빠가 핸들을 돌리며 느릿하게 말했다.

"올봄에 내가 그래 니를 못 쫓아내가 안달했는데, 니는 내 말을 귓등으로도 안 처들어가 그날도 우리 집에 와 있었제. 그렇게 니 차 타고 가가 우리 태희 엄마가 살았을 때."

"……."

"내가 쓰잘데기 없는 짓이나 한다고 나가 있는 사이에, 태희 엄마 혼자 죽을 뻔했을 때. 사실 사람 생각하는 건 다 비슷비슷하거든. 제발 잠깐 그러다 말아라. 잘못되지 마라. 박씨는 죽어도 안 된다. 내 딸까지 잘못되면 안 된다……. 내내 그래 생각하던 게, 다음 날 니를 보는데 갑자기 내 스스로 웃기더라고."

"……."

"박씨고 나발이고, 이래 죽으면 그게 다 무슨 소용인가 싶대."

"……."

"내 하나 모른 척하면 되는 건데. 우리도 떠나고, 니네도 멀리 보내면 되는데. 그때는 그래 쉽게 생각했다. 내 딸래미만 행복하면 이런 가시 하나 내 입에 못 물고 살겠나."

아빠는 쉽게 생각했다고 했지만, 그 생각이야말로 평생 제 누나의 수모와 집안의 굴욕을 곱씹던 아빠에게 얼마나 어려운 일이었을지 알았다.

이 모든 일이 벌어지기 전에, 진작 청라를 버리기로 했던 게 아빠의 인생에서 얼마나 큰일이었는지도.

"이러니까 사람 생각하는 게 다 거서 거인 기라. 죽으면 무슨 소용. 다 늙으면 무슨 소용. 아무리 가는 데는 순서가 없다지만, 확률상 부모인 우리가 먼저 아니겠나."

"……."

"그래 되면 죽은 사람 뜻대로 산 사람이 산다는 건 웃긴 일이지."

"……."

"내 뜻대로 내 딸이 사는 것도, 웃긴 일이지."

박동주의 생각. 아빠의 생각. 박강주의 생각. 거기서 거기라는 생각들.

"어제 내 잘못은 내 잘못이고, 희야는 희야다. 우갱아. 알제."

"아저씨도 잘못하신 거 없어요."

"잘못했지. 크게 잘못했지. 그게 누구 땅이든, 옛날에 무슨 일이 있었든 농사 짓는 사람이 남들이 땀 흘려 열매 맺게 한 나무들 그래 만든 것부터."

"아저씨."

"그거랑 똑같다. 니네 엄마가 한 잘못은 니네 엄마 잘못이고, 니는 니다. 우갱아."

"……."

"당당하게 살아라."

박우경이 아빠에게 들리지 않을 만큼 조용히 욕설을 중얼거렸다. 또 눈물이 나서 그런 것을 알았다. 나는 기계적으로 휴지를 몇 장 뽑아 주고는 아빠한테 보고했다.

"아빠. 얘 또 우는데요."

"수도꼭지가 따로 없네. 아니 뭔 말만 하면 우노."

#48. 한숨 자라

우리가 동네에 도착했을 때쯤 박우경은 완전히 엉망이었다. 교통사고가 났을 적 입었던 옷은 갈아입었다지만 경찰서에서 밤을 꼬박 지새운 데다, 아까 경찰서 주차장 바닥에서 얼마나 울었는지 눈가가 발갛게 다 짓물렀다.

거기서 끝났으면 좋았을 텐데. 그 애는 국밥집에서 국밥을 먹다가도 울었고, 차를 타고 오면서도 미친놈처럼 울었다.

"눈깔이 완전히 고장났는갑다."

결국 아빠는 그렇게 결론을 내렸다.

경찰서 앞에서 온몸의 체수분을 다 쏟아 낼 것처럼 울기 전에도 진작 핏기 없이 창백한 얼굴이었다. 이제는 아예 아빠 말처럼 고장이 났는지 어디로 눈길만 흘끗 돌려도 그렁그렁 물기가 고여 있던 눈에서 눈물이 뚝뚝 떨어졌다.

다섯 살 때부터 그 애를 봤는데도 이런 처참한 낯짝은 처음이었다. 박우경이 평생 내 앞에서 흘렸던 눈물을 방울방울 다 긁어모아도, 고작 이 아침나절에 낭비한 눈물이 훨씬 더 많을 것이다.

실은 옛날에 헤어지자고 했을 때도 그렇게 울기는 했다. 다만 그때는 그 애가 그렇게 우는 꼴을 다 안 보고 내버려 두고 가서 몰랐다. 제 말로는 개같이 차였다던 그 열아홉 살.

그때도 한참을 울었겠다. 지금처럼.

나는 아빠가 경홍이 아저씨네 창고에 들어가는 것을 물끄러미 보고 있다가 옆으로 시선을 돌렸다.

내 옆얼굴을 바라보고 있던 박우경이 내 눈을 피했다. 제 큰아버지의 강매를 등에 업고는 결혼하자고 잘만 떠들더니, 단둘이 되자마자 내 눈도 똑바로 못 쳐다봤다. 차마 바라볼 엄두도 나지 않는 것처럼.

"……그만 좀 울어라. 눈알 빠지겠다."

"이게 지금 존나 내 마음대로 되는 게 아니라서……. 미안."

사과와 함께 눈물이 한 방울 뚝 떨어졌다.

"뭐가 미안한데."

"질질 짜는 거 존나 보기 싫제."

"별로 보고 싶은 장면이 아니기는 하네."

"매정한 가스나."

"박우경 되게 못생겼다."

"하, 씨발……."

박우경이 눈가를 사정없이 박박 문질렀다.

82

"그만 울면 된다이가."

"아 쫌. 무식하게."

이미 시뻘겋게 다 짓무른 살에 그런다고 상태가 좋아질 리 없었다. 나는 오만상을 찌푸리고 무식한 박우경의 손을 떼어 내려고 했지만 그 애의 다른 손에 애꿎게 내 손만 잡혔다.

"씨발, 못생겼다 카니까 더 눈물 난다. 취소해라."

"뭘."

사실 생긴 게 생긴 것이라 딱히 못나 보이지는 않았다. 병원에 입원이라도 시켜야 하나 싶은 꼴이라 그렇지.

"빨리 안 못생겼다고 해라."

"니가 이미 못생긴 걸 어떻게 안 못생겼다고 하는데?"

"아니 거짓말이라도 하라고."

"그 거짓말을 어케 하냐니까."

"왜 못 하노. '우경아, 니는 운다고 얼굴이 개판이 나도 잘생긴 거 아나. 앞으로도 악플에 신경 쓰지 말고, 인생은 러브 유어 셀프다. 알제.' 뭐 좀 다정하게 이 정도."

내가 악플러라는 말인가.

"……그래. 니는 러브 유어 셀프 좀 해라. 아무 데나 차 갖다 박고 방화범 사칭하면서 인생 막 살지 말고."

"야, 윤악플."

"남의 별명 아무렇게나 그만 짓고."

"공주 니가 자꾸 면전에서 악플 단다이가."

"지가 불쌍한 척해 봐야 건물준데 뭐. 돈도 많은데 웃고 살아라."

"아니 씨발 돈 많은 사람은 뭐 울지도 못하나……."

"누가 울지 말라 캤나. 걍 못생겼다 캤는데."

박우경이 입을 꾹 다물었다. 이 와중에 나한테 못생겨 보이는 게 싫은지 어떻게든 참는 표정이었다.

그래도 눈물이 뚝 떨어졌다. 에이 씨발……. 박우경이 잡고 있던 내 손을 아주 소심하게 내팽개치고 아예 제 손에다 얼굴을 묻었다.

지 손으로 가려서 안 보이면 그만인가.

"박우경 니 지금도 이래 울면 나중에 내 죽었을 때 어쩔라고."

"……."

"뭔데. 또 우나."

"니 죽는다는 소리는 왜 하는데……."

그 애에게서 순식간에 물에 푹 잠긴 듯 먹먹한 목소리가 나왔다. 어이가 없어졌다.

"사람은 언젠가 다 죽잖아."

"……."

"박우경 니도 죽고 나도 죽는데."

"씨발 그걸 누가 모르냐고."

"아는데 왜 이카냐고."

"윤차희 니 죽는 거 상상하고 또 슬퍼졌다이가……."

박우경이 목메어 울며 따졌다. 아무 짓도 안 했는데 괜히 애를 울린 기분이었다.

"내가 윤차희 니보다 먼저 죽을 거다. 씨발. 두고 봐라."

"도라인가."

조금 후에 차로 돌아온 아빠가 내릴 때보다 상태가 더 안 좋아진 박우경을 힐끗 보더니 나한테 물었다.

"박우갱이 저거 또 와 저카노."

"몰라요."

"차희 니 쟤한테 또 뭔 못된 말 했제."

말만 질문이지 확신이었다. 나는 좀 더 어이가 없어졌다.

"아무리 그캐도 머스마가 저래가 큰일이네. 희야 니 저래 징징거리는 거랑 결혼하겠나."

"아저씨. 저 안 징징거리는데요."

그 애는 대번에 발끈했지만 그 말도 세상 처연한 얼굴로 했다. 아빠가 혀를 차며 코나 풀고 말하라고 했다.

박우경이 더러워도 자기를 버리지 말라고 나한테 당부하고는 고개를 돌리고 내외하듯 코를 풀었다. 트럭 조수석에서 불쌍하게 그러고 있는 꼴을 보고 있으니, 아무리 봐도 얘한테 매달 그렇게까지 많은 돈이 입금될 것 같지가 않았다.

사실 나로서는 별로 실감도 나지 않는 액수이기도 했다. 어차피 지 돈인데.

"니는 뭐가 그래 서럽노. 아까 보이 우리 딸래미는 조금 울다 치우드만. 머스마 새끼가……."

"서러운 게 아니라, 그냥 안 믿겨서요."

"뭐가."

"제가 차희 옆에 계속 있어도 되는 게 꿈 같아서요⋯⋯."

"⋯⋯."

"근데 이러다 눈 뜨면 차희도 아저씨도 사라질 거 같아요."

아빠가 또 혀를 찼다.

"니는 우리 희야가 그래 좋나."

"저는 희야를 좋아하는 게 아니라 사랑하는데요."

"하이고 꼴값은⋯⋯. 내는 아직도 지금 이게 꿈이었으면 좋겠구만. 내가 살다 살다 우째 그래 정신이 나가가 그런 끔찍한 짓을 다 했을까⋯⋯."

"꿈이면 안 되죠, 아저씨. 저보고 아들이라매요."

당신 입장은 알 바 아니고 본인은 받을 게 있다는 투였다. 된다고 별 좋을 것도 없는 우리 집 아들이 되는 것.

"우리 집 아들이 뭐 별거가. 우리 태희 봐라. 재수도 드럽게 없어가 우리 집 아들로 태어났구만. 내 같은 애비 만나는 게 뭐 짜달시리 좋은 일이라고."

"태어나서 이렇게 재수 좋은 적 처음인 것 같은데."

"아부는."

이게 꿈이면 죽을 때까지 안 깼으면 좋겠다. 박우경이 내 새끼손가락 끝을 살짝 잡으며 애처럼 중얼거렸다. 아빠가 바로 옆에 있으니 내 손을 다 잡지 못하는 대신에.

"조심해라. 태희 보면 니 천 년의 꿈도 깰 거니까."

얼마나 꼰대 새낀지, 한 번씩 지가 애빈 줄 안다니까. 우리랑 부모 자식이 바뀐 줄 안다카이……

아빠가 윤태희의 흉을 보기 무섭게, 진입로를 오르는 차 소리를 집 안에서 들었는지 이미 활짝 열려 있던 현관문 안쪽에서 스물여섯 먹은 꼰대가 사납게 튀어나와 고함을 질렀다.

"아빠!"

"그래. 내 왔다."

"애를 데리고 갑자기 증발하면 어카는데요! 씨발, 폭탄을 던져 놓고! 어디로 가면 간다고 미리 말이라도 하든가! 미리 말을 안 했으면 전화라도 받든가! 다 끝장 보고 경찰서 가서 자수할 거 같으면 내가 변호사 살 시간이나 주든가!"

아니 진짜 미친 거 아이가? 이따위로 해가 뭘 어쩌자는 건데? 손발이 이따위로 안 맞아도 되는 거가?

아들이 패륜아처럼 중얼거리는 추임새에도 일이 일이었다는 생각인지, 아빠는 잠자코 잘못했다 사과하며 트럭에서 내렸다.

곧바로 돌아온 잔잔한 사과에 도리어 멈칫한 윤태희가 그제야 조수석에 타고 있던 박우경을 곧바로 봤다.

아빠를 사납게 노려보던 눈이 일순 왈칵 일그러졌다. 윤태희가 전투적으로 운전석 쪽으로 걸어와 반쯤 닫혔던 문을 벌컥 열어젖혔다.

"마, 박우갱이 니."

"……형."

"니 진짜 뒤지고 싶나."

"……."

"아니면 박해경이 니 때문에 죽는 꼴 보고 싶나."

"형."

"박해경 덜덜 떨면서 내한테 전화했다. 아나. 집안끼리 그지랄이 났는데, 즈그 엄마 때문에 씨발 개지랄이 났는데. 그런데 얼마나 전화할 사람이 없었으면."

"……."

"내가 금마한테 육성으로 느그 엄마 죽여 버리고 싶다는 말까지 캤는데, 그 전화를 내한테 했다. 그런 때 제일 먼저 전화해야 하는 게 박우경 닌데, 정작 니가 그 사고를 내서. 자기 엄마는 음주 운전에, 동생인 니는 고의로 엄마 차 쫓아가서 엄마 죽으라고 사고 냈다고."

"……."

"해경이한테 엄마가 죽었으면 좋겠다고 했다매. 그래서 그랬다매."

"……."

"죽여 버리고 싶어서 그런 거라고."

나는 더 이상 울지 않는 박우경을 응시했다. 더는 이 순간이 꿈이기를 바라지 않는 현실적인 낮이었다. 아무런 후회도 미련도 없는 얼굴이었다.

제 엄마 이야기 앞에서는 파르라니 낮을 굳히고, 무엇도 망설이지 않았다.

마치 평생 그런 순간만을 바라 온 것처럼, 박우경이 덤덤하게 대꾸했다.

"네."

"그 누명을 박우경 니가 왜 쓰는데. 니네 형한테까지 왜. 니가 느그 엄마한테 치인 거면서. 애초에 쫓아간 것도 남 해치는 거 막으려고 한 거라매. 사고는 니네 엄마가 냈는데 니가 대체 왜."

"잠깐 그러고 싶었던 것도 사실이니까."

"……."

"차라리 나랑 같이 죽어 버렸으면 좋겠다고 생각한 것도, 사실이니까."

박우경이 조금 웃었다.

"산다 치면 그 여자랑 쌍으로 인생 좀 망치는 것도 괜찮고."

"왜. 박해경한테 차라리 그게 나을 거 같드나."

윤태희가 싸늘하게 물었다.

"갈 데까지 간 니네 엄마가 술 취해서 자기 아들도 몰라보고 차로 갖다 박았다는 것보다, 니가 니 낳아 준 사람 죽이고 싶어 그랬다는 게. 니는 그딴 게 느그 형한테 더 나을 거 같아서 그랬냐고."

"……박해경은 그런 인간도 엄마라고 사랑하거든요."

"그래서."

"당신 같은 사람 더는 자기 엄마도 아니라고, 그렇게 말 한마디 겨우 하고 하루 종일 지 혼자 울고 토하는데…… 아, 박해경한테는 지금까지 저딴 여자가 진짜 엄마였구나 싶어서. 저 새끼 말만 엄마라 부르는 게 아니라 진짜였네. 저것보다 더 실망하기도 어렵겠다. 저 새끼 저러다 죽겠다 싶어서."

"……."

"박해경이 그렇게 하루아침에 엄마 잃게 된 게, 길바닥에서
나 붙잡고 우는 얼굴 보니까 갑자기 불쌍해져서. 그래서 그랬
어요. 나한테는 어차피 밉고 싫고 혐오스러웠던 사람인데, 박
해경은 그런 인간도 사랑해서 힘든 것 같아서."

"……."

"사실 박해경도 핑계고, 어차피 나도 잘못했으니까 좀 잘못
되고 싶어서."

"니가 뭘."

"……."

"박우경 니가 뭘 잘못했는데."

"차희한테……."

또 지가 나를 망쳐 났다고 하려던 게 분명한 입모양이다. 겨
우 옆에 내가 있는 것을 인지하고 멎어 버린 말 위를 윤태희의
싸늘한 빈정거림이 뒤덮었다.

"아, 하긴 윤차희 이 개새끼가 빙시같이 니 손 다시 잡고 입
다문 게 다 박우갱이 니 인생 망치려고 한 거긴 하지."

"……."

"개새끼가 지랄하고 앉았네, 진짜."

"형."

"그래서, 박해경이 즈그 엄마한테 할 실망이나 사이좋게 나
눠 가졌나."

"사랑하는 사람한테 거기까지 실망하는 것보다는 그게 낫잖아요."

"박해경이 박우경 니는 안 사랑한다드나."

"……."

"이 씨발 새끼야. 개나 소나 백 미터 밖에서 봐도 그 새끼가 니 사랑하는 거 알겠다. 느그 형이 니 완전히 잘못될까 봐 정신 나간 꼴 못 봤제. 니는 언제부터 느그 형을 그렇게 생각했다고……. 아니 어차피 즈그 엄마한테 실망한 김에 몰아서 하면 되지, 그딴 게 나눈다고 될 일이가?"

"……."

"내가 씨발, 니 죽으라고 그거 보낸 줄 아나. 내가 박우경 니를 다섯 살 때부터 봤는데, 니 인생 망하라고 그런 줄 아냐고……."

"……."

"내가 군대 간 사이에 윤차희 저거 혼자 그러고 있었다는 게 씨발……. 박우경 니가 뭐라고 처음에 그 짓을 당하고, 지 부모가 뭐라고 니랑 헤어진다 하고도 그렇게 계속 당하고 입 다물고 살았다는 게 개빡쳐서 돌아 버릴 거 같은데, 불쌍해서 죽을 거 같은데, 저 미친게 지는 다 지나가서 괜찮다잖아……."

윤태희의 일그러진 낯 위로 눈물이 툭 흘러내렸다.

"미친 새끼가 개같이 꼬인 거 알았으면 걍 꺼지기나 하지, 아예 뒤지려고 지랄이야……. 윤차희가 그렇게 좋나, 니는……."

"……형."

"내가 언제 니 죽는 거 보고 싶다 캤나. 니 인생 개망하는 거 보고 싶다 캤나. 박해경 죽는 거 보고 싶댔나. 내가 씨발 우리 아빠 인생 개망하는 거 보고 싶다 캤냐고. 인간들이 왜 그래……."

"……."

"그냥 윤차희가 그랬다는 거 좀 알기나 하라고……. 우리가 아무것도 모르는 사이에 쟤 혼자 뭘 참고 살았는지. 쟤가 어떻게 살았는지……."

그리고 박우경은 원래 울고 있었다. 아빠의 말에 따르면 눈깔이 완전히 고장 나서.

"윤차희 저 미친갱이가 니를 얼마나 좋아하는데 그딴 짓을 하는데……."

그 애에게서 잘못했다는 말이 고장 난 녹음기처럼 흘러나왔다. 윤태희는 욕과 사과를 몇 번 반복했다.

나는 중간에서 아무 말도 못 하고 어디에도 끼어들지 못한 채 어정쩡하게 그 애에게 손이 잡혀서는 같이 울 기회도 놓치고 넋이 나갔다.

어느새 현관 앞에 나와 있는 엄마도 아빠의 멱살을 붙잡고 때리며 울고 있었다. 윤태희에게 이야기를 다 전해 들은 모양이었다. 신미진을 두드려 팰 때만 해도 노기로 쌩쌩했던 엄마가 아빠가 사라진 밤사이 몇 년은 더 나이 들어 보였다.

엄마가 밤새 부은 발을 절뚝거리며 이쪽으로 걸어왔다. 그리고 박우경이 앉아 있는 조수석 쪽 창문을 똑똑 두드렸다.

내 손을 잡고 있는 그 애의 손이 문득 떨렸다. 엄마의 애달픈 눈이 그 애의 손처럼 떨리면서 날 얼마간 응시했다가, 그 애를 보았다.

"우경아."

"……아줌마."

"다친 데 좀 보자. 얼마나 다쳤노."

박우경이 소매를 걷다 말고 아주 작은 소리로 말했다.

"어차피 지금 붕대로 감아 놔서 하나도 안 보여요."

"그래. 그카믄 나중에 붕대 풀고 아줌마한테 보여 도."

"……네."

"불, 더 크게 안 나게 신고해 주가 정말 고맙다."

"……"

"태희 아빠가 애꿏은 다른 사람들한테까지 폐 끼치지 않게 해 줘서……."

"……"

"취해가 제정신도 아닌 사람 불에서 구하느라 팔을 그래 다치기까지 하고 얼마나 힘들었을까……."

"아줌마. 저는……."

"그 와중에 우째 그런 생각을 했노. 니가, 니가 우리 태희 아빠 대신, 다 뒤집어쓰겠다고, 어린게 우째 그런 생각을……."

엄마가 아이처럼 터져 나오는 울음을 억지로 삼키고 눈가를 문질렀다.

"……잘 해결될 거 알고 그랬어요."

"그짓말 치지 마라. 진짜로 잘못됐으면, 그러면."

"차희랑 똑같은 말 하신다."

"……우경이 니가 진짜로 잘못된다 카믄, 태희 아빠가 비겁하게 니 뒤에 숨고 그러지는 않았을 끼다. 니 아저씨 성격 알제."

"네. 그리고 아저씨한테 되게 얻어맞았을 거래요."

박우경이 내 손을 문득 놓고 트럭에서 내렸다. 그리고 엄마 앞에 무릎을 꿇었다.

"죄송합니다."

"우경아. 니가 잘못한 거는."

"옛날 일 말씀 드리는 거 아니에요. 제가 차희 못 놓아서…… 진짜 죄송합니다. 아줌마."

"……."

"아줌마가 쟤 공주처럼 키우셨는데, 하나뿐인 딸 그렇게 만들어 놓고 뻔뻔한 새끼가 못 놓고 붙잡아서……."

"니가 미운 게 아니었다. 내가 미운 거였지."

"……."

"내가, 내 딸래미한테 너무 염치가 없고 면목이 없어서, 도저히 얼굴을 들고 쟤를 볼 수가 없어서, 여태까지 잘못한 세월이 전부 한꺼번에 쏟아지는 거 같아서……. 그래서 그런 거였지."

"……."

"우경아. 니가 미운 게 아니었다."

엄마가 그 애 앞에 쭈그려 앉아 우는 얼굴을 어루만졌다. 다 큰 남자가 아니라 먼 옛날 우리 집에 들락거리던 일곱 살배기 남자애를 어르듯이.

"밤새 못 잤제. 들어가서 한숨 자라."

박우경은 안방 침대에 눕자마자 그대로 기절했다.

"아 어른들 쓰는 침대에서 어떻게 자라고요."

안방 문턱을 넘을 때만 해도 아빠한테 그런 말을 했던 것 같은데, 베개에 머리를 대기 무섭게 전원이 꺼지듯 그렇게 됐다.

엄마는 집이 원래 그런 거라고 했다.

엄마 말에 따르면 자기가 아빠 대신 자수하고 싶다고 몰래 울고 괴로워했다던 윤태희는 그 뒤로 아빠 옆에 붙어 온갖 잔소리를 퍼붓다가 엄마한테 머리를 한 대 쥐어박히고 나서야 닥치고 해경 오빠를 보러 갔다. 따라가려는 나는 딱 잘라 거부하고.

그건 해경 오빠가 지금쯤 신미진의 병원으로 돌아갔기 때문일 수도 있고, 완전히 정신이 나간 채로 내게 건넸던 고백 때문일 수도 있다.

어느 쪽이 됐든 이미 온갖 일로 정신이 산란한 윤태희에게는 생각하고 싶지 않은 일이었다. 고로 나더러 집이나 잘 지키고 있으라고 했다.

어릴 때 우리가 학교에 갈 때면 우리더러 가지 말라는 듯 급히 뛰어오던 누런 강아지한테 건네던 말과 똑같다. 오빠야 학교 갔다 올 동안 집 잘 지키라. 알겠나.

그렇게 윤태희가 가고, 나는 집 지키는 강아지처럼 남았다. 우리가 옛날에 키웠던 강아지처럼 목줄이 없으니 어디든 갈 수 있지만, 사실은 어디도 갈 수 없는 기분이다.

집에서 오래 키운 개는 아무리 풀어놔도 벗어나는 법을 모르듯이.

거실에서 마당을 내다보자 멍하니 마당에 앉아 박동주의 사괴원이 있는 쪽을 바라보는 아빠가 보였다.

어떤 것은 아무리 생각해도 되돌릴 수 없다.

박강주는 아까 국밥집에서 식사를 하고 나오는 길에 내게 그런 말을 했다. 아빠와 그 애를 일부러 앞세우고, 둘이 나란히 걸어가는 광경을 물끄러미 보다가.

나는 사실 우경이가 아니라 니네 아빠가 실수를 해 정말 다행이라 생각한다고.

국밥집에서 내내 떠들었던 사람 좋고 친근한 어투와 달리 아주 냉정한 어조였다. 표정 또한 마치 아빠의 실수를 냉정하게 저울에 재어 보는 그런 것이었다.

하지만 나는 박강주의 죄책감이 그 저울에서 꽤 무게가 나간다는 사실에 가장 놀랐다. 그 시절 혜영이의 집안을 향한 것. 젊은 날의 제 동생을 향한 것. 불행한 시절이 데려온 불행한 결혼을 향한 것.

그리고 그 결혼의 가장 불행한 부산물이었던 제 조카를 향한 것.

그 모든 것에 비하면 너희 아빠가 사고 친 것 정도는 차라리 아주 가볍고 달가웠다고.

실컷 고생했더니 엉뚱한 사람을 구한 셈이 된 게 허무하지 않느냐고 물으니 박강주는 그렇게 말했다. 오로지 박우경의 과실이라 생각해 뒤처리에 온갖 열을 올렸던 게 꽤 이득을 남기는 장사처럼 느껴지기까지 한다고.

나는 박강주가 냉담하게 말하는 이윤이 조금 이해가 되지 않았다. 박강주가 그제야 내 얼굴을 보고 조금 웃었다.

'사실 손해 보는 장사는 느그가 한다는 뜻이지.'

그 말을 듣고 나서는 더 이해가 되지 않았다. 자기 조카가 그렇게 가진 게 많다면서.

'계산을 돈만 하는 건 아이그든.'
'역시 부자들은 생각하는 게 다르네요.'
'차희 니는 근데 생긴 건 세상 참하게 생기가, 말하는 본새를 보믄 좀 글타.'
'그럼 뭘 계산하시는데요?'
'느그 아부지 봐라. 남의 덕 보고 숨느니 유치장 앉아

있는 게 나을 놈이 니가 점마 좋아한다고 양심 다 뿌사
가미 참고 안 있나. 윤준영이가 계산을 한 거지. 니한테
좋은 거. 니 행복한 거. 니 마음. 지 딸래미 사랑하는 마
음. 거기에 지 자존심 하나. 다 재어 보고.'

'……'

'느그 아빠가 언제는 계산할 줄 몰라서 돈 많은 어린놈
이 니한테 빤히 눈멀었는데 그래 내칠라 했겠나. 돈이 전
부가 아니었으니까 점마를 내칠라 칸 거다. 지금은 계산
하는 법만 좀 바뀐 거지.'

'……'

'우갱이는 뭐, 솔찌 지 가진 게 많으니까 남한테 대고
손해네 이득이네 굳이 따지고 계산할 줄도 모르는 거고.
그니까 내가 점마 대신 해 줏지.'

'제가 그렇다고 비물질적인 측면에서 재한테 특별히
잘해 주는 것도 아닌데요.'

'니가 점마한테 비물질적으로 잘해 주든 말든, 내는 건
수 하나 잡고 이득 보는 기분이니까 됐다.'

'계산이 되게 이상해요.'

'누가 이득을 보면, 반대쪽은 반드시 손해를 보는 거지.'

'그게 저희 집이고요?'

'환불은 안 된다.'

박강주도 처음부터 진범을 알았다면 제가 그렇게까지 하지

는 못했으리라고 했다. 그러나 깜빡 속고 보니 박우경이 얼마나 미쳐 있는지 알고도 남을 지경이었고, 솔직히 말하면 그래서 그 즉시 아빠가 준 그 커다란 빌미가 아주 달가웠다고 했다.

　'막말로 박우경이 느그 아빠 위해서 그렇게까지 했다는데, 니한테 도로 들이밀면 문전 박대야 하겠나 싶어서.'

　약점. 흠. 건수. 좀 못됐게 까놓고 말해서, 그런 말들로 표현할 수 있는 무언가.

　'느그 아빠 같은 갑갑한 인생은 겉으로, 말로 다 못 해도 영영 빚진 것처럼 우경이 볼 끼다. 잠깐 휙 돌아 버렸던 게 혜영이 일 때문이든, 니가 당한 일 때문이든, 원인이 뭐든 간에 결국 그건 그거고 이건 이거라 칸다. 원래지 책임이라고. 죄는 죄라고.'
　'……그렇겠죠.'
　'만약 그 불이 저 멀리 어데까지 갔으면 지가 도대체 몇 사람 인생을 망쳤겠나 그카대. 말은 맞는 말이지. 택도 없는 짓이었다. 제가 했습니다, 하고 경찰서에 앉아 있을 기회도 없었으니 평생 시원하게 죗값 치를 기회도 없다 아이가. 몸은 편해도 얼마나 지 스스로 비겁하게 느껴질 기고.'

'……'

'우경이는 지가 누구 아들인 것만 해도 니네 집에 죄인인 거 다 안다. 유세 부릴 놈도 못 되고. 느그 아부지 그래 사고 친 것도 다 지 때문인 줄 안다.'

'그 죄책감들이 무슨 도움이 돼요? 서로 얼굴만 봐도 미안한 사이가 되면.'

'미안하면 보통은 더 잘해 주지. 안 글나.'

'……'

'나는 니네 아빠가 우리 우경이한테 잘해 줬으면 좋겠다. 점마 친아버지처럼.'

'……'

'내 니 앞에 두고 양심도 없는 거 아는데, 언젠가 우경이한테 그래 마음 써 줬으면 좋겠다. 니네 집 울타리 안에 넣어 줬으면 좋겠다.'

'……'

'우경이 할매 조만간 가실 거다. 그 전에.'

박강주가 줄곧 나한테 말했던 이윤은 그런 것이었다. 미안해서라도 제 조카에게 잘해 주리라는 기대. 누구 아들이라고 내쫓기고 환영받지 못하는 존재가 되는 게 아니라, 그저 박우경이라 아껴 주는 미래.

제 할머니가 더는 존재하지 않는 세상의 울타리.

아주 많이 피곤할 때면, 베개에 머리를 대자마자 잠들 수 있는 집.

누군가의 약점 아닌 약점을 잡아서라도.

　'삼촌도 니한테 많이 미안하니까, 많이 잘해 줄 거다.
차희야. 필요한 거 있으면 말만 해라.'
　'저는 괜찮아요.'
　'그래도 나는 우리 우경이가 하루 만에 교통사고도 모
자라 방화까지 일으킬 정도로는 미치지 않았다는 게 참
감사하고 고맙드라. 교통사고만 냈다 이거 아이가.'

　그게 나름대로는 내 앞에서 제 조카를 띄워 주는 말이었
다. 정신이 나간 것은 맞지만 네 생각보다는 덜 정신 나간
놈이라고.
　그때까지 교통사고의 정황을 까맣게 몰랐던 박강주는 내게
전후 관계를 뒤늦게 전해 듣더니 더 좋아했다.

　'아이고, 주여.'
　'교회 다니세요?'
　'안 다닌다.'

　박강주는 내 물음에 느낀 바가 있는지 아무래도 교회에 다시
나가야겠다고 뇌까렸다. 교회를 얼마나 다니셨냐고 물어보니
작년에 생전 처음으로 3주 정도 나가 본 게 전부라고 했다.

그 정도면 일면식도 없는 사이 같은데 주님을 왜 찾는지 모를 일이었다.

'불도 안 내고, 교통사고는 반만 냈고. 개놈의 새끼 기특하그로……'

'박우경이 아무것도 안 하고 가만있으면 진짜 기특해하셨겠네요.'

'개새끼. 업고 다녔지. 그래도 느그 아빠가 동주 사업장에 불 한 번 지른 덕분에 이래 잘됐다. 그제?'

'아저씨. 저는 진짜 뭐라고 대꾸해야 할지 모르겠어요.'

'불이 나길 천만다행이지.'

'이걸 긍정적이라고 해야 하나. 되게 이상하세요.'

'그래 일 안 났어 봐라. 택도 없지. 내가 무슨 수로 점마를 느그 집에 밀어 넣겠노?'

그러고 보니 안방에서는 박우경 인생의 가장 기특한 순간이 지나가는 중이었다. 제 큰아버지가 안간힘으로 밀어 넣은 울타리 안에서, 눈 감고 가만히 누워서 숨만 쉬고 있는 박우경.

자기가 덮던 이불이 아니라 뽀송한 새 이불을 덮어 준다고 안방에 들어갔다 온 엄마가 내 옆에 서서 마당의 아빠를 물끄러미 내다보는가 싶더니 한숨을 쉬었다.

그래도 다른 산으로 안 번져가 다행이지. 엄한 사람이 안 다

쳐서 다행이지. 엄마는 거듭 중얼거렸다. 그렇게 가상의 피해를 헤아리면서도 박동주 한 명이 실질적으로 입은 재산상 손해에는 그다지 미안하지 않은 듯 언급하지 않았다.

다만 박우경이 다친 팔을 계속 걱정했다. 니 우경이 병원 가기 전에 팔 얼마나 다쳤는가 봤나? 어떻던데? 많이 흉 지겠드나?

엄마는 어차피 언젠가 그 애의 흉터를 보게 될 테고, 보고 나면 눈물을 쏟게 될 터였다. 나는 어두워서 잘 보지 못했다고만 말했다. 나중에 울 것을 미리 울 필요는 없으니까.

엄마는 그런 내 말에 잠자코 숨을 죽이고 있다가, 문득 내게 했던 말들이 하나도 진심이 아니었다는 거짓말을 했다.

앞으로 얼굴 보지 말고 살자던 말이든 무엇이든 태반은 진심이었을 것을 안다. 그중에서도 가장 진심인 것은 당장 어디로든 가 버리라는 말이었겠지.

아빠가 술에 취하기 전에도 심상치 않게 굴었던 것을 엄마는 가장 먼저 알아차렸고, 그것으로 자기 신세가 아빠와 나란히 침몰할 수 있다는 것은 아무렇지 않게 여겼다. 그게 당연하다고도 생각하는 것 같았다.

그러나 그 불똥이 나와 윤태희에게 튀는 것은, 엄마에게 완전히 다른 문제였다.

멀리 보더라도 그렇다. 박우경이 잠든 안방을 한 번 보고 한숨 쉬고, 내 손 언저리를 보며 또 한숨을 쉰 엄마는 내 눈을 박우경처럼 똑바로 바라보지 못했다. 죄스러움. 수치심. 온갖 쪽팔리고 부끄러운 감정들. 비참한 기분.

마음이 아파서. 미안해서. 부끄러워서. 그래서 그랬다는 흔하고 어려운 말들이었다.

"그래서 안 보는 게 엄마한테는 더 편했겠지."

"희야."

"보는 것보다 보지 않는 게 더 쉬우니까."

무엇이든 맞닥뜨리지 않는 게 더 쉽다는 것을 나야말로 잘 알았다. 원망하고 싶은 게 아니었다. 이해한다고 하려는데, 엄마가 나를 왈칵 끌어안았다.

"내가 니를 안 보고 사는 게 뭐가 쉽노."

"……."

"내가 내 딸래미를 안 보고 우째 사노……."

사실은 엄마의 말이 전부 거짓말이라도, 이 말만 거짓말이 아니면 되었다. 나를 안 보고는 살 수가 없다는.

나는 엄마의 품에 안겨서 조금 울었다. 무언가를 흘려보낸다는 건 가끔 허무할 정도로 쉬웠다. 내 안에서 영영 떠내려가지 않을 것 같다가도 사라졌다. 이렇게 엄마를 안고 조금만 울면 지나가 버리는 것도 있었다.

어쩌면 우리는 서로를 안 보고 살 수 없다는 말 한 마디로도 충분했을 것이다. 다 알지만. 미안하지만. 부끄럽지만. 그럼에도 불구하고.

나는 엄마에게 미안하다고 속삭이며, 엄마의 품속에서 몇 가지를 흘려보냈다.

나를 슬프게 했던 엄마의 말들도, 어린 날의 내가 미워했던 엄마의 눈물도.

　그리고 내가 엄마를 아프게 했던 말들도, 아주 멀리 가 버리기를 바랐다. 하지만 엄마는 아무리 생각해도 나쁜 건 하나도 기억나지 않는다고 했다.

　차희 너는 평생 내게 착한 말만 했다고.

　윤태희가 해경 오빠를 짐짝처럼 어디선가 싣고 온 것은 저녁이 다 되어 가는 늦은 오후의 일이었다.

　이 집 주인처럼 안방에 드러누운 박우경은 여전히 죽은 듯이 잤다. 엄마는 전원을 꽂아 두지도 않은 낡은 안마 의자에 앉아 졸고 있었고, 아빠는 오후에 과원 일을 조금 하다 말고 돌아와 멍하니 집 앞 평상에 앉아 있었다. 그러다 둘째 고모의 전화를 받고는 창고로 가버리는 발걸음이 유령 같았다. 사실 멀쩡히 깨어 있는 사람이라고는 나 하나라고 봐도 좋았다.

　그래서 윤태희의 차가 오는 것을 보고 나갔다. 윤태희가 집에 돌아온다고 나가 보는 일은 없지만, 어쩐지 해경 오빠를 데리고 왔을 것 같아서였다.

　윤태희가 마당에 아무렇게나 세운 차에서 내리더니 날 보자마자 기분 나쁘게 한숨을 푹 쉬었다.

　왠지 고까운 것을 보는 듯한 눈초리였다. 나는 어깨를 들먹이며 조수석 쪽으로 갔다. 선팅이 짙어 안이 잘 보이지 않았다.

"윤차희 지가 언제부터 내 온다고 나왔다고. 생전 나와 보지도 않드만."

"오빠야는?"

"느그 오빠야 지금 여 있는데."

"윤태희 니 말고. 해경이 오빠야는? 안 왔나."

"……우리 집이 뭐 박씨 주워다 모으는 곳이가."

"어딨는데? 집?"

"오늘 쟤네 작은아버지네까지 다 내려와서 분위기 개판이라던데."

"그럼 병원?"

"아 좀 비키라. 걸거친다."

날 옆으로 대충 치워 버린 윤태희가 문을 열었다. 조수석에 해경 오빠가 죽은 듯이 잠들어 있었다. 우리 집이 박씨 주워 오는 곳이냐고 하더니.

"……뭔데. 기절한 거 아니가? 우리 집이 아니라 병원에 데리고 가야 할 거 같은데."

"안 그래도 안 간다는 거 억지로 병원 끌고 가서 링겔 맞고 왔다."

"수액은 왜? 오빠야 진짜 어디 아프나."

"그런 건 아니고. 숨을 잘 못 쉬던데."

별것도 아닌 양 단조로운 대꾸였다. 나는 말과 달리 복잡하기 짝이 없는 윤태희의 눈을 흘끗 올려다보았다가 해경 오빠를 다시 내려다보았다. 속이 시큰거렸다.

"응급실에서 링겔 다 맞고 나오니까 저 새끼 데리고 갈 데가 없더라고. 제정신 아닌 새끼를 모텔방에 버리고 올 수도 없고."

"……오빠야 집은? 아."

분위기 개판이랬지.

"얘네 아버지도 지금 밖에 있고."

박동주는 유통 센터든 신미진의 병원이든 당장 본인이 나서서 수습해야 할 일이 많았다.

그제야 이해가 됐다. 3층짜리 집이 아무리 크다 해도 추석이라고 대구에서 온 큰집 식구부터 오늘 서울에서 내려 온 작은아버지들 식구까지 바글바글하다면.

그 한가운데 이렇게 다 죽어 가는 해경 오빠를 던져두기도 좀 그랬다. 아픈 사람을 일부러 괴롭힐 리야 없지만, 그 집 가족 중 유일하게 자리를 지키고 있는 사람에게 물어볼 수밖에 없는 일들도 있을 것이다. 가령 신미진의 일이라든지.

물어볼 것도 없이 저들끼리 떠들면 그만이라 해도, 결국에는 오빠에게 괴로울 이야기뿐이었다.

"절교했다매."

"니가 박우경이랑 떨어질 생각을 안 하는데 뭔 소용이고. 우리 집 안방에서 처자고 있는 새끼도 있는데……. 걍 내 혼자 개오바 떤 거지."

"오빠야 니 절교 무른 거 해경이 오빠야도 아나."

"뻔뻔한 새끼가 몰라도 잘만 부르던데."

"그래도 해경이 오빠야한테 정식으로 말해 줘라."

"뭘 말해 줘."

"절교 취소다?"

"아 무슨 초딩이가?"

"계속 친구하자고."

"내랑 이 새끼가 스물여섯이지, 여섯 살이냐고."

"별말도 아닌데 그 정도도 말 못 하면 유치원생보다 나을 것도 없네."

"하."

"다 잃어버리는 줄 알고 이렇게 된 거다이가. 그런 거 아니라고 말해 줘야시."

"……."

"내가 앞으로도 계속 니 옆에 있어 줄 거니까 그렇게 무서워하지 말라고."

남자끼리 그딴 말을 어떻게 하냐고 욕한 윤태희가 조수석 옆에 쭈그려 앉아 해경 오빠를 살피고 있는 내 옆에 나란히 쭈그려 앉았다. 얼마나 깊이 잠들었는지 자기를 두고 우리가 이렇게 떠들어도 깰 생각을 안 했다.

박우경이 다친 팔뚝의 외상을 제하면 그 애와 크게 달라 보일 것도 없는 상태였다. 발갛게 짓무른 눈가, 메마른 얼굴, 창백한 입술……. 세상 불쌍하고 처연한 낯짝이다.

둘이서 눈물이 많은 것까지 닮았나 보다.

"존나 비리비리한 새끼."

"너무 불쌍하게 잔다……. 업을 수 있나?"

"싫은데."

할 수는 있지만 하기 싫다는 소리였다. 윤태희를 흘겨본 나는 오빠의 팔을 조심스레 잡았다. 그리고 작은 소리로 놀라지 않게 깨우려는데, 눈치라고는 없는 윤태희가 조수석 안쪽에 길게 뻗어 있는 오빠의 다리를 툭 걷어찼다.

"마. 인나라. 다 왔다."

"아 왜 차는데, 자는 사람을."

"……."

해경 오빠는 물에 한참이나 빠져 있던 사람을 겨우 뭍으로 꺼낸 것처럼 숨을 몰아쉬며 눈을 떴다. 그리고 눈을 뜨자마자 내가 보이는 것에 당황한 것인지, 혹은 보이는 형상이 의심스러운 것인지 몇 번이나 말없이 눈을 깜빡였다. 그러다 황급히 눈을 내렸다.

"계속 차에서 잘 거면 창문 열어 놓고 가고."

"뭘 창문만 열어 놓고 가."

"창문도 안 열고 안에 두고 가면 아동 학대 아니가."

"뭔 아동 학대. 아까 윤태희 니 입으로 스물여섯이라매."

"아 누워서 자고 싶으면 들어가고. 빨리."

윤태희의 재촉에 오빠가 가까스로 다시 눈을 드는 데는 얼마간 시간이 필요했다. 그렇다고 내 눈을 제대로 마주친 것도 아니었지만.

"……윤태희. 왜 니네 집으로 왔노."

"아까 우리 집 간다 캤다이가. 알겠다매."

"아니…… 대구로, 나는, 대구에 있는 니네 집 간다는 줄 알았는데."

"내가 박해경 니 때문에 연휴 때 내 부모도 못 보고 살아야 되나."

"……내가 니네 부모님을 어떻게 보는데."

해경 오빠의 시선은 겨우 내 입술, 턱 언저리를 불안하게 떠돌았다. 하루 종일 울고 토했다는 말. 부를 수 있는 사람이 윤태희밖에 없었다는 말. 전화 속 목소리. 그 음성을 떠올리는 것만으로도 가슴이 선득했다.

"차희를, 어떻게 보라고……."

"왜? 지금 잘만 보는 거 같은데."

윤태희의 무심한 대꾸에 해경 오빠가 욕설을 중얼거리며 메마른 얼굴을 쓸어내렸다. 제 얼굴을 감싼 커다란 손이 덜덜 떨렸다.

"니 동생은 지금 우리 집 안방에서 자고 있다."

"……뭐?"

"진짜 뻔뻔한 도둑놈 새끼는 따로 있는데, 니 하나 더 없는 건 일도 아니다."

윤태희가 열려 있는 조수석 문 안쪽으로 손을 쭉 뻗어 창문을 반쯤 내렸다.

"알아서 해라."

그리고 제 차 키를 해경 오빠의 무릎 위로 툭 던지고는 쌩하니 몸을 돌려 집으로 들어가 버렸다.

마당에는 순식간에 해경 오빠와 나만 남았다. 오빠는 차 문이 열려 있는 것보다 더 안쪽에 쭈그려 앉아 저를 보고 있는 나를 어쩔 줄 모르고 봤다.

"······차희야."

나는 우리의 지난 통화를 기억하지 못하는 것처럼 약간 웃었다. 해경 오빠는 마주 웃는 사람이었기 때문이다. 오빠가 버릇처럼 설핏 웃어 주고는 그대로 입매를 굳혔다.

"오빠야."

"아까 들었제. 윤태희 집 간다는 거, 대구로 간다는 줄 알고 온 거거든. 일부러 여기 온 게 아니라······."

"응."

오빠가 서둘러 해명하듯 말하는 소리에 입 안에 갇힌 숨이 씁쓸해졌다.

나는 아주 조심스럽게 오빠의 팔을 다시 잡았다. 천 너머로 느껴지는 체온이 차가웠다. 잠깐 닿은 것만으로 오빠의 몸이 굳어버리는 게 느껴졌다.

함부로 잡은 게 미안해져 곧바로 손을 떼어 내자 문득 오빠가 내 손을 낚아챘다.

"······한 번만. 한 번만 잡아 볼게."

"······."

"기억도 안 하고 잊어버릴게."

"두 번 세 번 잡아도 되는데. 내 손 별로 안 비싸서."

"그래도."

오빠가 눈을 내리깔고 조금 웃었다. 웃음소리에서 물기가 묻어났다.

오빠의 차가운 손끝이 내 손마디를 천천히 어루만졌다.

"차희야."

"응."

"미안."

"뭐가 미안한데. 잘못한 게 없는데."

해경 오빠는 말을 몇 번이고 고르듯 입술을 달싹이다 잠시 입술을 다물었다. 그러다 꺼질 듯 작은 소리로 중얼거렸다.

"서울에서 니한테 너 잘해 줄 걸 그랬다."

"오빠야는 잘해 줬는데 내가 걷어찬 거잖아."

"니 귀찮게 더 많이 찾아갈 걸 그랬다."

"귀찮게 한다고 욕이나 먹었을걸."

"욕이라도 먹을걸. 니가 무슨 마음으로 그랬는지 알았으면. 니가 집을 버린 게 아니라 잡을 수 없어서 그랬다는 걸 알았으면. 우리가 귀찮고 싫은 게 아니라, 도망치고 숨는 거라는 걸 알았으면."

"……."

"세상에 니 혼자 남은 것처럼, 그렇게 사는 걸 알았으면……."

"……."

"……알았으면, 웃기는 말이네. 내가 니를 그렇게 만든 사람 아들이었는데."

오빠는 금방이라도 울 것 같은 눈으로 웃었다.

"외로웠제. 차희야."

"……."

"많이 슬펐제."

나는 고개를 저었다.

"그것도 모르고 니한테 서운했다."

"오빠야."

"그것도 모르고 니 걱정했다. 다 진심이긴 했거든. 진심이라고 다 좋은 건 아니지만. 그래도……."

"괜찮다."

"……."

"서울에서 오빠야 가끔 봐서, 별로 안 외로웠다."

"……."

"오빠야 보면 안 슬펐다. 내 오빠야잖아."

내 손을 쥐고 받게 떨리는 손을 다른 손으로 잡았다.

"박우경이랑 의절해도 내 오빠야 한다매."

"……니가 저 새끼보다 더 이쁘니까."

"나도 박우경이랑 헤어져도 오빠야 동생 할게. 윤태희보다 오빠야가 잘생겼으니까."

"약속하나."

"할게."

"……."

"오빠야. 나는 괜찮다. 전부 다."

"……."

"괜찮으니까 지금 오빠야 앞에 있는 거다."

내가 몸을 일으키자 맞닿아 있던 손이 천천히 떨어졌다.

"들어온나."

오빠가 젖은 얼굴로 웃었다.

침대 끄트머리에 걸터앉아 세상모르게 잠든 박우경을 얼마간 바라보던 해경 오빠는 이윽고 맥이 다 풀린 것처럼 그 옆에 무너지듯 엎드렸다. 고개가 힘없이 침대로 처박혔다. 뭐라고 욕을 하는 것 같았는데 이불에 묻혀 정확히 들리지는 않았다.

그러나 그 온도가 기쁨과 안도에 가까운 것을 알았다. 동생이 잘못되지 않았다는 것. 무사하다는 것.

오빠의 삶에서 아직 변하지 않은 모든 것.

애초에 미움도 원망도 없는 눈이었다. 평생 내색한 적도 없을 애틋한 애정이 어린 눈으로 오빠는 그 애를 보고 있었다.

응급실에 누워 있을 적에 윤태희로부터 사고가 어떻게 일어났는지 경위도 다 들은 모양이라, 나는 오빠가 그저 오빠의 작은 평온을 누리게 두고 나왔다. 그 기쁨이 내내 길 한복판에서 비를 맞다가 겨우 처마 밑에 들어온 순간처럼 보여서.

그리고 조금 있다 따뜻한 차라도 마시라고 녹차 한 잔을 끓여 안방으로 들고 갔을 때에는, 나란히 잠든 그 애와 오빠를 볼 수 있었다. 나는 오빠의 몸 위에도 새 이불을 덮어 주었다.

다시 거실로 나오자 어느새 TV를 틀어 놓고 소파에 드러누워 빈둥거리던 윤태희가 흘끗 날 쳐다보며 물었다.

"이따 저녁 뭐 먹을까. 튀김? 대충 명절 기분은 내게."

"엄마가 지금 니 튀김 튀기게 생겼나."

"불효녀 새끼. 누가 엄마 시킨댔나. 내가 한다고."

"윤태희 니가 한 거 별로 안 먹고 싶은데……."

"개새끼가."

"그냥 대충 탕수육이나 시키지."

"오늘 쉰대."

"전화는 또 언제 해 봤노."

"아. 뭐 먹지."

별게 다 일생일대의 고민인 양 미간에 주름까지 잡고 고민하던 윤태희가 휴대폰을 뒤적거렸다.

우리 집은 제사를 안 지냈기 때문에 명절이라고 해서 딱히 거창하게 음식을 준비하거나 하지는 않았다. 그래서 우리가 우리 먹을 것이라고 일부러 음식을 하지 않는 이상에야, 당연히 남는 명절 음식 따위도 없었다.

평생 제사라면 이를 갈았던 할머니는 '자기가 죽고 나서는 이딴 짓 하지 말고 살라'는 유언을 엄마에게 남겼다. 할아버지도 자기가 죽고 나면 먹지도 못할 음식 따위는 관심이 없다고 암묵적으로 동의했고, 아빠도 부모가 하지 말라는 제사를 굳이 나서서 챙길 효자는 못 됐다.

그렇게 기껏 시댁 제사에서 해방되었던 엄마가 정작 눈치껏 남의 집 제사 음식을 몇 년이나 거들었다는 건 좀 아이러니한 일이었다. 박우경의 고액 과외를 같이 들었던 값으로는 더없이 싼 것이었지만, 아빠는 도무지 비위가 상해 견딜 수 없다는 듯 화를 냈던 일.

생각해 보면 내가 평생 먹어 본 제사 음식은 전부 그 애의 집 안에서 온 것이기는 했다. 그 애의 할아버지. 증조부모. 고조부모……. 나는 윤태희가 드러누운 소파 밑에 앉아, 거실에 난 커다란 창문 밖으로 아까 아빠가 앉아 있었던 빈 평상을 바라보았다.

아빠는 그 애 집에서 온 제사 음식을 한 번도 먹은 적이 없었다. 한 번씩 그 음식들이 식탁에 올라올 때면 젓가락 한 번 대지 않고 국물만 마셨다. 제사에 올린 고깃국까지 얻어 온 날이면 엄마에게 욕을 들어먹으며 라면을 따로 끓여 먹었다.

어디서 나쁜 음식 주워 온 것도 아닌데 괜히 얻어 온 음식이라 까탈이라고. 아무리 하나 있는 아들이라고 왕자처럼 떠받들어 키웠다 해도 이럴 일이냐고. 엄마가 그렇게 투덜거려도 변하는 건 없었다.

니는 먹어라. 나는 이거 못 묵는다. 언젠가 지나가듯 아빠가 엄마에게 했던 말이 떠올랐다.

그중에는 고작 열한 살이었던 아빠가 기억하는 그 못된 노인을 위한 제사상도 있었겠지.

아빠는 정말로 한 입도 입에 댈 수가 없었던 것이다.

세월이 지나고 그 집에서 태어난 손자들이 이 오래된 집을 제 집처럼 드나들고, 자기 자식들과 함께 자라나는 것을 입 다물고 바라본다는 건 어떤 기분이었을까.

엄마에게조차 고모의 일을 말하지 못한 사람이었다. 제 큰누나의 과거를 영원히 없었던 일로 만들어 주고 싶은 것처럼. 아빠는 색동저고리를 입은 여덟 살배기 박우경이 내 손만 잡고 있어도 경계하고 질색했지만, 사실 해경 오빠에게는 한 번도 날을 세우지 않았다.

그건 그때부터 박우경의 음침한 흑심이 아빠가 보기에 너무나 뻔하고 뚜렷했을 수도 있고, 박해경이 제 동생과는 달리 어른들에게 말을 퍽 예쁘게 하는 아이라 그랬을 수도 있었다.

무엇이 됐든 아빠는 고등학생인 제 아들과 아들 친구가 담배 피우는 꼴을 목격하게 되면 반드시 그 친구까지 잡았다. 머리통도 똑같이 공평하게 후려쳤다.

그러게 친구 잘못 만나면 큰일 난다 하지 않았느냐고 해경 오빠를 잡고 몇 번 크게 혼낸 적도 있었다. 물론 거기서 해경 오빠가 잘못 만난 친구란 바로 아빠의 아들이었다. 괜히 옆에서 나쁜 물이나 들게 하는 애.

남의 집 아들이 잘못 만난 나쁜 친구가 어느새 다 컸다고 그 아빠에게 잔소리를 퍼붓고 있는 걸 생각하니 인생이 가위바위

보 같았다.

누구한테는 지고, 누구한테는 이겨도 결국 다 이기는 사람은 없는 그런 것.

"……아빠한테 물어보자. 뭐 먹고 싶은지."

"그 사고를 쳐 놓고 잘도 뭐가 먹고 싶겠다."

"윤태희 니도 옛날에 사고 치고 잘만 처먹던데."

"가스나 버르장머리 또 중동 갔네."

"그냥. 아빠 먹고 싶은 거 먹게."

내 말에 거실 창을 흘끗 바라본 윤태희가 머리를 아무렇게나 신경질적으로 헝클어트리며 일어났다. 그리고 별 말도 없이 갑자기 집을 나가 버렸다.

얼마 지나지 않아 윤태희가 아빠를 제 차에 태우고 사과원을 나가는 게 보였다.

"희야, 오빠야는?"

"몰라. 나갔다."

2층에서 내려온 엄마는 윤태희의 행방까지 딱히 신경 쓸 것도 없는 것처럼 어깨를 가볍게 들먹이고는, 자기 아들과 같은 이야기를 했다.

애들 난주 깨면 뭐 좀 믹여야 될 낀데, 집에 뭐 해 놓은 기 없네. 뭐 묵지…… 뭘 해 먹어야 잘 해 먹었다고 소문이 나겠노? 엄마, 우리는 연예인이 아니라서 소문 같은 거 안 난다. 아니 그래도.

그러나 아빠가 갑자기 소고기를 한가득 사 와서 그렇게 고민

할 거리도 없어졌다.

"언제는 냉동도 아깝다 카드만."

봉지를 뒤적거리던 엄마가 헛웃음을 지었다. 사실 정확히는 냉동도 아깝다고 한 것이 아니었다.

박우갱이 금마 입에 들어가는 미국산 소고기도 아깝고 한돈도 아깝고 냉장도 아까우니 냉동된 것으로 사라고 했지.

"경주 한우네. 우경이가 좋아하긋다."

"……박우갱이 금마만 있나. 해경이도 있다 아이가. 그래가 겸사겸사."

아빠가 조금 머쓱하게 덧붙이고 거실로 홱 몸을 돌려 가 버렸다. 옛날에 자기가 했던 치졸한 말이 떠올랐던 탓일 터였다.

실컷 자게 두고 일어나면 같이 먹자, 하고 내버려 두었던 박씨들은 꼬박 자정이 되고 나서야 긴 잠에서 깼다. 어쩌다 보니 안방까지 아빠도 엄마도 마주치지 않고 들어왔다가 친구 부모님 침대에서 그대로 잠이 들어 버린 꼴이 된 해경 오빠는, 눈을 뜨기 무섭게 아빠를 맞닥뜨리는 바람에 잠깐 혼이 나가는 고생을 겪었다.

울 듯 말 듯, 자기 책임도 아닌 사과를 내뱉을 듯 말 듯, 입술을 달싹거리던 해경 오빠를 내려다보고 있던 아빠가 툭 물었다.

"배고프제."

"……네?"

"배 안 고프나? 하루 죙일 굶었다 아이가."

"……."

"고프나, 안 고프나. 박해경. 말을 해야지."

옆에서 박우경이 저는 이 집 아들인 양 거들었다. 저도 금방 잠에서 깼으면서.

"……고픈 것 같아요."

"마당에서 고기나 구워 먹자."

"지금요?"

"뭔 고긴데요."

지금? 하고 아연하게 물은 것은 해경 오빠, 고기의 종류부터 물어본 것은 박우경이었다.

아빠가 조금 뿌듯하게 말했다.

"한우다."

"너무 사치하는 거 아니에요?"

"보통 사치가 아이라. 봐라. 경주 아이가."

"봤나, 윤차희. 니네 아부지 내 진짜 좋아하는 듯……."

"박우갱이 니랑 아무 상관 없이 샀다."

마당에 불을 밝히고, 뭐라도 차려야 한다는 엄마를 말리고, 텃밭에서 고추랑 상추나 좀 따다 놓은 우리는 그릴 속 숯에 불을 붙였다.

아빠는 이제 남은 평생 술을 입에도 대기 싫다고 하고, 엄마는 환자라 오빠들이랑 나만 술을 마셨다. 박우경은 아빠에게 아부 떠느라 마시지 않았다.

저 멀리 가로등이 드문드문 보이는 검은 하늘로 작은 연기가 피어 올라갔다. 미움이, 이유가 연기처럼 사라졌다.

#49. 동주에게

주말부터 대체 휴일까지 긴 연휴였다. 우리 집 사람들은 연휴 내내 늦잠을 잤다. 이전처럼 새벽같이 나가서 일하지도 않았다. 그저 느긋하게 아침을 먹었다. 나가서는 순차적으로 시나노 골드를 수확했다.

어차피 나무가 많은 품종은 아니었기에 쉬엄쉬엄해도 무리는 없었다. 원래 이즈음이 잠깐은 그런 시기였다.

"시나노 골드가 문제가. 부사가 문제지."

그리고 아빠의 한숨처럼 우리 집은 언제나 부사가 제일 문제였다.

가장 늦게 꽃을 피우고, 가장 늦게 과실이 열려, 가장 늦게 붉은 물이 드는 겨울 사과.

그 게으른 과실수가 가득한 우리 집.

널따란 사과원에 끝없이 줄지어 서 있는 부사 나무들과 발갛게 물이 든 과실들을 보고 있으면 지나간 봄도 여름도 까마득했다.

2차선 국도변을 달리던 그 애가 태연하게 사과밭 비탈을 올라왔던 봄. 엄마가 없던 여름.

이제는 짧은 가을의 한복판이었다. 파란 하늘과 열매의 색도, 태양이 산과 들을 비추는 빛깔도 달라졌다.

그래도 가끔 오빠들이 사과원에서 서로 괜히 때리고 걷어차는 꼴을 보고 있으면 우리가 여전히 여름을 살고 있는 것 같았다. 박우경을 보면 그 애와 내가 처음으로 나뭇가지를 잘랐던 봄의 자리가 보였다.

그리고 엄마와 아빠를 보고 있으면, 훨씬 더 오래된 시간들이 보였다.

내 기분이 계절을 붙잡을 도리는 없으므로, 우리는 끝을 준비해야 했다. 부사는 사과 농사의 끝이고, 수확은 한 해 농사의 끝이다. 그래서 우리 집에서 가을이란 언제나 봄의 끝이었다.

봄부터 가을까지 아주 길고 부지런한 계절 하나. 추위가 사람의 일을 앗아 가는 계절 하나. 사계절이 아닌, 그 두 계절의 끝없는 반복.

그렇게 할아버지 때부터 꼬박 육십 년 가까운 시간이 흘렀다.

세월이 할아버지와 아빠의 땅을 넓혀 주거나 도로 앗아 가는 동안에, 우리 집의 긴 봄도 짧은 겨울도 육십 번쯤 지나갔다.

사실 끝이 없는 건 없었다. 반복조차도 한정이 있었다. 가을이 봄의 끝이듯, 사과를 바구니에 담는 순간이 한 해 농사의 끝이듯 아빠가 물려받은 끝없는 계절의 반복도 실은 유한했다.

연휴 마지막 날 아침, 아빠는 우리에게 이제 더 이상 사과 농사를 짓지 않기로 했다고 말했다.

"여기서 농사 짓는 건 올해가 마지막이다."

"……."

"그리고 사과도 올해가 마지막이고."

여기서도. 여기가 아닌 다른 그 어디에서도.

아빠는 자기가 무슨 일을 하게 되든 사과 농사만은 더 짓지 않을 거라고 말했다.

나는 아빠 옆에 나란히 앉아 있는 엄마를 흘끗 보았다. 아무 말 없이 뜨거운 보리차만 홀짝거리는 엄마의 얼굴이 차분했다. 이제 와서는 그다지 서글퍼 할 것도 없다는 듯이.

도저히 닿을 것 같지 않던 어떤 기점을 어느새 지나 버린 것처럼. 아무리 여태껏 버텨 왔다 해도, 그토록 마음먹기가 어려운 일이었다 해도 이제는 다 지나가 버렸다는 듯이.

엄마는 사람들 앞에서 신미진을 내동댕이친 순간 우리가 이 동네에서 더는 살 수 없다는 사실을 알았을 것이다. 아무것도 모르고 그 꼴을 맞닥뜨렸던 아빠 또한 마찬가지였다.

어차피 이 사달이 나기 전에도 더 끌어 봐야 몇 년이라고는 했다. 그러다 너희 결혼 이야기가 나오면 아주 접을 것이라고도 했다.

하지만 어떤 이야기에도 이렇게 당장 끝을 맞닥뜨리는 결말은 없었다. 그 몇 년은 일종의 미련이지만 필요이기도 했다. 우리가 할 줄 아는 것이라곤 이것뿐인데 당장 무슨 다른 일을 하 겠느냐, 하고 어쩔 수 없다는 듯 남겼던 여지.

아빠는 아무런 여지 없이 떠나겠다고 말했다.

그 말을 그토록 기다렸을 윤태희는 별달리 입을 대지 않고, 그다지 기쁜 기색도 없이 고개만 끄덕였다. 해경 오빠는 조용 히 밥만 먹었다. 나도 그랬다.

그 가운데 박우경만 여전히 입이 살아 나불거렸다.

"그럼 여기는요?"

"팔아야지."

"팔리기 전까지는 어쩌실 건데요? 땅이 너무 커서 좀 걸릴 텐데."

"사실은 작년부터 산다는 사람이 하나 있다. 부동산에 내지 도 않았는데 이장한테 저 짝 땅 허가 풀린 거 들었다 카믄서 몇 번 찾아왔거든."

"……아니 그걸 왜 이제 말하노."

윤태희가 기가 막힌 듯 중얼거렸다. 박우경이 사뭇 진지하게 물었다.

"가격은요? 괜찮았어요?"

"잘해 준다 캤다."

"잘해 주는 게 얼만데……. 아니, 잘 쳐준다 카믄 진작 팔지, 왜 여태 안 팔았는데요? 정리할 생각이 아예 없었던 것도 아니 면서."

제 숟가락을 제사상 밥공기처럼 아무렇게나 꽂은 윤태희가 비딱하게 물었다.

"몇 년만 더. 조금만 더. 그래 붙잡으면 어영부영 평생도 살 수 있을 줄 알았는갑지. 혹시나, 하고."

"……."

"느그 아부지나 내나."

대답을 돌려준 것은 엄마였다.

"그때가 겨울이라……. 작년 농사가 너무 풍년이라 또 어려웠다 아이가. 헐값에 수매 넘기기 아깝다꼬 아등바등 작년 사과 다 남기 놨다가 엄마 몸도 갑자기 이래 나빠지고……. 솔직한 말로 느그 아부지는 그때 대번에 팔라 캤다. 내가 아프니까. 그래도 딱 몇 해만 더 해 보자고 한 거는 내고. 결국에는 내 때문에 느그 아부지가 자식한테 손 벌렸던 거고."

"……."

"그 사람이 사과 농사 할 사람이었으면, 그랬으면 차라리 팔았지. 근데 농사 짓겠다고 온 사람이 아니었다. 우리가 저 창고를 얼마나 어렵게 다시 지었노. 저 기계들이 다 얼마고……. 기계들 따로 파는 거야 일도 아니지만서도, 그냥, 우리가 이렇게 다시 만드는 게 얼마나 힘들었는지 생각하면…… 다른 누구라도 그걸 썼으면 좋겠는데. 그냥, 여기가……."

"……."

"우리 나무들이 다 살았으면 좋겠는데. 우리가 못 살아도, 여기는 계속 사과원이었으면 좋겠는데……."

엄마는 나직하게 꺼져 가는 소리로 중얼거리면서도 웃었다.

다 욕심이었다고.

"우리가 지키지도 못하고, 나무들 다 뽑고 땅까지 다 갈아엎어 삐믄 느그 할아버지 볼 면목이 없을 것 같아서……. 그래서 그랬는데, 다 지나고 보이까는 죽은 사람 핑계 대고 산 사람 욕심 채운 거드라. 느그 할아버지 살아 계실 땐 있지도 않았던 나무가 태반인데, 전부 우리가 새로 심었는데, 쪼매난 사과나무 묘목부터 해가 저래 클 때까지……."

"……."

"나무들이 눈에 밟힌다는 거는 우리가 한 일이 눈에 밟힌 거지. 누가 와서 느그가 평생 한 일은 아무 가치가 없다 캐도. 인정하기가 싫었던 거지."

"……."

"그래서 어제저녁에, 니네 아부지한테 연락해 보라 캤다. 다행히 아직도 살 의향이 있다 카드라. 그렇다 카이 더 시간 끌 필요도 없게 됐다."

"……."

"이번에 부사만 수확하면, 아무리 늦어도 2월에는 전부 비워 주기로 했다. 사과는 최대한 12월까지 털어야지. 도매로 살 사람이야 주변 농원에도 많으니까."

윤태희는 다시 말없이 국을 먹었다. 그렇게 이 촌구석이 지긋지긋하다고 해 놓고는, 무언가를 잃어버린 사람 같은 얼굴로.

해경 오빠가 조용히 물었다.

"그 사람은 여기서 뭐 한대요?"

"글램핑장인가 캠핑장인가······. 날씨가 시원하이 여름 한 철 장사하기 좋겠다고."

"······진짜로 다 밀어 버리겠네."

"그 사람한테는 아무짝에도 쓸모가 없다 아이가."

누군가에게는 중요했어도 다른 누군가에게는 전혀 중요하지 않은 것.

누군가에게는 평생이었어도 누군가에게는 한 시도 쓸모가 없는 것.

고모들과 아빠가 태어나고 자란 곳. 윤태희와 내가 태어나고 자란 곳. 할아버지와 할머니가 평생을 살고 죽은 곳. 아빠와 엄마가 그 긴 젊은 날을 다 보낸 곳······. 사실은 어떻게 이름을 붙여도 괜찮은 곳이었다.

그래도 나쁜 기억보다는 좋은 기억이 훨씬 더 많은 집이었다. 많이도 울었지만 더 많이 웃은 집이었다. 미워했던 시간보다는 사랑했던 시간이 더 많았다.

그렇다고 해도, 우리의 기억은 우리에게나 가치가 있었다.

그렇게 마지막 사과가 열리는 가을이었다.

오전 내내 무언가를 생각하던 그 애는 점심이 되기 전에 짐짓 진지한 얼굴로 아빠에게 갔다.

나는 정작 박우경이나 아빠가 있는 쪽을 보고 있지도 않아서 몰랐는데, 윤태희가 내 옆구리를 손가락으로 찔러 그것을 보게 했다. 중년인 아빠가 심각한 우울증이라도 걸린 게 아닐까 하더니 내내 주시하고 있었던 모양이었다.

"아 어딜 만지노, 징그럽게."

"마, 윤차희. 박우갱이 점마 좀 따라가 봐 봐."

"왜?"

"걍. 아빠랑 저 새끼랑 뭔 말 하는지."

"궁금하면 윤태희 니가 가든가. 왜 내한테……."

"희야 니는 쪼맨하니까 숨기 편하잖아."

"내가 왜 숨어야 되는데. 듣고 싶은 건 닌데."

"나는 덩치가 크고 잘생겨서 눈에 너무 띈다."

"……."

"윤차희 니는 별로 잘생기지도 않았고 덩치도 걍 그저 그러니까."

나는 할 말을 잃고 윤태희를 보다가 내 옆구리를 한 번 더 찌르는 손에 기겁하며 자리를 떴다.

과원 안쪽 깊숙한 곳, 산그늘이 일찍 내려와 일조량이 상대적으로 부족한 구역부터 혼자서 반사 필름 작업을 하고 있던 아빠는 어느덧 박우경이 근처에서 아무렇게나 집어 간 파란 플라스틱 의자에 앉아 있었다.

박우경도 맞은편에 의자를 갖다 놓고 앉아 있는 것이 보였다. 사실 내가 있는 쪽에서는 그 애의 다리나 겨우 보였지만.

무심코 저쪽에서부터 손에 쥐고 온 노란 시나노 골드 사과가 반질반질했다. 작은 대화 소리가 간간이 부는 바람에 섞여 들리다가, 들리지 않다가 했다.

나는 내 손안의 사과를 내려다보면서 대화를 들었다.

"……택도 없는 소리."

"제가 사면, 이대로 둬도 되잖아요."

"이 너른 땅에 사과 농사는 누가 짓고."

"제가요."

"하이고 마 얼른 서울 올라가가 공부나 열심히 해라. 괜히 속 시끄럽게 기도 안 차는 소리 말고. 참말로."

"그럼 아저씨가 저 대신 해 주시면 되잖아요."

"…….."

"그냥 여태까지 계속했던 것처럼, 똑같이 하시면 되잖아요. 빚이나 갚고."

"말도 안 된다."

"왜요."

"첫째, 니가 사과 농사를 업으로 삼을 것도 아이고. 둘째, 투자라 치면 니랑 내랑 노나 먹는 수익이 형편없고. 셋째. 니 업도 아니고 투자할 거리도 안 되는데, 공연히 돈 집어넣는 게 적선이랑 뭐가 다르노."

"……그게 뭐가 적선이에요."

"내가 팔구십 먹은 노인네도 아이고, 내 알아서 내 마누라 먹이고 입히고 살 끼다."

"아저씨."

"우리는 우리 주제에 맞게 살 끼다. 니가 부자지, 우리가 부자가."

"……아들이라고 하시더니 선 씨게 그으시네."

"내 아들 돈을 아까버가 우째 쓰노. 돈을 빌리도 미안해 죽는데."

"……."

"니가 태희라도 똑같다. 니를 아들이라고 생각하니까 안 되는 기다."

잠시 바람만 불었다. 박우경이 무슨 표정을 짓고 있는지, 아빠가 그 애를 어떻게 바라보는지 내게는 아무것도 제대로 보이지 않았다.

"……우경아. 어차피 우리는 이제 여기서 몬 산다. 우리가 동네에 뭔 꼴을 보였는데."

"잘못한 사람이 떠나도요?"

박우경이 건조하게 물었다. 제 엄마가 어디론가 떠나게 되어 있다는 듯이.

아빠가 일부러 알아듣지 못한 양 대답했다.

"내도 그 잘못한 사람 아이가."

"제가 아저씨였으면 저는 칼 들고 쫓아갔어요. 제 딸한테 누가 그랬다고 하면."

"……."

"죽이고 싶을 만큼 미워도 참으셨잖아요. 제정신으로 그러려고 그러신 것도 아니잖아요."

"그러려고 한 게 아니어도, 결국에는 내 손이 그랬지."

"아무 일도 없었잖아요."

"아무 일로 없게 한 건 니고. 내는 내 잘못을 평생 안다."

"여기는요. 여기서 아저씨가 평생 했던 일은요."

아빠는 잠시 말이 없었다.

"기억이나 하면 되지. 평생 했으니까. 눈에 안 보여도, 가끔 기억으로 돌아보면 되지."

"……."

"내가 저 집에서 반세기를 살았는데. 안 글나. 내야 죽을 때까지 못 잊지."

"……."

"세상 사는 게 다 그렇다. 내한테 귀한 거는, 내 손안에서나 귀한 거드라. 근데 남이 몰라준다고 꼭 화를 내고 슬퍼할 필요도 없다 아이가. 내가 아는데 뭐."

"……."

"이게 내한테 어떤 의미였는지, 내가 다 아는데, 뭐."

"……나중에 다 까먹으면 어떡해요."

"그거야 뭐. 내 까먹으면 끝이지."

아빠의 단조로운 대꾸에 당황한 것처럼 박우경이 도로 덧붙였다.

"형이랑 공주가 기억하겠죠."

"내는 태희랑 차희가 이런 데서 살던 것보다 훨씬 더 좋은 기억만 안고 살았으면 좋겠다."

"······."

"못 해 준 게 너무 많아가······ 나중에 뭐가 어땠는지 기억도 안 나믄 차라리 좋겠다. 부모가 발목만 안 잡아도 지 알아서 잘 살 애들 아이가. 희야한테는 이제 니도 있고."

시야가 내 발치로 떨어졌다. 기억도 나지 않으면 차라리 좋겠다는 말이 귓가에 쓰게 남았다.

아빠가 기억하고 있는 것이야말로 그런 때뿐인 것 같아서. 자기가 우리한테 잘 해 준 건 하나도 기억 못 하고, 나쁜 시절만 반추하고 사는 것 같아서.

그래야만 하는 벌이라도 받듯이.

"······이렇게 좋은 집에서 산 걸 어떻게 까먹어요. 내 같으면 일부러 잊어 먹고 싶어도 못 잊어 먹겠다."

"······."

"그거는 아세요? 제가 어릴 때 공주 쟤 드럽게 부러워한 거."

"많이 힘들었제. 우갱아."

"······."

"아저씨가 그것도 모르고 니 어릴 때 걸거친다고 많이 구박해서 미안하다."

"아 왜 갑자기."

"그래도, 느그 엄마가 우리 집에는 웬수 같은 여자라도······ 박우갱이 니 낳아 준 사람 아이가."

"······."

"아무리 나쁘고 못된 사람이라도 어데 살면서 잘한 일이 하나도 없겠나. 니를 낳았는데. 다른 건 몰라도 느그 형들이랑 박우갱이 니 낳은 게, 그 사람이 얼마나 잘한 일인데."

니 옆에 있으려고 태어났을 수도 있잖아.

아무도 원하지 않았어도.

나는 어느 밤 그 애 할머니 집 별채 툇마루에서, 그 애가 엎드려 그렇게 중얼거리던 것을 떠올렸다.

아무도 저를 원하지 않았다는 말. 박우경이 자기 스스로는 되돌릴 수 없는 완고한 진실.

"당연히 낳아 놓기만 한다고 다 부모는 아이지. 그딴 인간 부모 대접할 필요도 없다."

"……."

"그래도 우갱이 니가 이래 세상에 태어난 게 얼마나 잘된 일이고."

"……그건 그냥 어쩌다 얻어걸리듯이 태어난 거잖아요. 태어나면 안 되는 애가."

"우갱아. 원래 사람은 다 얻어걸리가 태어나는 기다."

"……."

"대학 좋은 데 가 봐야 말짱 헛거네."

"어쩌다 태어난 저랑, 어떻게든 아들 하나 낳아 보겠다고 악착같이 원기옥 모아서 낳은 아저씨랑 어케 같아요."

박우경이 그 와중에도 냉담하게 선을 그었다. 아빠가 기가 찬 듯 코웃음을 쳤다.

"이게 죽은 할배 할매한테 몬 하는 말이 없네."

"맞잖아요."

"그래 낳기를 바란 아들이 내겠나. 누구든 그냥 꼬추 달린 놈이기만 하면 장땡이었던 거지. 내가 아니라 어떤 놈이 그때 태어나도 됐던 기다. 태어나기 전에는 부모도 자식을 모르니까."

"……."

"딸을 그래 많이 낳았어도 태희 엄마처럼 또 딸이 태어났을 수도 있었고, 아들인데 내가 아닐 수도 있었지. 애시당초 우리 아부지랑 엄마는 아들 욕심도 없었다. 우리 할매가 하도 들들 볶으이 등 떠밀려가 그랬지."

"그래도 큰아빠가 그러던데요. 아저씨 진짜 애지중지 난초 왕자처럼 자랐다고."

"왕자면 왕자고 난초면 난초지, 난초 왕자는 뭐꼬……."

아빠는 떫게 중얼거렸다.

"집에서 내를 그래 애지중지 키운 것도 내가 아들 타령하는 시절에 태어난 아들이라가 그렇지, 내가 누나들보다 잘나가 그랬겠나. 내가 아니라 누가 태어났어도 꼬추 달린 놈이면 개나 소나 똑같다. 내가 잘나고 특별해서 그런 게 아니라 그냥 재수가 좋았던 거지."

"……."

"인생이 그냥 그런 거다. 내가 아니었어도 되는데 내가 태어나는 거다. 세상에 반드시 태어나야만 하는 사람이라 태어난 사람이 어디 있겠노. 누가 그래 말하면 썡 그짓말이다. 우갱이 니만 그런 게 아니라 다 그렇게 어쩌다 얻어걸리가 태어난다. 태어나 보니까 누구는 재수가 좋고, 누구는 재수가 드럽고, 그 차이지."

"……."

"누구는, 환영을 좀 늦게 받을 수도 있고."

"……."

"우갱아. 니는 사실 재수가 없었던 게 아니라, 환영을 좀 늦게 받은 거다."

아빠가 몸을 일으키는 게 나뭇가지 사이로 어렴풋이 보였다. 장갑을 벗고 그 애의 어깨를 부드럽게 쓸어 주는 손도 보였다.

"그래도 니가 이래 태어나가 우리 차희 만난 건 잘된 일 아이가."

"……네."

"그게 보통 잘된 일이가."

"보통 잘된 일 아니에요."

"니도, 희야도, 우리 떠나믄 느그가 청라 돌아올 일이 뭐 얼마나 많이 있겠노."

"……."

"니는 너무 원망하지 말고, 미워하지 말고, 멀리서 살면서 그냥 잊어 버려라."

대상이 없는 말이었다. 박우경에게서는 어떤 말도 돌아오지 않았다.

"우리도 여기서 끊고 편해져야지. 우리 차희한테까지 윤씨

네 딸래미라는 꼬리표 달고 보내고 싶지는 않으니까. 이거는 어차피 우갱이 니 받아들이기로 했을 때부터 정해진 거였다. 이 일 때문이 아니라."

"공주 걔는 어차피 어딜 가든 윤씨네 딸래미잖아요."

"그런 게 아이라 여기 이 집 말이다. 니네 증조할매가 살려 놨던 윤명구가 터 잡고 사과나무 심은 이 집 딸래미."

"……."

"우리 큰누나 그래 되고 느그 증조할매한테 온갖 드러운 말을 다 들었어도, 우리 아부지 마음에 제일 못 박힌 말은 그거였다. 우리 집 머슴 노릇이나 하던 놈 딸래미. 윤씨 딸래미. 나머지는 전부 그것 하나 때문에 들은 말이라고 생각하셨다."

"……."

"가만히 생각해 보니까, 우리 아부지가 평생 하고 싶었던 일이 하나만 있는 게 아이더라. 땅을 지키고 나무를 더 심고, 그것도 좋지만, 다 좋지만…… 시간을 돌릴 수 있으면, 누나 하나 그렇게 떠나보낼 게 아니라, 같이 떠나고 싶었겠지."

"……."

"사실은 이 집 딸래미라는 꼬리표를 제일 먼저 잘라 주고 싶었겠지."

같은 청라. 같은 백운. 동네 사람 누구나 아는 그 집 딸래미.

"그래서 내라도 우리 아부지 대신 할라고. 차희도, 그리고 우리 큰누나도. 이제라도……."

"……."

"그렇게 볼 거 없다. 인생이 참 얄궂어서, 느그 얄궂은 증조할매 아니었으면, 우리 누나들도 내도, 태희도 차희도 이 세상에 없지 않겠나. 니는 기억도 못 하는 그 승질 드러운 증조할매가 있어서 지금 니가 있듯이."

아빠는 그냥 그렇게 말했다. 인생은 참 웃긴 거라서 아무리 못된 사람이라도, 그 사람이 한 일이 전부 나쁘지는 않을 수 있다고.

그러니까 너희 엄마가 무슨 일을 했든 너도 좋은 사람이라고.

"둘이 뭐라던데."

"둘이서 오빠야 니 욕하던데."

"와…… 니 버르장머리 중동 존나 자주 가네. 여권 페이지 안 모자라드나."

"아 몰라. 뭐라 하는지 하나도 안 들리드라."

나는 윤태희에게 둘의 대화를 알려 주지 않았다. 하나쯤은 그냥 박우경의 기억으로 남겨 두고 싶어서.

"왔나?"

"일단 이 정도만 가져 왔어요."

"됐다. 이 정도면."

"진짜 더 안 가져와도 돼요?"

"좀 있으면 해 지는데, 뭐. 많이 갖고 와 봐야 도로 갖다 놓는 것만 귀찮지."

"어차피 제가 도로 갖다 놓는데 뭐 어때서요."

"하이고, 젊을 때 몸 아끼라. 나이 들면 아줌마처럼 후회한
다."

버릇처럼 충고한 엄마가 트럭 짐칸에 실린 사과 궤짝을 손가
락으로 몇 번 헤아렸다. 그러는 사이 짐칸에 올라타 궤짝을 같
이 내리려는데, 벌써 올라탄 그 애가 트럭에 올린 내 발을 가볍
게 툭 차서 떨어트렸다.

"왜."

"나대지 마라, 윤차희."

"엄마. 얘가 내보고 나대지 말래."

"희야 니는 우경이가 니 생각해서 그칸 거를 또 쪼르르 엄마
한테 와가 일러바치나."

뭐라고 말 좀 하라고 일러바쳤더니 고자질쟁이 딸을 나무라
는 말만 돌아왔다. 박우경이 보란 듯이 입꼬리를 비스듬히 끌
어당겨 웃었다.

대체 휴일까지 연휴가 길어 그런지 저수지로 드라이브를 가
는 차들이 꽤 많았다. 우리 천막은 정확히 그 길목 위에 있었으
므로 장사는 오히려 평일보다 나았다. 그래서 우리는 연휴 내
내 직판장을 열어 두었다. 등산하고 돌아가는 차가 지나가는
아침부터 저수지가 잘 보이지 않는 저녁까지.

직판장을 지키는 건 주로 엄마였지만 과원 일이 그다지 많지
않은 시기라 오후가 되면 우리가 여기로 왔다.

윤태희는 노인들에게 뻔뻔하고 붙임성도 좋아 곧잘 사과를 팔아먹기는 했지만, 내심은 체면 차리는 아빠를 많이 닮아서 뭘 사고파는 걸 힘들어했다. 솔직히 힘들어하든 말든 알 바도 아니었지만 불만이 많아 듣기가 싫었다.

그리고 해경 오빠는 자꾸만 아줌마들이 끼워 달라는 대로 사과를 더 얹어 주는 바람에 손해가 상당했다. 그래서 둘 다 출입을 금지시켰다. 이유가 무엇이든 윤태희는 내가 박우경과 단둘이 있고 싶어 그런 것이라 생각했지만.

그 애가 아빠의 트럭에서 노란 시나노 골드가 그득 실린 커다란 궤짝을 연달아 내렸다. 그렇게 땅에 내려놓은 궤짝이라도 천막 안으로 옮기려고 하는데, 짐칸에 도로 올라갔던 그 애가 땅으로 휙 뛰어내렸다.

20킬로짜리 박스를 어떻게든 가까스로 들고 내 몸에 반쯤 얹다시피 해 가고 있던 것을, 박우경은 그저 책 두어 권 빼앗듯 아무렇지도 않게 가져갔다.

"나도 들 수 있는데."

"공주 니 돌았제. 지 몸 반만 한 거를 어데."

"반은 무슨."

"툭 치면 뿌라지게 생긴 게……."

"아 줘."

"그새를 못 참고 또 들었네?"

그리고 또 빼앗겼다.

"드럽게 말 안 듣노, 진짜. 내 있을 때는 니 손으로 무거운 거 들지 말라 했제."

"니 없을 때 내 혼자 잘만 들었거든."

"없을 땐 니가 들어야지."

그건 어쩔 수 없지. 박우경이 갑자기 그렇게 수긍하는가 싶더니 남은 궤짝 두 개를 포개어 들고는 말했다.

"아니다. 내 없을 땐 전화를 해라."

"내가 무슨 진짜 공주가……. 꼴랑 사과 박스 몇 개 내 혼자 옮기기 싫다고 그딴 짓이나 하고 있게."

"니 이 집 공주 맞다이가."

"아 진짜."

"내 불러라. 알겠나."

"박우경 니 부르고 자빠질 시간에 다 옮기겠다."

"우리 공주 팔 뿌라지면 어케."

그 애가 느물거리며 날 우롱했다. 그리고 엄마는 잘들 논다는 듯 그런 우리를 보고 있었다. 나는 문득 너무 창피해서 엄마에게 괜히 이것저것 잔소리를 늘어놓다가 얼른 집에 가서 다리 올리고 누워 있기나 하라고 쫓아냈다.

"희야 저거 요새 입만 열면 잔소리하는 게 즈그 오빠야랑 영판 똑같데. 애들이 우째 저래 하나같이 꼰대고? 가만 보면 꼭 요즘 애들 아인 거 같이……."

"형이나 공주 쟤나 꼰대 끼가 좀 있죠."

"맞제."

"맞제는 무슨 맞제. 빨리 가라."

"저 둘에 비하면 저는 요즘 애들 같죠. 아줌마. 귀엽고."

"몬 산다, 내가."

엄마는 못 살겠다면서도 전혀 못 살 것 같지 않은 표정이었다. 박우경의 어깨를 하나도 아프지 않게 때리며 웃는 얼굴이 그 애의 가식에 속아 사과를 서너 봉지씩 사 가던 아줌마들과 닮아 있었다.

"아까 우경이 니 찾는 할매가 둘이나 왔디. 이 집 사우는 어디 갔냐고."

"잘생겼다고 난리다, 진짜."

"지랄이다, 진짜."

내 말은 들리지 않는 양 뻔뻔하게 대꾸한 그 애가 조수석 문을 제 손으로 먼저 열고 엄마를 태웠다.

"아줌마 데려다 드리고 창고에서 아저씨 작업하는 거 좀 마저 같이 하고 올게."

혼자 있을 수 있제. 또 놀리듯 묻는 어조에 대꾸도 하지 않고 빤히 보고 있으니 많이 팔아 놓으라고 당부까지 하고 갔다. 누가 보면 자기 집 사과를 내가 팔아 주는 줄 알 것 같았다.

집에서 잘못 집어 온 옛날 토익 기출 문제집을 얼마간 뒤적거리던 나는 저수지에서 돌아가는 차가 연이어 몇 대 멈추는 까닭에 별달리 책을 들여다보지도 못하고 사과만 팔았다.

정신없이 빈 바구니마다 사과를 채우고 있는데, 또 차 소리가 났다. 나는 마저 정리를 하고 흘리듯 인사를 하며 몸을 일으켰다.

"다 컸네. 엄마 대신 가게도 보고."

그렇게 돌아보기도 전이었다. 그리 낯익지는 않은 목소리였다. 다만 기시감이 드는 어조였다. 이를테면 엄마 심부름을 가는 초등학생이라도 칭찬하는 듯한 어조.

나는 가느다랗게 뜬 눈으로 뒤를 돌아보았다.

"오랜만이네, 차희야."

태경 오빠였다.

엊그제 태경 오빠가 서울에서 내려온다는 말은 해경 오빠에게 들었지만, 집에 도착했다는 말은 정작 듣지 못했다. 신미진이 입원한 병원으로 곧장 간 게 아닐까. 그렇게 생각은 했지만 해경 오빠에게 확인할 수는 없었고, 사실 그다지 친근한 존재도 아니라 캐물을 까닭도 없었다.

해경 오빠는 윤태희와 같은 나이였고 박우경은 나와 같은 나이였지만, 태경 오빠는 여섯 살이나 위라 초등학교조차 같이 다녀 본 적이 없었다. 방과 후에 자기 엄마를 졸졸 쫓아다닐 성격도 아니었고, 누가 끌고 다닌다고 끌려다닐 성격도 아니라 종종 보기는 했어도 해경 오빠 같지 않았다.

그 시절에 여섯 살 차이란 아주 까마득하게 커 보이는 것이어서, 나는 태경 오빠가 내게 무슨 말을 하든 멋있거나 무섭거나 했다. 우리가 겨우 초등학교에 입학했을 때 오빠는 중학생이 됐다. 그러고는 금방 고등학생이 되더니, 우리가 초등학교를 졸업할 무렵 어느새 대학에 가 버리고 없었다.

그렇게 훌쩍 서울로 가서는 집과 연이라도 끊은 양 청라에 내려오지 않다가, 어느 날 결혼할 여자가 생겼다고 통보하러 왔다고 했다. 허락을 구하러 온 것이 아니라.

요즘치고는 꽤 이른 결혼이라 신미진은 물론이고 박동주조차도 석연찮게 여겼지만 오빠는 '초대했으니 오려면 오고 말려면 말고' 정도로만 대응했다. 상견례조차도 없이.

서울에서 해경 오빠가 지나가듯 해 줬던 말로는 신부 쪽 부모가 일찍 돌아가셨고, 유산이 많아 경제적으로는 풍족하지만 어릴 때 키워 준 외삼촌 부부 외에는 결혼식에 부를 가족이 하나도 없다고 했다.

그나마도 외삼촌이 일하다 몸을 다쳐 장애가 있으시다고, 상견례에서 상처를 받지는 않으실까 신부 쪽에서 염려했다는데 오빠는 그 말을 듣자마자 아예 그런 걸 걱정할 것도 없다는 듯이 상견례 자체를 날려 버렸다. 신미진이 거기에 얼마나 분개하고 치를 떨었는지는 말할 것도 없었다.

그리고 자기 집에 이런저런 사정을 설명하고 설득하기도 귀찮다는 듯이 부모가 반대할 틈도 주지 않고 일을 진행했다. 그나마 결혼 전 서울에서 해경 오빠를 불러 두어 번 식사하고, 군대에 있던 박우경이 휴가를 나왔을 때 결혼할 여자라고 한 번 소개시켜 준 것이 전부였다.

그 외에는 자기 아내와 본가 사이에 아무런 접점도 만들지

144

않겠다는 듯이.

생각해 보니 그게 아마 박우경에게 '통보하면 된다'는 영감을 주었던 모양이었다.

태경 오빠는 신미진보다는 박동주를 좀 더 닮았는데, 그렇다고 해경 오빠나 박우경처럼 형제끼리 완전히 빼다 박은 인상까지는 아니었다. 오히려 점잖은 척 입을 다물고 있는 박강주를 제 아버지보다 더 닮았다.

조금 더 정확히는 박강주가 말이 없을 때만.

"마지막으로 봤을 땐 되게 조그만했던 거 같은데."

"……그 정도는 아니었는데요. 중학생 때라. 그때랑 지금이랑 키 거의 비슷하거든요."

"오빠 기분상으로는 그런데?"

그래서 이렇게 가볍게 말을 흘려도 별로 가볍게 들리지가 않았다. 목소리가 유달리 무겁고 낮아서 그런 것도 같았다. 이유가 무엇이든 나는 태경 오빠를 아주 오랜만에 봤다.

오빠가 자기 허벅지 정도에 가늠하듯 손을 두고 고개를 갸웃했다. 그리고 여전히 유치원생이라도 보는 듯한 눈으로 날 물끄러미 쳐다보며 중얼거렸다.

"이제 길에서 지나가다가 보면 못 알아보겠다."

"지금도 길에서 지나가다가 보신 건데요."

"박우경이 니 사진 보여 줬거든. 결혼할 건데 식사는 서울가기 귀찮으니까 생략하자고."

"……네?"

"나는 그래도 오프라인으로는 했는데. 니가 봐도 더럽게 경우 없는 새끼지?"

"아…… 대체로 그렇더라고요."

대체로 뭐가 그렇다고. 경우가? 나는 태경 오빠가 잘생겼다고 몰래 좋아하던 여섯 살 여자애가 된 것마냥 입술을 벙긋거렸다.

오빠가 자기 집처럼 노란 사과를 하나 들어 베어 물며 내게 말했다.

"그렇게 높임말하지 말고, 편하게 해. 어릴 때처럼. 나 혼자 노인네 된 거 같으니까."

"저는 별로 편하지가 않아서……."

"진짜 불편하면 그런 말도 못 하던데."

"혹시 여기는 왜 오셨어요?"

"큰아버지랑 아버지 너희 집 가셨거든. 아줌마 계실 줄 알고 오랜만에 인사도 할 겸 따로 모시러 온 건데."

"아."

"여기 바구니 다섯 개 다 하면 얼마야."

"그건 좋은 거라 하나에 삼만 원인데."

"다섯 개 사면 십삼 해 주라. 아는 사이니까."

"……."

나는 홀린 듯 고개를 끄덕이고 비닐 봉투를 찾아 그 앞에 쭈그려 앉았다가, 멈칫 태경 오빠를 올려다보았다.

"……오빠 집 사과 많잖아요."

많기만 할까. 저 집은 사과가 그냥 많은 정도가 아니라 전국에서 제일 많은 집일 것이다.

"니는 집에서 밥해 먹을 수 있는데 외식은 왜 하노."

"네?"

"그런 거지."

날 때부터 서울 사람인 양 줄곧 평이했던 어조에 잠깐 사투리가 끼었다. 그러나 사투리를 쓰든 서울말을 쓰든, 툭 내뱉는 말씨가 박우경 뺨치게 무뚝뚝했다.

태경 오빠가 한 손으로 사과를 들고 우물우물 씹으며 내 옆에 쭈그려 앉았다. 내가 정말로 애 같은지 제 긴 다리가 내 다리에 닿거나 말거나 아무런 신경도 쓰지 않고.

여전히 잘생긴 사람이긴 했다. 어릴 때는 까마득한 오빠 같았는데, 다 커서도 어른처럼 보이는 게 신기하기는 했다. 마치 나는 아직도 어른이 아닌 것처럼.

"……오빠, 뭐 하세요?"

다만 그 어른이 좀 희한한 짓을 하고 있었다. 태경 오빠가 날 흘긋 보더니 오히려 되물었다.

"왜?"

사과를 바구니마다 한 알씩 옮겨 놓는 손이 태연했다. 바구니 다섯 개에 한 알씩 총 다섯 개. 나는 발끈해서 그 사과들을 원래 있던 바구니로 하나씩 돌려놓았다.

"어차피 끼워 줄 거 아니었어? 수고하지 말라고 알아서 한 건데."

"그런 생각 안 해 봤어요."

"그렇게 안 봤는데."

"아까 십삼 해 달라매요. 이만 원이나 깎았으면서 뭘 사과까지 더 가져간다고 하세요."

"야박하다. 우리가 모르는 사이도 아니고."

"……."

"여기가 서울도 아니고."

솔직히 다 크고 보니 모르는 사이나 다름없었다. 나는 부정도 긍정도 하지 않고 사과를 비닐 봉투에 담으며 물었다.

"사과는 왜 사세요? 집에 밥 있는데 하는 외식이라 치고."

"와이프 갖다주게."

"아."

"임신했거든. 사과가 끝도 없이 먹고 싶대."

"아…… 축하 드려요. 잘됐다."

"내 얘기 듣고 나니까 사과 다섯 개 다시 주고 싶지."

턱을 괴고 씩 웃으며 묻는 게 얄미울 정도로 잘생겼다. 나는 말없이 바구니 다섯 개에 담긴 사과들을 봉투에 다 담고는, 아까 도로 갖다 두었던 사과들도 같이 담았다.

"사실 와이프 임신 안 했어."

"……네?"

"언젠가 할 거니까. 와이프가 먹을 것도 맞아. 난 사과 싫어하거든."

"오빠는 싫어하는 걸 되게 잘 먹네요."

"오랜만에 먹으니까 대충 옛날 생각 나고 좋네. 현금 영수증 돼?"

나는 떨떠름하게 고개를 끄덕이며 현금 영수증을 등록했다. 어깨를 으쓱한 태경 오빠가 지갑에서 깨끗한 오만 원권 지폐를 세 장 꺼내 놓고는, 착실하게 거스름돈 이만 원을 받아 갔다.

"지출 증빙이야."

"……"

"지금 와이프한테 용돈 타 쓰고 있어서. 얼마 전에 직장 그만뒀거든."

"아 네."

있는 사람이 더하다는 듯이 보고 있는 걸 알았는지 묻지도 않은 말을 부연한 오빠가 사과를 제 차에 실었다. 멀뚱멀뚱 그걸 보고만 있는데 오빠가 물었다.

"안 가? 우리 아버지랑 큰아버지 너네 집 갔다니까."

"……가야 돼요?"

"가야지. 너 때문에 온 건데."

"……"

"박우경이랑 결혼 안 할 거야?"

나는 졸지에 강제로 천막을 닫고 나왔다. 물에 물 탄 듯 날 제 차에 태운 태경 오빠가 말수 없는 어린애라도 돌보는 양 몇 마디를 억지로 더 걸었다.

박우경이 너한테는 인간답게 구느냐고도 물었다. 굳이 따지자면 그 애가 잘해 주고 내가 못 해 주는 쪽이라고 하니, 조금 놀란 표정이 되기도 했다.

"끼리끼리 만나나 보네. 싸가지 없는 애들끼리."

"……."

나는 대꾸할 힘을 잃었다.

"박우경이랑 결혼하기 싫어?"

"아뇨."

"박우경 싫어?"

"걔가 싫으면 제가 오빠랑 지금 왜 이러고 있어요."

"차갑네. 해경이한텐 안 그러더니."

"해경이 오빤 착하잖아요."

"착하다의 정의가 좀 잘못된 것 같은데……. 뭐 어쨌든, 열의가 별로 없어 보여서."

"저는 지금 열의가 없는 게 아니라 어이가 없는 거예요. 오빠 때문에."

"인척이 될지도 모르는데 돈 이만 원이 그렇게 아까워?"

"사과 다섯 개도 끼워 갔잖아요. 그리고 그게 아까운 게 아니라."

"어쨌든 싫은 건 아니니까 다행이네. 그 새끼 어릴 때 혼자 숟가락으로 감옥 벽 파듯이 너 찍어 대는 거 좀 웃겼는데."

"……."

"이십 년을 죽어라 파니까 벽이 뚫리긴 하네."

"……저도 좋아해요. 우경이."

말하고 보니 지금 이 사람이랑 왜 이런 말을 하고 있나 싶어서 나는 고개를 홱 돌렸다. 내가 감옥 벽이라는 건가 싶기도 했다.

그러나 사과원 진입로에 들어서던 차가 갑자기 멈추었다.

"마저 안 가세요?"

"우리 아버지랑 엄마 이혼해."

"……."

"이혼하느니 차라리 죽겠다고 계속 거부하다가 오늘 겨우 동의했어. 그거 보고 오는 길이야."

오빠는 박동주가 몇 날 며칠에 걸쳐 신미진에게 이혼을 강권했다고 했다. 여자가 가련하게 혼절을 하든, 구역질을 하든, 무릎 꿇고 네 발로 기며 울든 아무것도 보이지 않는다는 듯 서명만 강요했다고.

아이러니하게도 제 부모가 가장 오래 붙어 있었던 시간도 그때고, 가장 많은 대화를 한 것도 그때라면서.

"퇴원하면 그대로 성남에 사는 셋째 이모 집으로 가기로 했고. 애들이라고 해 봐야 다 큰 성인인데, 어쨌든 아버지는 조건을 걸었어. 우리가 먼저 연락하지 않는 이상 엄마 쪽에서 먼저 우리한테 접촉할 수는 없다는 조건으로, 외가 쪽 생활비랑 외삼촌 남은 치료비는 당장 끊지 않는 걸로. 엄마 앞으로 된 게 좀 있으니까 따로 더 줄 건 없고."

"……."

"엄마 성격에 재산 분할로 걸고넘어지면서 어떻게든 늘어질 거라고 생각했는데 의외로 그러진 않아. 그냥 사는 거에 별로 열의가 없어진 거 같더라. 이제 다 끝났다고 정신이 나간 것처럼 앉아 있어. 눈 뜨자마자 자기가 우경이 차 들이받았다고 하더니."

"……."

"자기가 우경이 또 죽일 뻔했다고 하면서."

사고의 충격이 꽤 컸던 모양이라고 남의 일처럼 단조롭게 말한 오빠가 날 돌아보았다.

"……저한테 그런 걸 왜 알려 주세요?"

"글쎄. 이제 이상한 시엄마도 없으니까 좀 더 가벼운 마음으로 생각해라?"

"……."

"너 우리 엄마랑 원수졌다면서."

"싫기는 해요. 그래도 오빠한테는 엄마잖아요."

"낳아 준 건 고마워. 키워 준 것도 좀 고맙고."

"……."

"가끔은 그냥 그것뿐인 사이도 있어."

차가 다시 움직였다.

박동주의 차 뒤에 대강 주차를 한 오빠가 때마침 우리 집 현관에서 나오던 그 애를 발견하고 성의 없이 손을 흔들었다.

"웬 일이고, 박우경. 형 마중 나왔나."

다 컸다. 개새끼가 인간 됐네. 그런 말이 저절로 나오는 찰나 박우경이 날 노려보며 물었다.

"……윤차희, 니 왜 그 차에서 내리노?"

"니는 어디 가는 길인데."

내가 되묻는 소리에 날 노려보던 얼굴이 왈칵 일그러졌다.

"공주 니 데리러 가는 길이다이가."

"너네 애칭이 좀 역하네. 들으니까 속이 안 좋다."

"애칭이 아니라 저 조롱하다 입에 붙은 거예요."

내가 선을 긋자 오빠가 어깨를 들먹였다. 박우경이 대뜸 사납게 걸어와 내 팔을 잡았다.

"온나. 그 옆에 그렇게 딱 붙어 있지 말고."

"유치원 다닐 때도 저 지랄이드만 아직도 이러고 있었노……."

"박태경 니 이제 유부남이니까. 얘랑 내외하라고."

"우리 우경이 병이 심각하네."

오빠가 관심도 없이 우리를 내버려 두고 대문으로 걸어갔다. 사실은 우리야말로 들어가 있어야 하는 사람들이라 곧장 그 뒤를 따라가는데, 박우경이 괜히 그 사이를 가로막았다.

"아 박우경 걸거쳐."

"윤차희 니는 생전 처음 보는 낯선 남자 차를 이따위로 덜컥 타고 오나."

"니네 형이 무슨 생전 처음인데? 글고 지가 태경 오빠한테 내 얼굴 알려 줘 놓고."

사실 오빠가 내 얼굴을 알아보지 못했다 해도, 우리 사과원 이름이 직판장 플래카드로 걸려 있었다. 짐작은 전혀 어렵지 않았을 것이다.

그래도 내 지적에 순간 할 말이 사라진 모양인지 그 애가 말 없이 콧잔등을 찌푸렸다. 하지만 잠깐이었다.

"오랜만에 박태경 보니까 미치겠나. 눈이 막 돌아가나."

"하."

"존나 박태경한테서 눈을 못 떼노."

"뗐는데?"

나는 그 증거처럼 박우경의 두 눈을 똑바로 들여다보았다. 그 애가 문득 방심하고 있다 한 대 맞은 사람처럼 멍청한 표정으로 날 봤다.

'갑자기 왜 저래' 하다가 '설마' 싶은 그 불길한 찰나였다. 저건 멍청한 표정이 아니라 어딘가에 꽂힌 표정이었다는 것을 깨달은 건 조금 늦었다.

박우경이 전투적으로 비스듬히 고개를 숙였다. 입술이 쪽 소리가 나도록 부딪히고 떨어졌다.

미친놈이……. 떨어지는 그 애의 이마를 잡고 더 멀리 밀어내려는데, 내 손을 무시하고 더 저돌적으로 깊이 틈을 밀고 들어온 박우경이 내 입술이며 입가에 무작위로 짧은 키스를 퍼부었다.

"아 좀 떨어지라고……. 여기가 어딘데. 돌았나. 진짜……."

"니 때문에 돌아 버릴 거 같다."

"내 때문에 돌아 버릴 거 같은 게 아니라 니는 걍 돌았다이가. 도라이야."

"씨발…… 존나 귀여워서 걍 죽고 싶다."

"아 죽든가 말든가. 지 혼자 갑자기……. 아 좀, 아 놔 봐, 좀."

"니가 내 눈만 쳐다봐도 죽고 싶다. 너무 좋아서 싫다."

"CCTV 어쩔 건데 진짜……."

"여기서 키스는 괜찮고 CCTV 찍히는 건 별로다? 윤차희 존나 과감해."

"안 괜찮다. 안 괜찮다고."

나는 박우경을 마구잡이로 때리며 그 애에게서 아등바등 벗어나 현관으로 갔다. 태경 오빠가 신발을 아직 벗지 않은 채로 현관에 서서 윤태희와 이야기를 하고 있었다.

윤태희가 태경 오빠 뒤로 문가에 선 날 흘끗 미심쩍게 보더니 몸을 돌렸다.

"일단 안으로 들어온나, 형."

"그래."

그렇게 들어가는 줄 알고 뒤에서 순서를 기다리는데, 오빠가 나직하게 말했다.

"나중에 아저씨 몰래 CCTV 잘 지워야겠다. 차희야."

"……."

"결혼 앞두고 엎어질라."

그 찰나 문 안쪽으로 들어온 박우경이 뒷말만 듣고 저를 저주한다며 욕했다.

원흉 주제에. 내가 그 애의 발을 걷어차고 있으니 태경 오빠가 대놓고 비식 비웃는 얼굴로 그 애를 돌아보고는 집 안으로 들어갔다.

거실에서는 사과원을 정리하는 이야기가 한창이었다. 복도에서 어렴풋 들어도 알 수 있었다. 박강주가 만류하고 아빠가 거절하는 듯한 소리. 그럴 필요 없다는 말.

박동주의 음성은 들리지 않았다.

"아, 차희 왔나."

복도 끄트머리에서 나타난 날 발견하고 친척 어른처럼 반갑게 인사한 박강주가 옆에 앉은 박동주를 툭 쳤다.

"뭐 하노, 동주야. 니 며느리다."

능청스럽게 웃는 얼굴 옆에서 딱딱하게 굳어 있는 얼굴이 창백했다. 박동주는 가까스로 내게 '왔나' 하고 인사하고는 다시 아빠를 보았다.

그사이 태경 오빠는 엄마 옆으로 가서 내가 저한테 사과를 참 싸게 팔더라고 태연하게 지껄이고 있었다. 자기가 깎고 더 가져갔으면서.

그러나 아빠와 박동주 쪽 분위기는 여전히 심상치 않았다. 박우경은 언제 마당에서 그런 짓을 했냐는 양 진작 그쪽으로 가서 세상 심각하게 앉아 있었다. 나는 윤태희를 도로 복도 쪽으로 빼서 작게 물었다.

"무슨 얘기했는데?"

"엄마한테 사과하러 왔다더라. 그때 사건 알고도 덮어 버린 거 잘못했다고. 자기도 죄 지었다고."

"……엄마는."

"아저씨가 그때 이혼하려다가 고모 때문에 입 닫았다 카는 거 저번에 들었다매. 화가 나도 엄마가 거따 대고 뭐라 카겠노. 안 그래도 그 여자 때문에 엄마도 고모한테 미안해 죽는데."

"……."

"아저씨야 자질구레한 변명은 안 했고. 그냥 그때 사건을 알자마자 자기가 우리 집에 먼저 알리고 그 여자랑 정리도 바로 하는 게 순서였다, 그런데 자기가 그러지 못해서 가해자를 너희 집 주변에 계속 남겨 뒀다, 그래서 거꾸로 피해자인 너네 딸이 눈치 보게 하고 집에도 못 오게 만들었다……."

"……."

"그게 다 자기가 함부로 산 탓이다. 그 정도. 그 이상은 엄마가 말도 더 못 하게 했다. 니한테 따로 사과했으면 우리는 됐다고."

박동주는 거기서 입을 닫았고, 바로 거기서부터가 본론이라는 양 박강주가 내내 떠든 것이 조금 전까지라고 했다.

동생 부부의 이혼을 세상 둘도 없는 경사처럼 말하면서 고로 자기 조카와 함께하는 내 앞날이 얼마나 다방면으로 평탄할 것인지를 열정적으로 설파했다는 것이다.

"아니 근데 물건을 안 사겠다는 것도 아니고 산다는데, 자꾸 사 가라고 저래 봤자 헛짓거리 아이가."

"뭘 사."

"니 저거 산다매. 박우경."

"……."

"아니 진짜 무슨 방문 판매 온 줄 알았네."

윤태희는 그 애의 큰아버지를 '남이 듣다 지쳐서 더 산다고 하기만 기다리는 사람' 같다고 평했다. 다단계 피라미드 했으면 큰일 낼 사람이라고.

그러다 이 집을 정리하는 이야기가 나와서는, 앞에 하던 말은 다 잊어버린 것처럼 그 얘기만 하고 있는 중이랬다.

슬그머니 거실 쪽으로 다시 나가자 말소리가 다시 명확해졌다. 우리 집 때문에 그럴 필요 없다. 사람들 떠드는 것도 금방이다. 느그가 평생을 여기서 살았는데 가기는 어디를 가노. 니네 아버지가 한평생 피땀 흘려 가꾸고 넓힌 땅 아이가. 니랑 니 처가 하나하나 다 심고 키워 놓은 나무들 아이가……. 빚도 이래저래 정리 좀 했다매. 응?

나머지는 니 사위한테 정리 좀 시키고, 빚 없이 여기 굴리면 옛날에 느그 사정 좋을 때맹키로 제수씨랑 둘이 여유롭게 살거 아이가…….

태경 오빠가 눈치껏 엄마랑 윤태희를 데리고 해경 오빠가 있는 주방으로 갔다. 박강주가 아빠를 연신 어르는 소리가 짐짓 간곡했다.

"명구 아재가 혈혈단신으로 다 이룬 땅이다. 막말로 니가 여기를 버리고 가 삐면, 느그 누나들 고향은 우째 되노. 어?"

"사위한테 빚낸다고 그게 빚이 아입니까."

"니 아들 삼는 셈 친다매. 니 이래 봐라. 우갱이가 지 때문에 느그 집 이래 됐다고 자책 안 하겠나. 어?"

"우갱이 때문에 이래 된 게 아이라, 애초에 우갱이 점마 태어나기도 전에 이래 정리했어야 되는 게 맞습니다."

"……."

"우리 아버지가 이래했어야 됐습니다."

박동주는 금이 간 석고상처럼 아빠를 바라보았다. 숨이 붙어 있지도 않은 것처럼 멀거니, 겨우 자기 형체를 유지하고 있는 것처럼 그렇게.

"이미 정해진 일입니다. 내 우리 누나들한테도 다 말했고요."

"……."

"누나들도 다 잘 결정했다 캅니다. 괜히 오래 버티면서 니처랑 둘이 고생했다고. 털고 후련해지라 캅니다."

"……준영아."

박동주가 가까스로 아빠를 부른 것은 그때였다.

"차라리, 내가 정리하면 안 되겠나……."

"……."

"내가, 여기서 다 정리할 테니까, 이 집은 남겨 두면 안 되겠나."

"……."

"내가 다 버리고 떠날 테니까……. 누가 이 집을 허물지만 않게, 그냥, 나중에 어쩌다 멀리서 지나가다 한 번씩 볼 수라도 있게……. 그래 해 주면 안 되겠나."

"형님."

"부탁이다. 정 팔아야겠으면, 어떻게 해도 여기는 떠나야 니가 살 것 같으면, 내가 얼마가 됐든 살게. 니가 원하는 대로……."

"우리 아버지가 죽을 때까지 가꾼 땅을, 제가 우째 형님한테 팝니까."

아빠가 냉정하게 대꾸했다.

"우리 아버지가 죽을 때까지, 여기를 어떤 마음으로 지켰는데. 평생 자기가 여기를 뭐랑 바꿨다고 생각했는데. 우리 아부지는 막말로 자식이 우리 큰누나 하나였으면 사과원이고 나발이고 뒤도 안 돌아보고 다 버렸을 사람입니다."

"……."

"다른 자식들 때문에 여기서 숨 쉬고 사는 게 수모스러워도 참고 버틴 깁니다. 그걸 형님이라고 모릅니까."

"준영아. 내가 모르는 게 아니다. 나는."

"돈에 아무리 이름이 없어도 누구한테 받든 똑같겠습니까. 돈이라고 다 됩니까."

"……."

"안 되는 건 안 되는 겁니다."

박동주가 천천히 고개를 떨어트렸다. 저 스스로를 비웃듯 허탈한 실소가 흘러나왔다.

"……나는, 이 집을 혜영이 보듯 봤거든."

"……."

"그냥, 한 번씩 길에서 이 집을 보기만 해도 좋았거든. 니네 누나 그림자라도 보는 것처럼……."

"형님."

"징그러운 일이지."

"……."

"미안하다. 준영아. 잊어버려라."

박동주가 억지로 숨을 삼키듯 제 말을 도로 거두었다. 아빠는 말없이 박동주를 바라보다 문득 소파 끝에 앉아 있던 나를 불렀다.

"희야."

"네."

"니 2층에 올라가서, 오빠야 방 옆에 창고방 하나 있제. 문 열고 들어가믄 왼쪽에 있는 선반에 상자들 있는데, 보라색으로 된 거 있다. 그거 좀 가 온나."

"아저씨. 제가 가져올게요."

"아이다. 쟈가 가져오면 된다."

나는 대신 일어날 듯 말 듯 날 쳐다보는 박우경을 흘낏 보고 2층으로 올라왔다. 옛날에 아빠가 쓰던 방은 윤태희가, 고모들이 쓰던 방 중 하나는 내가 쓰고 있지만 나머지는 별달리 용도가 없었다. 그래서 죄다 창고 비슷한 것이 되어 있었다.

윤태희 방 옆에 난 문은 오래도록 누가 열지 않아 문고리 돌아가는 것조차 뻑뻑했다. 나는 어느새 창고에 처박힌 옛날 운동기구 몇 개를 지나 아빠가 말한 선반으로 갔다.

크고 작은 색색의 상자가 맨 위 줄부터 아래쪽까지 놓여 있었다. 오래전에는 제각기 선명한 색을 지녔을 테지만 커튼 너머 햇살에 색이 바래어 이제는 서로와 비슷해진 것들.

상자마다 이름표가 붙어 있는 것은 뒤늦게 발견했다. 아빠의 글씨였다. 혜영. 진영. 순영. 주영. 미영. 인영……. 죄다 고모들의 이름이었다. 어릴 때 죽었다는 큰아버지의 이름도 있었다.

고모들이 옛날에 집을 떠나며 두고 간 물건들을 아빠가 정리해 둔 거였다. 어떤 고모는 상자가 네다섯 개, 또 어떤 고모는 얼추 잘 챙겨 간 모양인지 딱 한 개.

그리고 큰 고모는 상자가 여덟 개나 있었다. 나는 그중에서 희뿌연 보라색 상자 하나를 발견하고 내렸다. 2층 거실로 나가 티슈로 뚜껑의 먼지도 대강 닦았다.

그렇게 계단을 내려가기 전, 뚜껑을 살짝 열어 본 것은 사실 별로 잘 배워 먹지 못한 충동이었다.

다른 상자에 비해 퍽 자그마한 편이었던 보라색 상자 안에는 낡은 책 몇 권과 수신인이 적혀 있지 않은 편지 봉투들이 들어 있었다. 나는 무심코 아무것도 적혀 있지 않은 봉투 하나를 뒤집어 보았다. 그리고 수신인이 적혀 있지 않은 게 아니라 애초에 봉투가 뒤집혀 있었을 뿐이라는 걸 뒤늦게 알았다.

누군가 일부러 그렇게 숨겨 둔 것처럼.

동주에게.

편지는 한 통이 아니었다. 나는 천천히 숨을 들이마시며 상
자의 뚜껑을 덮었다.

오래된 종이 냄새가 코끝을 맴돌았다.

나는 거실로 돌아가 아빠에게 그 상자를 건넸다. 아빠가 그
것을 박동주에게 주었다.

"……이게 뭐고?"

"원래 형님 겁니다. 내가 형님한테 줄 거는 그거밖에 없습니
다."

아빠는 단조롭게 말했다. 박동주는 뚜껑을 잠시 열어 보았다
가 그대로 얼어붙었다. 알 수 없는 표정이었다. 상자 안에 담긴
게 어떤 물건인지 알 리 없는 박강주가 침묵을 만회하듯 평온
한 이야기를 했다.

곧 뚜껑을 닫은 박동주가 말없이 웃으며 상자를 어루만졌다.
나이를 잊어버린 것 같은 미소였다.

그리고 아주 나직한 소리로, 감격한 것처럼 아빠에게 고맙다
고 말했다. 이제 남은 날은 이것으로 됐다고.

저는 그것으로 되었다고.

#50. 인형의 집

"근데 박해경 니는 학교를 아예 그만뒀나. 왜 아직도 안 가고 여기 있노."

"좋제. 느그 형 있어서."

"형 니는 내 표정이 안 보이나?"

"내가 좋아서 어쩔 줄을 모르네. 알았다. 안 갈게."

점심을 먹고 잠깐 소파에 늘어져 TV를 보고 있던 해경 오빠와 내 사이를 파고든 박우경이 제 형을 밀어냈다.

오빠가 실실거리며 밀려났다.

"아 비좁게 진짜. 빈자리 많은데 왜 이카는데."

"그럼 윤차희 니가 딴 남자랑 시도 때도 없이 붙어 있지 말든가."

"누가 시도 때도 없는데. 방금 앉았는데……. 니네 큰아빠가 그거 병이래."

"공주 니는 내가 병자인 거 알면 병자 새끼 배려 좀 해라."

그렇게 기어코 비좁은 틈을 비집고 앉은 박우경이 리모컨을 들고 괜히 깔짝거리듯 화면을 바꾸다 원래대로 되돌아갔다. 아까 아빠가 틀어 놓고 나간 전원주택 매매 영상이었다.

여기서 차로 한 시간 반쯤 걸리는, 포도가 유명한 동네.

"존나 배산임수네."

박우경이 뭘 아는 척 중얼거리자 해경 오빠가 바로 비웃었다.

"한낱 박우갱이 주제에 뭘 안다고."

"뒤에 산. 앞에 물. 맞다이가."

"저 앞에 있는 거 저수지잖아. 흐르는 물 막은 것도 아니고, 고인 물은 풍수로 안 칠걸. 썩은 물이라고."

"박해경 니는 언제부터 그래 풍수 박사였는데. 존나 척척박사 새끼……."

"그거 오빠야 칭찬하는 거 같은데."

"하."

"맞제. 개새끼가 내를 너무 좋아한다니까."

연휴가 끝나고 윤태희가 대구로 돌아간 뒤에도 해경 오빠는 계속 청라에 있었다. 수업을 몰아넣은 날이 죄다 연휴에 얻어 걸린 덕분이었다. 그렇게 한 주를 더 보낸 참이었다.

다음 주 수업은 아예 빼먹고 주말까지 있다 가겠다는데, 오빠는 더 놀고 싶은 양 말하기는 했지만 사실 신미진이 그즈음에 퇴원했다.

그 여자가 동네에서 얼굴도 못 들고 다닐 만큼 망신을 당했다고는 해도, 꼬박 30년을 살았던 곳이었다. 존재하지도 않았던 것처럼 하루아침에 깨끗이 사라질 수는 없는 일이었다.

애초에 신미진이 다른 사람 보기를 두려워하고 있으니 주변 사람을 정리하는 것은 문제도 아니었다. 내내 얼이 빠져 있다가도 정신이 든 것처럼 얼른 청라에서 도망쳐 버리고 싶어 한다니까.

그러니 골치 아프거나 망신스러운 사람 문제는 제해도, 나머지 신변을 정리하는 게 문제가 됐다. 어찌 됐든 긴 세월이 지났으므로.

해경 오빠가 아니면 그런 일을 할 사람도 없었다. 박동주는 아들들이 괜히 성가시게 될까 봐 제가 다 정리하겠다고 선을 그었지만 오빠는 차라리 그쪽이 더 걱정된다고 했다.

기껏 단념을 한 상황인데, 계속 부딪히다 보면 괜히 일이 구차해질 수도 있다고.

차라리 자기 손으로 직접 정리하는 게 낫다고.

신미진이 여태껏 입원해 있는 건 실상 처치가 곤란했던 탓이었다.

'술 처먹고 지 아들도 몰라봐서 그렇게 큰 사고를 낸 인간이지 남편 돈으로 맨날천날 비싼 차나 타고 다닌 덕분에 다친 곳 하나 없드라. 세상에 밉상도 그런 밉상이 없다카이…….'

누구의 눈치도 보지 않는 박강주는 그렇게 지나가듯 말했지만, 실제로 신미진에게 다친 곳이 없는 것은 아니었다.

다만 그 부상이 아주 경미할 뿐이었다.

팔을 다쳤다고는 하지만 차라리 박우경이 사고 난 차에서 실신한 신미진을 꺼내다 팔을 다친 게 더 클 것이다.

그렇게 병원에서는 이삼 주 입원해도 그만, 부목이나 대고 집에 가도 그만이라고 했던 것을 기어코 입원시켰던 건 해경 오빠였다.

응급실에서 수액이 다 떨어져 가는 걸 보는 게 무서워서. 이대로 수액을 다 맞고 나면 자기 엄마를 당장 어디로 데려가야 할지 도저히 모르겠어서. 그래서 그랬다고.

그렇게 자기 손으로 엄마를 계류했으니 당연한 일인데도, 오빠는 가끔 병원에 다녀올 때마다 우리 가족을 얼마간 불편해했다. 내 눈을 잘 마주치지도 못했다.

박우경에게는 신미진이 성남에 가고 나면 절연할 생각이라고 했다는 모양이었다. 병원에 있는 신미진에게는 '차라리 이참에 엄마가 경기도로 올라오면 저와 가까워지는 것'이라고 거짓으로 안도하게 해 놓고는.

하지만 그럴 필요가 있을까.

해경 오빠가 내게는 말하지 않은 일이라, 목구멍 밑에서 맴도는 말을 할 수는 없었다. 그래도 오빠는 신미진이 가장 사랑하고 의지하는 아들이었다.

신미진이 아들을 잃는 건 아무래도 상관없었다. 그러나 신미진의 믿음을 아예 다 저버리는 건 오빠에게 불필요한 고통이 될 것 같았다.

자기 엄마가 자기를 가장 사랑하고 의지한다는 걸 알면서,

오로지 인간적인 실망만으로 외면할 수 있을까.

내가 그렇게 오빠를 걱정해도 정작 혈육인 박우경은 '그냥 얼굴 안 보고 사는 게 박해경 정서에도 좋다'고 시큰둥하게 대꾸하고는 끝이었다.

어차피 이십 년쯤 더 지나 제 엄마가 늙고 병들어 불쌍한 척하면, 셋 중 마음이 제일 약한 박해경은 어쩔 수 없이 속아 넘어갈 거라면서.

결국 그럴 거라면 오빠도 이십 년 정도는 그런 사람을 안 보고 편하게 사는 편이 좋지 않겠냐는 것이었다. 그러면서 저 같은 패륜아 정도는 되어야 숨넘어가는 순간까지 보지 않을 수 있다고 했다.

하긴 같은 집에서도 자란 것이 달랐고, 감정도 달랐고, 타고난 성미도 달랐다. 생긴 것만 저렇게 닮았지.

나는 그 패륜아 너머로 해경 오빠를 흘끗 보았다. 오빠가 내 시선을 느낀 것처럼 고개를 돌리더니 습관처럼 부드럽게 웃었다. 나도 마주 웃는 찰나였다. 전원주택 구경에 빠져 있던 박우경이 뒤늦게 날 보고는 기가 찬 듯 한숨을 푹 쉬었다.

"와…… 윤차희 이제 내가 있는데도 이카노."

"뭐."

"왜? 아예 비키 주까. 딴 놈 보는데 니 남친 방해 안 되나."

"니 때문에 오빠야 얼굴이 잘 안 보이기는 하더라. 비킬래?"

"내가 씨발 누구 좋으라고."

"죽어도 우리 사이에서 안 비킬 거면서 말만 많다. 그제, 차

168

희야."

"우리 사이는 지랄."

정말로 오빠에게 더 나쁜 일이 아니었으면 좋겠다.

그 애 말처럼 십 년 이십 년쯤 모른 척 산다고 해도, 그 여자의 얼굴을 보고 사는 세월보다 보지 않는 세월이 차라리 쉽다면 좋겠다. 아주 조금이라도.

실은 윤태희의 평가도 비슷했다. 마냥 아끼고 사랑하기만 한다고 좋은 부모겠냐고. 누구는 사람을 칼로 찔러 죽여 놓고도 사랑했다고 하지 않느냐고.

그 말에 따르면 누구나 사랑을 할 수는 있지만 사랑이라고 꼭 좋은 건 아니었다. 누군가에게는 힘이 되고 누군가에게는 짐이 되는 것. 누군가에게는 이유가 되고 누군가에게는 인질이 되는 것.

오빠에게는 어쩌면 그렇게 특별한 사랑이 짐이었을까.

"포도밭이 400평 정도면 괜찮네. 지금보다 몇 배는 일이 줄겠다."

"포도는 가늠이 잘 안 되는데."

"지금 주인이 자기 와이프랑 널널하게 둘이 한다잖아."

"우리는 평소 때 아저씨 혼자 거의 다 하셔야 된다이가."

"그래 봤자 아줌마가 가만있을 성격이 아니신데, 뭐."

"아줌마 일한 거 윤차희 알면 지랄 나는데."

"그렇다고 저기서 더 줄이면 어차피 약 치고 돈 드는 거 비슷한데 수익성이 별로다이가."

"하, 근데 집이 좀 작은 것 같은데. 내 방이 없잖아."

"니 방은 무슨. 박우경 니 뭐 되나."

"박해경 지는."

자기들이 이사 갈 것처럼 둘이서 드론이 찍어 놓은 주택의 전경을 몇 번이나 돌려 보더니 심각한 토론이 이어졌다.

나는 가만히 소파 위에 두 다리를 올려 끌어안았다. 어차피 이사를 갈 것은 알지만, 영상으로라도 다른 집을 볼 때면 조금 우울해졌다. 아빠랑 엄마가 내색하지 않는 것만큼이나.

처음에는 엄마랑 둘이서 몸 누일 곳만 있으면 된다며 열 평짜리 모듈 주택 건축을 알아보았던 아빠는, 박우경으로도 모자라 해경 오빠까지 가끔 집에 올 것 같은 분위기가 되자 그 계획을 취소했다.

이미 있는 자식이 둘에 은근슬쩍 떠안은 남의 자식 둘을 계산하자, 아무래도 그렇게 작은 집에 언제든 편하게 한 번씩 돌아오라고 하기에는 좀 민망해진 것이다.

그래서 땅을 싸게 사고 집을 따로 올리는 대신, 좀 오래되어도 큰 집을 찾고 있었다. 저렇게 적당히 농사지을 땅도 같이 있는.

"이거 아저씨 다시 보게 해야지. 공주 니는 저 집 어떤데."

"그냥……."

"그냥?"

"난 잘 모르겠다."

그 애와 오빠가 동시에 날 보았다. 미심쩍은 듯 가느다랗게 뜬 눈이 문득 같아 보였다. 속은 달라도 겉은 저렇게나 닮았다는 게 가끔 재미있었다. 나는 그냥 웃고 말았다.

"그러고 보니까 차희 집 이사 가는 게 니네 결혼 전이었나?"

"후겠지. 혼인신고는 해 바뀌자마자 하니까."

해경 오빠는 아무렇지 않게 묻고, 그 애는 별일 아닌 양 대답했다.

저렇게 말은 해도 사실은 휴대폰에다 내년 1월 2일을 설정해 두고 매일 며칠이나 남았는지 체크하고 있는 유치한 애였다. 그래도 어쩐지 오빠 앞에서는 좋아 죽을 것처럼 굴지 않았다.

그리고 오빠는 그저 이런저런 것을 한 번씩 물었다. 결혼 선물로 뭘 받고 싶은지. 그 애랑 여행은 어디로 가고 싶은지. 우리의 결혼을 이따금 되새기듯이. 예정을 확인하고, 고개를 끄덕이고, 잘되었다고 웃었다.

우리가 진짜로 가족이 된다고 하면서.

선물이 필요 없다고 해도 꼭 말해 달라고 해서, 줄 거면 쓸모 있는 것으로 달라고 했더니 엊그제는 결혼 선물로 금 목걸이도 주었다.

짐짓 목걸이라는 단어가 낭만적으로 들렸던 모양인지 박우경이 조용히 게거품을 물었지만, 오빠의 선물은 평생 절대로 내 목에는 찰 수 없을 순금 목걸이였다. 읍내 어느 금방에서 냉큼 달라는 대로 돈을 주고 사 온 것처럼 묵직한 금괴 메달이 달려 있었다. 세속적이다 못해 돈이 좋아 어쩔 줄 모르는 것처럼 생긴 모양새로. 굵다란 줄은 돈 많은 조폭이 차는 개 목줄

같았다.

그 샛노란 황금빛에 내가 당황하고 박우경이 반색한 찰나, 오빠는 환금성보다 쓸모 있는 건 없다고 계산기처럼 말했다. 그리고 정식으로 식을 올리면 축의금을 아주 많이 해 주겠다고 약속했다. 박우경은 그 말을 녹음했다.

날짜가 정해진 것은 연휴의 마지막 날, 박강주의 강매가 끝물에 이르렀을 즈음이었다. 아빠랑 엄마는 엉겁결에 우리의 결혼이 아주 이르게 성사되는 것을 허락했고, 박우경은 이견이 없었으며, 나는 결혼을 하든 말든 그 애 옆에 있을 것 같아서 아무래도 상관이 없다고 했다.

식은 적어도 졸업 후에 올리고 혼인신고는 해라도 지나고 하자는 게 아빠가 내보인 일말의 저항쯤 되었을 것이다. 요즘처럼 늦게들 결혼하는 세상에 대학도 졸업하기 전에 결혼했다가는 내가 괜한 오해를 받고 남들 입에 오르내릴 수도 있다고.

박강주는 그 말에 아주 강하게 동의했다. 그래, 그러면 해가 지나자마자 1월 2일에 혼인신고부터 하기로 하는 거라고.

졸지에 그렇게 날짜가 정해졌다.

11월이 되고 그 많은 겨울 사과에 쫓기기 전에, 우리는 짐을 하나씩 정리하기 시작했다.

어제 저녁에는 2층 창고방에 오래도록 처박혀 있던 원목 가구들을 마당에 전부 내놓았다. 그리고 오늘은 그것들을 죄다 도끼로 부수고 쪼개어 장작처럼 만들었다. 화목 보일러를 쓰는 다른 집에 갖다 주려고.

도끼를 든 건 주로 아빠와 박우경이었다. 아빠야 평생 시골에 살면서 이런저런 연장을 다루었던 사람이고, 박우경은 그런 아빠에게 진작 자질구레한 일을 다 배웠다.

거기서 해경 오빠는 진작 발을 뺐다.

"아. 이렇게 몇 번 해보니까 좀 알겠네."

"알긴 뭘 알아. 박해경 니 지금 드럽게 못하는데."

"지금 여기서 몇 번 더 하면 내 팔이나 다리 하나는 잘라 먹을 수 있겠다는 거?"

"……형 니가 등신같이 니 손발 자르면 차라리 다행이지, 다른 사람 손발 자르면 우짤래."

"많이 미안하겠지……."

박우경은 자기 형이 '많이 미안한' 일을 저지르기 전에 말없이 그 손에서 도끼를 빼앗았다. 범죄자를 잡으면 흉기부터 압수하듯이.

그렇듯 취급은 예비 범죄자였지만, 오빠는 정작 자기가 연약한 온실 속 화초라 도끼 같은 흉악한 물건과는 어울리지 않을 뿐이라고 믿었다.

하긴 해경 오빠는 농사일을 할 때도 노역에 차출된 도련님처럼 햇빛만 좀 오래 받아도 종종 비실거리는 사람이었다. 힘쓰는 건 멀쩡한데 이런 일에 요령도 없었다.

그래서 반대로 농사에 쓸 힘은 약하고 요령만 좀 붙은 나랑 후방의 잡무를 떠안고는 했지만, 해 좀 봤다고 녹은 아이스크림처럼 늘어지는 것을 보면 가끔 나보다도 내구성이 안 좋았다.

박해경보다 대체로 씩씩한 나는 반대로 도끼를 좀 써 보고 싶었다. 그간 종종 쓸 일이 있어도 아빠나 박우경이 도통 내어 주지 않았기 때문이다.

이런 건 도끼를 잘 쓸 필요도 없이 일단 부수기만 하면 되는 거 아닌가? 나는 둘 사이에서 우기고 우겨서 겨우 아빠가 들고 있던 도끼를 받았다.

그러다 나도 모르게 좀 들뜬 모양이었다. 도끼 자루를 세게 쥐고 가구를 몇 번 잘못 내려찍자, 가구에 박히지 않은 도끼가 반대 방향으로 조금 튀어 올랐다.

사실 별로 심각한 위험은 아니었지만 바로 앞에서 감독을 하고 있던 아빠는 내가 도끼를 한 번 놓칠 뻔한 것만으로도 식겁했다. 내 바로 옆에 있던 박우경은 아예 말을 잃고 창백해졌다. 도끼는 그대로 박우경 손에 압수됐다.

결국에는 두 사람만 열심히 쪼개고 나눈 것을 아빠가 트럭에 가득 싣고, 짐꾼 삼아 박씨 둘도 태워 갔다.

금세 혼자 남은 나는 비질로 어질러진 마당을 대강 치웠다. 매일 정해진 일정처럼 중국집에 점심도 언제쯤 가져다 달라고 미리 주문해 두었다. 어느덧 열한 시 반이 넘은 시간이었다. 나는 잠깐 핸드폰을 보다가 직판장으로 엄마를 데리러 갔다.

174

여기서 좀처럼 볼 일이 없는 택시 한 대가 직판장 옆에 서 있는 것을 발견한 건, 우리 직판장에 다다라 주차를 하려는 때였다.

보통은 아빠나 내가, 그 애나 윤태희가 늘 차를 대는 불편한 자리였다. 크게 짐을 내리거나 올릴 때가 아니면.

도로에서 바로 진입하는 쪽에는 손님들이 편하게 차를 대고 내려야 하니까 일부러 대는 곳.

택시는 원래 기껏해야 청라 읍내와 서너 곳 흩어져 있는 신도시에서나 보였다. 이런 동네는 손님을 싣고 가 봐야 돌아오는 길에 공연히 기름값만 버린다고 기사들이 싫어하니까.

요금을 비싸게 불러도 어지간하면 가려고 하지 않으니 이런 동네에서는 정말이지 택시를 볼 일이 거의 없었다. 어지간히 비싼 돈을 주면 몰라도.

"……말희야."

저런 사모님이 택시를 잡았다면 또 몰라도.

나는 천막 입구에 다다르기 전에 발걸음을 멈추었다. 신미진이 퇴원을 조금 미뤘다는 것은 들었다. 그 애의 외갓집 사람들이 몇 명 내려왔다는 이야기도 들었다.

신미진이 태경 오빠를 가졌을 적부터 이것저것 뜯어먹던 집안이니 박동주와의 이혼이 달가울 리는 없었다. 어떻게든 막아 보려고 용을 쓸 것도 당연했다.

차라리 그저 수발이 필요할 것 같아 내려왔다면 지금의 신미진에게는 잘된 일이다. 하지만 퇴원을 미루게 한 사람이 그 애의 이모라고 했다. 목적이 있었던 거겠지.

"……언니야는 참 신기한 사람이다. 우째 아직도 내 이름을 그래 잘 부르노."

"……."

"하긴 내 자식한테 그 짓을 하고도 내를 몇 년을 속였는데. 신미진이 니 얼굴 두꺼운 거는 이제 내가 제일 잘 알지."

"나 마지막으로 인사하러 온 거야. 다른 사람은 몰라도 말희 네 얼굴은 한 번 더 보고 싶어서."

엄마가 야멸차게 코웃음을 치는 소리가 들렸다.

"언니야 니가 다른 사람은 몰라도 내 얼굴은 안 봐야지. 그게 맞다 아이가."

"……."

"마지막이 아이라 언니야 당장 니가 죽는다 캐도 내가 가 보겠나. 니가 우경이, 해경이 엄마 아니었으면 그날 그래 끝내지도 않았다. 내가 니랑 같이 죽어 삐는 한이 있어도……."

"우경이는, 옛날부터 내가 말희 너랑 언니 동생인 게 껄끄럽고 싫었대."

"……."

"그런데 그래서 걔가 날 봤다더라. 지 엄마라는 인간이 너무 지긋지긋하고 징그러워서 지가 고등학교 졸업만 하면 바로 연 끊고 살겠다고, 그거 하나로 참고 살았는데 막상 지가 다 크고 보니까 너랑 언니 동생하는 지 엄마랑 연을 끊고는 네 인정을 받기가 어렵겠더라는 거야. 웃기지……. 그게 짜증나고 껄끄럽다가, 그나마 내 괜찮은 부분 같기도 했대."

"……."

"내가 평생 말희 널 속이는 것 같다고 생각했는데, 어쩌면
저거 하나는 진짤까 싶어서. 자기 자식은 자기 물건처럼 던지
고 망가뜨려도 차라리 남한테는 다를까 싶어서."

엄마가 웃었다. 비웃는 게 아니라 정말로 우스갯소리를 들은
것처럼 그랬다.

기이하게도 그 여자가 따라 웃는 소리가 작게 들렸다.

"걔가 제대하고 나서 날 엄마로 부른 게 그것 때문이었던 거
야. 그렇다고 치고 지도 그냥 구색이나 맞추려고. 지 엄마랑 언
니 동생 하는 사람 아들이라도 되어야 너네 집 들락거리기 좋
겠다 하고. 걔는 그렇게라도 네 딸 다시 만나고 싶었나 봐."

"……."

"겨우 그래서, 걔가 날 엄마라고 불렀대. 제대하고 나서는."

"……."

"그때부터는, 내가 네 덕분에 엄마 소리를 들었다는 거야.
내가. 내가 그것도 모르면서 지 엄마 행세를 하려고 했다는 거
야……. 군대 가기 전에 내내 지 할매 병원에서만 붙어살더니,
그 노망난 할매한테 대체 무슨 소리를 들었는지 그때는 날 사
람 취급도 안 했어. 어쩌면 대학 가기 전에도 그랬는데 내가 몰
랐겠지. 나도 정신이 나가 있었으니까."

"왜. 우리 차희 때문에?"

"나도 무서웠어."

엄마가 더 크게 웃었다. 신미진이 나직한 소리로 다시 말했다.

"나도, 정말로 무서웠어. 내가 한 짓이 무서웠어. 네 딸한테 그러고 나서, 너 볼 때마다, 돌이킬 수도 없어서……."

"신미진이 니 같은 인간이 평생 무서워해야 되는 짓이 어데 한둘이가."

"그러니까, 무서웠다구. 나도 한 번씩 죽을 것 같았어. 하나 하나 전부 다. 시작부터 끝까지……."

"……기가 찬다. 내 얼굴을 보고도 그딴 말이 나오나."

"옛날에 박동주 그 남자랑 처음 만났을 때, 그 인간이 나를 뭐라고 불렀는지 아니?"

"……."

"혜영아. 혜영이라고 불렀어, 나를."

나직한 웃음소리가 흩어졌다. 고모의 이름을 들은 엄마는 더 이상 웃지 않았다.

"술에 취해서. 정신이 다 나가서……. 그이가 정신 빼놓고 다니는 부잣집 아들이라는 건 진작 알았어. 유명했거든. 눈에 참 많이 띄었어. 구질구질한 우리 집에서 어떻게든 도망만 치면 좋을 것 같아서, 우리 엄마처럼 구질구질 살기가 싫어서, 그래, 저렇게 잘사는 집 아들 한 번 만나고 싶더라. 자빠트리고 발목 잡고 싶더라."

"……."

"그래서, 나더러 진짜로 혜영이가 맞냐고 묻는데, 맞다고 했어. 그러니까 웃더라. 취하기 전에는 웃고 다니는 꼴을 한 번 못 봤는데, 그렇게 아무한테도 안 웃어 주던 사람이 날 보고 웃더라. 꿈을 꾸는 것 같다고."

"……."

"그 사람은 태경이, 나랑 가진 거 아니야. 꿈에서 니 시누랑 가졌지."

"……제정신도 아닌 사람을 그래 속이나. 딴 여자 행세까지 해 가믄서 지를 알지도 못하는 사람을……. 드럽게 구질구질하 그로 진짜."

엄마의 목소리에 혐오가 그득 담겨 있었다. 신미진은 그 환멸이 익숙하다는 듯 말했다.

"그치. 알아. 그러니까 거기서부터 나도 벌 받은 거야. 구질구질한 년이라. 속이고 이용이나 했으면 되는데, 사실은 그 사람이 그때 나한테 웃어 준 게 평생 잊히지가 않더라."

"……."

"나한테 웃어 준 것도 아니었는데."

정작 신미진은 청라에 내려와 고모의 사진을 찾아보고 나서야 자기가 고모와 작은 점 하나도 닮지 않았다는 사실을 알았다고 했다. 얼마나 닮았으면 착각했을까 했는데.

차라리 닮았다면 나았을 텐데. 거짓으로라도 끌린 것이 자기가 가진 무언가였다면 좋았을 텐데.

결국에는 취한 박동주가 얼굴도 보이지 않는 여자를 골랐다는 사실이 비참했다고 했다. 혜영아, 하고 부를 수만 있으면. 그 부름에 거짓으로 대답할 수만 있으면 누구든 상관없었던 거라고.

그러다 몇 년 후 내가 태어났다. 동네 할매들이 입을 모아 혜영이 어릴 때랑 판에 박은 듯 똑같다고 말하는 조카.

"궁금하더라. 그 사람이 네 딸을 시도 때도 없이 마주치면 어떨지."

"……."

"처음엔 그래서 그랬어. 고문이라도 당하는 것처럼 참고 참다가 너랑 절대로 가까이 지내지 말라고 하더라. 그래도 내가 윤혜영이 살던 집을 들락거리니까 기겁을 하더라."

"……."

"그거 아니? 그 사람 네 딸 눈도 가끔 잘 못 마주쳤어. 기껏해야 여섯 살, 일곱 살 이런 애를."

"……."

"꿈에서야 윤혜영이랑 그런 딸 낳고 살고 싶었겠지."

"……."

"얼마나 웃겨. 현실은 나 같은 년이랑 사는데."

"미친년. 그래서 내한테 그래 간이고 쓸개고 다 빼 줄 것처럼 하고, 내 딸래미는 느그 집에다 물건처럼 갖다 놨나. 니 남편 보라고. 그게 그래 재밌드나."

"말희 네가 좋아지니까, 그때부터 재미가 없었어."

"……."

"그냥 그랬어. 나중에는 그냥 붙어 있고 싶었어. 애들끼리도 서로 좋아했잖아. 잊어버렸어. 처음이 뭐 때문이었는지도……."

그런데 네 딸이 크면서, 거기서 더 닮을 것도 없다고 생각했는데 지 고모를 더 닮아 가더라. 어느 순간이 되니까 네 딸이 우경이랑 같이 서 있는 것만 봐도 소름이 끼쳤어. 그 사람 옆에 윤혜영 그 여자가 서 있는 것 같아서. 꼭 그 둘이 어릴 때 같아서."

"차희 고모든 차희든, 함부레 니 입에 다시 올릴 이름 아이다. 내 앞에서 말조심해라. 또 개 맞듯이 처맞기 싫으믄."

"말희야."

"내 이름도 부르지 말고."

"다 거짓말은 아니었어."

엄마가 허탈하게 웃었다. 이제 와서 그게 무슨 상관이냐고. 그래도 신미진은 거듭 말했다.

전부 거짓말은 아니었다고. 널 내 피붙이보다 더 아끼고 사랑했던 건 사실이라고……. 엄마가 진저리를 치듯 더 말하지 말고 나가 달라고 했지만 신미진의 가느다란 말은 끊이지 않았다.

생각해 보니 살면서 나한테 제일 잘해 준 사람이 말희 너였다고. 어쩌면 유일한 사람이었다고.

네 딸까지 사랑하지 못해서 미안하다고.

"나는, 평생을 외줄 위에서 사는 기분이었어. 여기서도. 그 구질구질했던 서울 집에서도. 거짓말하고, 속이고, 매분 매초를 면피하면서 살았어. 네 말처럼 내가 구질구질 더럽게 사는 걸 알았어. 내가 미쳐 가는 것도 알았어. 그래도 말희 너랑 있으면, 가끔 누구랑 손을 잡고 있는 기분이었어. 처음에 내가, 너랑 그렇게 만나지 않았으면 얼마나 좋았을까 계속 생각했어. 내가 널 속이고 시작하지 않았으면……."

"……."

"미안해. 다른 사람은 몰라도, 네 딸한테 그래서는 안 되는 거였는데."

"……."

"미안해. 말희야. 내가, 절대로 네 딸한테 그딴 짓을 해서는 안 됐는데……."

고장 난 녹음기처럼 신미진이 사과를 반복했다. 엄마는 사과를 받지 않았다.

어떤 대답도 돌려주지 않는 엄마를 향해, 가까스로 목소리가 이어졌다. 말희야, 나 말이야……. 사실은 그 사람이 이혼하자고 했을 때, 다시 사고를 낼까 생각했었어.

이번에는 정말로 크게 내서, 내가 반신불수라도 되면, 의식을 아예 잃으면…… 박동주가 그런 와이프를 붙잡고 소송까지 걸 수 있을까. 아픈 와이프 버리고 그 욕을 다 어떻게 들을까.

그렇게 생각하다가 문득 고개를 들었는데, 화장실에 거울이 보이더라. 내가 너무 늙은 거야. 이렇게 늙도록, 옛날에 내가 다른 여자인 줄 알고 딱 한 번 웃었던 남자를 붙잡고, 그 웃음 한 번 더 보려고 악착같이 징그럽게 들러붙어 산 거야……. 그 인간이 평생 날 보고는 웃지 않을 걸 알면서. 그 사람을 괴롭히고, 아무 죄 없는 그 여자를 괴롭히면서. 날 괴롭히면서.

그래서 넜어. 알겠다고 했어. 어차피 그러지 않았어도, 동생들이 빨리 도장 찍어 주라고 난리더라. 내가 순순히 이혼 도장 찍어 주게 하면 지들한테 뭐라도 떨어질 거라고 박동주가 그랬나 봐. 그러지 않으면 일절 없다고.

우리 친정은 항상 그랬어. 날 위해서 누구랑 싸워 준 적은 한 번도 없었어. 전부 그런 사람들뿐이야. 거지 같은 인간들뿐이야. 지들이 평생 나한테 뭘 준 적도 없으면서 나한테 받을 생각만 했어.

"너는 아니었는데. 그치."

"……."

"어릴 땐 정말로 좋은 걸 갖고 싶었어. 내 인생에 좋은 건 하나도 없는 것 같았거든. 다 돈 때문인 것 같았어. 돈이 많이 있으면 좋을 것 같았어. 한 칸짜리 방에서 열 명이 누워 자는 그 구질구질한 집만 벗어나도."

"……."

"그런데 내 인생에서 정말로 좋았던 건 다 내 손으로 망쳐 버렸더라. 너도. 우리 애들도."

말은 언제나 그렇듯 흩어졌다. 신미진은 얼마간 그렇게 있다가 천천히 인사했다.

"잘 살아. 말희야. 아프지 말고."

엄마는 마지막까지 대꾸하지 않았다. 그래도 신미진은 한 번 더 인사했다.

"잘 있어."

잘 있으라는 말. 언제나 떠나는 사람만 할 수 있는 말. 나는 천막 옆에 서서 길게 이어지는 국도를 바라보았다. 신미진도 그런 말을 했다. 마치 보통 사람인 것처럼.

천막을 나와 택시로 돌아가려던 여자가 날 발견하고는 무표정하게 눈물이 흐르는 얼굴을 갈무리했다. 옛날처럼 잘 화장했지만 병자처럼 야윈 얼굴을 감출 수는 없었다.

"……해경이가 차희 너 좋아했다더라. 알고 있었니?"

가벼운 근황처럼 튀어나온 말이었다. 그러나 우리는 가벼운 근황을 주고받을 사이도 아니고, 신미진이 불쑥 꺼낸 말도 농담 거리는 아니었다.

나는 아무런 대꾸 없이 신미진을 보았다. 오빠가 다른 사람도 아니고 신미진에게 저런 말을 한 심사는 알 만했다. 자기 엄마 속이나 헤집어 버리고 싶었겠지.

그렇다고 내가 오빠의 마음을 돌멩이처럼 신미진 기분이나 나쁘라고 던질 수는 없는 거였다.

"그런 걸 보면 박동주 피가 참 독하기는 해. 그렇지? 우경이 하나도 모자라서."

"……."

"정말이지 질린다. 내가 졌어. 두 손 두 발 다 들었어."

신미진은 아주 우스꽝스럽고 허무한 이야기처럼 그렇게 중얼거리며 실소했다. 그리고 무표정하게 날 얼마간 응시하고는 내뱉었다.

"의미 없는 사과는 안 할게."

"……."

"우경이한테 잘해 줘. 걔 내 자식 아니니까."

아이러니하게도 그 애가 제 자식이 아니라는 말에서, 처음으로 그 여자의 사랑을 느낀 것 같았다. 아주 미미한 온도였다.

그렇게 신미진이 그 애를 자기 인생에서 도려냈다.

서늘한 가을바람이 불었다. 신미진은 지체하지 않고 택시를 타고 떠났다.

박동주와 살았던 집으로는 잠깐도 돌아가지 않았다고 했다. 청라에서 꼭 가져가야만 하는 짐 같은 건 없는 사람처럼.

해경 오빠가 꾸린 신미진의 짐은 이틀 뒤 청라를 떠났다.

"하이고, 이건 또 뭐꼬. 깔깔 새거구만. 하여간 희야 느그 아빠는 뭘 사 놓고 제대로 하는 게 없다카이."

"아 할 끼가, 말 끼가."

2층 창고방에 처박혀 있던 실내 운동기구들을 보러 온 경홍이 아저씨가 대꾸 대신 혀를 쯧쯧 찼다.

"싫으믄 말고. 딴 집 주면 된다."

"아 쫌 있어 봐 봐. 우리 집사람이 아무거나 쭈워 오지 말라 캤는데."

"마, 이게 지금 먼지가 막 쌓여가 이래 보여도 메이커다. 으데."

"그래 좋은 거면 니 들고 가지. 왜 넘한테 주고 가노?"

"그렇게 치면 진작 1층에서 열심히 쓰고 계셨겠죠?"

"마."

"걍 글타고요."

박우경이 샐죽 웃었다. 아빠가 발로 그 애의 정강이를 걷어차는 시늉만 하고는 쇼호스트처럼 경홍이 아저씨에게 실내 자전거 기능을 다시 자랑했다.

"이봐라, 이봐라. 높이 조절 딱 되는 거 보이제. 요래 딱. 어?"

"니는 저 밑에 창고에도 역기니 뭐니 잔뜩 늘어놨드마, 만다꼬 집 안에까지 이래 쓰잘데기없는 걸 사가 늘어 놨노."

"그거는 태희 어릴 때부터 내랑 하던 기고. 이거는 태희 엄마가 옛날에 홈쇼핑에서 산 기다. 다이어트 한다고."

"임마는 제수씨가 샀으면 샀다고 진작 말을 해야지."

경홍이 아저씨가 머쓱하게 타박을 멈추었다.

"다 주면 내야 고맙지. 한 번에 다 실리겠제?"

"실리고 남지."

"희야, 가서 걸레 좀 가 온나. 이거 좀 닦게."

"됐어요. 제가 가져올게요."

내가 대꾸하기도 전에 박우경이 움직였다. 그사이 아빠랑 아저씨는 기구를 방에서 빼기 쉽게 조금씩 들고 옮겼다.

"야야, 희야, 비키라. 발 낑길라."

발 다칠라, 손 다칠라……. 좀 같이 들어 주려고 손을 대기 무섭게 아저씨 둘이서 온갖 수선을 떨었다. 나는 황당해져 손을 슥 뗐다. 경홍이 아저씨가 실실거렸다.

"1월의 신부 아이가. 1월의 신부. 몸조심해야지."

"마, 내가 비밀이라 캤제."

"하이고, 내가 뭐 어데 떠벌리고 다닐 인간이가."

"말 잘못 나가믄 괜히 속도 위반으로 쟤네가 사고라도 친 줄 안다."

"알따, 알따. 아이고 참말로."

"동네에 퍼지면 다 경홍이 니 주둥이에서 나간 기다."

"아 알았다카이. 근데 날짜가 1월이 뭐꼬? 아무리 혼인신고만 한다 캐도."

"식이야 나중에 정식으로 좋은 때 할 건데, 뭐."

"그래도 너무 을씨년스럽다 아이가."

아빠는 마침 걸레를 들고 돌아온 박우경을 석연찮게 쳐다보았다. 왜? 그 애가 입모양으로 내게 물었다. 나는 고개를 저었다.

"어쩌다 보이 글케 됐다."

"그래 급할 게 뭐가 있노? 개강하기 전에나 하믄 되지."

"아 우리 결혼 얘기구나."

해라도 바뀌고 하자는 말에 박강주가 들이민 날짜가 애초에 그랬다. 정말로 해가 바뀌자마자 바로.

박우경은 그 날짜 얘기만 나오면 석연찮게 변하는 아빠의 얼굴을 빤히 알면서도 태연하게 말했다.

"저희 날짜 진짜 좋죠. 새해 벽두부터 결혼하고."

"1월 1일에 못 델꼬 가가 우짜노."

"아 그러게요."

"그러게요는 무슨."

"우리나라는 쉬는 날이 너무 많지 않아요?"

언제는 쉬는 날이 너무 없어서 돌아 버릴 것 같다고 했었다. 학교 가는 버스에 앉아서 잠을 더 못 자는 제가 세상 불행한 것처럼.

"1월 1일부터 다들 파이팅 좀 해야 돼."

"도둑노무 시끼가 어데 나가서 처맞을 소리만 하네."

아빠가 중얼거렸다.

이후로도 아빠가 듣기에 얄미운 말만 줄줄 내뱉고 결국 욕을 처먹은 박우경이 경홍이 아저씨랑 러닝 머신을 들고 먼저 나갔다.

자기는 곧 결혼할 귀한 몸이라 다치면 안 된다고 뒤에서 들고 가겠다는 소리에 경홍이 아저씨는 야멸차게 코웃음을 치고 뒷자리를 사수했다. 나한테는 손만 대도 발이 낄 거라고 하더니.

"희야, 니 뒤에 서랍 있제. 거기 드라이버 있나 함 찾아 봐라."

"드라이버요?"

"어. 드라이버로 풀면 앞에 이거만 빼가 따로 쉽게 들 수 있겠네."

나는 뒤돌아 서랍장을 첫 칸부터 뒤지기 시작했다. 그렇게 나더러 찾아 놓으라고 하고는 갑자기 까먹고 있던 일이 생각났다고 아빠가 부리나케 방을 나갔다.

찾으라는 드라이버는 서랍 속 어디에도 보이지 않았다. 서랍 앞에 쭈그려 앉아 있던 나는 정작 옆에 있는 선반 바구니 안에 공구 몇 개가 있는 것을 발견하고 그 안에서 드라이버를 찾았다. 그리고 일어나려는 찰나, 지나가듯 눈에 거슬렸던 것이 떠올라 맨 아래 서랍을 다시 열었다.

주인을 모르는 목도리, 반쯤 쓴 옛날 파운데이션 병 하나, 검은 자개 손거울, 옛날 운전면허 책……. 나는 코팅도 인쇄도 조금 벗겨진 플라스틱 키링을 들어 보았다.

「대전엑스포 '93」

1993년. 이것만 봐도 죄다 내가 태어나지도 않았던 시절의 물건들이라는 것을 알 수 있었다. 서랍 귀퉁이에는 짝 없는 가죽 장갑 하나가 마른 논처럼 갈라져 있었다.

그리고 운전면허 책 뒤에는 넷째 고모의 이름이 적혀 있었다. 주인을 명확히 알 수 있는 건 그 정도였다.

아마도 아빠나 엄마가 정리를 하다 여기저기 자질구레하게 떠도는 잡동사니를 아무렇게나 한데 모아 넣어 두고는 잊어버린 것 같았다.

그 밑에서 낡은 책 몇 권이 같이 나왔다. 칼릴 지브란의《예

언자》, 에리히 프롬의 《소유냐 존재냐》, 도스토옙스키의 《죄와
벌》…….

이런 옛날 책들은 가끔 집 안 어디서나 나왔다. 어느 방 책장
으로 미처 돌아가기 전에 잊히고, 그렇게 어느 방의 책장도 사
라지고 없을 무렵에. 서랍 밖에서 세월이 지나는 동안 서랍 속
에서 가죽이 다 삭아 버린 외톨이 장갑처럼.

나는 책을 한 권씩 옆으로 치우며 도서관에서도 보지 못한
낯선 표지를 구경했다. 그러다 맨 밑에서 한문 혼용으로 제목
이 쓰인 책을 발견했다.

장갑의 삭은 가죽처럼 맨들맨들한 표면 곳곳이 시간을 먹고
갈라져 있었다.

《人形의 집》*, 헨릭 입센.

책의 표지를 들자 책장이 같이 넘어갔다. 가늠 줄이 얼마나
오래도록 책장과 책장 사이를 나누었는지 하나의 몸이 갈라지
듯 쩍 소리를 냈다.

인형의 집. 나는 혀 위에서 조용히 책의 제목을 굴려 보고는
한글로 된 문장 사이마다 간간이 그림처럼 자리 잡은 한자를
천천히 읽었다.

「바로 그게 문제라니까요. 당신은 단 한 번도 저를 제대로 이해해
본 적이 없었다니까요. 저는 아주 끔찍스러울 만큼 잘못 취급당한 거
예요, 톨발. 처음에는 아빠에게 다음에는 당신에게.」
....
* 헨릭 입센, 《인형의 집》, 안동민 옮김, 문예출판사, 1975

극본처럼 놓인 글자를 따라 시선이 내려갔다. 누렇게 변색된 종이 위로 연필로 그은 선들이 그제야 희미하게 보였다. 아주 옛날에 이 책을 읽었던 사람이 남겨 놓은 흔적이었다.

「……아빠는 저를 그의 작은 인형이라고 불렀지요. 제가 인형과 놀 듯이 아빠는 저를 인형 갖고 놀듯이 논 거였어요. 그러다가 저는 당신의 집에 와서 살게 되었지요———.」
「우리들의 결혼에 대해서 어찌 그런 말로 표현하는 거요———.」
「(아랑곳없이) 제 말은 전 아빠의 손을 떠나서 당신에게로 옮겨 왔 다는 이야기예요.」

어떤 문장. 어떤 단어.

「지금 돌이켜 생각해 보면 저의 생활은 초라한 거지로서———단순 히 손에서 입으로 옮겨진 것뿐이었지요. 저는 당신 앞에서 광대 노릇 을 하고 그 대신에 밥을 얻어먹고 있었던 것이지요. 그렇다니까요, 톨 발. 하지만 당신이 저를 그렇게 만든 거예요.」
「그건 말도 되지 않는 소리야, 노라. 당신은 여기서 행복하지 않았 단 말이요?」
「그래요, 행복했던 적은 한 번도 없었지요.」

나는 천천히 책장을 맨 앞장까지 되돌렸다. 빛바랜 잉크로 정갈하게 쓰인 글씨가 보였다.

인형의 집 바깥에서 만나자.

오늘도 너는 행복하기를. 동주가.

아주 짧은 편지였다. 그 밑에 적힌 날짜를 헤아리니 큰 고모가 열일곱 남짓 되었을 시절의 선물이었다.

나는 본문을 다시 펼치지 않고 연필로 그어진 선들을 생각했다.

그 선들은 언제 그어진 것이었을까. 스무 살 때? 아니면 고모부와 결혼하고 친정에 왔던 그 언젠가, 어느 밤에 비명처럼……

나는 마지막 장 뒤에서 겹쳐진 내지를 펼쳤다. 쩍 소리를 내며 펼쳐진 갈색 종이에 연필로 날려 쓴 것 같은 작은 글씨가 희미하게 보였다.

동주가 행복하기를.

큰 고모의 이름은 책 어디에도 남아 있지 않지만, 그럼에도 큰 고모의 것이었다. 나는 가까워지는 발소리에 책을 덮었다.

"희야, 드라이버 찾았나?"

"네. 근데 서랍에 없던데요."

"그건 뭐고?"

"뒤지다 보니까 책이 몇 권 나왔어요."

"느그 큰 고모나 넷째 고모 책인갑다. 우리 집안에 책 좋아하는 건 그 둘삐 없었거든. 난주 아빠 책장에 갖다 놔라."

"네."

"아이다. 마 버리 뿌까……. 내 볼 것도 아이고 이사 가는데 짐만 되그로."

"안 버릴래요."

"왜, 희야 니 할래?"

나는 고개를 끄덕였다. 아빠는 그래라, 하고는 드라이버를 받아 손잡이가 달린 지지대를 떼어 냈다.

"아빠."

"응?"

"어제도 고모한테 전화했어요?"

아빠가 잠깐 말없이 입구에 실내 자전거를 옮겨 놓고는 어, 하고 대꾸했다.

"뭐라고 하세요?"

"하는 말은 내 똑같지. 괜찮다. 걱정 마라."

아빠의 눈가에 잠깐 분노가 스쳐 지나갔다.

"……계속 얘기해야지. 느그 고모부가 엊그제부터 베트남 나가 있다 카대. 잘됐지. 한 2주 걸린다 카드라."

"……."

"안 그래도 주말에 셋째 고모랑 해가 다 모이기로 날짜 맞췄다. 그 인간 오기 전에."

아빠는 큰 고모부가 없는 사이, 이번에야말로 집안에 갇혀 있는 큰 고모를 강제로라도 끌어내서 혼자 사는 둘째 고모 집에다 데려다 놓을 것이라고 했다. 그곳은 같은 청라에 있는 집

봄그늘 5   193

이라, 혹시나 큰 고모부가 찾아와 고모들을 해코지할 것 같으면 아빠가 금방 달려가서 멱살을 잡고 끌어낼 수 있을 만큼 가까운 곳이기도 했다. 둘째 고모도 십몇 년 전에 그렇게 이혼하고 청라에 돌아왔다.

그러고는 형제들이 십시일반으로 비용을 마련해 이혼 소송을 준비한다는 게 계획의 골자였다. 나는 가만히 책을 내려다보다 말했다.

"아빠, 그 전에 우리끼리 고모 한 번만 보러 가요."

아빠가 인상을 조금 흐렸다. 아마도 우리의 결혼 때문이겠지. 그 애를 따로 두고 봐도 박동주와 사돈지간이 된 게 큰 고모 앞에서 편할 리 없었다.

나는 그래도 한 번 더 말했다.

"고모한테 얘기 드릴 게 있어서요."

고모는 고모부가 대구에 없어도 집을 잘 나오지 못했다. 고모부가 '합당하다'고 느끼는 명목이 없으면 그렇다고 했다.

대문은 열고 닫기만 해도 경보 시스템에 출입한 기록이 남았다. 그 말은 곧 고모부가 외국에 있어도 고모가 외출했는지, 혹은 뜻 모를 방문객이 집에 찾아오지는 않았는지 핸드폰으로 알 수 있다는 뜻이었다.

이를 테면 마트에 가는 건 괜찮았다. 백화점에 가는 것도 괜찮았다. 거기서 얼마나 비싼 것을 사든 상관도 없었다. 그저 물건을 사는 것이니까. 집안일 때문이니까. 그러나 가끔 보는 친정 조카들에게 용돈으로 만 원짜리 한 장 주는 일조차 고모의 이름으로는 할 수 없었다.

그런 식이었다. 고모는 물건을 사되 돈을 쓸 수는 없는 여자였다. 아주 비싼 물건은 사도, 아주 작은 돈은 쓸 수 없었다.

그래서 조카들에게 세뱃돈 대신 선물을 주면, 혹은 형제들에게 가끔 좋은 물건을 주고 싶어서 주면 고모는 아무 상관도 없는 남의 집 식구들에게 남편이 고생해 번 돈을 빼돌린 여자가 됐다.

마트는 갈 수 있지만 친정은 갈 수 없었다. 고모부가 합당하다고 정해 놓지 않은 일이었기 때문이다. 네 부모가 죽고 없는 집은 갈 필요가 없다고.

부모가 죽은 집. 부모도 없는 집. 그래서 더는 너와 상관이 없는 집.

그게 이유였다. 사실은 장인이 죽고 눈치 볼 거리가 없어졌을 뿐이면서. 나는 그것을 대구로 가는 길에 처음 들었다.

억이 넘어가는 외제 차를 타고 다니게 하면서도 형편이 어려워진 자기 형제들에게는 고작 몇만 원 쓰기도 아까워하는 사람이 되도록.

사실 큰 고모가 잘산다고 그 집에 가서 빌붙을 형제는 아무도 없었다. 고모들 성격이 그랬고, 아빠의 성질이 그랬다.

겉만 번지르르한 인생인 것을 어느 순간부터는 모두가 알았다고 했다. 할아버지가 돌아가시기 전만 해도 아주 행복하고 괜찮은 줄로만 알다가.

아빠는 고모가 그 값비싼 외제 차를 타고 청라로 와서 가끔 우리 집 마당에 내릴 때마다, 고모 스스로 느꼈다는 어떤 자괴감과 모멸감을 이야기했다.

고모부가 그 기분을 모를 리 없었다. 결국에는 동생들 얼굴을 보고 살지 말라는 뜻이다.

어쩌다 부득이 '미처 허락받지 못한' 외출을 하게 되면 소명을 해야 한다고 했다. 나는 그 소명 절차가 얼마나 구역질 나고 지난했을지 사실 다 상상할 수 없었다. 내가 보고 자란 광경 속에는 적어도 그런 일이 없었으니까.

그래서 고모는 언젠가부터 되도록 변명할 필요 없는 인생을 살려고 했다. 표면적으로는 누구도 앞을 막아서는 사람이 없어도 집 안에서 가만히 있었다. 변명할 수 없는 일을 변명하는 것처럼 구차하고 비참한 일이 없어서.

뒤늦게 들은 말이지만, 박우경은 그때 큰 고모를 백화점 푸드 코트에 딸린 작은 카페에서 봤다. 그 시간에 가장 장사가 안 됐던 곳이었다고 했다.

'백화점 갈 때마다 장사가 제일 안 되는 곳이라, 항상 거기만 간대.'
'조용해서?'
'없어질까 봐.'

오늘도 그랬다. 고모의 한정된 행선지는 아마도 블랙박스 때문일 것이다. 주차장에서 주행이 끝나고, 자연스럽게 일정한 시간이 소요되는 곳.

언젠가 박우경과 고모가 만났을 카페 안에, 큰 고모가 앉아서 책을 읽고 있는 것이 보였다.

"준영아, 왔나."

"누나야 니 왜 이래 빨리 왔노."

"니 출발한다는 전화 받고 밖에 보니까 날씨가 너무 좋더라고. 그래가 책이라도 좀 읽을라고 나와 있었지. 니도 빨리 보고 싶고……."

아빠를 향해 다정하게 대꾸한 큰 고모가 뒤늦게 그 뒤에 서 있던 날 발견하고 환하게 웃었다.

"희야."

안녕하세요, 하고 숙인 고개를 다시 들기도 전에 큰 고모가 손을 내밀었다.

"니네 아빠한테 얘기 들었다. 남자 친구랑 내년에 결혼하기로 했다매."

그 남자 친구가 누구인지 고모가 모를 리 없었다. 아빠가 고모에게 했다는 이야기란 우리의 불편한 요소를 전부 포괄한 것이었으니까.

그러나 고모는 내가 자신과 아무런 상관도 없는 집 아들과 결혼을 하게 된 것처럼 행복하게 웃으며 물었다.

"남자친구가 얼마나 좋으면 벌써 시집 갈 생각을 다 하노.

느그 아빠는 앞으로 니를 십 년은 더 데리고 있을라 캤을 텐데, 뭐가 그래 급해서."

"어쩌다 보니까 그렇게 됐어요."

나는 얼버무렸다. 고모가 내 손을 톡톡 두드리고는 아빠에게 카드를 건네며 '막내야, 뭐 마실 거 좀 사 온나' 하고 음료 심부름을 보냈다. 내도 이제 나이가 오십이 다 됐는데 막내는 무슨……. 아빠가 습관처럼 무심코 누나가 시키는 대로 일어나서 가다 말고 중얼거렸다.

그 말을 들은 고모가 조금 웃었다. 윤준영이 지가 그래 봐야 내가 업어 키웠는데, 뭐.

음료를 받은 아빠가 곧 돌아왔다.

"강주 오빠야가 다 밀어붙였제."

"……그 형님 성격 안다이가."

"알지. 그 오빠야 끼었다는 소리 듣고 바로 알겠더라. 옛날부터 성질이 얼마나 급했노."

요새도 그런갑네. 오래전에 멈춘 기억을 더듬어 말한 고모가 두 손으로 따뜻한 컵을 들어 마셨다. 어깨 위로 단정하게 잘라 놓은 단발머리와 화장기 없이 매끈한 얼굴이 몇 년 전과 크게 다를 바 없어 보였다.

"축하한다, 차희야. 식은 언제쯤 올릴 거고?"

"졸업하고 저부터 자리 좀 잡으면요."

"그때는 또 따로 축하하고, 자."

고모가 가방을 뒤적거리더니 하얀 봉투 하나를 꺼냈다.

"희야 니한테 직접 주면 되겠다. 고모가 많이는 못 넣었다. 그게 미안하네…….."

"괜찮아요. 안 주셔도 돼요. 당장 식을 올리는 것도 아닌데."

그렇게 사양하고 있는데 아빠가 불쑥 테이블 위로 손을 뻗어 봉투를 가져갔다. 봉투를 준 사람 앞에서 대번에 봉투를 열어 보는 행태가 뻔뻔하기 짝이 없었다.

"아빠."

"느그 고모가 얼마나 넣었는가 보자."

"아 쫌. 아빠."

당황한 내가 아빠를 잡고 실랑이하려는 찰나, 금액을 다 헤아린 아빠가 봉투 안에서 5만 원짜리 몇 장을 꺼내어 고모 쪽으로 도로 내밀었다.

"준영아."

"오십씩 줄 게 뭐 있노. 오만 원만 받게. 군청에서 혼인신고 하고 오는 길에 오리고기나 사 묵지 뭐."

"다 해 봤자 얼마라고 니는 이거를 돌려준다 카노. 누나야 마음 같아서는……."

"됐다. 이런 거 몇 장 덜 넣는다고 내가 누나야 니 마음을 모르나."

"니 주는 것도 아니고 니 딸래미 주는 건데."

"그게 그거지."

나는 그제야 아빠의 팔에서 손을 뗐다.

4년 전 대학에 입학할 때 엄마가 큰 고모에게서 급히 빌려와 내 손에 쥐여 주었던 80만 원이 문득 떠올랐다. 나는 고모가 그때 그 80만 원을 어떻게 구해 주었을까 생각했다.

그리고 오늘 내게 줄 이 50만 원을 모으기 위해서는 어떤 구차한 핑계가 필요했을까. 어떤 곤욕을 겪었을까.

아빠는 어쩌면 그것을 알기에 받을 수 없는 것이다. 신미진이 고모부와 연락했던 사실을 알고 있는 이제는 더더욱.

차희야, 결혼 축하한다. 오래도록 행복해라. 고모가 늘 기도한다.

나는 아빠가 5만 원짜리 한 장만 남겨 내게 넘겨준 봉투를 뒤늦게 훑었다. 책 뒤에서 보았던 앳된 글씨가 조금 더 정갈하게 변해 있었다. 그래서 5만 원짜리 한 장을 빼고 봉투째 손쉽게 돌려주는 대신, 반대로 했던 모양이다.

"이혼해라."

눈앞에 보이는 말과는 정반대로 다른 말이 들렸다. 나는 아빠를 보았다.

"⋯⋯애 앞에서 갑자기."

"누나야. 이제 그만하고 돌아온나."

"⋯⋯."

"그래 버티고 있다고 애들이 신경이나 쓰드나. 다 지 잘나서 그래 된 줄 알지."

"⋯⋯."

"그 새끼들이 누나야 니 생각이나 하드나."

"……한다. 왜 안 하겠노. 며칠에 한 번씩 내한테 영상 통화도 꼬박꼬박하고……."

"즈그가 진짜 자식이라면 엄마가 어디에 있든 하겠지."

"……."

"누나야 니가 어디에 있든, 보고 싶어 하겠지. 한국 오면 오겠지."

"준영아."

"왜 말을 안 했노. 자형(姊兄)이 그 일 알았다고."

고모는 마치 아빠 앞에 죄를 지은 것처럼 핸드백 위에서 두 손을 모았다. 아빠가 이를 악물었다.

"내가, 그거를 진작 알았으면……. 그 인간이 그 일로 누나 니한테 무슨 개지랄을 했을지 뻔한데, 그 여자가 연락한 걸 내가 바로 알았으면. 누나야 이래 된 게 다 그 일 때문인 거 알았으면……."

"느그 자형 원래 그런 사람이었다. 준영아."

"……."

"처음 결혼했을 때부터 그런 사람이었다. 자기 기분이 좋으면 아껴 주고, 아니면 함부로 하고. 그 여자 때문이 아니라. 옛날 일 때문에 이렇게 된 게 아니라……."

"……."

"원래 그런 사람이었는데, 이유가 생겼을 뿐이지."

고모가 가만히 이야기했다. 그 여자가 아예 없는 말을 지어낸 것도 아니고, 제가 남편을 속이고 결혼한 것도 맞지 않냐고.

원래 그런 인간이었다면 왜 시집가자마자 뛰쳐나오지 않았
냐는 말에 고모가 조금 웃었다.

　"아버지랑 엄마는 내가 행복한 줄 알았으니까. 다 망가졌다
싶었던 딸래미 인생 살려 놓은 줄 알았으니까."

　"……."

　"겨우 다시 웃더라고. 내가 시집을 잘 간 게 그렇게 좋아서."

　"……."

　"내 얼굴만 보면 울고 슬퍼하기만 하던 사람들이 웃으니까
좋더라."

　입술을 꽉 다물고 있는 아빠가 금방이라도 왈칵 화를 낼 것
같아서, 나는 아빠의 팔을 톡톡 쳤다. 잠깐 밑에 내려가서 쇼핑
이라도 하고 있으라고 하자 아빠의 표정이 희한해졌다.

　그러나 이내 무슨 생각을 했는지, 아빠가 잠자코 앞에 있던
아메리카노를 들고 자리에서 일어섰다.

　"……옛날에, 고모가 엄마한테 80만 원 빌려주신 적 있잖아
요."

　"갑자기 무슨……."

　"저 대학 갈 때요."

　"아."

　"저는, 그 돈 진짜 잘 썼어요. 쪼개고 쪼개서, 고시원에 10만
원 보증금도 내고, 첫 달 월세도 내고, 중고로 교재도 샀어요."

　"80만 원으로 그게 되드나. 고모가 그때 더 빌려주지를 못해
서……."

"네. 됐어요. 아르바이트 하면서 첫 월급 받을 때까지 학교에서 가끔 밥도 사 먹을 수 있었어요."

"……가끔 사 먹었다는 말은, 굶었단 말이가?"

고모가 마음이 아픈 듯 입술을 깨물었다. 지금 생각하면 별일도 아니었다. 나는 고개를 저었다.

"그때 고모가 빌려주신 돈으로 제가 서울에서 처음 먹고, 일할 수 있었어요."

"내가 미안해가 우짜노. 내가, 그때 조금만 더 줬으면……."

"저는 그때 어떤 돈으로 살 수 있었는지 말씀드리는 거예요. 고모."

"……."

"제가 그때 그 돈을 얼마나 잘 썼는지 말씀드리고 싶었어요. 고맙다는 말씀도 드리고 싶었어요."

"……."

"고모가 어렵게 마련해서 빌려주셨잖아요."

고모가 멍하니 나를 보았다. 그러다 문득 허탈하게 웃으며 말했다.

"니네 엄마가 그거 금방 갚았다. 내가 희야 니한테 해 준 거는 아무것도 없다."

나는 무릎 위에 두고 있던 가방을 열고, 서랍 속에서 오래도록 굴러다니던 낡은 책을 꺼냈다.

"서랍에서 찾았어요."

"……."

"큰 고모 책 같아서요."

"……너무 오래된 책이네."

고모는 테이블 위에 놓인 책을 멀거니 응시했다. 그러다 문득 책으로 손을 뻗었다.

"……한 번씩, 줄처럼 느껴지는 말이 있드라. 아나?"

"잘 모르겠어요."

"보이지도 않는 게 사람을 묶을 수도 있고, 풀 수도 있고."

"……."

"하루는 남편이 나를 때리는데, 큰 애가 갑자기 나를 안드라. 엄마 말고 자기를 때리라고……. 걔가 초등학교도 안 갔을 때였는데."

"……."

"그때 처음으로 우리 남편이 부끄러워하는 얼굴을 봤거든. 잠깐이었지만……. 그 말이 그래도 잠깐은 애들 아빠를 묶었던 거지. 나는 그 말에 평생 묶였고."

"……."

"다 두고 도망치고 싶을 때마다 내 대신 얻어맞겠다는 일곱 살짜리 애가 보였거든."

고모는 책장을 하나씩 넘기며 말했다. 자기가 옛날에 줄 그어 놓은 흔적들을 찾듯이.

"그러다 하루는 남편이 깨달은 거지. 나를 때리는 것보다 애들을 때리는 게 더 효과가 좋다는 걸."

"……."

"그때부터 내가 말을 안 들으면 애들을 때리드라. 내가 맞는 건 무뎌지는데, 내 새끼가 내 때문에 맞는 거는⋯⋯."

"오빠들이 고모 때문에 맞은 게 아니잖아요."

"당장 내 말대꾸 한마디에 열 살짜리 머리로 손이 날아가니까."

"⋯⋯."

"내가 잘못했다고 빌고, 듣기 좋은 말을 하면 그러지 않으니까. 안 글나."

"그건 누명을 씌운 거예요."

"그랬겠지. 그런데 그렇게 살다 보면, 내가 사람처럼 말하는 걸 그 어린애들이 미워하게 되드라. 엄마가 말해서 맞았다고. 어차피 아무 의미도 없는 말인데, 아무것도 바뀌지 않는데, 고작 그 말 몇 마디 하느라 자기를 아프게 했다고⋯⋯."

역겨운 누명이었다. 고모의 결혼은 시시때때로 인질이 바뀌는 인질극에 지나지 않았다.

나는 고모에게 늘 그렇게 살았냐고 물었다. 고모는 고개를 저었다. 늘 그러지는 않았다고 했다.

"희야 느그 아빠가 나중에 눈치채고 그 사람 회사까지 찾아가서 당장 이혼하라고 다 뒤집어엎은 거 아나. 몇 번을 그랬다."

"잘 몰랐어요."

"그 전에도 그러기는 했지만, 그 뒤로는 잘해 준 적도 참 많았다. 이 책에 나오는 남편처럼."

《인형의 집》에서, 톨발이 노라에게 잘해 주듯이.

고모가 비식 웃었다. 말을 하지 않으려면 스스로 생각하지 않아야 한다. 남이 원하는 말만 하려면 남의 생각만 답습하면 된다. 고모는 일순간 징그러운 것을 보는 듯한 표정으로, 그러면 편안할 수는 있다고 했다.

나는 고모가 영영 그러지 못할 것을 알았다.

"우경이한테 할머니 돈 받는 게 어떠세요."

불쑥 꺼낸 말에 책장을 넘기던 손이 멈추었다.

"……그러잖아도 며칠 전에 우경이가 연락했드라. 내 받지는 않았는데."

"받으세요."

"그때도 우경이한테 말했지만, 나는……."

"받으세요. 차라리 그 돈은 보상금이니까. 할머니가 고모 몫으로 만들어 두신 거니까."

"차희야."

"오빠들 돈 많이 들어가는 일 하는 거 알아요. 비싼 전공 하는 거, 교수 준비 하는 거 다 알아요. 위하시는 거 나쁜 거 아니에요. 고모 대신 맞아 주고 싶어 했던 그 어린애한테 평생 묶여 계시면 어때서요. 그때 오빠가 자기 엄마를 너무 사랑해서 그런 건데. 그게 고모가 받았던 사랑이었는데. 그러니까, 차라리 고모 힘으로 뒷받침해 주시면 되잖아요."

"……."

"다 끊어 버리라고 해요. 고모부가 아니라, 고모 이름으로 지원하시면 되잖아요."

"……그 돈이 내 돈이가."

"고모부 돈이 우경이 할머니가 주는 보상금보다 나을 건 뭐예요."

"……."

"여자 때리는 폭력배 돈이고, 자기 자식들 때리는 깡패 돈이고, 더러운 의심병 환자 돈이에요. 그 돈이 우경이 할머니가 물려준 돈보다 대체 뭐가 나아요."

고모는 말이 없었다. 나는 조금 화가 나서 고모의 손에서 책을 도로 홱 빼앗았다. 그리고 책장을 뒤로 휙휙 넘겼다. 고모가 당황스럽게 날 바라보는 게 느껴졌다.

색 바랜 종이에서 잘 보이지 않는 연필의 선들을 지나, 노란 형광펜이 새롭게 그인 페이지가 나왔다.

「다른 모든 것에 앞서서 당신은 아내이며 어머니인 것이오.」

「그런 것은 더 이상 믿지 않아요. 저는 무엇보다도 먼저 하나의 인간이라는 것을 믿어요.」

「그럼 아주 맑디맑은 정신으로 당신은 남편과 자식을 버리는 거요?」

그리고 가장 밑에, 내가 파란 형광펜으로 짧게 그어놓은 한 줄도.

「그렇다니까요.」

나는 그 페이지를 손으로 누르고 고모에게로 밀었다. 고모는 조카가 알록달록한 형광펜으로 색칠해 둔 페이지를 보고 웃음을 터트렸다가, 아무 말 없이 나를 보냈다. 아빠가 조만간 고모들을 우르르 이끌고 찾아갈 테니까 그때까지 생각을 해 보셨으면 좋겠다는 말에도 별다른 대꾸 없이.

그리고 집으로 돌아오는 길에, 큰고모에게서 전화가 왔다.

떠나고 싶으니 데리러 와 달라고.

아빠는 트럭을 대구로 돌렸다. 집으로 가서 짐을 챙기자는 말에, 고모는 그 집에서 갖고 오고 싶은 게 아무것도 없다고 말했다. 오빠들 사진은 핸드폰에 다 있으니까.

큰고모의 값비싼 차는 백화점 주차장에 그대로 버려졌다. 나온 김에 가고 싶은 곳이 있냐는 아빠의 말에, 고모는 오랜만에 할아버지 할머니 산소에 가고 싶다고 했다. 그래서 잠깐 시외에 있는 공원묘지에 들렀다. 꼬박 이십 년 가까이 와 보지 못했다고 했다. 묘비에 새겨진 할아버지와 할머니의 이름자를 쓰다듬으며 얼마간 눈물을 흘린 고모는, 그 뒤로 웃기만 했다.

둘째 고모 집으로 가는 길에 행정 복지 센터에 들러, 큰고모의 전입신고도 마쳤다. 둘째 고모를 불러 넷이서 기념으로 소고기도 먹었다. 큰 고모가 마지막으로 쓰는 고모부의 돈이었다.

고모부에게서 전화가 왔다. 나는 고모가 그 화면을 보고 입

맛이 떨어지기 전에, 고모 핸드폰 화면을 밀어서 전화를 끊어
버렸다.

#51. 늦가을의 우산

"신기하네. 차희 니가 이래 운전하니까."

"저 이제 좀 있으면 스물네 살 돼요, 고모."

"그래도. 내 눈에는 영판 애기 같은데."

"어카노, 애기야. 애긴데 벌써 결혼해서."

뒷자리의 박우경이 또 놀릴 거리를 찾은 듯 느물거렸다. 한동안은 또 저걸로 조롱할 게 뻔했다. 내가 부들부들 떠는 게 보고 싶다는 둥 하면서.

나는 결국 거의 다 마신 생수병을 집어서 뒷좌석으로 던졌다. 분명 머리든 어디든 맞으라고 던졌는데, 박우경이 여유롭게 그것을 잡아챘다.

"오, 애기 자신감."

"죽는다. 진짜."

"윤애기 이제 운전 좀 한다 이거가. 한 손으로 운전하면서 남한테 물도 주고."

나는 어른 앞에서 잘못된 욕설이 튀어나오기 전에 입술을 한번 꾹 다물었다. 박우경이 실실거리며 남은 물을 한입에 삼켰다.

"잘 마셨다, 애기야. 오빠야 목마른 거 어케 알았노."

"……박우경 진짜 니 죽을래."

"살래."

고모가 나지막하게 웃었다.

"둘이 노는 거 보면 아직도 애들 같네. 이러는 애들 둘이서 결혼을 한다 카이……."

"고모님 조카가 애기지 저는 아닙니다. 저 되게 어른스럽고 진지하거든요."

"그 말 되게 이상한 거 알제."

"아…… 혹시 범죄자같이 들렸나. 우리 동갑인데."

조수석에서 터져 나오는 웃음소리가 연신 맑았다.

"잘 살겠다. 평생 치고받고 투닥거리면서."

고모부는 이혼 소송이 가진 게 많은 자신에게 불리하게 돌아갈 것 같았는지 끝내 이혼에 합의했다.

물론 곧바로 일이 그렇게 되지는 않았다. 처음에는 배신감에 치를 떨며 귀국하자마자 우리 집으로 쳐들어왔다. 그리고 마침 아빠랑 엄마가 모임에 나가고 없는 집을 샅샅이 뒤졌다.

박우경은 사과밭에, 나는 집에서 밀린 집안일을 하고 있을 때였다.

그렇게 먼지 쌓인 창고방 하나하나까지 다 뒤져 고모가 없는 것을 확인하고 나서는, 날 붙잡고 고함을 지르며 고모의 행방을 캐묻던 고모부가 밭에서 돌아온 박우경에게 붙잡혔다.

누군지도 모르면서 욕부터 박고 뒷덜미를 잡아채 내던지는 통에 잘 차려 입은 중년 남자가 젊은 남자의 힘에 형편없이 나동그라졌다.

태희야, 인마, 내 니 고모부다. 큰 고모부. 윤태희의 얼굴도 기억하지 못하는 남자가 혹시라도 박우경에게 얻어맞기 전에 서둘러 제 신분을 말했다.

왕래가 드물긴 했어도 아예 얼굴을 보지 않고 살았던 것은 아닌데, 얼마나 처조카들을 대수롭지 않게 봤으면.

'저는 고모부 같은 거 없는데요. 고모도 없고.'

사실이기는 했다. 그 애 아버지에게는 남자 형제밖에 없었으니까.

이 집 딸이랑 결혼할 사이라는 그 애의 말에 '벌써…….' 하고는 알 만하다는 듯 얼굴을 바꿔 우리를 번갈아 보고 코웃음을 친 고모부가 돌아갔다. 그러고는 큰 고모가 아빠와 그리 멀지 않은 곳에 있으리라 생각했는지, 평생 저 스스로 왕래도 하지 않던 처제의 집을 알아냈다.

고모들 중 혼자 사는 사람은 둘째 고모뿐이었고, 청라에 사는 것도 둘째 고모뿐이었다. 연년생 자매라 어릴 때부터 가장 친했으니 짐작하기 어려울 것도 없기는 했다.

그렇게 신도시에 있는 둘째 고모 집으로 아빠가 씩씩대며 갈 때까지, 큰 고모를 집으로 도로 끌고 가겠다고 난리였다는 것이다.

사실은 아빠가 가기도 전에 열이 머리끝까지 찬 둘째 고모가 큰 고모부에게 달려들어 때리고 물건을 던지다, 갑자기 자기 스스로 머리를 다 쥐어뜯는 기행을 선보이고는 문득 흐느끼며 경찰에 신고를 했다고 했다.

경찰 아저씨, 형부라는 사람이 집에 찾아와가 내를 때립니다……. 우리 언니가 가정폭력에 시달리다 더는 이래 몬 살겠다 카고 내 혼자 사는 아파트로 피신을 왔는데예, 이혼하자 캤다고 여자 둘이 사는 집에 남자가 무섭그로 쳐들어와가 이래 행패를 부리고예, 죽여 버린다고 위협을 하고예…….

둘째 고모의 연기에 기가 찬 고모부가 욕을 하고 전화를 뺏으려 하는 통에 둘째 고모의 신고는 새롭게 현실감을 입었다.

그렇게 급히 출동한 경찰들을 앞에 두고 둘째 고모는 눈물을 뚝뚝 흘렸고, 평생 한 번도 경찰에 신고 당한 적 없는 중소기업 사장님은 진땀을 흘리며 그렇게 불쌍해 보이는 둘째 고모가 사실은 얼마나 미친 사람인지 설명하느라 진땀을 흘렸다.

애초에 이혼 이야기는 나온 적도 없고 이 모든 것은 부부 싸움이었을 뿐인데 처제가 앙심을 품고 이런다고.

유일한 증인인 큰 고모에게 얼른 제 말이 맞다고 하라고 종용하던 고모부의 눈을 보는 순간, 큰 고모는 살면서 그렇게 우스운 기분을 느껴 본 적이 없었다고 했다.

네가 내 말을 감히 부정하겠느냐고, 내게 불리한 말을 감히 할 수 있겠느냐고 철석같이 믿는 눈. 이혼하자는 말을 듣고도 그렇게 저를 믿었다고.

고모가 친여동생보다 당연히 자기를 우선하리라고 믿는 얼굴이었다고.

큰 고모는 그 눈을 똑바로 바라보면서 둘째 고모의 말이 다 맞다고 증언했다. 저 사람이 우리 동생을 몇 번이나 때렸어요. 동생이랑 나를 다 죽이겠다고 협박했어요……. 그렇게 누명을 씌우는 게 조금도 어렵지 않았다고 했다.

실제로는 저를 수도 없이 때렸고, 아이들을 때리면서는 '너 때문에 애들이 맞는 것'이라고 수도 없이 누명을 씌웠으므로.

아빠가 도착한 것은 그 와중이었다.

둘째 고모의 꼴이 엉망인 것을 보고 자기 누나가 진짜로 해코지를 당했다 생각해 노발대발한 아빠는, 경찰들 앞에서 큰 고모부에게 달려 들어 냅다 옆구리를 걷어찼다.

이러시면 안 된다고 경찰들이 뜯어말리는 사이에도 온갖 욕을 다 들이부었다.

이제는 하다하다 지 와이프도 모자라 처제까지 때려도 부부 싸움이냐고, 형사 사건 아니냐고…….

정작 경찰들 앞에서 자기한테 폭력을 행사한 어린 처남이 자기더러 형사 사건을 운운할 즈음, 큰 고모부는 억울해서 숨도 쉬지 못했다고 했다.

경찰들은 억울한 고모부를 두고 아빠가 피해자인 양 진정하시라고 달랬다. '아무리 그래도 사사롭게 폭력을 행사해서는 안 된다'는 훈계는 나름의 절차였을 테고.

그렇게 아빠가 그 자리에서 즉시 훈방 조치된 것과 달리 큰고모부는 경찰들에게 연행되어 경찰서에서 조사를 받았다. 폭행과 협박으로. 아무리 고모부가 진실을 말해도 소용없었다.

키가 작고 통통한 몸집에 소처럼 큰 눈을 가진 둘째 고모는 절대로 거짓말을 못 할 것처럼 생겼다. 그런 생김새와 달리 내친김에 아일랜드 식탁 대리석 모서리를 팔로 내리쳐 스스로 타박상을 만들 정도로 독기에 찬 둘째 고모는, '형부가 주먹으로 내 머리를 계속 때리기에 팔로 막았는데 이렇게 된 것 좀 보라'고 경찰서에서 눈물을 뚝뚝 흘렸다.

그렇게 큰 고모부를 며칠이나마 유치장으로 보냈다. 아들들이 죄다 외국에 있는 데다 자기 형제들에게도 인망은 없는 사람이라, 돌보려 하는 이가 하나도 없다고 했다.

둘째 고모는 당연하게도 합의를 해 주지 않았다. 벌금형에 그칠 테지만 쪽팔리게 전과라도 남는 게 어디냐고.

약간의 옥고를 치르고 처갓집에 진절머리가 난 큰 고모부는 강제하는 대신 큰 고모를 어르고 달래기 시작했다.

사모님 소리 들으면서 평생을 얼마나 편하게 살았는데, 이렇게 나가서 남편 없이 살 수 있겠냐고. 물정도 모르고 아무것도 할 줄 모르는 사람이 대체 뭘 하고 살겠다는 거냐고……. 보통 설득하려고 드는 사람이 무시를 수단으로 삼는 경우는 없지만,

큰 고모부 같은 사람은 그런 말을 무시라 생각하지 않았다. 진실한 걱정이고 염려라면 모를까.

그러다 유학 간 아들들의 돈줄을 끊어 놓겠다고 협박하고, 처음으로 먹히지 않자 또 돌변해서는 '지금까지 저랑 참고 산 게 아깝지 않느냐'는 희한한 말도 했다고 했다.

나이가 이렇게 됐는데, 제가 죽으면 전부 다 네 것이 되지 않느냐고.

'당신이 언제 죽을 줄 알고.'

고모부의 기를 일시에 꺾어 버린 것은 아이러니하게도 그 한마디였다. 타인을 평생 짓누르고 핍박했던 사람이, 겨우 그런 말 한마디에 상처를 받았다.

그렇게 기가 꺾인 이후로는 일사천리였다.

고모부는 마음이 약해진 것처럼 막판에 재산을 어느 정도 분할해 주려고 했지만, 고모는 그것도 질색하며 전부 거부했다. 그 돈이 당신 그림자 같아 징그럽고 싫다고.

사실은 필요도 없었다. 그 애의 할머니가 고모를 위해 남겨 놓은 것만 해도 고모는 앞으로의 여생을 평온하게 살 수 있었다.

"나도 조만간 차를 한 대 사야겠다. 쪼매난 경차라도……. 이래 자꾸 얻어 타고 댕길 게 아인데."

"그전에 타시던 차는 어떻게 정리됐어요?"

"그거는 어차피 법인 명의라…… 내랑은 상관없지. 희야, 느그 많이 안 바쁘믄 난주 돌아가는 길에 저 있는 중고차 백화점좀 가 줄래?"

"네. 가요."

"고맙다."

무슨 일이든 꼬박꼬박 고맙다는 인사가 뒤따랐다. 룸미러에 비친 고모가 지나가는 건물들을 설레는 눈으로 바라보고 있었다.

"옛날에는 버스를 다시 타 보고 싶드라. 지하철도 함 타 보고 싶고."

"……."

"그냥, 매일 저렇게 버스를 타고, 지하철을 타고 어디로 가는 게 어떤 기분일까 했거든."

"지금은요?"

"걷기만 해도 좋다."

"……."

"내 마음대로 문만 열고 나가도 느낄 수 있는 기분이라는 걸 몰랐지."

회한은 없었다. 박우경이 빙글거리며 물었다.

"내년엔 뭐 하고 싶으세요?"

"글쎄. 맨날천날 진영이 그 가시나랑 TV나 보고 노느라 그런 생각은 몬 해 봤네. 께을받그로. 그쟈."

"그게 뭐가 게으른데요? 아르바이트도 하신다매요."

둘째 고모가 반쯤 취미 삼아 하는 파트타임 아르바이트를 얼마 전부터 같이하기 시작한 큰 고모는 별것 아닌 일에도 웃음이 많아졌다. 나는 따라 웃었다. 박우경이 되물었다.

"한번 생각해 보세요. 버스 타기나 지하철 타기 같은 거 말고. 그거보다는 좀 큰 거."

"내사 모르겠는데……."

"그럼 옛날에 하고 싶었던 거."

고모는 생각에 빠진 듯 잠시 말이 없었다. 그러다 문득 어딘가를 보더니 아, 하고 말했다.

"학교 다니고 싶었지."

나는 고모가 바라본 쪽을 흘끗 바라보았다. 여기서는 잘 보이지 않지만, 산 아래 대학이 있는 곳이었다.

"대학에 다시 가고 싶었지."

"아, 그럼 가시면 되겠다."

"머스마야, 내가 지금 나이가 몇 살인데."

"돈만 있으면 갈 수 있는 데가 천지 삐까린데 왜요. 고모라고 왜 못가요? 돈 있는데."

몇 번 보더니 이제 고모님 소리도 가끔은 빼먹었다. 우리 고모가 자기 고모라도 되는 것처럼.

"너무 늦었다 아이가."

"너무 늦었으니까 빨리 해야지. 안 글나."

박우경이 내게 동의를 구하듯 물었다.

하긴 틀린 말은 아니었다. 좌회전을 200미터 앞에서 잘 못

218

하는 바람에 정신이 없어 동의하지는 못했지만, 박우경은 벌써 만학도가 가기 좋은 대학을 검색해 줄줄 읊고 있었다. 우리가 그 애 할머니의 병원에 도착할 때까지.

지방 대학 소멸 위기가 심각하다는 둥 하면서. 애들한테 기부하는 셈치고 다녀 보라고.

당연한 일이겠지만 그 애의 할머니는 그렇게 한 번쯤 다시 보고 싶어 했던 큰 고모를 눈앞에 두고도 알아보지 못했다.

고모는 그 애가 익숙하다는 듯 제 할머니에게 온갖 욕을 먹고 얻어맞으면서도, 할머니의 얼굴부터 깨끗하게 닦아 주는 것을 멍하니 바라보았다.

"세월이……."

세월이 참 어떠하다는 말. 언제 이렇게 시간이 다 지나갔냐는 말. 그리고 당신은 왜 이렇게 되었냐는 말.

고모는 결국 그 어떤 말도 내뱉지 못하고 침대 옆에 앉았다. 그리고 순식간에 젖어 들어가는 얼굴을 손안에 감추었다.

"……잠깐 비켜 드릴까요?"

"안 된다. 지금 우리 할매 깡패라서."

"아."

그런 것도 같았다.

"이 깡패 새끼! 어데 처녀 얼굴을 만지쌌노!"

"할매 지가 깡패면서……."

"니 나가라! 또 내 밥 뺏어 무러 왔제!"

"아 됐다. 병원 밥 거저 줘도 안 먹거든. 5만 원 줄 테니까 제발 내 대신 먹어 도고, 하면 생각은 해 본다."

씨팔놈, 이 개 같은 놈! 온갖 욕이 다 쏟아져도 늘 감흥 없이 듣는 음악이라도 되는 양 종이팩 우유에 빨대를 꽂아 준 박우경이 며칠 전 선반에 채워 놓은 과자를 뒤적거렸다.

할머니가 웨하스를 달라고 소리쳤다.

"손자 이름도 까먹은 주제에 과자 이름은 잘도 기억하네."

"내놔라."

그 애가 꺼내 준 과자를 어린애처럼 홱 앗아 간 할머니가 아무렇게나 포장을 잡아 뜯었다. 나는 손을 뻗어 이불 위로 떨어지는 부스러기를 손날로 쓸었다.

그러자 고모가 내 손을 부드럽게 걷어 내고는 자기 손으로 마저 모았다.

"우경아. 내 잠깐 할머니랑 따로 말 좀 해도 되겠나."

박우경이 석연찮게 할머니를 보았다.

"나도 치매 환자 다루는 법은 조금 안다."

그 애가 이번에는 의견을 묻듯 나를 봤다. 나는 고개를 조금 끄덕였다.

우리는 복도에서 얼마간 기다렸다. 문안에서 우는 소리가 들렸을 때부터는 조금 더 떨어져서. 할머니는 고모에게 욕을 조금 하기는 했지만, 다행스럽게도 심한 욕은 하지 않는 것 같았다.

그 애는 다행이라고 하면서도 소소한 불만을 토로했다.

"차희 니한테도 안 하고, 고모한테도 안 하고…… 그럼 내 얼굴만 보면 욕이 저절로 나오는 거가."

"진짜 욕하고 싶게 생겼나 보다."

"또 입으로 악플 다네."

"니가 먼저 그랬잖아."

그렇게 삼십 분쯤 지났을까. 고모가 문을 열었다. 병실에 들어가자 협탁 위 흰 메모패드에 고모가 파란 형광펜으로 써 놓은 몇 줄의 글씨가 보였다. 언젠가 할머니 눈에 잘 들 만큼 큼직한 모양이었다.

이모. 혜영이에요. 잠깐 잊어버리셨을 때 왔다 가요. 저는 지금까지 아무 힘든 일 없이 잘 살았어요. 만약에 어쩌다 제 생각이 나시거든 제 걱정은 하지 마세요.

좋은 손자를 두셨어요. 우경이가 할머니를 참 많이 사랑하네요.

어렵고 힘들었던 것은 다 잊어버리시고, 좋은 건 가끔 떠올리세요.

저는 또 올게요.

나는 고모가 핸드백에 넣고 있는 파란 형광펜을 물끄러미 응시했다. 고모는 설핏 웃었다.

"내도 이거 하나 샀다. 파란 거."

"볼펜이 아니라요?"

"그 책에, 희야 니가 형광펜으로 마지막에 그어 논 거 있다 아이가. 내 보라고."

"아."

"내보고 읽으라고 노란 형광펜으로 칠하다가, 그걸로도 안 되겠으니까 파란 형광펜으로 딱 한 줄 칠한 거."

'그럼 아주 맑디맑은 정신으로 당신은 남편과 자식을 버리는 거요?' 그곳에는 노란 줄을 쳤다. '그렇다니까요.' 그리고 거기에는 파란 줄을 쳤다. 노라의 야멸찬 대꾸가 가장 중요하니까.

사실은 누구나 그렇게 말할 수 있으니까.

"희야 니가 노란색으로도 안 되겠다 싶어서 다른 색까지 찾아와가 그래 칠해 논 게 좀 귀여워서 계속 들여다봤거든. 계속……."

"……."

"그렇게 보고 또 보다 보니까, 내가 숨을 쉬고 있드라."

"……."

"갑자기 숨이 쉬어지드라. 너무 당연한 일처럼."

"……."

"그 파란 줄 하나가 내를 그 집에서 끄집어낸 거다."

고모는 그 사실을 잊어버리지 않으려고 파란 형광펜을 샀다고 했다.

형광펜 끄트머리를 어루만지다 가방 안으로 툭 밀어 넣은 고모가 박우경 옆으로 가서 할머니 다리를 같이 들었다.

나는 옆에 굴러다니던 볼펜을 들고 고모가 써 놓은 메모패드

밑에 한참 여백을 두고 글씨를 몇 자 더했다.

차희도 왔다 감.

박우경이 그것을 흘끗 보더니 자기도 더하라고 했다. 나는
고개를 끄덕이고 더했다.

할머니의 귀엽고 사랑스러운 애기 우경이 왔다 감.

"그릇 작은 가시나…… 그걸 또 그렇게 갚노. 이래 커다란
애기가 어딨는데?"
"할머니 눈엔 애기지. 귀엽지. 사랑스럽지."
"다 떼고 멋있게 써라."

박우경이 지를 멋있게 쓰라고 함.
"공주 니가 조선 시대 사관이가?"
"니가 말하는 대로 썼는데."
"그냥 멋있다고 좀 해 줘라."

고모가 뭐라도 줘서 보내라는 양 그렇게 말하니까 어쩔 수
없었다.
나는 펜을 들고 그 애에게 보이지 않게 한 줄을 더 썼다. 금
세 할머니에게 머리를 얻어맞을 뻔하고 분개한 박우경은 메모

패드를 잊어버렸다.

　저 우경이랑 결혼할 거예요. 할머니.

　나는 볼펜을 내려놓고 박우경이 보지 못한 그 한 줄 아래를 손끝으로 잠시 어루만졌다.
　가끔 어떤 말이 줄이 된다면, 이 말은 아주 좋은 줄이 되기를 바라면서.
　할머니의 맑은 눈동자가 거울처럼 나를 비추었다. 나는 문득 그 애를 아주 행복하게 해 주고 싶다고 생각했다.

　병원을 나오자 아까는 내리지 않던 비가 내렸다. 그 애가 내 손에 들고 있던 차 키를 휙 빼앗더니 제가 차를 빼 오겠다고 주차 타워로 뛰어갔다. 추적추적 가늘게 내리는 비가 그 애의 등을 점점이 적셔 들어갔다.
　바람에 흩날리듯 아주 조금씩 내리는 비라 같이 맞고 가도 되었는데, 고모더러 혼자 여기서 기다리라고 하면 괜히 미안해할 것이 뻔했다.
　나는 그 애를 따라가려던 발을 멈추었다.
　"우경이 혼자 저 비를 다 맞아가 우짜노."
　"마르겠죠."

"감기 걸릴라."

"평생 재 감기 걸린 거 본 적 없어요."

본 적이 아예 없는 건 아니고, 사실 두어 번 정도는 봤다. 그러나 나는 그 애를 다섯 살 때부터 매일같이 봤고, 그 정도면 사실상 걸린 적이 없는 것이나 마찬가지였다. 똑같은 비를 맞아도 항상 나만 아팠다.

"희야 니 말은 그래 해도 둘만 있으면 우경이한테 잘해 주제?"

"……."

잘해 준 적이 있던가? 싸가지 없다는 소리만 들었는데.

"머스마가 보면 볼수록 참 좋은 아다. 앞으로 잘해 주라."

병원이 워낙 크다 보니 내가 아까 차를 댄 주차 타워까지는 제법 걸어야 했다. 저렇게 가서는 엘리베이터도 없고.

나는 갑자기 뒤늦게 그 애가 감기에 들 것이 걱정됐다. 생각해 보니 날짜가 어느덧 11월 중순을 거의 다 지나고 있었다.

"……잘해 줄게요. 앞으로도 감기 안 걸리게."

비 내리는 공기가 불쑥 차가웠다. 그렇게 때늦은 걱정이 들기 무섭게 빗줄기가 거세어졌다.

이번 가을은 다른 해보다 유난히 따뜻한 가을이었다. 바로 옆 도시에서 경계에 있는 산 하나만 넘어서도 공기가 서늘하게 달라지는 청라조차 그랬다.

시나노 골드를 출하하는 10월 중순부터 사과 출하 때문에 계속 정신이 없었던 나는 사실 아직도 우리가 가을을 살고 있다고 생각했다. 도무지 겨울이 오지 않을 것처럼 이어지는 선선한 날씨에 감각도 무뎌진 지 오래였다.

날씨가 그렇다 보니 본래대로라면 지금쯤 나무에 한 알도 남아 있지 않아야 할 부사가 우리 사과원에는 아직도 조금씩 남아 있었다.

애초에 10월 말부터 착수해야 했던 부사 수확이 11월 초에 들어서야 시작되었으니, 모든 것이 예년보다는 조금씩 늦었다.

겨울의 시작도.

그러나 이제는 겨울이 훨씬 더 가깝다. 나는 한결 차가워진 도시의 공기를 들이마셨다. 청라는 훨씬 더 싸늘할 것이다. 비로소 계절이 또 한 번 바뀌어 가는 것이 실감났다.

하늘을 물끄러미 올려다보던 고모가 걱정스레 중얼거렸다.

"비가 많이 오면 안 되는데. 사과 아직 다 못 땄다 아이가."

"괜찮아요. 이제 진짜 조금 남아서."

"진짜 내 안 가 봐도 되나?"

"엄마가 큰 시누이를 어떻게 이래라저래라 부려 먹어요."

"그건 또 글타. 말희가 소심해가."

고모는 조금 웃었다.

"그래도 올해가 마지막이라 카니까 진영이도 그렇고 내도 괜히 마음이 싱숭생숭하대……. 멀리 있는 것도 아이고 이제 가까이 있는데, 진영이랑 둘이 가서 인건비 조금이라도 아끼 주고 싶드만."

"아빠가 마지막이라고 외국인 엄청 썼어요. 일할 사람 많아서 괜찮았어요."

"어릴 때 생각도 나고 그래서. 친정이랑 겨우 가까워지니까 사라지는 게……."

"……."

"원래 다 이런 거겠지. 항상 그 자리에 있는 건 없겠지. 묘지 잔디도 색이 바래는데."

"돌아오고 싶으셨어요?"

"지금 생각하면 그냥 엄마 아부지가 보고 싶었던 거지, 뭐."

고모는 그 집으로 돌아가고 싶은 게 아니라, 그저 그 집에서 같이 살았던 사람들이 보고 싶은 것이라고 했다. 할머니. 할아버지. 고모의 어렸던 동생들.

모두가 한집에 살면서 헤어지지 않아도 되었던 시절.

"그래도 잘 정리했다. 그만하믄 준영이랑 말희랑 오래 버텼다."

나는 고모의 시선을 따라 비가 쏟아지는 하늘을 올려다보았다.

"우리 아부지가 내 태어나던 해에 거기에 있는 땅을 처음 샀거든. 첫 딸 태어난 기념이라고. 처음에는 작은 땅이었는데 이상하게 일이 잘 풀려가 점점 땅도 커지고, 준영이 태어나고 나서는 갑자기 떡하니 이층집도 새로 짓고……."

"……."

"지금 보면 별로 볼 것도 없는 옛날 집인데, 이 좋은 세상에 태희랑 희야 니는 거기서 참 불편하게 컸을 텐데……."

"……."

"그래도 우리 어릴 때는 참 좋은 집이었다. 집을 다 짓고 나니까 어린 눈에는 그게 얼마나 궁전 같던지."

"……저도 좋았어요."

고모가 하늘에서 눈을 내렸다.

"저도 그 집에서 살아서 좋았어요."

"……다행이네. 우리 아부지가 뿌듯해하겠다."

나는 고모의 웃는 얼굴을 따라 스르르 웃다가, 문득 큰 고모 너머로 멀리서 걸어오는 사람을 발견했다.

남색 골프 우산. 며칠 전 사과원에서 보았던 베이지색 코트. 그 애가 닮은 낯익은 얼굴.

박동주였다.

맞은편에서 거의 동시에 내 얼굴을 알아본 박동주가 미미한 화색을 내비치며 걸어왔다. 그러나 이윽고 내 앞에 서 있는 이를 알아챈 것처럼 걸음을 멈추었다. 멀리서 시선이 배회했다.

고모와 나는 그 애를 기다리며 병원 로비에서 외부로 널따랗게 돌출된 지붕 아래 서 있었다. 그 아래에만 들어도 금세 비를 피할 수 있기에 빗속을 뚫고 오는 누구나 이곳이 가까워지면 발걸음을 바삐 내달렸다. 박동주의 뒤에서 걸어온 젊은 여자와 고등학생도 그랬다.

그러나 그들이 박동주를 지나쳐 진작 지붕 아래에서 비를 피하고, 우산의 물기를 털며 병원에 들어설 때까지도 박동주는 그대로그 자리에 있었다.

"희야, 왜?"

나는 잠시 망설이다 손으로 빗속을 가리켰다. 고모가 내 손을 따라 고개를 돌렸다. 박동주가 빗속에 서 있었다.

고모는 조금 멍하니 그 쪽을 바라보았다. 그러나 아주 잠깐이었다.

고모의 입매가 부드럽게 미약한 호선을 그리며 올라갔다. 허공에 가볍게 들린 손이 이리로 얼른 들어와 비를 피하라고 손짓했다.

그 손짓을 멀거니 응시하던 박동주가 아저씨, 하고 내가 부르는 소리에 가까스로 등을 떠밀린 것처럼 발을 내디뎠다. 그렇게 지붕 아래 들어서서도 우산을 계속 쓰고 있어서, 나는 그것을 말해 줄까 고민했다.

"동주야. 지붕 아래에서는 우산을 접어야지."

고모의 조용한 지적이 조금 더 빨랐다. 빗소리가 시끄러워 잘 들리지 않았을 텐데도 박동주는 아, 하고 뒤늦게 깨달은 것처럼 천천히 우산을 접었다. 고모를 부옇게 응시하는 시선이 마치 꿈을 꾸는 사람처럼 보였다.

"……우경이는?"

시선은 고모를 향해 있으면서, 가까스로 꺼낸다는 말이 내게 제 아들의 행방을 묻는 것이었다.

"우경이는 주차장에 차 찾으러 갔어요."

"일로 오면서 못 봤는데……."

"아저씨는 지상 주차장 쪽에 대고 오셔서 그런 거 같아요. 저희는 주차 타워에 대고 왔거든요."

"아."

그러고는 정적이었다. 고모는 조금 난감한 것처럼 날 흘끗
보고 웃더니, 박동주에게 물었다.

"잘 살았나. 그동안."

"……."

오랜만에 만난 친구를 대하듯 나긋한 인사였다. 박동주가 멍
하니 눈을 깜빡이다 한 방울 뚝 떨어지는 눈물을 감추며 무뚝
뚝하게 대꾸했다.

"……어. 잘 살았다."

나는 못 본 척 고개를 돌렸다. 고모도 못 본 척할 줄 알았는
데, 의외로 고모는 그것을 못 본 척하지 않고 꼬집었다.

"잘 살았다는 애가 왜 우노."

"……."

"못 살았는갑네. 나는 되게 잘 살았는데."

내가 두 사람의 눈치를 번갈아 보는 찰나, 박동주가 거짓말
처럼 웃음을 터뜨렸다. 순간 그렇게 웃는 얼굴이 아주 젊은 남
자처럼 보였다.

"아니다. 내도 잘 살았다."

"다행이네. 얼굴도 좋아 보이고."

"……니 청라에 온 거는 저번에 들었다."

"응. 요새 진영이 집에 얹혀산다."

"진영이는 잘 있나."

사실 박동주가 묻고 싶은 건 둘째 고모의 안부가 아니라 큰

고모의 것이겠지만, 큰 고모는 가만히 웃으며 그렇다고 대답했다.

그대로 다시 정적이었다. 나는 눈치를 보다 조용히 물었다.

"어디 카페라도 들어가실래요?"

"왜, 희야 니 커피 마시고 싶나. 마시러 갈래?"

고모가 동그랗게 눈을 뜨고 나한테 물었다. 나는 당혹했다.

"아니 저는 당연히 빼고요. 우경이 곧 오니까 두 분은 저 두고 가셔도 되거든요."

눈치 없는 박우경이 내 차를 몰고 온 건 그때였다. 고모가 가까워지는 차를 보더니 고개를 저었다.

"차 사러 가야지."

"다음에 보셔도. 아, 차라리 아빠랑 같이 나와서 보세요. 저희는 같이 봐도 잘 모르잖아요."

"아니다. 동주도 어머니 보러 왔는데."

나는 박동주를 보았다. 매끈한 낯이 거짓말처럼 고장 나 있었다. 아니라고 붙잡을 도리를 모르고.

외중에 다른 차 때문에 바로 앞에 차를 대지 못하게 된 박우경이 서행하며 천천히 우리 앞을 지나쳤다. 깜박거리는 비상등 불빛을 본 고모가 마음이 바빠진 것처럼 쫓기듯 내 팔을 툭툭 쳤다.

"얼른 가자, 희야. 저 뒤에 또 차 온다."

"고모."

"우리는 갈게. 어머니한테 들어가 봐라, 동주야."

그렇게 등 떠밀리듯 걸음을 떼는 찰나였다.

"혜영아."

꼭 아주 오래 연습한 것만 같은 부름이었다. 나는 갈 길이 몹시 바빴던 고모가 문득 굳어 버린 것을 느꼈다.

"잘 지내나."

맥이 탁 풀린 것처럼 고모의 입가로 굳었던 숨이 빠져나갔다. 웃음이었다.

애당초 '잘 살았나?' 하고 남이 물어볼 적에 '니도 잘 살았나?' 하고 안부를 되물었으면 그만일 말이었다.

그 말을 차마 못 해서. 내뱉지 못한 말이 입 안에 고이고 고여서.

"응. 잘 지낸다."

나였으면 '아까 내가 잘 살았다고 한 말은 어디로 들었냐'고 대뜸 시비를 걸었을지도 모르지만, 고모는 선선히 대꾸해 주었다.

박동주가 천천히 웃었다.

"다행이다. 잘 지내서."

고모가 그 말에 말없이 손을 뻗었다. 악수라도 하자는 듯이. 박동주는 그 손을 물끄러미 바라보다 손을 뻗어 악수했다.

그대로 끝이었다. 고모는 다시 바쁘게 날 데리고 차로 갔다. 박동주가 다급히 우산을 펴고 우리 뒤를 따라와 고모와 내 머리 위로 우산을 기울여 주었다. 비가 박동주의 머리 위로 쏟아졌다. 고모가 차에 다다르기 전에 우산을 박동주에게 도로 밀어 주며 조용히 말했다.

"잘 지내라, 동주야."

"……."

"앞으로는 비 맞지 말고."

경황이 없는 사이에 빗줄기가 더 거세어졌다. 고모가 뒷좌석에 먼저 탔다. 박동주는 내가 올라탄 조수석 문을 닫아 주고, 멀어지는 우리를 뒤에서 바라보았다.

그사이 제 아버지와 건성으로 인사를 주고받은 박우경이 고모에게 물었다.

"어디 가서 차라도 한잔하고 오시지 그랬어요. 오랜만인데."

"어차피 지금 가 봐야 니네 아버지는 말 한 마디도 못 한다."

"왜요. 입이 고장 났대요?"

나는 그 애의 입을 때렸다. 고모가 웃었다.

"아 왜."

"그냥. 동주 쟤는 어릴 때부터 그랬거든."

옛날부터 미안한 일이 있으면 얼마간은 말 한 마디 못 걸고 주변만 빙빙 돌았다고. 나는 그 말을 듣고 박동주가 나한테 얼마나 사과를 잘하는 사람이었는지 생각해 보았다.

사과를 잘하는 어른. 사과를 도무지 못하던 어린애.

아.

고모 앞에서는 도저히 그런 어른일 수가 없었던 것이다.

나는 언젠가 오빠들과 갔던 중고차 백화점에서, 그 애가 뭘 물어보러 간 사이에 고모에게 물었다. 아까 악수는 왜 했느냐고.

고모는 단조롭게 대답해 주었다. 싸웠을 때는 그냥 악수 한 번 하고 나쁜 건 잊어버리기로, 옛날에 그 애랑 그렇게 화해하기로 약속했다고.

#52. 포도밭 보이는 소나무 그늘 아래에서

부사 출하가 전부 끝났다. 그것으로 우리 집 사과나무에서는 열매들이 사라졌다. 다행히도 시세가 좋은 해였다.

아빠는 부사의 물량을 나누어 절반은 박동주의 유통 센터로, 남은 것의 절반은 공판장으로 보냈다. 거기서 또 남은 것은 조금씩 나누어 부사가 부족한 다른 사과원에 팔았다. 직판처럼 이윤이 많이 남지는 않아도 당장 이사를 목전에 두고 있으니 욕심은 조금 버려야 했다.

소매로는 처리할 수 있는 물량에 한계가 있는 데다 장기적인 시간도 필요했다. 반면 우리 집은 잔금을 받기 전에 현금이 크게 필요했고.

그렇게 욕심을 버렸음에도 일부러 우리 손에 남긴 직판용 재고는 제법 많았다. 아빠는 한숨이었지만 엄마는 어차피 이사 갈 곳이 어디든 저온 창고를 큼직하게 지을 것이라고 재고를 걱정하지 않았다.

그러면서도 이삿짐을 얼른 덜고 싶기는 한지 온종일 직판장을 떠나려 하지 않았다. 블로그도 아주 열심히 했다. 윤태희에게 안 쓰는 노트북을 하나 받더니 아예 거기서 사무실을 차린 것 같았다.

결국 박우경과 아빠가 창고 구석에 처박혀 있던 안 쓰는 사무용 책상과 의자를 직판장에다 가져다주었다. 그렇게 천막 안이 정말로 사무실처럼 됐다.

나는 엄마가 오래 일하는 게 마음에 들지 않아 몇 번 싸웠지만, 어차피 조금만 지나면 저렇게 더 하고 싶어도 할 수 없을 터였다. 아빠는 그러니 엄마를 그냥 내버려 두라고 했다.

한겨울의 저수지는 도무지 볼품이 없었다. 당연히 오가는 차도 별로 없었다. 그곳에서는 곧 할 일이 없어질 것이다.

"해경이한테는 얼마를 주면 좋겠노."

아빠는 그 애와 해경 오빠가 일한 날을 탁상용 캘린더에 다 적어 두었다. 나는 오전에 들어온 주문 건을 체크하다가 아까부터 컴퓨터 책상 앞에서 고뇌에 빠져 있는 아빠를 보았다.

"걍 아빠 마음 가는 대로 주세요."

"해경이 금마가 좀 난초 같은 놈이라 일은 좀 못했지만······."

사실 성장 과정만 따지면 여기서 아빠보다 난초처럼 자란 사람은 없었다. 나는 어깨를 가볍게 들먹였다.

"그래도 여름 방학 때도 글코, 연휴 때 내려와가 일 도와준

236

것도 글코. 금마가 우리한테 마음 써 준 게 고맙다 아이가."

"맞아요."

"근데 일을 참 못했다 카이……."

"우리 집은 전반적으로 다 해야 되니까 그렇고, 분업할 때는 오빠야도 잘했어요."

"그거는 글타. 그냥 날짜대로 계산해 주야겠다."

"글고 조금만 일한 날도 있잖아요. 오빠가 일한 시간보다 오빠한테 식비가 더 들어간 날도 있어요."

"가시나 계산 정확하네. 역시 내 딸이다."

"글고 제 생각에는 아빠가 오빠야들 올 때마다 소고기를 너무 자주 사 준 거 같아요. 둘 다 많이 먹으니까 돼지고기 같은 걸 사 줬어야 됐는데."

"아빠가 잘못했네."

"앞으로는 그러지 마세요."

아빠가 맞는 말이라는 듯 고개를 끄덕였다. 그래도 결국 계산한 총액을 보니 제법 넉넉하게 쳐준 것을 알 수 있었다.

봄부터 일당을 비정기적으로 정산받고 있었던 박우경에게는 출하 기념 인센티브가 지급됐다. 아 받아라, 절대 못 받겠다, 둘이서 실랑이를 하느라 오전이 다 갔다.

친자식인 죄로 최저 월급만 받고 끝인 나는 심드렁하게 내 일을 했다.

"아 그럼 대신 이 돈으로 이사 갈 집에 제 방 하나 만들어 주세요."

"……그카믄 내가 금액적으로 손핸데?"

"에이."

"이 몇백 갖고 방 한 칸이 으데서 튀어나오노?"

"아저씨 마음에서요?"

박우경이 갸륵한 표정으로 아빠의 어깨를 툭툭 쳤다. 거기에 아빠의 마음이 있다는 듯이. 아빠가 오만상을 찌푸렸다.

"아니, 어차피 느그 결혼한다 아이가. 맨날천날 우리 집에 붙어 살 것도 아이고 둘이서 방 한 칸이면 됐지, 만다꼬."

"맞네? 나 공주랑 합법적으로 같은 방 쓸 수 있지, 참."

그 애가 생각지도 못했다는 듯 반색하자 아빠의 표정이 찝찝한 무언가로 변했다.

"아이다. 치아라. 까짓거 박우갱이 니 방을 만들자. 내 이 돈 안 줘도 만드께."

"괜히 예산만 늘어나니까 치우세요. 저는 공주랑 방 하나면 되는데요. 침대도 하나면 되……."

"이 도동놈아."

끝내 부들거리며 박우경의 머리를 쥐어박은 아빠는 자기 집에서는 반드시 각방을 쓰라고 신신당부했다. 박우경이 실실거리며 날 보았다.

"결혼하고도 연애하는 기분 들고 좋겠다. 맞제."

"걍 수련회 같을 거 같은데."

나는 동의하지 않았다. 그러나 그 애는 결혼한 우리가 결혼하지 않은 척하는 미래의 어느 날을 벌써 상상하고는 혼자 좋아하고 있었다.

아빠가 그 얼굴에 찬물을 끼얹고 싶은 것처럼 엄중하게 말했다.

"느그 지금도 결혼한 거 아이다. 아직 연애하는 기다. 알제."

"하 맞네. 시간 왜케 안 가요? 진짜 사람 미치겠네."

"하이고."

"왜 아직도 12월인 건데. 어? 윤차희. 왜 아직도 12월이냐고."

"그게 내한테 따진다고 될 일이가?"

어이가 없었다.

"아저씨. 눈 감았다 뜨면 1월 2일 오전 9시였으면 좋겠어요."

"그카믄 지금부터 노상 감고 있어 바라. 1월 2일 8시 40분에 눈 뜨라고 알리 주꾸마."

"그때까지 어케 감고 있어요. 공주 보고 싶은데……."

나는 그만 비위가 상해 사과를 던졌다. 박우경이 느물거리며 내가 던진 사과를 낚아채 물었다.

순간 세척한 것이 아니었나 싶어 빨리 뱉으라고 소리칠 뻔한 나는 아까 세척했던 것을 기억하고 맥이 툭 풀렸다. 내버려 두는 게 좋겠다.

"아니 기절이라도 좀 시키 주든가."

"인마, 1월까지 눈도 못 뜰 정도로 니를 기절시키면 내는 감옥 간다."

"차라리 냉동되고 싶다."

"저 드가라. 내가 온도 최대로 낮춰 주께."

아빠가 저온 창고 쪽으로 그 애를 떠밀었다. 박우경이 조금 떠밀리다 말고 몸을 빼며 불만스레 중얼거렸다.

"아 사설로 했다가 해동 잘못되면 어케 하실라고요. 결혼 무를 거 아이가."

"나중에는 가는 세월 붙잡고 제발 좀 가지 마라 빌어도 다 간다. 젊은 기 시간 안 간다고 별 염병천병을."

아빠는 박우경의 등짝을 찰싹 내리치며 혀를 찼다. 누구 늙으라고 고사를 지내는 거냐고 하면서.

"근데 아저씨. 차희랑 결혼하면 아저씨를 뭐라고 불러야 돼요? 장인어른?"

"누구 할배 만들 일 있나. 내가 이 나이에 니 장인 되게 생긴 것도 통탄스럽구마."

"그럼 아빠?"

"박우갱이 니가 뭐 어데 유치원생이가? 깍듯하게 아부지라 캐라. 느그 아빠랑 구분되게."

박우경은 1월 2일 아침부터 그렇게 불러도 되냐고 물었고, 아빠는 신고하고 나와서 하라고 정확하게 선을 그었다.

엄마는 어머니 소리 듣는 게 이상하게 소름이 끼친다며 '엄마'를 골랐다. 그렇게 졸지에 내 부모가 그 애의 엄마와 아버지가 됐다.

"마당에 깔끔하게 공구리를 다 치 놨네."

"사장님도 잘 아시겠지만 풀 뽑는 게 얼마나 귀찮습니꺼. 이 집은 들어오면 손 볼 게 하나도 없으예."

"에이, 그래도 막상 들어가믄 여기저기 보이지요."

아빠랑 엄마는 이 집이 마음에 든다고 부동산 영상을 10번도 넘게 봤지만, 정작 현장에서는 시원찮은 자세를 고수했다. 그래야 흥정이 편하다는 이유였다. 적당히 기분 좋게 칭찬을 하면서도 '이거는 이렇고 저거는 저래서 결국에는 추가적으로 돈과 품이 들겠다'는 찝찝한 여운을 남겼다.

그리고 박우경은 그걸 정확히 똑같이 했다.

"이쪽이 아드님이시지예."

누가 봐도 그 애가 나한테 치대는 게 남매 같지는 않았기 때문인지, 집 주인은 우리 둘 중 하나만 이 집 자식일 거라는 결론을 내리고는 박우경을 찍었다.

어른들 하는 말에 참견하는 행태만 봐도 이 집 아들처럼 당당해 보였던 모양이었다.

하긴 다른 집을 구경할 때도 저 말을 들었다. 심지어 윤태희가 있으면 날 빼고 그 둘을 형제로 묶었다.

가족끼리 그러면 천벌을 받을 것처럼 박우경이 한 번씩 내 얼굴이며 머리를 만지고 집적거리니 별수 없었다.

"우리 딸래미랑 예비 사윕니다."

"아고, 내는 영판 아들래미랑 며늘애긴 줄 알았드마. 완전히 반대였네. 사우 될 사람 성격이 우째 이래 좋습니까? 사장님 친딸보다 더 자식같이 하네."

"두 분 들으셨어요?"

"그럼 내가 요 서 있는데 그 말이 안 들리겠나. 니 퍼뜩 일로 와가 이거나 함 봐 봐라."

아빠가 박우경에게 손짓했다. 대꾸는 저렇게 해도 뭘 볼 때는 나보다 그 애와 더 빨리 봤다. 다른 집에서도 그랬다. 그 애가 나보다 더 잘 알아먹으니 그러는 것이겠지만.

엄마가 웃으며 말했다.

"아들 같은 사위지요, 뭐."

"사위가 저래하는 거 보이 딸래미 시집보내도 평생 품 안의 딸이긋다. 너무 빨리 보내는 게 쪼매 아까워도. 그지예?"

"별로 안 아깝습니다. 딸래미한테는 우리보다 쟤가 더 잘해 주는데 뭐."

"요 오면 농사는 애들이랑 다 같이 할 끼라예?"

"농사는 무슨……. 저 둘이는 학교 다녀야지요. 올해는 둘 다 휴학한 기고, 내년이믄 서울에 다시 올라갑니다."

둘 다 공부를 잘하는 애라 촌에 붙잡아 놓고 농사시킬 생각은 요만큼도 없다고 자기들과 선을 그은 엄마가 내 손을 잡고 집 앞을 구경했다.

지은 지 6년이 조금 안 된 이층집이었다. 하얀 외벽. 주황색 스페니쉬 기와지붕. 커다란 그릴을 꺼내 놓은 테라스.

늙은 오리나무 아래 주인아저씨가 직접 만든 그늘막과 조금 조악한 그네의자. 작은 정원.

그 앞으로 널따랗게 펼쳐진 포도밭.

부부가 단둘이 귀농해 집을 지은 것치고는 내부가 아주 넓었다. 우리 집보다는 조금 작아도, 쓸모없는 짐을 좀 더 정리하고 오면 엄마의 그 많은 살림을 다 넣을 수도 있을 것 같았다.

우리 집처럼 아들딸 하나씩 낳아 진작 결혼을 시켰다는 주인은, 자기 애들이 어린 손자들을 데리고 종종 놀러 오기 때문에 2층을 넓게 지었다고 했다. 각자 나누어 쓸 수 있게 방도 여러 칸 넣어 두었다고 했다.

엄마는 그 말에 어떤 상상을 하게 된 것처럼 이후로 2층을 몇 번이나 천천히 둘러보았다. 놀이매트 위로 동화책 몇 권, 장난감 상자가 엊그제 쓴 것처럼 널려 있었다.

"이 방은 해경이 한 번씩 내려오면 자라 카믄 되겠다. 그쟈."

"5살 왕자 방 같은데."

"긍까. 해도 잘 들어가 낮잠 자기에도 좋고."

한가운데 자리한 빨간 자동차 침대가 위용 넘치는 방이었다. '어린 남자애들은 이런 걸 좋아하지' 하고 지레짐작한 어른들이 으레 꾸미는 전형적인 미취학 아동의 방.

이 방이 오빠와 어울린다고 한 것을 알면 오빠는 무슨 표정을 지을까.

우리끼리 한 말을 언뜻 듣고 '해경이라는 대여섯 살배기 어린애가 있다'고 착각한 주인아줌마가 우리에게 자동차 침대를 선뜻 주겠다고 했다.

어차피 자기들이 이사 갈 집에는 저런 걸 다 둘 곳도 없다고. 저 침대를 쓰던 큰 손주가 곧 12살이 되는데 동생인 해경이한 테 물려주면 되겠다고. 그 나이 남자애들은 백이면 백 저런 걸 다 좋아한다고.

나는 그 '해경이'가 다 큰 어른 남자라는 것을 말해 주려고 입을 열었다. 여섯 살이 아니라 스물여섯 살이라고. 그러나 엄마가 다급하게 내 옆구리를 찔러서 아무 말도 못 했다. 애들 자동차 모양이든 뭐든, 공짜로 해경이 침대가 하나 생겼지 않냐고.

사진을 한 장 찍어 해경 오빠에게 보내자 곧바로 물음표가 돌아왔다.

? 오후 01:39

오빠야 오후 01:40
이거 오빠야 침대 된다 오후 01:40

미쳤네 오후 01:41
뭔데 이게 오후 01:41
박우경 그 새끼가 한 짓이제 오후 01:42
개새끼 오후 01:42
미친놈이 내 엿 먹일라고 어디서 갑자기 이상한 거 주워 왔네 오후 01:42

엄마가 해경이 자면 딱이라고 집주인한테 방금 구한 건데 오후
01:43

차희야 앞에 한 말은 못 본 걸로 하고 어머니한테 오빠야가 너무
좋아한다고 해라 오후 01:44

알겠제 오후 01:44

오빠야 마음에 안 들어서 어쩌지 우리 엄마 오후 01:45

아니 차희야 이모한테 말하지 말라고…… 오후 01:46

순수한 마음으로 다시 보니까 진짜로 마음에 든다 차희야 오후
01:48

꿈에서 과속 가능 오후 01:48

이모가 구했다고 생각하니까 괜찮은 듯 오후 01:49

차희야 어머니한테 아까 오빠야가 뭐라 칸 거 말 안 했제 오후 01:50

차희야 오후 01:51

오빠야한테 대답 좀 해줘 오후 01:52

근데 벽지는 좀 어떻게 안 되겠나 로봇 좀 심각한데 오후 01:55

"해경이 보여 줏나?"

"응."

"싫다 안 카나?"

"도배만 좀 어케 해 달래. 로봇 벽지는 좀 글타고."

"당연하지. 저래 애들 같은 거 말고 어른스럽게 화이트로 해준다 캐라."

벽지가 어른스러워 봐야 침대가 빨간 스포츠카인데.

그렇게 엄마가 2층의 방을 다 돌며 주인을 정하는 동안, 나는 2층에 딸린 자그마한 거실에 서서 널따란 통창 너머로 겨울날 포도밭을 내려다보았다.

밑에서는 제법 널찍해 보였던 게 2층에서 내려다보니 넓어도 금세 끝이 보였다.

이 집 주인 부부처럼 노후의 취미로 생각하면 큰 땅이지만, 끝도 보이지 않는 사과원을 매일 돌아다녔던 아빠와 엄마에게는 소일거리처럼 느껴질 곳이다.

가느다란 나무의 대가 직선으로 줄을 지어 서 있고, 쇠로 만든 둥그런 아치를 따라 자라난 포도 덩굴 가지가 계절을 따라 앙상했다.

그러나 여름날에는 푸른 지붕이 될 것이다.

"남은 평생은 여기서 살 줄 알았지. 내 죽을 때까지 여기 있겠지 하고 이것저것 참 많이도 해 놨는데……."

"나중 일을 우찌 다 알 낍니까. 우리도 거기서 평생 살 줄 알았지."

"그래. 내 사정이 어데 내 마음대로 됩니까. 내사 다 큰 딸래미 병수발 들고 손주들 대신 키운다고 이래 경기도 왔다 갔다 해 가미 살 줄도 몰랐고."

갑자기 딸 생각에 눈물 짓던 주인아줌마가 문득 정원에 나란히 서 있는 소나무들을 불쑥 가리켰다. '옛날부터 담장 안에 소나무 세 그루를 심으면 집안에 아픈 사람이 없다 카더라' 하면서.

그래서 양반집들이 소나무를 그렇게 심었다는 것이다. 시골에서 듣게 되는 풍수 이야기란 대체로 '옛날에 우리 할아부지가', '느그 증조 할매가', 하면서 시작되는 오래된 카더라에 가까워서 나는 신용하지 않았다.

그러나 엄마는 귀가 좀 얇아서 언제나 새겨들었다. 반대로 하면 기분상 왠지 찝찝하다는 것이다.

아니나 다를까 엄마는 창밖으로 목을 빼고 소나무의 숫자를 헤아리고 있었다. 금전 사기를 친족한테만 당한 게 다행이었다.

주인아줌마의 말은 그랬다. 사실 그 덕을 보았다고 할 수는 없겠지만 자기랑 자기 남편은 칠십이 다 되어 가는 나이에 불편한 곳 하나 없다고. 따지고 보면 그냥 의미나 부여하는 말인 건 알지만, 딸래미 집에나 심어 줄 걸 그랬다 싶다고. 딸이 막상 아프니 그런 작은 것까지 아쉽다고.

"사모님도 우리 딸래미처럼 몸이 안 좋아가 사장님이 크게 짓던 농사 정리하고 오는 거라 안 캤습니까."

결론은 아픈 엄마가 소나무 세 그루 있는 집에 오는 게 의미상 아주 괜찮은 일이라는 것이었다. 이곳에 오면 아픈 곳 없이 건강해질 거라고.

집을 팔겠다고 하는 말이라고는 해도, 기분 좋은 말이었다. 누가 그런 말을 맨 처음에 해서 소나무를 비싸게 팔아먹기 시작했는지는 몰라도.

어차피 무언가에 의미를 부여한다는 건 언제나 그러기를 바라는 기원이나 기도에 가까웠다.

주인아저씨와 아빠를 따라 소나무 아래를 지나던 그 애가 2층 창가에 서 있는 날 발견하고는 씩 웃었다.

사방이 야위고 메마른 겨울인데도 그 애가 서 있는 소나무 그늘 아래만 봄 같았다. 나는 유리에 붙어 손을 작게 흔들어 주었다. 그 애도 내게 손을 크게 흔들었다.

오지 않는 그 애를 뒤돌아봤다가 창가의 나까지 발견한 아빠가 별 꼴값을 다 떤다는 듯 우리 둘을 번갈아 보고는 고개를 절레절레 흔들며 밭으로 가는 게 보였다.

나는 아빠가 가는 길을 따라 이 집의 다른 계절을 상상해 보았다. 푸른 포도밭, 머리 위의 청포도 덩굴, 뒷마당 귀퉁이에서 흐드러지게 피어날 미선나무의 흰 봄꽃들, 여름 물푸레나무의 녹음, 가을날 벚나무의 단풍.

소나무 홀로 외롭게 푸르지 않은 어떤 계절들.

나는 주인아줌마의 딸과 우리 엄마가 더는 아프지 않기를 잠시 빌었다. 밭으로 걸어가는 아빠가 계속 건강하기를 바랐다. 박우경이 늘 저렇게 웃을 수 있기를 바랐다. 내가 내 가족을 더는 힘들게 할 일이 없기를 바랐다.

윤태희는 그냥 지 하던 대로 살면 되겠지. 알아서 살겠지. 그래도 해경 오빠는 부실하니까 환절기마다 한 번씩 살펴야 했다.

봄부터 겨울까지 어느 한 철도 꽃 없는 시절이 없게 마당에

꽃나무를 심어 놓았다는 아줌마는 곧 동백이 필 것이라고 말해
주었다.

시간이 얼마나 빨리 가는지. 철은 얼마나 빨리 변하고 해는
얼마나 빨리 바뀌는지⋯⋯. 어른의 그 한탄 같은 말에 박우경
은 절대로 동의하지 않겠지만, 그렇게 우리의 한 해가 모두 지
나갔다.

우리는 12월이 끝나기 전 새로운 집을 계약했다. 그 집 마당
의 동백꽃이 다 지기 전에 들어가기로.

청라에서 사과 하나가 유명하듯, 포도 하나가 유명한 시골
소도시 백천의 어느 집이었다.

그리고 해가 바뀌었다. 나는 그 애와 결혼했다.

#53. 검은 가죽줄 시계와 프리지아 꽃 두 송이

"……뭔데?"

"내 좆됐다."

"왜. 뭔 일인데?"

"잠이 안 온다."

"……."

복도의 차가운 공기가 잠을 깨웠다. 내 방문 앞에 앉아 있던 박우경은 아예 잠깐도 잠들지 않았던 것처럼 쌩쌩했다. 나는 기가 막혀 시계가 걸린 벽을 잠시 돌아보았다. 새벽 세 시였다.

"박우경 니가 못 잔다고 내까지 굳이 못 자야 할 이유가 있나."

"윤엘사, 말을 좀 고드름같이 하네."

"난 잘만 자고 있었는데 괜히 남의 방 문 앞에서 깔짝거리고."

"존나 참다, 참아……."

요즘 애들은 이래서 안 된다는 노인네처럼 혀를 쯧쯧 찬 박
우경이 날 비스듬히 올려다보았다. 내 침대 머리맡 스탠드 불
빛과 발간 히터 불빛이 전부인 어둑한 밤 한가운데, 그 애의 다
정한 눈이 반짝거렸다.

문득 씩 웃는 입모양은 좀 야비했지만.

"공주 니가 이래 봤자 내랑 오늘 결혼하는 거 알제."

"……내가 차가운 게 아니라 날이 걍 춥다."

다른 땐 몰라도 둘만 있을 때 결혼 이야기가 나오면 왠지 잠
깐 부끄러웠다. 나는 괜히 다른 말을 하면서 박우경 옆에 쭈그
려 앉았다.

그 애가 앉아 있는 바닥을 살짝 짚어 보자 얼음처럼 차가웠다.

"니 발 안 시리나."

"시린가? 잘 모르겠는데."

그 애의 발등을 살짝 짚어 보니 바닥과 다를 바 없었다. 이러
다 동상 걸리는 거 아니야……. 2층이 추우니까 아무리 양말을
신고 있으라고 해도 답답하다고 말을 안 들었다.

나는 내 방 서랍으로 가서 가짜 양털이 복슬복슬 박힌 수면
양말을 갖고 왔다. 신으라고 무릎에 툭 던져 주자 박우경이 천
사 점토라도 받은 초등학생처럼 뭉치째 만지작거렸다.

"신어라. 좀."

"어차피 자다가 벗겨지는데 뭐한다고."

그렇게 말하면서도 차례로 하나씩 신는 손이 얌전했다.

신으면 발등에 귀여운 푸들 얼굴이 나오는 내 하얀 수면 양말은 그 애의 발에 많이 작아서 얼굴이 길게 늘어났다. 분명 아주 귀여운 강아지였는데 고생을 많이 한 것처럼 생김새가 좀 흉측해졌다.

나는 못생긴 강아지를 가만히 보고 있다가 결국 히터를 문가로 끌고 와 박우경을 보게 했다. 그 애가 조금 웃었다.

"내 좀 추우면 어때서."

"……그러게."

"가시나 말만 틱틱거리고 사실은 내 좋아 죽겠제."

그럼 좋으니까 내가 지랑 결혼을 하지.

"그렇다고 막 죽을 지경은 아닌데."

"그럼 싫다고?"

극단적인 양자택일이었다. 나는 박우경이 이렇게 말도 안 되는 소리를 할 때마다 그 애의 입을 때렸다.

어디 더 때려 보라는 듯 박우경이 내 손을 쫓아와 손바닥에 입술을 쪽쪽 맞추었다.

따뜻한 살갗에 귀신처럼 차가운 게 닿으니 소름이 끼쳤다. 진저리 치며 제게서 도망치는 나를 그 애가 악당처럼 낄낄거리며 붙잡아 옆에 앉혔다.

"니도 히터 앞에 있어라. 따뜻하게."

"이불 속이 여기보다 더 따뜻한데 굳이."

2층은 몇 년 전부터 난방이 잘 안 됐다는데, 윤태희나 내가 이 집에서 겨울을 지내지 않은 게 바로 그 몇 년간이었다.

아무도 쓰는 사람이 없다 보니 아빠도 은근슬쩍 고치지 않고 미루었다가 지금에 이르렀다.

청라는 원래 경북에서도 손꼽히게 추운 지역 중 하나였다. 12월이 되기도 전에 냉골처럼 변해 버린 2층 마룻바닥에 소스라치게 놀란 아빠는 곧장 수리를 해 주려고 했다.

하지만 내 생각에는 이제 곧 허물어질 집을 돈 들여 가며 고치기가 좀 그랬다. 차라리 우리가 이사를 가고도 다른 누군가 이 집을 쓴다면 고치겠지만.

2층은 기껏해야 그 애랑 내가 썼다. 아픈 엄마가 쓰는 것도 아니고. 가뜩이나 이사 때문에 돈 들어갈 곳도 많은 시기였다.

와중에 엄마랑 아빠는 내가 결혼한다고 그 애의 서울 집에다 허술한 혼수까지 이것저것 넣어 주고 싶어 했다. 아무리 필요 없다고 해도 자기 딸이 몸만 달랑 들어가는 꼴은 절대로 볼 수 없다면서.

그래서 나는 수리를 거부하고, 그 애와 각자 히터나 한 대씩 침대 앞에 두고서 지난 12월 한 달을 보냈다. 잠들기 전까지는 따뜻한 1층에 있다가, 밤에만 몇 시간 올라와 히터를 쓰면 되니까. 물도 온수기가 있어서 금방 따뜻해졌다.

우리야 어차피 그렇게 한 달만 지내면 나갈 것이라 괜찮았다.

청라의 12월이 춥다면 1월은 보통 지옥이었다. 아빠는 우리가, 정확히는 내가 이 집에서 그 지독한 겨울을 다 보낼 수는 없다는 결론을 내렸다. 박우경이야 몸이 철갑 같으니 괜찮다 쳐도 본인의 하나뿐인 딸은 이 냉골에서 얼마나 불쌍하냐는 것이었다.

그래서 혼인 신고를 하는 김에, 거기에 더해 2층 난방을 고치지 않기로 한 김에 겸사겸사 아빠는 우리 둘에게 퇴거 명령을 내렸다. 1월 2일을 기점으로 이 집에서 나가라고.

그러고는 어영부영 초겨울이 다 가서, 우리는 오늘부로 이 집을 먼저 나가게 되었다.

백천으로 이사를 가는 건 2월 초, 둘 다 등 떠밀리듯 복학하게 된 고로 우리가 서울에 올라가는 건 2월 말쯤 됐다. 따뜻한 그 애의 할머니 집이 지척에 있으니 그때까지 우리 둘이서 겨울을 보낼 곳은 걱정하지 않아도 되었다.

청라에서 남은 날은 1월 한 달 하고도 일주일 남짓.

박우경은 40일도 채 되지 않는 그 집에서의 날들을 몹시 고대하는 중이었다. 이 집에 있으면 벌서듯 수절을 해야 한다고.

아무도 지를 벌세우지 않았는데. 애초에 벌서는 애가 그렇게 눈치를 안 보기도 힘들었다. 아빠가 보든 말든 시도 때도 없이 내 얼굴만 만지작거리는 주제에.

제 말로는 그게 욕구 불만이랬다. 우리 집에서는 만질 수 있는 부위가 별로 없어서.

나는 박우경의 발끝으로 밀려 내려간 푸들의 귀 부분을 앞으로 살짝 잡아당겨 주었다. 그래도 다소 흉측했다.

"답답한데, 양말."

"박우경 니 안 자잖아, 지금. 잘 때 벗더라도 자기 전까진 신고 있어라. 좀."

"새벽에 니랑 이렇게 벗는 얘기 하니까 좀 야한 것 같다."

발끝을 까딱거리며 제 발등 위에서 흉측하게 늘어난 푸들을 이리저리 보던 박우경이 문득 개소리를 당당하게 했다.

"……박우경 니 혼자 자다가 수면 양말 벗어 던지는 게 뭐가?"

"잔다는 말도 야해."

"……."

"잔다. 벗어 던진다……. 이거 아무리 봐도 걍 윤차희가 작정하고 야한 말만 골라 하는 건데?"

"걍 자라. 도라이야. 그 정도면 눈만 감아도 야한 꿈 꾸겠네."

"차희 니가 나올 때만 야한데."

그 순간 눈이 마주쳤다. 내 방 문가에 앉아 문틀에 비스듬히 고개를 기대고 있던 그 애가 내 몸을 제 무릎 위로 끌어 올렸다. 단숨에 목을 파고든 그 애가 내 살갗에 코를 묻고 숨을 들이켰다.

"……이럴 거면 차라리 내 방에 들어오든가."

"안 된다."

"어차피 오늘 하잖아."

결혼…… 말을 채 끝맺기도 전에 그 애가 입술을 삼켰다. 이럴 거면서 내 방 문턱을 넘어가지 않는 게 무슨 소용이라고. 박우경은 사실 날짜가 잡힌 이후로 아무도 시킨 적 없는 수절을 했다.

장소가 우리 집이 아니라도 그랬다. 집에서 엄마가 심부름을 시키지 않으면 내 방 문턱도 함부로 넘지 않았다. 끝까지 하면 벌을 받을 것 같다느니 결혼이 엎어질 것 같다느니 하면서.

저는 혼전 순결을 지켜야 하니 건드리지 말라는 말에는 기도 안 찼다. 어차피 우리 둘 다 순결하지 않았다.

희미하게 새어 나오는 신음을 다 제 입 안으로 삼켜 버린 그 애가 내 코끝을 깨물며 중얼거렸다. 등허리를 쓸어내리던 손이 엉덩이에 닿을 듯 말 듯 아슬아슬한 선을 쓸다 저 혼자 합의를 본 것처럼 상의 안쪽을 파고들었다.

"아 소름 끼쳐."

"말 너무 심하게 하는 거 아이가."

"아니 니 손 너무 차가워서 소름 끼친다고…… 손 떼라."

"니가 데워 줘."

뻔뻔하게 대꾸한 박우경이 내 입가에 쪽쪽거리며 체온을 도둑질했다. 이러면서 내 방 문턱만 넘지 않으면 된다고 믿는 게 웃겼다. 그렇게 올라간 손이 브래지어에 닿을 즈음에야 조용히 욕을 하고 손을 빼는 것까지.

"시간이 너무 안 간다."

그놈의 시간. 나는 박우경의 어깨에 턱을 괴고 어둠이 내려앉은 책상을 바라보다 문득 충동처럼 몸을 일으켰다.

"어디 가노."

"있어 봐."

나는 서랍에서 쇼핑백을 하나 꺼냈다.

"원래는 혼인 신고 끝나고 나서 주려고 했는데."

"……뭔데?"

"자."

박우경이 눈을 가늘게 뜨고 보다 쇼핑백을 홱 빼앗았다. 어차피 저 주는 건데. 나는 그 애가 급하게 선물 포장을 풀어 내는 것을 보면서 하품했다.

나는 잘 만큼 자고도 졸린데 쟤는 도대체 왜 잠이 오지 않는다는 건지 이해가 안 갔다.

"씨발…… 뭔데 이게 씨발……."

"니 결혼 선물."

"존나 비싼 거잖아……."

시계 상자를 열어 본 박우경이 시계를 꺼내며 그 앞에 아예 무릎을 꿇었다.

"아니 그럴 정도는 아닌데. 그거 삼백만 원도 안 했다."

물론 나한테는 꽤 큰돈이기는 했다. 박우경에게는 아니겠지만.

"공주 니가 삼백만 원이 어디서 나서……."

"……니 우나? 그냥 옛날에 학교 다니면서 과외하고 알바하면서 모은 걸로 샀는데."

"씨발 그럼 알바를 몇 시간 한 거야……."

"나중에 취직하고 돈 많이 벌면 롤렉스 사 줄게. 거기서 제일 싼 거."

"……."

"그거보다 비싼 건 니 돈으로 알아서 살라면 사고."

"내 죽을 때 이거랑 같이 묻어 줘."

결혼하는 날 재수 없게 죽는 얘기는.

박우경은 결국 꼬박 밤을 지새웠다. 카메라까지 가져와서 시계 사진을 찍다가, 배경이 이쁜 곳을 고른다고 온 집 안을 돌아다니다가, 손목에 차 봤다가, 거울에 그걸 비춰 봤다가, 검은 가죽 줄이 닳을까 봐 도로 상자에 넣었다가…….

그러다 거실에 잠들어 있던 아빠까지 깨웠다. 가죽 보호제 어딨냐고. 그런 게 우리 집에 있을 리 없었다. 아빠는 버럭 역정을 내고 도로 잠들었다.

"하, 미친 거 아이가. 내 이거 찬 거 왤케 멋있노……."

"진짜 미친 거 아이가…… 다섯 시다."

내가 샀지만 시계가 제법 근사하게 생기기는 했다. 은색 프레임에 검은 가죽 줄, 그리고 까만 시계 판 위에 금색 시계 침. 시계를 돌려 보면 후면에는 밤바다의 배가 금색으로 조각되어 있었다.

박우경은 아까 그 조각을 보고 숨도 못 쉬었다. 나는 그때 잠시 뿌듯했지만 이윽고 졸려서 금세 짜증이 났다. 시간이 하도 안 간대서 시계를 줬더니, 이제는 아예 그걸로 초 단위를 헤아렸다.

"멋있제."

엄마가 시장에서 사다 준 젖소 무늬 수면 잠옷이나 입고 있는 게 손목시계 좀 찼다고 멋있을 리 없었다.

결국 박우경이 제 방처럼 쓰고 있는 윤태희의 방에서 귓등으로 시계 자랑을 들으며 꾸벅꾸벅 졸던 나는 윤태희의 침대에서 잠을 조금 더 잤다. 그 애는 1층에서 엄마가 일어나 돌아다니는 소리를 용케 듣고 엄마한테 시계를 자랑하러 내려갔다.

그래서 조금 늦게 알았다. 일곱 시 알람을 듣고 일어난 내 열 손가락에 반지 열 개가 끼워져 있는 것을.

"……."

나는 수갑을 손목이 아니라 손가락에 찬다면 이렇지 않을까 하는 생각을 하면서, 윤태희 침대에 멀뚱멀뚱 앉아 손가락을 잠시 내려다보았다.

이 중에서 뭐가 진짜 금인지 알아맞혀 보라는 뜻일까?

테스트인가? 열 개 중에 하나만 네 반지고 나머지 아홉 개는 아니다?

"아, 인났나."

그새 정장까지 차려입고 돌아온 모습이 황당했다. 머리는 또 언제 저렇게 손질했지. 그러나 지금 내 손가락만큼 황당할 수는 없었다.

"뭔데 이건."

"나도 혼인 신고 하고 나와서 군청 앞에서 노래 틀고 정식으로 반지 끼워 줄라 캤는데, 아까 공주 니가 갑자기 시계로 뒤통

수치고 내 혼자 빈손으로 결혼하는 놈 만들어서."

"……."

좋다고 차고 있으면서 무슨 뒤통수를 맞았다고. 그러나 뒤통수보다 불길한 단어가 걸렸다.

"……무슨 노래를 튼다고? 바람이 너무 불어서 바로 옆에서 말하는 소리도 안 들릴 텐데……. 박우경 니 나중에 내 밖에서 쪽팔리게 하면 죽는다, 진짜."

"아니 차에서 튼다는 소린데. 분위기도 못 잡나."

"니 차도 아닌데……. 분위기를 왜 남의 차로 잡노."

"차 없는 사람 서러워서 살겠나."

제 차를 반파시킨 게 벌써 몇 달 전이었다. 돈이 없는 것도 아니면서 차를 뽑지 않는 이유야 뻔했다. 차가 없다는 핑계로 이래라저래라 날 끌고 다니려고. 때마침 집에 붙어서 이런저런 뒷정리로 정신이 없는 아빠의 트럭도 마음대로 차출해 타고 다녔다.

"하. 큰아빠만 아니었어도 정식으로 청혼하는 건데."

"어차피 니네 큰아빠 아니었으면 내가 지금 니랑 결혼할 일도 없다이가. 별로 아까워하지 않아도 될 것 같은데."

"그래서 큰아빠 옆에서 가만히 닥치고 있었잖아."

박우경은 그렇게 말하면서 내 손을 어루만졌다. 왼손 엄지에 낀 루비 반지는 제 할머니가 물려준 것이고, 검지에 낀 것은 사실 처음에 호수를 잘못 알아 실패한 것이라고 했다.

그리고 중지에 끼워 놓은 커다란 다이아 반지는 나중에 나이

들어 돈 많은 남편 만난 걸 자랑하고 싶을 때 끼면 된다고 했다. 그땐 살이 좀 쪄서 약지에 딱 맞지 않겠냐고 굳이 덧붙여서 나한테 한 대 얻어맞고는.

"……어쩐지 졸부 같드라."

"그리고 이건 차희 니가 좋아할 것 같아서."

문득 말 한마디에 메마른 긴장이 묻어 있었다. 왼손 약지 끝에 그 애의 손이 닿았다.

나는 아주 작은 다이아 옆으로 전나무 잎사귀 모양이 섬세하게 음각된 웨딩 밴드의 표면을 쓸었다. 그 애는 모른 척 새끼손가락으로 넘어갔다. 그렇게 반지 열 개의 유래를 다 들었다.

사실은 자리가 정답이었다.

반지 뒷면에 새겨진 침엽수 가지의 모양을 쓸자, 앙상한 포도밭 앞 소나무 그늘 아래 서서 날 눈부시게 바라보던 그 애가 생각났다.

"나랑 결혼하자, 차희야."

이제 와서? 나는 그 말에 반지를 하나씩 도로 빼내어 이불 위에 놓았다. 그리고 박우경의 표정이 죄다 일그러지기 전에, 오른손 검지에 끼워진 그 애 할머니의 옛날 사파이어 반지 하나와 왼손 약지에 끼워진 전나무 문양의 결혼반지 하나만 남겼다.

박우경에게 손을 내밀자, 박우경은 당연하다는 듯 제 양복 주머니에서 케이스도 없는 제 결혼반지를 꺼내 주었다. 내 것과 똑같이 전나무 잎사귀가 새겨진 남자 반지였다.

나는 세수도 못 하고 복슬복슬한 잠옷이나 입고 있는데 벌써부터 저 혼자 잘 차려입은 게 좀 밉상이었지만, 그래도 좋은 순간이니까 원망하지 않기로 했다. 내 얼굴이 내 눈에 보이는 것도 아니니까.

이윽고 그 애의 약지에 천천히 반지를 끼워 주자 그대로 온 얼굴에 키스가 쏟아졌다.

우리가 이 방에서 뽀뽀한 걸 윤태희가 알면 질색할 텐데.

오랜만에 머리를 좀 신경 썼다. 사진을 몇 장 찍을 것이니 화장도 오 분 정도 공들여 했다. 박우경이 늦었다고 닦달이라 그 이상은 신경 쓸 수도 없었다.

오늘 입으려고 몇 주 전 인터넷으로 시켜 놓았던 상아색 머메이드 원피스는 그럭저럭 나랑 잘 어울렸다. 그렇게 옷을 갈아입고 1층으로 내려가자마자 엄마가 갑자기 왈칵 울음을 터트릴 정도로.

엄마는 내가 웨딩드레스를 입고 내려오는 줄 알았다고 했다. 그렇게 오인한 건 엄마뿐만이 아니었다. 아빠는 내 꼴을 보고 숙연해졌고, 차희가 어디 팔려 가는 게 아니라고 엄마를 달래던 박우경은 엄마를 등지기 무섭게 표정을 바꿔 웨딩드레스냐고 웃었다.

내 결혼 전 마지막 식사라고 늘 틀어 놓던 TV도 틀지 않아

유달리 진지하고 삭막한 아침이었다. 엄마가 어제저녁부터 미리 준비한 상차림은 평소보다 몇 배는 성대했지만 정작 웃는 사람이 없었다.

우리 집 창문을 연신 매섭게 때리는 바람 소리가 을씨년스러웠다. 역시 결혼하기에 좋은 날짜는 아니다. 그 애는 막상 당일이 되자 생각보다 침통해하는 엄마 아빠의 모습에 조용히 눈칫밥을 먹었다.

"날이 너무 추운데. 꼭 이래 추운 날에 결혼해야 하나……."

엄마가 조용히 중얼거렸다. 그 애가 장조림을 입에 물다 말고 멈칫했다. 아빠가 마지못한 듯 대꾸했다.

"됐다, 마. 애당초 약속이 된 긴데."

"그래도 너무 날이 안 좋다 아인교……. 우경아."

"……예?"

요즘 들어 아주 드물게 공손한 응답이었다. 엄마는 그 애의 얼굴을 바라보다 한숨을 푹 쉬고는 '아이다' 하는 말로 다소 찝찝한 여운을 남겼다.

그리고 아빠는 식사가 끝나자 인터넷에서 미리 검색해 놓은 결혼 관련 덕담을 식탁 밑 휴대폰으로 컨닝해 가며 몇 마디 어색하게 읊고는, 좀 침울한 표정이 됐다. 그 순간 귀신 우는 소리처럼 기괴한 바람이 불었다.

"……야, 진짜 빨리 가자. 누구 하나 무르기 전에."

그 애가 쫓기듯 초조하게 속삭였다. 그래도 할 건 해야지, 하고 아빠가 자리에서 일어선 건 그때였다.

아빠는 며칠 전 박우경에게 그 애의 카메라 쓰는 법을 배웠다. 여유 있게 살 적에는 카메라를 좋아했던 사람이라 금방 이것저것 조절할 수 있게 됐다.

거실 소파에 우리를 나란히 앉히고 그 애의 카메라로 진지하게 사진을 몇 장 찍은 아빠는 마당과 멀찍이 사과원이 보이는 거실 창가에서도 우리를 찍었다. 2층 복도에서도, 내가 자란 방에서도.

그리고 엄마와 나를, 그 애와 엄마를 한 번씩 같이 찍었다.

지독한 친탁인 나는 고모를 아주 많이 닮았지만, 웃고 찡그리는 표정만큼은 꼭 엄마를 닮았다. 뷰파인더로 사진을 확인하던 그 애가 그 사실을 말해 주어 알았다. 엄마는 부정했지만 이내 기분 좋아했다.

아빠와 내가 어색하게 손을 잡고 있는 모습은 그 애가 찍었다. 사진을 다 찍고 손을 놓기 전에, 아빠는 내 손등을 두어 번 더 어루만지고 놓아주었다. 잘 살아라, 우리 공주. 그렇게 작게 중얼거리고.

마지막 사진은 거실에 삼각대를 두고 소파에 넷이 앉아 찍었다. 아빠, 나, 그 애, 엄마. 아마 저녁에 윤태희가 오면 한 번 더 찍을 테지만, 그 애에게는 우리 가족과 찍은 첫 가족사진이었다.

나는 그 애가 얼마간 뷰파인더에서 눈을 떼지 못하는 것을 보았다.

"엄마, 아버지. 갔다 올게요."

아직 신고도 하지 않았으면서 그 애가 집을 나서며 무심코 그렇게 인사했다. 엄마랑 아빠는 문제를 전혀 모르는 사람들처럼 고개를 끄덕였다.

"춥다. 얼른 갔다 온나."

우리는 멋 좀 부리다 얼어 죽고 싶은 사람들처럼 패딩 대신 코트를 입고 나왔다. 그 애가 군청 민원 봉사실 앞에서 기어코 기념사진을 찍겠다고 우긴 까닭이었다.

"이제 내리자."

"지금 몇 신데."

핸드폰이나 잠깐 들어 보면 될 일이었지만 그래도 굳이 물었다. 시간이 궁금할 때에는 꼭 저한테 물어보라고 박우경이 거듭 강요했기 때문이었다.

그 애는 세상에 시계 가진 사람이 자기 하나뿐인 것처럼 손목을 들었다.

"8시 40분. 이제 내리면 시간 딱 맞다."

"뭐가 딱인데. 싫다. 춥잖아."

1월의 청라는 결코 코트를 입고 돌아다닐 곳이 못 됐다. 군청으로 오는 도중에 운전이 느려 터졌다고 내차 조수석으로 쫓겨났던 나는, 진작 뒤로 젖혀 놓고 졸던 조수석에서 몸을 뭉그적거리며 하얀 코트 안으로 파고들었다.

내 돈으로 절대 살 리 없는 이 비실용적인 색의 캐시미어 코트는 박우경이 오늘을 위해 사 준 것이었다. 마치 웨딩드레스 대신이라는 양.

그 애가 입고 있는 연한 회색 코트라고 눈에 띄지 않을 리 없었다. 우리는 청라에서 미친 사람들처럼 보였다.

그런데 8시 40분부터 출입구 앞에 서 있기까지 하자고.

"가자."

"몇 시 몇 분인데."

"8시 46분."

결국 재촉이 지겨워 내렸다.

지나가는 군청 공무원들이 우리를 이따금 흘끗거렸다. 우리는 아침 댓바람부터 지나치게 잘 차려입은 행색으로 카메라와 삼각대를 들고, 군청 민원 봉사실 앞에서 대기 중이었다. 그게 희한해 보이는 건 어쩔 수 없는 모양이었다.

남들이 그러든 말든 박우경은 9시 정각이 되기 무섭게 번호표를 뽑고 미리 작성한 혼인 신고서를 제출했다.

"다 됐습니다. 문자 알림 가는 데 일주일 정도 걸리세요."

공무원의 피로한 음성이 우리의 결혼을 알렸다. 문득 청라에 내려왔던 봄이 생각났다. 어느 창구 앞에서 그 애와 내가 완전한 타인으로 서서 재회했던 날. 울퉁불퉁한 보도블록 사이마다 바퀴를 빠트리며 굴러가던 내 캐리어. 내 짐을 제 차에 제멋대로 싣던 손.

우리의 미움. 원망.

그럼에도 불구하고.

"이번에는 눈 감지 말고."

진주의 수목원에서, 사천의 노을 지는 바다 앞에서, 남해 바다의 어느 숲속에서, 삼각대 위의 카메라를 매만지던 그 애가 내게로 돌아오는 짧은 길이 꿈처럼 보였다.

박우경이 내게로 걸어왔다. 우리는 다시 나란히 섰다.

"하나, 둘, 셋."

찰칵. 하늘색 민원 봉사실 간판 아래에서, 나는 그 애의 어깨에 기대어 웃었다.

오전에는 할머니가 가장 좋아하는 코트를 챙겨 할머니의 병원에 갔다. 그 애가 가장 자주 보았다는 브로치도 달았다.

하얗게 샌 머리를 예쁘게 빗어 그 위에 모자를 씌우자, 예쁜 옷을 좋아하는 어린애처럼 할머니가 얌전히 거울을 봤다.

오래된 기억을 더듬어 할머니가 곧잘 바르던 색과 비슷한 고상한 색의 립스틱도 사 왔다. 나는 할머니의 얼굴에 옅게 화장을 올리고, 연신 산만하게 달싹거리는 입가를 부드럽게 붙잡아 립스틱을 발라 주었다.

그러자 아주 단정하고 고상하게 보였다. 그리고 이렇게 오랫동안 아프지 않았던 사람 같았다.

그 모습이 마음에 드는 것처럼 거울 속 자기 얼굴을 더듬던 할머니가 내 손을 잡고 헤실거렸다.

"우리 할매 오늘 왜케 얌전하노."

"니가 아니라 내가 해서."

박우경이 불만스레 제 할머니 손을 툭 찔렀다가 한 대 맞았다. 나는 무심코 중얼거렸다.

"가만 보니까 박우경 니는 욕하고 싶게 생긴 게 아니라 때리고 싶게 생겼나 보다……."

"엘사 니는 결혼한 날에도 악플이네. 대단하다."

"그냥 한 말 가지고 뭘."

"칭찬한 거 아니니까 사양하지 마라."

우리는 할머니를 사이에 두고 병실 침대에 나란히 앉았다. 고모가 얼마 전 화병에 꽂아 둔 노란 프리지아 꽃 한 송이를 장난감처럼 갖고 놀던 할머니가 문득 나한테 건넸다.

"저 주시는 거예요?"

고개를 끄덕이지도, 절레절레 젓지도 않고서 꽃을 든 나를 빤히 보던 할머니가 화병으로 다시 손을 뻗었다. 박우경이 알아서 한 송이를 더 가져왔다. 할머니는 그것을 홱 빼앗더니 또 나한테 줬다.

"할매, 나는."

"……."

"내 꽃은 안 주나."

그리고 박우경에게는 대답도 안 했다.

"가라고 안 하는 게 어딘데. 사진이나 찍어라."

"아니 사람을 이래 차별해도 되나."

박우경이 투덜거리며 카메라 리모컨을 눌렀다. 하나, 둘, 셋. 그렇게 손자가 숫자를 세는 소리에 조금 놀란 표정을 지었던 할머니가 박우경을 흘끗 보았다. 그것을 모르는 박우경이 또다시 하나, 둘, 셋, 하고 숫자를 셌다. 할머니가 천천히 고개를 돌렸다.

그러다 문득, 삼각대 위의 카메라를 정확히 응시하고 웃는 모습이 보였다. 마치 아주 맑은 정신으로 그렇게 한 것처럼.

몇 번이나 할머니가 웃는 사진이 찍혔다. 멍하니 그 광경을 바라보던 내가 할머니처럼 웃을 때까지.

그 애는 사진을 다 찍고 난 후에야 할머니가 얼마간 옛날처럼 웃었다는 사실을 알게 되었다. 그건 분명 '사진을 찍는다'는 걸 이해하는 얼굴이었다.

어떤 덧없는 기대를 품고 그 애의 질문이 이어졌다. 당연하게도 모두 허사였다. 그 애는 실망이 익숙하다는 듯 굳이 곱씹지 않고 그저 사진을 다시 한번 둘러보았다. 나는 할머니가 내게 준 꽃 두 송이를 화병에 돌려놓기 위해 협탁으로 갔다.

휴지 갑 아래 무언가 이질적인 게 눈에 띄었다. 나는 반질거리는 코팅지의 투명한 끄트머리를 잡고 빼냈다. 할머니의 병실 협탁에 언제나 놓여 있는 노트패드에서 반절로 잘려 나온 종이였다.

뒤집힌 종이 아래 줄과 글씨가 희미하게 비쳤다. 어딘지 모르게 눈에 익었다. 나는 그것을 도로 뒤집었다.

차희도 왔다 감

할머니의 귀엽고 사랑스러운 애기 우경이 왔다 감

박우경이 지를 멋있게 쓰라고 함

그 위에 있던 고모의 메모는 깨끗하게 잘려 나가고 없었다. 장난처럼 남겨 놓은 우리의 흔적을 내려간 시선이 가장 마지막 줄에 다다랐다.

저 우경이랑 결혼할 거예요. 할머니.

그 밑에 그어진 삐뚤빼뚤한 선들은 언뜻 글씨 같지 않은 낙서였다.

그러나 나는 여기저기 아무렇게나 기울어진 선과 점을, 일그러지고 끊어진 원을, 먼 곳의 자음과 모음을 손끝으로 천천히 이어 보았다. 몇 번을 그렇게 그어 보았다. 땅에 물이 스미듯 머리로 말이 스몄다.

잘 살아라. 사랑한다.

할머니가 최선을 다해 쓴 글씨였다. 잘 살아라. 사랑한다. 그 여덟 글자. 사랑이 거짓말처럼 그 애에게 돌아왔다. 나는 이 지를 잃고 의식 어딘가를 조용히 떠도는 할머니의 눈을 바라보았다.

할머니가, 우리의 결혼을 아주 잠깐은 아셨다. 그 애를 아셨다.

어딘가 아주 깊은 곳에서, 자신이 그 애를 언제나 사랑하고 있다는 걸 아셨다.

나는 큰 고모가 이것을 선물처럼 두고 간 것을 알았다.

손으로 정성껏 눌러 코팅한 종이는 기계로 코팅한 것처럼 뻣뻣하고 단단하지는 않았다. 그럼에도 할머니의 어떤 말을 영원히 지켜 줄 것처럼 느껴졌다.

멍하니 눈물을 떨어트리던 박우경이 이윽고 어린애처럼 웃으며 할머니의 얼굴을 붙잡고 두 뺨에 입을 맞추었다.

저도 사랑한다고.

"놔라! 이 미친갱이야!"

할머니가 질색하며 그 애의 품에서 도망쳤다. 사나운 욕설이 쏟아졌다. 박우경이 웃었다.

나는 할머니가 주었던 프리지아 두 송이를 화병에서 도로 꺼내어 챙겼다. 아무래도 결혼 선물인 것 같아서.

"아 시계 기스 나요, 형…… 조심해서 만져요."

"존나 드럽고 치사해서 어데 만지겠나. 자."

시계를 이리저리 둘러보던 윤태희가 이내 성가신 듯 그 애 앞으로 시계를 밀었다. 아무렇게나 던진 것도 아니고 그냥 테이블 위에 툭 두었을 뿐인데 깨지면 어쩔 거냐고 기겁한 박우경이 두 손으로 소중하게 시계를 들었다.

나는 너무 창피해서 그 애 옆에서 살짝 거리를 두었다. 애초에 우리 때문에 모인 자리라 동행이 아닌 척도 할 수 없었다.

윤태희 옆에서 오리고기를 우물거리던 해경 오빠가 어이없는 표정으로 말했다.

"그거 비싼 거라매. 뭘 깨져."

"마, 300만 원이 아니라 3만 원짜리도 그렇게 둔다고 안 깨지겠다."

"형이 뭘 알아요. 우리 공주가 내 이거 사 준다고 툭 치면 부러질 것 같은 저 팔뚝으로 얼마나 개고생을……."

"그만 좀 해라."

나는 젓가락으로 박우경의 입을 톡 쳤다. 다이얼 뒤에 오리 기름이 묻으면 어쩔 거냐고 휴지로 닦는 손이 분주했다. 깨질라, 오리 기름 묻을라…….

"예쁘죠."

"어. 시계는 예쁘네."

너는 안 이쁘다는 말이었지만 박우경은 좋아했다. 그렇게 애지중지 다 닦고 손목에 다시 차려는 찰나, 내 옆에 앉아 있던 그 애의 큰아빠가 손을 불쑥 뻗었다.

"마, 베토벤이. 큰아빠도 니 결혼 예물 함 보자."

"아 왜 또. 왜 자꾸 사방에서 뺏어 가노."

"시계 좋은 거네."

자기 손목에는 중형차 한 대보다 비싼 걸 찬 아저씨가 조카의 시계를 이리저리 둘러보며 순수하게 감탄했다.

"300만 원이나 하는 이래 비싼 거를…… 그냥 박우갱이 니 같은 놈한테 사 줏다 이거제."

"말이 좀 이상한데?"

"서울에서 장학금 받고 학교 다닐라고 그래 공부하면서, 그 와중에 온갖 알바까지 다 해가 어렵게 모은 돈을…… 악성 니 한테."

"말에 자꾸 이상한 여운을 남기는데."

"버는 건 한 세월이어도 쓰는 건 이래 쉽다. 그쟈. 차희야."

"아니 뭘 자꾸 이상한 데 돈 날려 먹은 것처럼 말하는데요? 얘가 헛돈이라도 쓴 것처럼."

"야가 박우갱이 니 같은 나일론도 아이고 그래 성적 신경 쓰면서 학교 다니는 아가 300만 원을 얼마나 힘들게 모았겠노? 알바 해가 지 생활비 버는 것도 힘든데."

대학생 딸이 한 푼 두 푼 모아 웬 이상한 남자에게 헛돈을 쓴 것처럼 박강주가 날 애잔하게 보았다.

나는 조용히 그 애의 큰아버지에게 해명했다. 사실은 300만 원짜리가 아니라 260만 원짜리라고.

그리고 모아 놓은 돈은 저것보다 더 많지만 박우경한테 다 써 버리기에는 조금 아까워서 아껴 썼다고. 300만 원도 안 한다고 했는데, 어느 순간 쟤 입에서 300만 원짜리가 되어 있었다고. 반올림은 박우경이 한 거지 내가 거짓말을 한 건 아니라고……

내 해명을 다 들은 박강주는 그래도 아주 큰 돈이라고 했다.

"이 시계에 차희 니 시간이 얼마나 많이 들어갔노. 이거보다 비싼 선물은 없지."

우리가 결혼했던 날 밤, 박우경도 그랬다. 사실은 시계가 아니라 네가 고생한 시간을 내게 줘서 고맙다고.

그런 건 제 큰아버지를 닮았을까.

조카의 시계를 내려다보는 박강주의 눈이 장난기 없이 부드러웠다.

"점마는 누가 3억을 준다 해도 이거랑 안 바꿀 끼다."

"당연한 거 아니에요? 돈으로 바꾸자고 하는 게 모욕이다. 누가 억을 줘도 절대로 안 바꿀게, 공주야."

"그럴 사람도 없겠지만 누가 억을 준다고 하면 걍 바꿔 온나. 반씩 나누게. 난 그런 걸로 기분 상하는 사람 아니니까."

"그럼 내 시계는?"

"내가 그 돈으로 더 좋은 거 사 주면 되지."

"이 시계보다 더 좋은 시계는 있을 수가 없는데?"

박우경은 결국 못 참고 제 큰아버지에게 시계를 내놓으라고 닦달하며 손을 뻗었다. 저러니 자랑을 할 때마다 드럽고 치사하다는 소리를 못 면했다. 아까 고모들한테도 조심해서 보라고 하다가 무섭다고 한 소리씩 들었다.

그렇게 들뜬 제 아들을 아주 낯설게 바라보던 박동주가 문득 생각났다.

오늘은 며칠 전 우리가 결혼한 것을 기념하는 주말 저녁 식사였다. 혼인 신고를 했던 당일 저녁에 이미 그 애의 아버지와 윤태희가 잠깐 우리 집으로 와서 단출하게 식사를 같이 했지만, 그 애의 큰아버지가 대놓고 서운해한 까닭에 자리가 다시 생겼다.

사실 그날 온다고 해 놓고 못 왔던 건 본인인데.

그러잖아도 주말에 오기로 했던 해경 오빠가 예정대로 내려오자, 그 애의 큰아버지 부부도 청라로 왔다. 둘째 고모 집이 여기서 그리 멀지 않으니 큰 고모와 둘째 고모도 왔다. 박강주가 아무렇지도 않게 '혜영이랑 진영이도 불러라' 해서.

그 말에 고모들은 또 선선히 왔다. 내가 결혼하는데 좋은 게 좋은 거라는 듯이.

자기가 오빠라도 되는 것처럼 박동주의 맞은편 대각선에 앉은 큰 고모를 얼마간 걱정스럽게 살피던 아빠는 의외로 금세 걱정을 거뒀다. 바로 엊그제 본 동네 동생들인 양 박강주가 자연스레 고모들을 대하는 데다, 큰 고모가 아주 편안해 보였던 탓이다.

그렇게 언뜻 시선을 흘리면 불편해 보이는 사람은 아무도 없었다. 가끔 고장 난 것처럼 넋을 놓는 그 애의 아버지 빼고는.

고고한 사모님처럼 생긴 인상과 달리 수다스러운 그 애의 큰어머니는 우리 집 여자들 정신을 쏙 빼놓았다. 덕분에 어른들이 있는 자리에서는 한시도 말이 비지 않았다. 동네에서 두 집안을 두고 '서로 얼굴도 못 볼 사이가 됐다'고 떠드는 것과 달리.

박동주는 그 화기애애한 틈바구니 속에서 아빠와 가끔 백천의 새집 이야기나 청포도 이야기를 하다가 술을 조금 마셨다. 기분을 짐작할 수는 없었다. 그래도 굳이 따지자면 전반적으로는 좋은 쪽에 가까울 것이다.

　나와 눈이 마주칠 때마다 조용히 웃는 박동주의 얼굴이 예전보다 다정해 보였다. 그러기 위해 특별히 노력한 기색은 아니었다. 그저 해경 오빠가 으레 눈을 마주치면 그렇게 웃듯이 웃었다. 오빠의 다정한 얼굴이 사실은 저 얼굴을 닮은 것이었을까.

　원래는 저렇게 웃던 사람이었을까.

　가끔씩 그 눈이 내 머리 너머의 박우경을 부드럽게 살피기도 했다. 그 애는 잘 알지 못하는 아버지의 얼굴로.

　사람의 얼굴은 참 신기했다. 그러다 그 눈이 고모의 얼굴을 잠시 스칠 때면, 수완도 수단도 모르는 어수룩한 젊은 남자의 얼굴이 불쑥 튀어나왔다. 여유롭고 윤택한 인상도 문득 경색됐다. 여태 할머니 병원에서 두어 번은 더 마주쳤을 텐데도 저랬다.

　지나간 일을 아는 이는 아무도 없는 것처럼 화기애애한 자리. 고모는 박강주와 박동주가 특별히 다를 게 없는 것처럼 똑같이 둘을 본다. 빗속에서 박동주를 발견하고 굳어 버렸던 건 마치 다른 사람이라는 듯이.

　고모의 마음은 어디까지 흘러갔을까.

　옛날에는 친근했던 사람. 한때는 같이 자랐던 사람. 하지만 나는 고모가 그저 박동주보다 조금 더 능숙하고, 사리 판단을 잘할 뿐이라는 것을 알았다. 아마도 어릴 때부터 그랬을 것이다.

고모는 아주 오래된 약속을 기억하고 있었다. 그냥 악수 한 번 하고, 나쁜 건 잊고, 그렇게 화해하자던.

그 오랜 시간이 단지 한 번의 싸움이었던 것처럼.

오빠들에게 박우경을 던져 놓고 잠깐 심부름을 하러 룸에서 나온 나는 홀에 없는 주인아줌마를 찾다가, 유리창 너머로 바깥의 박동주를 발견했다.

"안 들어오세요?"

"아."

하얀 야외 테이블에 앉아 밤하늘을 보고 담배를 피우던 박동주가 건물에서 나오는 날 발견하고는 '잠시만' 하고 손을 들었다. 그리고 근처에 있던 재떨이를 찾아 담배를 비벼 껐다.

"왜 나왔노, 추운데."

"담배 피우시는지 몰랐네요."

"그냥, 가끔."

"급한 전화는 다 받으셨어요?"

박동주는 대답 대신 빙그레 웃었다. 별로 급한 전화가 아니었나 보다. 그러다 문득 무언가 떠오른 것처럼 잠시 내게 기다리라 하고는, 지척에 세워 둔 자신의 차로 향했다.

어둑한 주차장 자갈을 밟고 가는 소리가 바람 없는 겨울 공기를 청량하게 울렸다. 돌아오는 박동주의 팔에는 자그마한 쇼핑백 하나와 차에 늘 두고 다니는 것 같은 여분의 코트가 들려 있었다.

그러고 보니 청라에서 이 한겨울에 코트를 입고 다니는 정신 나간 사람이 여기 있었다. 우리는 그래도 결혼한다고 멋 부린 것이거나 했는데.

"이거 입어라. 춥다."

그냥 얼른 들어가라고 하면 간단할 텐데. 박동주는 나오고 싶어서 나왔으면 여기 옷이나 더 걸치라는 식이었다. 나는 사양하지 않고 코트를 받았다. 테이블 위에 쇼핑백을 내려놓은 박동주가 조용히 말을 건넸다.

"차희 니한테 줄 게 하나 있는데."

"저요?"

그러고 보니 쇼핑백이 눈에 익었다. 나는 테이블 가까이로 가서 익숙한 포장을 뜯었다.

내가 그 애에게 사 주었던 손목시계와 똑같은 시계였다. 완전히 똑같은 것은 아니었지만.

"며칠 전에 우경이 거 보고 나서 백화점에 함 가 봤는데, 똑같은 게 여자 것도 있더라고."

나도 이 시계를 알았다. 그 애와 똑같은 것을 사고 싶었으니까.

"우경이한테도 잘 어울리는데, 니한테도 잘 어울릴 것 같더라."

나는 시계를 천천히 뒤집어 보았다. 시계판 후면에 밤바다와 배가 있던 그 애의 것과 달리, 여성용 시계 뒤에는 파도와 별이 조각되어 있었다. 꼭 둘을 합치면 하나가 될 것처럼.

"……마음에 드나?"

"마음에 들어요."

웃음이 숨겨지지 않았다. 내가 웃는 얼굴을 물끄러미 보던 박동주의 얼굴이 느리게 밝아지는 불처럼 조금씩 환해졌다.

"결혼 기념이라고 더 비싼 거 사 줘도 되겠지만, 느그 나이 때는 그 정도가 어울린다."

"저한테는 이것도 비싸요."

"돈 많이 모았다매."

박강주와 한 말을 들은 모양이었다. 나는 조금 웃었다. 그리고 내 손을 다 덮은 박동주의 긴 코트 소매를 걷어 시계를 곧바로 찼다.

손이 차가워 시계를 잘 잠그지 못하자 박동주가 살갗끼리 닿지 않게 조심스레 손을 뻗어 채워 주었다.

"됐다. 이제 들어가 봐라."

"아저씨."

호칭을 고쳐야 하는 건 알지만 아직 어색했다. 박동주도 바라지 않는다는 듯 고개를 끄덕였다.

"우리 고모요."

"……왜?"

"아직 살아 있어요."

"뭐?"

"과거도 명분도 이유도 다 죽은 거고, 살아있는 건 사람뿐이라면서요."

"……."

"그런 의미에서는 아저씨도 아직 살아계시네요."

박동주에게 갑자기 200만 원짜리 시계를 받았기 때문에 하는 말은 결코 아니었다. 조금은 그럴 수도 있지만.

그냥, 그때 박동주가 한 말이 나를 한 번 놓아주었으니까. 그 애를 붙잡을 용기를 주었으니까.

"죽기 전에는 다 안 지나가요. 몇십 년이 지나 버렸어도, 앞으로 또 몇십 년이 있을지 모르니까."

백 세 시대에 어떻게 될지 모를 일이라고 진지하게 덧붙이는데, 박동주가 돌연 웃음을 터트렸다.

"설마 느그 고모랑 만나 보기라도 하라고?"

"다 큰 어른인데 알아서 하셔야죠……."

황당했다. 박동주의 웃음이 도무지 멋지 않았다. 아주 오랫동안 본 어른인데도, 남의 말에 저렇게까지 웃는 얼굴은 처음 보는 것 같았다.

하필 내 말을 듣고 저러는 걸 좋아해야 할까? 비웃는 것도 아니고……. 나는 묘하게 기분이 조금 나빠서 눈만 깜빡거리고 있다가 툭 내뱉었다.

"어차피 고모가 안 만나 줄 수도 있고."

"바라지도 않는다."

"왜요?"

"내가, 혜영이보다 너무 잘 살았더라고."

내가 그 애보다 못 살았으면 좋았을 텐데. 사는 게 힘들었으면 좋았을 텐데. 어둠 속 말간 낮이 하늘을 바라보았다.

그랬으면 가끔은 얼굴을 보자고 했을 거라고.

어쩌다 우연인 척 마주치면 커피 한 잔은 마실 수 있었을 거라고. 옛날처럼 네가 좋아하는 책을 물었을 거라고.

고모가 박동주를 그냥 내버려 두라고 한 이유를 알 것 같았다. 이 사람은 고모한테 정말로 기가 잘 죽는 데다, 고모에게만 느렸다. 애초에 생각이 너무 많아 그런 것이긴 했다. 나는 이런 성격이 좀 맞지 않다고 느꼈다.

박우경은 내가 생각만 많은 애였을 때 어떻게 참았을까.

"알아서 하실 일이긴 한데…… 그냥, 조금 길게 보시라고요. 백 살쯤 먹고 '아 그때' 하고 후회하면 그 일은 진짜 망한 거지만."

"……"

"고모는 아저씨 생각처럼 너무 불행하게 산 사람이라서, 너무 쉽게 행복해질 수도 있는 사람이에요. 둘째 고모랑 집에서 TV만 봐도 행복하대요. 아파트 벤치에 앉아서 지나가는 애들이랑 강아지만 봐도 좋대요. 참는 일이 아무것도 없다고 했어요. 사는 게 너무 지겨워서 시계만 들여다볼 일도 이제 없대요."

"……"

"아침에 자기 손으로 대문만 열고 나가도 행복하대요. 그게 아무리 시답잖은 일 때문이라도."

"차희야."

"그럼 아저씨랑 어쩌다 커피 한 잔 하러 가는 길도 행복하겠죠. 별일 없어도. 아저씨가 시답잖아도."

"……."

"인생을 망치겠다는 것도 아니고, 그냥 커피 한 잔인데."

그래도 할머니의 아픈 손가락이니까.

#마지막. 청라, 봄의 그늘에서

"행님, 내 3월 되기 전까지 함 더 생각해 보고 연락드릴게 예."

"3월 다 되믄 늦다. 알제."

"설마 들어오자마자 밀겠습니꺼. 땅이 몇 평인데……."

"멸실 공사도 해야 되는데 급하겠지. 당장 올 여름부터 장사를 한다 카이까."

"그카믄 내 집사람이랑 함 얘기해 보고."

"그래."

오늘도 나무들이 사과원을 떠났다.

수령이 어린 것부터 젊은 나무들까지 몇 주씩, 매일 사과나무를 사 가는 사람들이 왔다. 새로운 주인은 과원을 다 갈아엎을 요량이니 그나마 누군가 사 가면 그 나무는 살 수 있었다.

엄마가 사과를 부지런히 팔듯이, 아빠도 다른 과수원 사람들에게 사과나무를 부지런히 팔았다. 남에게 무얼 파는 일이 아무리 싫어도 나무가 다 죽는 것보다는 나아서. 헐값에라도.

사과는 나무가 너무 어려도, 너무 늙어도 제대로 된 과실이 열리지 않았다. 그런 나무는 기껏 열매를 맺게 해도 값어치가 떨어졌다. 그나마 어린 나무에게는 시간이 필요할 뿐이지만, 나이 든 나무에게는 다른 무엇을 기대하기가 어려운 법이었다.

구식 재배로 과원 한쪽에 남아 있던 늙은 나무들에게는 그렇게 마지막 해가 됐다. 아직 젊은 나무들도 꽤 많이 남겨졌다.

아빠는 나무들이 떠나고 듬성듬성 빈 땅을 보는 게 슬픈 일인지, 남아 있기에 결국은 죽게 될 나무들을 보는 게 슬픈 일인지 알 수 없다고 했다. 나도 가끔은 그것이 헷갈렸다.

어릴 땐 이 모든 사과나무들이 내 삶의 배경이었다. 언젠가는 울타리였다가, 집이었다가, 단지 내 부모의 생업이었다가…….

그러다 딱 한 해를 내 손으로 가꾸었을 뿐이었다. 그저 어쩔 수 없이. 매일 새벽 나가서 병든 곳을 살피고 꽃을 솎았다. 흙을 보고 물을 주었다. 나무 아래 풀을 뽑고 약을 치며 가지 사이로 하늘을 봤다. 좋은 날씨를 고대했다.

그 모든 것이 조금씩 사라졌다. 한순간 공을 들였던 것들. 몹시 신경 썼던 것들. 그래서 저절로 소중하게 생각하게 되었던 어떤 것들.

발간 열매와 푸른 잎사귀들.

여름부터 사과원에 한 번씩 보이던 하얀 들개가 보이지 않았다. 장마철 사과나무 아래 나타났던 고양이도. 우리가 이사가면 밥을 줄 수 없으니, 밥을 더 잘 주는 다른 집을 찾은 것이면 좋겠다. 잘못된 것이 아니라.

그 애는 백천으로 사과나무를 몇 그루 가져가 심으면 좋겠다고 했지만, 아빠는 고개를 저었다. 그러려면 그만큼의 포도나무를 뽑아내야 하니까 결국에는 같은 거라고. 이미 거기서 잘 자리 잡은 나무를 해칠 수는 없다고.

그렇게 1월이 천천히 지나갔다. 나무는 조금 더 사라졌다.

일거리가 없는 시골의 겨울은 느긋하다. 부지런한 사람에게도, 게으른 사람에게도. 상실조차도 그렇다.

윤태희는 겨울철 사냥을 나가지 않게 된 아빠와 그 애를 데리고 얼음낚시를 두어 번 갔다 왔다. 수확은 미비했다. 셋 다 꽁꽁 싸매서 누가 누군지 알아볼 수도 없는 인증 사진만 남았다. 그래도 아빠는 퍽 재미있었다고 했다.

박우경은 날 기사로 부려먹는 게 좋다고 여전히 차를 안 샀다. 그래 놓고 운전은 대체로 자기가 했다. 내 운전 실력이 별로 늘지 않는 건 그 애 때문이다. 엄마는 여전히 투석을 한다. 그러나 병원에 갈 때마다 관리를 아주 잘 했다고 칭찬을 들었다.

해경 오빠는 한라산에 갔다가 여기에 온 게 인생 최대의 실책이었다며 중도 하산했다. 이후로는 하루 종일 제주도에서 뭘 먹으러 다니는 사진만 보냈다. 사진만 보면 일행이 두 명쯤 더 있는 것 같지만 전부 혼자서 먹은 거였다.

큰 고모는 대학을 골랐다. 둘째 이모 집에서 차로 20분 정도

걸리는, 만학도 전형이 있는 작은 지방대였다. 박강주가 이사장으로 있는 곳이기도 했다. 자기 학교로 오라고 은근슬쩍 고모를 떠미는 것을 나도 들었다.

어쨌든 고모는 기왕 고향에 돌아왔으니, 나고 자란 동네까지는 아니더라도 청라 언저리에는 있고 싶어 했다. 그래서 입학할 대학교와 좀 더 가까운 곳에 전세도 구했다.

도심과 신도시를 잇는 한산한 지방 국도 구간에 저 홀로 덩그러니 놓인 작은 아파트 단지였다. 겨우 200세대 남짓 사는. 차가 없으면 아무것도 못하고, 무엇 하나 편리한 게 없는 곳.

그러나 고모는 오히려 그 한적하고도 성가신 느낌이 좋다고 했다.

성가신 옛날 사람도 그래서 괜찮았을까.

박동주는 며칠 전 처음으로 고모와 커피를 마셨다. 그리고 무슨 생각인지는 몰라도, 우리 집에서 점심을 먹고 나가는 길에 날 붙잡고 그 사실을 조용히 알려 주었다. 그렇다 해도 너희가 불편할 만한 일은 없을 테니, 걱정할 필요는 없다고 했다.

내가 대체 뭘 걱정하지? 이제 겨우 고모랑 커피 한 잔 마신 게 다면서……. 말없이 그렇게 생각하기만 했는데, 박동주는 그런 내 생각이 훤히 보이기라도 하는 것처럼 웃음을 터트렸다. 그러고는 나직하게 고맙다고 말했다.

그냥 별일도 아닌 것처럼 말해 준 게 좋았다고. 자기는 내 말처럼 시답잖은 사람이라서.

제 아버지라도 나랑 가까이 붙어 웃는 꼴은 못 보는 박우경이 득달같이 와서 날 슬쩍 떼어 놓았다. 대화를 성공적으로 끊어 놓았다고 생각했겠지만 사실 끊어질 대화도 없었다.

박동주는 미련 없이 우리를 두고 갔다.

"니 우리 아빠랑 왜 자꾸 얘기하는데?"

"몰라서 묻나. 니네 아빠라서 하는데."

"하여간 마음에 안 들어."

"뭐가."

"존나 시계랑 코트부터 마음에 안 들었다."

나중에야 안 것이지만, 박우경은 나한테 시계를 받았던 그날 곧바로 동일한 디자인의 여성용 시계를 찾아 예약했다. 봄에 내 생일이 오면 주려고 그렇게 사 두었는데, 내가 갑자기 자기가 준 적도 없는 생일 선물을 차고 나타나더라는 것이다. 본적 없는 남자 코트를 걸치고.

어쩐지 제 아버지가 선물을 줬다는데 보고도 떨떠름한 반응이더라니.

그렇게 똑같은 시계가 둘이 됐다.

"그러는 박우경 니는 왜 우리 아빠랑 얘기하는데?"

초등학생처럼 원초적으로 말꼬리를 잡자 박우경이 '아빠 갖고 유세는' 하고 치웠다. 나는 일부러 그 애를 쫓아가 허리를 안고 괴롭혔다. 왜 우리 아빠랑 자꾸 말하냐고, 어?

그 애가 어이없다는 듯 웃음을 터트렸다. 그리고 다정한 미소로 내 뺨에 입술을 맞추며 뼈가 있는 말을 했다.

"공주 니는 반지나 똑바로 끼고 다녀라. 밖에서 결혼 안 한 척하지 말고."

"아 그런 적 없다니까."

이 결혼은 애초에 정식으로 식을 올릴 때까지 안 한 척하는 게 골자였다. 반지는 결혼했다고 써 놓은 것도 아니니까 끼고 다닌다 쳐도.

그러나 엄마가 '엊그제도 병원에서 누가 희야 붙잡고 번호를 묻고 있더라'는 말을 무심코 흘리는 바람에 아까부터 계속 심통이 나 있는 입가가 비딱했다.

"병원 가면 의사나 꼬시고."

"장갑 껴서 반지가 안 보인 걸 내가 뭐 어카는데."

"아니 그럼 지한테 물어볼 때 장갑을 벗어서 여기요 보여 주든가."

"야하다. 다른 남자 앞에서?"

"……."

"진짜 벗으라고?"

아무 맥락 없는 말을 되갚아 주자 박우경이 잠깐 눈을 감았다. 개소리를 듣고 인내하는 표정이었다.

둘째 고모 말이 옳았다. 거울을 이길 사람은 별로 없었다.

"……장갑. 장갑을 벗으라고."

"그니까. 야한 거잖아."

"이 도라이 같은 가시나."

박우경이 그렇게 중얼거리며 내 양 뺨을 붙잡고 입술을 쪽 부딪쳤다. 누가 할 말인데.

"윤차희 나중에 의사나 만날 걸 그랬다고 후회하는 건 아니겠지."

"니 하는 거 봐서."

"이미 끝났다, 니는."

"나중에라도 만날라면 만나겠지. 박우경 니만 어떻게 좀 하고."

"쉿."

"어차피 서류에 기스 좀 남는 거."

"윤차희 쉿."

손바닥에 눌린 뺨에도 닥치라고 차례로 입술이 와 닿았다. 이따 집에 가서 죽기 싫으면 쉿······. 닥치라는 말 대신인 것을 아는 나는 고개를 털었다. 지가 뱀인 줄 아나.

아빠와 엄마가 있는 곳도 우리 집. 그 애와 내가 지내는 이 집도 우리 집. 나는 가끔 머릿속에서도 정리되지 않는 어떤 말로 장소를 오갔다. 우리 집에서 또 다른 우리 집으로.

달라지는 건 어쩌면 장소가 아니라 단어의 의미일 것이다. 엄마와 아빠를 포괄한 우리.

그리고 그 애와 나, 단둘이 우리.

여기서는 오로지 그 애와 내가 우리였다. 고작 40일 남짓 신혼을 보낼 집이었지만.

우리는 마치 오십 년 전에 결혼한 옛날 사람들처럼 목화솜을 잔뜩 채워 넣은 구식 비단 금침 안에서 몸을 겹쳤다. 바쁜 일은 하나도 없으니 겨울잠을 자는 동물들처럼 온돌방에서 원 없이 늦잠도 잤다.

그 애는 한때 아침에 일어나 학교를 가는 것도 힘겨워했고, 나는 농사 때문에 새벽에 일어나는 게 어려웠다. 늦잠은 우리 둘 모두에게 이로웠다.

그 애가 결혼한다고 가구를 몇 개 새로 채워 놓기는 했지만 사실 침대가 있는 2층까지 가게 되는 일은 별로 없었다.

들어오면 집안 어디에서나 몸을 섞고, 씻고 나오면 따뜻한 곳으로 기어 들어갔다. 그게 전부였다. 옷을 제대로 다 갖추어 입고 지내는 시간도 별로 없었다.

대체로는 위아래를 나누어 입은 것처럼 그 애는 바지만 걸치고 있고 나는 그 애의 티셔츠나 걸치고 있었다. 누가 찾아오지 않는 한에는.

사실상 방문객도 거의 없는 집이었다. 나갈 일 없는 오후, 부엌의 싱크대나 식탁 따위에서 전조도 없이 그 애에게 안기는 일은 흔했다. 박우경은 나를 그 위로 달랑 들어 올려 내 몸을 파고들거나, 뒤에서부터 밀어붙여 엎드리게 하고 집요한 관계를 했다. 현관에 들어서는 순간 달려들면 복도에서 전부 발가 벗겨졌고, 늦은 밤 소파에서 TV나 보다 뒹군 일은 셀 수도 없었다.

그래서 가끔 오빠들이 놀러 와 아무 생각 없이 이 집을 쏘다닐 때면 열이 올랐다. 저는 기억나는 게 하나도 없는 양 뻔뻔한 박우경이 윤태희 몰래 내 손을 잡고 손바닥을 긁어내릴 때면 부끄러워서 온몸이 뜨거워졌다.

박우경은 그것까지도 잘 봐 두었다가, 불청객들이 집을 떠나면 그대로 날 덮쳤다.

네 몸이 얼마나 발개져 있는지 보고 싶었다고.

"무슨 생각하는데."

"……."

"응? 차희야."

그 애는 이럴 때만 꼭 나를 다정하게 불렀다.

벽과 그 애 사이에 짓눌리다시피 갇힌 나는 더 깊이 파고 들어오는 힘에 숨을 삼켰다. 다리 하나가 그 애의 팔에 걸쳐져 있어 다른 다리 하나로 겨우 바닥을 딛고 서 있었는데, 점점 까치발이 되었다가 결국에는 그마저도 허공에서 달랑거렸다.

"또 우네……. 왜?"

"박우경 니가, 나, 자꾸, 발도 안 닿게……."

"그러게 열심히 자랐어야지, 니가."

"나, 발 좀, 응?"

"누가 이렇게 작으라 캤나. 귀엽게."

말만 차희야, 그렇게 부르면서 아예 두 다리를 들어 올려 벌리는 팔이 형편없이 못됐다. 나는 박우경의 어깨에 매달려 고개를 묻었다.

어떻게 윤태희가 가자마자 이 짓을 하냐고 따졌지만, 그 애는 내가 자꾸 부끄러워한 것이야말로 죄라고 했다.

박우경이 놀리듯 내 귓불을 잘근잘근 깨물다 그대로 날 안고 거실로 걸어갔다. 소파에 앉아 제 무릎 위에 날 두고는, 가슴 위까지 끌어 올려 놓았던 니트며 브래지어를 마저 벗기는 손이 다정했다. 어차피 잡아먹으려고 그러는 것이면서.

"여기도 빨갛네."

"……."

"사과 같다."

가슴을 빤히 내려다보고 지껄이는 말에 나는 결국 참지 못하고 그 애를 몇 대 때렸다. 그 애가 조금 간지럽다는 듯이 웃고는 내 몸을 다시 쓰러뜨렸다.

박우경은 서울에 올라가기 전 제 할머니를 최대한 많이 보려고 매일같이 병원에 갔다. 지난가을까지는 며칠에 한 번씩 내 눈에 티도 나지 않게 다녀오던 것이, 복학이 결정된 12월부터는 거의 하루 간격으로 변했다. 나도 그 애를 이따금 따라갔다.

그 애는 할머니가 나를 공격하는 일이 없다는 확신을 얻은 후에야 내 잦은 동행을 허용했다. 가서도 별일을 하지는 않았다. 할머니는 자신을 오랫동안 보살핀 간병인을 어미새처럼 잘 따랐기 때문에 이미 전반적으로 관리를 잘 받고 있었다. 화장실도 누가 조금만 도와주면 잘 사용하셨다.

박우경이 하는 일도 실상은 억지로 일을 만들어 낸 것이다. 할머니는 그렇게 욕하고 때리면서도 식사 정도는 그 애와 곧잘 하셨다. 세수나 양치, 머리를 감기는 일까지도 그랬다. 그 애는 자기가 할 수 있는 일을 되도록 자주 하고 싶어 했다.

그 애가 그러는 동안 나는 할 일 없이 할머니와 TV를 보고 떠들며 시간을 보냈다. 내가 제 할머니 수발 드는 걸 그 애가 몹시 꺼린 까닭이었다.

어쩌다 내가 병실의 더러운 것을 조금이라도 치울라 치면 질색했다. 그런 걸 시키려고 널 데려온 게 아니라고.

그래도 분주한 사람 옆에서 가만히 있는 건 아주 심심한 일이었다. 나는 가끔 작은 일을 찾아 거들었다. 깨끗하게 씻고 나온 할머니의 얼굴에 로션을 발라 주는 일처럼 아주 손쉬운 것이라도.

그리 큰일을 해 놓는 것은 아니었지만, 우리가 가는 건 24시간 병실에서 상주하는 간병인 이모에게 쉬는 시간과 다를 바 없었다.

그래서 우리는 할머니 옆에서 늘 일정한 시간을 보냈다. 간병인 이모는 그렇게 경우가 없다는 박우경이 우리 엄마 아빠 다음으로 깍듯하게 대하는 어른이었다. 좋은 마음으로 언제나 자기 할머니를 잘 돌봐 주기를 바라고.

그렇게 아침이나 점심을 함께 먹고 시간을 보내다 보면 식곤증이 왔다. 나는 그 애의 어깨에 기대어 잠시 졸다가, 어느 순간 소파에 누워 눈을 뜨는 일이 왕왕 있었다.

거기서 눈을 뜨면 언제나 병상의 할머니와 그 애가 곧바로 보였다.

병실 협탁과 서랍장 위에는 어느 순간 우리의 결혼사진 액자가 놓였다. 우리가 결혼하던 날 할머니의 병실에서 찍은 사진을 벽에 몇 장 붙여 놓았는데, 간병인 이모의 말로는 사진을 본 박동주가 며칠 뒤 액자를 사 와서 하나씩 넣어 주었다고 했다.

창문으로 비스듬히 들어온 오전의 햇살 속에서 먼지가 자잘한 빛처럼 산란했다.

우리의 액자들을 지나서 누워 있는 할머니의 머리에도 햇빛이 한 점, 그 애의 머리에도 햇빛이 한 점.

할머니의 손을 잡고 어린애처럼 장난을 치던 그 애가 잠에서 깨어난 날 보고 그림처럼 웃었다.

우경아, 먼지. 잠깐 창문 열고 환기 좀 시켜야지…… 그렇게 중얼거리며 눈을 깜빡이던 나는 금세 다시 잠에 들었다. 빨래 건조대에 매달려 말라 가는 노란 프리지어 꽃들이 시야의 끝에 희미하게 남았다.

꿈에서 할머니가 나왔다. 여름이었다. 유치원에 갔다 온 우리를 마중 나온 할머니가 곧바로 부엌으로 가 아이스크림을 하나씩 꺼내 주셨다.

"시원하제."

"네."

"마이 무라."

나는 꿈에서 그 애와 복도를 뛰어다녔다. 넘어진다. 조심해

294

라. 다칠라. 우경아, 할매가 뭐라 캤노? 희야는 여자애라 함부
레 남자애들처럼 괴롭히면 안 된다 캤제.

니가 좋아하는 애를 와 이래 괴롭히노? 머스마가 좋아하면
잘해 줘야지…….

너무 오래된 꿈이었다. 조그만 박우경이 얼굴이 시뻘게져서
는 절대로 날 좋아하지 않는다고 잡아떼며 길길이 날뛰었다.
할머니는 쟤가 언젠가 저 말을 분명히 후회할 거라고 하면서
수박을 잘랐다.

나는 젊은 할머니의 얼굴을 물끄러미 바라보았다. 밉상이라
고 부르며 그 애를 돌아보는 표정에 사랑이 가득했다. 어쩐지
잠들기 전에 저런 얼굴을 본 것만 같은 기묘한 기시감이 문득
잠을 깨웠다.

나는 천천히 내 어깨에서 떨어져 가는 그 애의 손을, 창백한
얼굴을 보았다.

할머니가 돌아가셨다고 했다.

할머니는 1월의 마지막 날에 돌아가셨다. 돌아가시기 전에
는 그 애에게 욕을 한 마디도 하지 않고, 그냥 한참이나 평온하
게 그 애의 얼굴을 바라보셨다고 했다. 그리고 단지 졸린 것처
럼 눈을 감으셨다.

할머니가 그저 낮잠에 드신 줄 알고 잠깐 일어나 물을 마시

고 병실 창문을 열어 환기도 했던 그 애는 몇 분이 지난 후에야 할머니가 숨을 쉬지 않는 걸 알아차렸다. 의사는 할머니가 잠에 들듯이 아주 편안하게 숨을 거두셨다고 했다.

우리가 결혼했던 날 셋이서 병실에서 찍었던 사진은 할머니의 영정 사진이 됐다.

강주야. 날 네 아버지와 가까이 묻지 마라. 장례식장에서는 할머니가 아프시기 전에 남겼던 유언을 두고 형제끼리 싸움이 났다. 사유지에 있는 멀쩡한 가족 묘역을 두고 엄마를 공원묘지에 덩그러니 혼자 묻으라는 소리냐고.

그러나 손위 형제인 박강주와 박동주가 유언대로 하겠다는데 도리는 없었다.

박우경은 소란 속에서 하루를 울고, 이틀은 멍하니 보내다 공원묘지에 할머니를 묻고 돌아와서는 문득 평상시처럼 지냈다. 집에 가서 아빠와 창고를 정리하고, 웃으며 밥을 먹고, 엄마를 병원에 같이 데리고 갔다.

그리고 조용한 밤에는 할머니의 유품을 조금씩 정리했다. 사실 정리할 것이 많지는 않았다. 그 애는 애초에 제 할머니의 물건을 거의 버리지 못했으니까.

다만 제 아버지와 그 형제들에게 나누어 줄 물건들이 있었다.

박우경은 이 집을 아주 많이 뜯어고쳤지만, 제 할머니의 방과 우리가 어릴 적 낮잠을 잤던 방만큼은 하나도 손을 대지 않았다. 할머니가 문갑 위에 놓아 둔 목각 기러기 한 쌍과 백자 하나까지도. 2층의 그 많은 방이 단지 쓸모가 없어 방치된 것과는 조금 달랐다.

문을 열면 오래된 나전칠기 장롱 냄새가 지나간 세월처럼 끼치는 할머니의 방에서, 우리는 할머니의 물건과 기록을 천천히 분류했다.

할머니는 꽤 오래 일기를 썼다. 그리고 종종 자식들이 보지 못하는 편지를 써 놓았다. 보통은 '그래도 아직 내 정신이 온전한 동안에'라는 말로 시작하는 편지였다.

편지지에 써서 봉투에 잘 봉해 놓은 것이 아니라 노트 곳곳에 쓰여 있었기 때문에, 나는 의도치 않게 할머니가 자식들에게 쓴 편지를 많이 읽었다. 칼로 깨끗하게 잘라 수신인별로 모으고 있자니 진도가 많이 느렸다.

"지금 몇 시야?"

"열두 시 이십 분."

이 와중에도 집 안에서 손목시계를 차고 다니는 박우경이 습관처럼 시계를 보고 대답했다.

"조금만 더 하고 자자."

그렇게 말하기 무섭게 하품이 나왔다. 나는 조금 졸린 눈으로 노트를 뒤적거렸다. 문득 그 애의 이름이 보였다.

"……이건 통째로 니 거네?"

우경이.

손바닥보다 조금 큰 녹색 가죽 양장 노트에 그 애의 이름이

매직으로 커다랗게 쓰여 있었다. 아래에는 꼬박 20년 전 연도와 농협의 각인이 새겨져 있었다.

"노트 이런 거 나가서 사면 얼마 한다고……. 지금 보니까 농협에서 공짜로 받은 거를 썼네. 좀 사주지."

"니한테 글 남겨 놓으신 거 알고 있었나?"

"옛날에 자기 죽으면 열어 보라더라."

"……"

"너무 오래돼서 까먹었지."

박우경이 내 옆으로 와서 앉았다. 나는 첫 장을 넘겼다. 시작은 그 애의 세 살 생일부터였다. 음식을 잘 삼키지 못해 또래보다 작고 마른 게 몹시 걱정이었는데, 오늘 소아과에 갔더니 드디어 평균치가 되었다고 했다고.

나는 그 애가 충분히 볼 수 있도록 천천히 페이지를 넘겼다. 일기가 아니라 그런지 날짜는 듬성듬성했다.

할머니는 그 애와 관련해 기념할 만한 것이 있을 때만 여기에 메모를 남겼다. 할머니 인생의 온갖 좋지 않은 일이 다 남아 있던 일기와 달리, 그 애의 부모와 관련된 나쁜 이야기도 없었다. 그저 그 애와 할머니의 단출한 세상이 적혀 있었다.

다섯 살, 나랑 박우경이 처음으로 만난 날도 쓰여 있었다. 그 애는 그날 잠에 들 때까지 내 얘기만 했다고 했다.

할머니는 그날 저녁 '우경이가 이성에 너무 일찍 눈을 뜬 것 같다. 벌써부터 저러니 나중에 커서 여자를 너무 밝히지는 않을지 걱정된다.'고 써 두었다. 그리고 나를 두고는 그냥 아주

착하고 예쁜 아이라고 써 두었다. 다만 아쉽게도 우경이한테
별로 관심은 없는 것 같다고. 우경이만 안달이 났다고.

"해설이 편파적인데, 좀."

"정확한 기록 같은데."

"공주 니도 이때 내한테 좀 관심 있었잖아."

"솔직히 아닌 거 알잖아."

박우경이 불만을 토로했다. 빛이 조금 바랜 종이 위에서 그
애의 시절이 지나갔다.

초등학교에 입학하고, 2학년이 되고, 계주에서 1등을 하고,
지역 피아노 콩쿠르에 나가서 최우수상을 받고, 유소년 축구
클럽에서 김하진과 싸워서 그 애의 아버지가 불려 가고……

그 애가 자라날수록 날짜는 조금 더 드문드문 멀어졌다. 그
러다 어느 순간 백지가 나왔다. 나는 몇 장을 더 넘겼다.

가끔은 내가 너를 구한 것이 아니라, 우경이 네가 나를 구했다는 생각을
한다. 이렇게 온전한 사랑은 내가 낳은 자식을 키울 때조차 몰랐던 거야.

항상 겁을 먹고, 움츠리고, 날아오는 손을 두려워하고, 내가 잘못하고
있다고 갑자기 누가 소리를 지르지는 않을까…… 인생의 태반이 그렇게
신경을 곤두세우고 살았던 시절이었지. 내 자식을 안는 법이 잘못되었다
고 욕을 먹지는 않을까, 젖을 먹이다 아기가 토했다고 걷어차이지는 않
을까. 그렇게 움츠리고 숨어서, 내 모든 자식을 가진 것의 반밖에 사랑하
지 못했단다.

너는 내 인생에서 가장 외롭고 좋은 시절에 왔어. 날 괴롭히던 사람들

이 모두 사라지고, 내가 사랑할 만한 자식들도 모두 나를 떠났을 때 네가 왔단다. 너를 만나기 전이라고 행복을 모르지는 않았지. 네 할아버지처럼 나쁜 사람조차도 떠올리면 좋은 순간이 있는 것을.

하지만 너는 나한테 완전한 행복이었어. 내가 그것을 잊어버리기 전에 쓴다.

너는 내게 세상을 가르쳐 줬지. 살아 보니 내게는 넓은 세상이 필요 없었어. 네 할아버지가 남긴 그 많은 돈도 필요가 없었지. 나는 그저 분재들처럼 평생을 작은 화분에서 살아도 되는 사람이었다. 그저 몸을 누일 곳, 목을 축일 곳, 음식을 만들 곳, 매일 사랑할 것만이 필요하더라.

네 인생에서의 잠깐이 나한테는 참 완벽한 세상이었다.

얼른 자란 너를 보고 싶지만 나는 그만큼 늙어 있겠구나. 지나가는 시간을 다 붙잡을 수도 없구나. 이대로 네 시간만이 흐를 도리는 없겠지. 내 시간만 여기서 멈추게 할 도리는 없겠지.

너는 고집대로 차희랑 결혼하게 될까. 대학은 어디로 가게 될까. 아직도 공부는 잘하고 있나. 아니면 게임이나 하고 있을까.

피아노를 치고 싶으면 쳐라. 네가 어디에 있든 혼자가 아니었으면 한다. 그러니 네 형들에게는 조금 더 예쁘게 말하라. 차희와 잘되고 싶으면 차희한테 솔직히 말해라.

네 아버지가 원망스럽겠지만 할머니를 봐서 너무 미워하지는 말았으면 좋겠다. 하지만 서로가 다른 사람이니 네 아빠를 이해하지는 않아도 된다.

사랑하는 우경아. 너는 내게 한 번도 동주 대신이 아니었다.

그 애가 소리 없이 울었다. 나는 그 애의 얼굴을 끌어당겨 뺨에 입술을 맞추고 안아 주었다.

그리고 얼마든지 울어도 되지만, 슬퍼하지는 않아도 된다고 말했다. 네가 어디에 있든 혼자가 아니니까.

우리는 이삿짐을 끝도 없이 옮겼다. 포장 이사나 하면 그만일 것을, 그 돈이나마 아끼라고 아빠 친구들이 트럭을 몇 대나 갖다 두었다. 일꾼이 없으니 당연하게도 운반은 우리의 몫이었다.

연차를 내고 일하러 온 윤태희가 해경 오빠와 2층에서 마지막으로 소파를 내리다 각도가 안 나온다고 연신 욕을 했다. 해경 오빠도 견디지 못하고 욕을 했다. 그 뒤에서 상자를 두개나 들고 기다리던 나도 속으로 욕을 했다.

짐을 그렇게 많이 내다버렸는데도 50년이나 묵은 집에서는 끝도 없이 짐이 나왔다. 내 짐이 반절은 그 애 할머니의 집에 있고, 윤태희의 짐은 남은 게 없다시피 한데도.

"야, 윤차희. 빨리 와 봐."

"내가 간다고 뭘 할 수 있는데."

"아 빨리. 박해경 저 새끼 죽는다."

"미안한데 오빠야 좀 살려 줄래. 진짜 죽을 거 같거든."

저 오빠가 그렇게 많이 먹은 건 다 어디로 갔을까. 나는 틈을 빠져나가 해경 오빠의 자리로 가서 소파를 비틀었다. 소파가 문제가 아니라 앞에 가는 사람이 문제인 것이 금방 판명됐다.

"우리 차희 이런 거에 소질 있네."

"가시나 니 힘 웰케 세노."

소질이 있을 리 없었다. 저 둘이 잠깐 어리석었던 거지.

밖에서 아빠와 마지막 안방 가구를 분주히 나르는 그 애가 보였다. 나는 아빠 친구들이 바쁘게 사과원을 가로지르는 광경을 잠시 멍하게 바라보았다.

이제 짐은 거의 다 실었다. 곧 출발한다는 말이 들렸다. 박우경이 현관문 안에 서 있는 나를 발견하고는 차에 타 있으라고 손짓했다.

나는 문득 충동처럼 몸을 돌려 2층으로 다시 올라왔다.

액자가 사라진 복도. 빈 방들. 이제는 아무것도 없는 오빠와 나의 작은 거실. 나는 거실의 어느 벽 앞에 서서 사인펜으로 그은 줄과 작은 글씨들을 바라보았다. 내 허벅지 즈음에서 배, 가슴, 그즈음까지.

윤태희와 내가 자라며 해마다 키를 재어 놓은 흔적이었다. 주황색은 윤태희. 초록색은 나. 우리는 키를 재고 나면 각자 좋아하는 색으로 이름을 적었다.

우리가 아주 작았을 때부터, 더는 벽에 서서 부모와 같이 키를 재어 보지 않게 된 어느 시절까지.

"뭐 하노? 슬슬 출발하는데."

"갈게."

나는 휴대폰으로 그것을 찍어 놓을까 하다가, 이내 남기지 않고 돌아섰다.

바람이 불지 않는 좋은 날이었다. 새집 마당의 동백이 지기 전에, 옛집 길가에 개나리가 피기 전에. 새로운 봄이 오기 전에. 그렇게 지나간 봄의 그늘에서, 우리는 청라를 떠났다.

≪봄그늘≫ 완결

#Epilogue. Songs without words

* 멘델스존의 '무언가(songs without words, 無言歌)'로부터.
가사가 없는 노래.

그 무렵 나는 가끔 내 이름을 잊어버릴 때까지 물속에서 숨을 참았다. 사실은 그다지 잊어버릴 것도 많지 않은 시절이었다.

애초에 아는 게 별로 없었다. 나는 고작 여섯 살이었다. 그리고 세상이 그 나이 먹은 남자애한테 으레 기대하는 대로 제법 무식하고 멍청했다. 참을성이라고는 조금도 없어서 고작 참고 기다리는 것이 고통이었다. 그래서 아픈 곳을 더 아프게 때리면, 그 전에 아팠던 건 사라진다고 무식하게 믿었다.

군립 수영장에 딸린 냄새나는 유아 수영장 물속에서 무식하게 깨달은 바도 그랬다. 물속에서 죽을 것처럼 숨을 참으면, 물밖에서 숨을 쉴 수 없었던 고통은 사라진다는 것. 실은 사라지는 게 아니라 잊힐 뿐이었지만 아주 틀린 말은 아니었다.

물속에서는 대체로 고통이 단순해졌다. 고통의 원인도 단순해졌다. 물. 숨. 거기에는 누구의 이름표도 붙지 않았다. 미워할 것이 많지 않았다. 고통의 해방은 고작 물의 바깥으로 고개를 내미는 순간이다.

나는 물속에서 웅크려 그 순간을 기다리는 게 좋았다. 언제라도 내가 마음만 먹으면 벗어날 수 있다고 생각하는 게 좋았다. 현실은 그렇지 않았으므로. 공기 속에서 공기에 감사하는 사람은 별로 없지만, 물속에서 공기를 상상하는 건 제법 기분 좋은 일이다.

숨을 참으면 지금이 느리게 간다. 숨을 참기 전까지 힘들었던 시간들은 빠르게 먼 곳으로 흩어진다. 여섯 살짜리에게는 그게 좀 대단한 발견 같았다.

나는 언제나 내 기대보다 더디게 자랐고, 가끔은 내 시간만 아주 빠르게 간다는 눈속임이 필요했다. 그래서 숨을 참고 초를 헤아리지 않았다. 물 밖의 소리가 멀어졌다.

'우경이 넌 정상이 아니야. 치료 받아야 해.'

이따금 귓가를 갉아먹던 소리도 멀어졌다. 비명, 울음, 원망, 호소, 증오, 애원……. 나는 휘슬 소리를 지나쳤다.

'넌 대체 네가 누구 자식인 줄 아는 거야?'

멀어지는 게 좋았다. 이미 지나간 시간이 더 빠르게 지나가
버리는 게 좋았다.

'이젠 그 집에 가겠다고 네 큰아버지 앞에서 이딴 쇼까
지 해서 엄마한테 망신을 줘? 굶어, 그래, 목구멍에서 피
가 나올 때까지 토할 거면, 차라리 아무것도 먹지 말고
굶어 죽어. 그냥 죽어. 여기서. 엄마가 보는 앞에서.'

똑바로 앉아 있어. 우경이 네가 살 집은 여기야. 그 노인네
집이 아니라. 엄마는 이제 너한테 아무것도 안 줄 거야. 밥 한
숟갈도 먹지 마. 앞으로 물 한 잔도 먹지 마. 죽을 때까지.
이게 다 네 무식한 할머니가 널 오냐오냐 키워서 이런 거야.
너는, 정말로 먹을 게 없다는 게 어떤 건지 알아야 돼. 너는,
당해 봐야 돼. 팔자가 좋으니까 이딴 짓을 하는 거야. 물 한 모
금 못 먹고 굶어 죽을 지경이 되어서, 엄마한테 무릎 꿇고 잘못
했다고 빌어야 돼. 제발 먹을 것 좀 달라고⋯⋯.

'넌 내가 낳았어. 할머니가 아니라 내 거야. 내가 내 배
로 낳은 자식이란 말이야.'

너 같은 건 엄마가 아니면 아무도 원하지 않았어. 지금은 널 그
렇게 사랑한다는 네 할머니조차 네가 태어나는 건 원하지 않았
어. 그거 아니? 그 여자는 우경이 널 내 배 속에서부터 싫어했어.

네 아빠한테 넌 벌레 같은 자식이거든. 그런데도 나는 널, 내 목숨까지 걸고 낳았어. 이 엄마가 널 낳아 준 거야. 그래도 할머니 집에 돌아가고 싶어? 그래도 우경이 넌 이 불쌍한 엄마를 버리고 싶어? 엄마가 널 이 세상에 태어나게 했는데.

어떻게 우경이 네가 이래. 도대체 너는 엄마한테 왜 이래. 왜 엄마를 사랑하지 않아. 왜 자꾸 네 할머니 말만 들어. 왜 그 여자 자식인 것처럼 굴어. 그 여자가 널 나한테서 빼앗아 갔어. 자식을 도둑질한 거야. 왜 너는 왜 해경이처럼 못 해. 왜 너는…….

물 밑에서 눈을 가느다랗게 뜨고 일렁이는 물의 표면을 올려다보면, 전부 다 큰 의미는 없는 말처럼 여겨졌다. 실제로 그랬다. 나는 나를 낳은 여자를 사랑하지 않았다. 그래서 아주 일찍부터 말에 다치지 않았다.

그저 이따금 숨 쉬기가 갑갑했다. 쏘아붙이는 목소리에 질렸다. 저 스스로가 불쌍하다고 뚝뚝 흘리는 눈물이 징그러웠다. 가끔은 손에 잡히는 물건을 전부 저 여자 죽으라고 던지고 싶었다.

그런 걸 눈물겨운 상처라고 부를 수는 없었다. 나는 단지 사는 게 피곤했다. 죽이지도 못할 벌레를 계속 손에 쥐고 있는 것처럼.

'네 할머니가 널 사랑한다는 건 순 거짓말이야.'

그럼에도 가끔은 가시가 남았다. 네가 아니라 네 아빠를 사랑하는 거지. 우경이 네가 아니라 지 아들이 애틋한 거지. 네 얼굴에서 지 자식 닮은꼴만 찾고 있는 거야…….

할머니는 내 얼굴을 쥐어뜯어도 날 사랑할까? 내가 아빠를 닮지 않아도.

다리를 껴안은 팔에서 힘이 빠져나갔다. 몸이 물밑으로 천천히 가라앉는 것처럼 느껴졌다.

그리고 그 애는 언제나 그런 순간에 나타났다.

물속에서 발로 몇 번 걷어차다가, 그마저도 내가 듣지 않으면 결국 짜증 나 죽겠다는 얼굴이 보였다. 나는 가만히 내 팔을 잡아끄는 손에 끌려 나왔다.

"죽을 거가?"

"……."

"사람은 숨 못 쉬면 죽는디."

빨간 땡땡이 수영복에 양 갈래 머리, 노란 수경을 야무지게 쓴 뾰루퉁한 여자애.

처음으로 날 구해 주었던 날에, 윤차희는 그렇게 입고 있었다. 기억은 어렵지 않았다. 물방울무늬를 좋아하는 모양인지 남색 땡땡이 수영복 한 벌과 그것을 항상 번갈아 입었으니까. 둘 다 사진도 있다. 다 큰 윤차희는 싫어하는 자료다.

윤차희는 날 물 밖에 꺼내 놓고 나면 항상 작고 같잖은 입으로 산소랑 뇌가 어떻게 연관이 있다는 가르침을 또박또박 줬다. 네가 자꾸 그러면 더 멍청해질 것이라는 충고가 대충 결론이었다.

알아듣기 어려운 이야기는 질색이었지만 입모양이 예뻤다. 나는 윤차희가 나한테 무슨 말이든 하는 게 좋았다.

사람은 이따금 쉽게 길들여졌다. 물속의 나는 언제든 내 스스로 물을 벗어날 수 있다는 전제를 좋아했지만, 어느 순간부터는 그저 윤차희가 나를 구해 주길 기다렸다.

내 스스로 벗어나는 것보다 누군가 날 꺼내어 주는 일이 값진 것처럼 느껴졌다. 내 스스로 숨을 쉬는 것보다, 그 여자애가 날 숨 쉬게 하는 게 좋았다. 죽으려고 이러느냐는 말을 들으면 기분이 좋아졌다.

어쩌면 너는 내가 살기를 바라는 것 같아서.

윤차희는 몇달 뒤 금세 수영에 흥미를 잃고 그만뒀다. 나는 그 애가 없는 수영장에서 숨을 참아 보았다. 아무리 지금을 억눌러도, 시간이 더는 빠르게 가지 않았다. 공기가 기쁘지 않았다.

"내 없다고 물에 빠져 죽지 말고."

나는 문득 깨달았다. 시간은 그 애 옆에서만 빠르게 갔다. 그러기를 바라지 않아도. 물속에 있지 않아도.

제발 이 시간만은 느리게 가기를 바라도.

"엄마. 차희랑 또 볼 수 있어요?"

"유치원에서 보잖아."

"유치원 말고."

나는 수영장에서 돌아와 처음으로 엄마에게 부탁했다. 그 여자애랑 더 오래 같이 있고 싶다고. 내가 저더러 무얼 해 달라고 한 것은 처음이라 들떴던 엄마는 그 길로 날 끌고 윤차희네 집으로 갔다. 그리고 온갖 사교육 타령으로 그 애 엄마 허파에 바람을 넣었다.

윤차희는 피아노가 치고 싶다고 했다. 그 말을 듣고 나니 나도 피아노가 치고 싶었다.

그날 밤 엄마는 아빠와 크게 싸웠다. 도대체 무슨 속셈으로 자꾸 그 집 애들이랑 붙여 놓는 거냐고. 엄마는 억울해서 어쩔 줄 몰라 했지만, 그래도 다음 날이 되자 웃는 얼굴로 날 피아노 학원에 데려갔다.

그날이 유일하게 좋은 기억이었다. 내가 태어나고, 엄마가 죽기 전까지.

나는 엄마의 장례식장에서, 그렇게 길었던 날 중 단 하루조차도 윤차희에게 내 머리를 저당 잡히지 않은 날이 없다는 사실에 웃었다.

사진 속 엄마에게는 유감인 일이었다.

엄마는 본인이 낸 사고로 죽었다. 그 사고로 뉴스에도 나왔다. 자유로 4중 추돌 사고, 1명 사망, 7명 중경상, 원인은 무면허 음주 운전을 한 50대 여성 운전자, 값비싼 외제 차가 반파된 사진……. 나는 기사 아래 가득한 욕설과 저주를 지나가는 타인처럼 무심히 읽고 넘겼다.

죽었다 해도 누구 하나 동정하지 않는 죽음이었다.

"다행이지. 남은 안 죽인 게."

박해경조차 고작 눈물 몇 방울만에 그런 말을 했다. 엄마만 죽어서 다행이라고.

엄마는 그전에도 성남에서 사고를 냈다. 똑같이 음주 운전이었고, 그때 면허가 취소됐다. 남의 갈비뼈 하나에 실금을 남기고 자기 갈비뼈 여러 개를 부순 사고였다.

당장 현금 나올 곳이 없어 친정 식구들에게 이리저리 돈을 구하려 했다지만, 그 집이야 원래 받을 줄만 알고 뱉을 줄은 모르는 종자들만 가득했다.

박해경은 음주 운전이라는 말에 엄마의 전화를 바로 끊어 버렸다. 술 먹고 우경이 차 갖다 박았던 걸로는 모자랐냐고. 자식을 죽일 뻔한 일로도 부족했냐고. 이모에게 구구절절 구차한 사정을 들으면서도 끝까지 모른 척했다.

박해경이 그러는데 박태경이나 내게 순서가 돌아올 리 없었다. 당시 형사 고소를 앞두고 합의금이 급했던 엄마는 결국 몇 달 전 꽤 비싸게 샀던 집을 큰 손해를 보고 팔아 합의금을 마련했다.

그렇게 가까스로 일을 해결 보고도 일 년이 채 다 지나지 않은 때였다. 엄마는 사랑하는 둘째 아들이 자기를 영영 내버렸다는 사실을 믿지 못하고 몇 번이나 술을 먹고 박해경을 찾아 갔다. 박해경이 말없이 이사를 가 버릴 때까지.

그대로 끝이었다. 나는 청라에서 한참 전에 엄마를 보았던 것이 마지막이었고, 박해경은 엄마의 면전에서 제 집 문을 닫아 버렸던 게 마지막이었다.

나는 자기 아들에게 문전 박대 당한 것을 마지막 추억 삼아 세상을 떠났을 여자는 별로 생각하지 않았다. 그러나 그 순간을 끊임없이 곱씹을 박해경은 생각했다.

외갓집 식구가 득시글거리는 이 장례식장에 여태껏 앉아 있는 이유도 고작 그것이었다.

"우경아. 나 때문에 엄마가 저렇게 됐을까."

"존나 말 같지도 않은 소린데."

"자기가 기댈 데가 없다고 생각해서."

"기대는 것도 자격이 있어야 하지."

그건 그렇지. 자격은 별로 없는 사람이었지. 박해경이 옅게 웃었다. 정을 많이도 뗀 얼굴이었다.

그래도 가끔 마지막을 생각하겠지만. 사진 속 여자가 자기에게 잘해 주었던 어떤 시절도 이따금 떠오르겠지만.

"엄마가 죽은 건 괜찮거든⋯⋯. 차라리 엄마가 죽어서 다행인데. 그냥, 엄마가 아니라 다른 사람이 죽었을 수도 있다고 생각하니까."

"⋯⋯."

"그랬으면 내가 그 사람을 죽인 기분이었을까 싶어서."

"형 니가 엄마한테 술 먹였나."

"아니."

"술 처먹고 운전하라고 시켰나."

312

"아니."

"박해경 니랑 아무 상관 없는데, 그럼."

"그런가."

"어차피 아무도 안 죽었다이가. 크게 다친 사람도 없고."

윤차희의 말에 따르면 저런 생각은 스스로 누명을 뒤집어쓰는 짓과 다를 바 없다. 박해경의 저 같잖은 죄책감 때문에 나는 이미 피해자들에게 넉넉한 보상을 지불했다.

전부 희한한 쇼였다. 나는 싸구려 편육을 시큰둥하게 씹으며 셋이나 있는 아들 중 어느 하나도 하려 들지 않는 상주 노릇을 열성적으로 하는 큰 외삼촌을 구경했다.

아이고 미진아, 유일한 돈줄이 죽어 울부짖는 할머니도 봤다. 자기가 짓지도 않은 딸의 이름이 구슬픈 음을 냈다. 이모들은 우리를 이따금 흘끔거리면서도 내내 눈물을 쏟았다. 별로 슬프지 않으면서 슬픈 시늉을 하는 인간 천지였다.

문상객이 대부분 우리 쪽 사람이니 너희가 아무리 아들이라도 조의금에는 권리가 없다던 외할머니의 말은, 어느 대회의 힘찬 개회사 같았다. 외가에 장례를 맡기겠다는 박태경의 말에는 상조 업체처럼 집행 비용을 요구했다.

눈물이 죄다 거짓은 아니겠지. 엄마는 저 집에서 내내 쓸모 있는 딸이었다. 이혼하고 돌아와서는 빛이 좀 바랬을지 몰라도. 아마 자기들 집에 황금알을 낳는 거위가 있고 그 거위가 죽었다면, 똑같은 의미에서 진심으로 눈물을 흘렸을 것이다.

적어도 제 가족들에게는 헌신적이었는데.

살아있는 내내 그렇게 쓸모를 찾다가, 죽어서 떠나는 길에도 빼먹을 곳을 찾는 형제. 생전에 엄마가 합의금 때문에 팔았던 아파트 대금의 행방을 묻는 어떤 이모.

그리고 남이 아닌 엄마가 죽어 다행이라고 생각하는 아들들.

그런 인생이었다. 겨우 그런 인생을 살기 위해 더럽게 애쓰고 남을 짓이기며 살았다.

"집에 가고 싶다. 우경아."

박해경이 나직하게 중얼거렸다. 이미 사라진 우리 집을 말하는 건 아니었다. 그러나 백천은 멀었다. 나는 술이나 먹으라고 했다. 박해경은 고개를 절레절레 저었다. 술은 입에도 대고 싶지 않다고. 차희 아버지처럼.

태희 형이 오고 나서야 나는 자리에서 잠깐 일어났다. 그저 친구 모친상에 조문을 온 사람처럼 서둘러 온 모습이었다. 영정에 절을 하는 모습이, 점심나절 잠시 다녀간 윤차희와 똑같이 단정했다.

나는 윤차희를 갖고도 아직도 가끔 그런 것을 질투한다. 저렇게 닮을 수밖에 없는 어떤 시간들. 유전. 혈육. 생각해 보면 어릴 때부터 늘 그랬다. 질투로 먹고 사는 사람처럼 질투를 했다.

할머니의 동주가 될 수 없음을 질투하고, 윤차희의 형제가 될 수 없음을 질투했다. 형제가 아니라도 결혼을 하면 가족이 될 수 있다는 건 조금 늦게 알았다. 아이러니하게도 엄마가 가르쳐 주었던 것이다.

너는 차희 없으면 뭘 하겠니? 대체. 이것도 차희 없으니까 하기 싫다, 저것도 차희가 안 하니까 안 한다……. 사진 속 엄마가 문득 아주 젊은 목소리로 내 머리를 아프지 않게 쥐어박으며 말했다. 날 그다지 괴롭힌 적이 없는 사람처럼.

나중에 커서 차희랑 진짜 결혼이라도 할 거야? 나는 그러겠다고 했다. 그 말을 들은 엄마는 조금 고깝게 웃었던 것 같다. 네가 진짜로 그럴 수 있겠느냐고. 잠깐 웃고 말 한때의 치기라는 양, 혹은 이루지 못할 미래를 훤히 알고 있다는 양.

나는 그때의 엄마를 야멸차게 비웃고 장례식장을 빠져나왔다.

장례식장 밖 벤치에 앉아 날 기다리던 윤차희가 옅게 웃었다.

"집에 좀 가라니까."

"그냥, 해경이 오빠야 걱정돼서."

나는 불만스레 윤차희의 콧잔등을 툭 때렸다. 네 남편이 여기 있는데 또 박해경 타령이냐고.

"니는 오늘 같은 날에 질투가 나오나."

"머릿속에 그거밖에 든 게 없다이가."

나는 잠시 하늘을 바라보았다. 하늘도 엄마의 죽음을 저주하듯이 음침했다.

엄마를 발인하는 날에는 '엄마'가 왔다. 전자는 내 생물학적인 엄마, 후자는 당연히 내가 선택한 엄마다.

엄마는 2년 전 내가 윤차희 손에서 살짝 훔친 수많은 것 중 하나다. 내가 뻔뻔하게도 아버지라고 부르는 사람처럼.

자라는 내내 백천에서 계절 하나 보내 본 적 없는데, 서울에 문득 서서 그 사람들이 사는 곳을 잠시 떠올리면 거기가 고향 같다. 가만히 눈을 감고 할머니의 집을 떠올리는 것과도 비슷하다. 하지만 그곳에는 살아서 날 기다리는 사람이 없으니까.

어떤 기록, 물건들, 누군가 존재했다는 기억.

어떤 애정은 견물생심이다. 나는 윤차희가 가끔 말하듯 얄팍한 놈이었다. 눈에 보이지 않는 것만으로 충분하다고 여겼던 시절은, 언젠가 보이는 것에 가리고 잊히게 되어 있었다.

기억은 사실 가장 충만한 것조차 공허하다. 그럼에도 불구하고 나는 내 평생 죽을 때까지 내 할머니의 집을 허물지 못할 테지만.

어느 문가에 서서 날 향해 손을 뻗던 할머니도 영영 잊지 못할 것이다. 우갱아, 그렇게 날 부르던 목소리도. 한겨울날 날 안아 주었던 체온도.

그러나 이제는 살아 있는 가족을 떠올리는 일이 좋았다.

"불쌍한 것……."

차희의 엄마가 하나도 불쌍하지 않은 내 뺨을 쓰다듬으며 그렇게 입버릇처럼 중얼거리는 소리도 좋았다. 사랑하기 때문에 불쌍한 것을 아니까.

'엄마'는 2년 전 내 생물학적 엄마와 연을 끊었다. 연을 끊었다는 말은 좀 온건하네. 원수를 졌다. 그러고도 죽었다는 말을 들으니 막상 마음이 약해졌을까. '엄마' 성격에 상 치르는 내내 어찌할까 고민하다 왔겠구나……. 나는 그렇게 생각했지만 막상 엄마는 화장장 근처도 오지 않았다.

다만 날 낳아 준 여자가 연기로 사라지고 나서, 납골당 유리장 속 항아리 한 점으로 남을 무렵에야 주차장에 모습을 보였다. 그저 우리가 걱정되어서 와 봤다는 듯이.

"그래도 좋은 날에 갔네……."

항아리에 적힌 이름 석 자도 일별하지 않아 놓고서, 엄마는 그 아들들 들으라는 양 그런 말을 했다. 저 손이 닦아 줄 만한 눈물이 났으면 좋았을 텐데. 그러나 끝의 끝까지 눈물은 나지 않았다.

머리를 온통 헤집어도 빈곤한 추억뿐이었다. 나는 한 번도 박해경 같은 아들이 아니었다.

공허하게 엄마의 눈길을 따라 눈을 들자 산 위로 높다란 초여름의 하늘이 보였다. 죽는 날에는 온 세상이 음침하더니.

"뭐 한다고. 비나 내리지."

"느그가 불편타 아이가."

"뭐 좋은 일 하다 갔다고 이래 좋은 날에 가나 싶어서요."

아까부터 박해경 옆에 잠자코 앉아 있던 차희가 옆 벤치로 손을 뻗어 내 입을 조용히 때렸다. 자기 오빠야 들으면 어쩌냐는 듯이.

얘는 내 입을 때리는 게 어느새 버릇이 됐다. 엄마랑 박해경만 아니면 쫓아가서 깨물어 버렸을 텐데.

윤차희는 내가 괜찮다는 것을 너무 잘 알았다. 그래서 며칠째 내 쪽으로는 개뿔도 신경을 쓰지 않았다. 저렇게 염려하는 박해경은 그렇다 치고, 지네 엄마 장례식장에서 밥을 두 공기씩 처먹던 박태경조차 지나가는 길에 신경 써 놓고서는.

그래도 오늘은 봐주기로 했다. 박해경이 불쌍하기는 하니까.

"다른 건 몰라도 느그 낳느라 고생했지. 그건 좋은 일이지. 이래 번듯한 아들 셋이나 남기고 갔으니까."

"다 본인 좋으라고 한 일이었는데요, 뭐."

"나도 내 좋을라고 태희 차희 낳았는데 뭐. 그래 놓고 꼬박꼬박 유세 부리고 산다 아이가."

한참이나 박해경을 안고 토닥였던 차희의 엄마는, 차별을 못 참는 날 똑같이 안아 주었다.

"아무리 그 여자가 지 좋으라고 그랬어도, 결국에는 니가 더 행복하니까 니가 이겼다. 우경아."

그리고 얄팍한 내게 어울리는 말도 작게 속삭여 주었다. 이겼으니까 됐다.

그렇구나. 결국 내가 그 여자보다 훨씬 더 행복하니까.

"태경이랑 태경이 와이프는?"

"아까 외할머니가 뭐 의논할 거 있대서 갔어요. 형수랑."

"의논은 별……."

멀리서 차를 대고 돌아 온 차희의 아버지가 이맛살을 찌푸리고 나직하게 혀를 찼다. 차희의 엄마와 달리 아버지는 며칠 전 내 장인어른이라는 명목으로 장례식장에 조문을 왔다. 그리고 딱 삼십 분을 앉아 있다가 갔다. 외갓집 사람들에게 무엇이 가장 중요한지를 알기에는 충분한 시간이었다.

다른 사람은 몰라도 이 집 형제들은 신미진이한테 저카면 안 되지. 즈그들한테 어떻게 했는데. 나직하게 중얼거리던 말끝. 떠나던 시선이 잠깐 죽은 사람의 영정을 동정하듯 스쳤다.

참 보람도 없는 불쌍한 인생이다. 다 부질없다.

차희의 아버지는 세상에서 가장 증오하는 여자의 형제들을 보고도 그런 생각을 할 수 있었다. 저 여자가 어떤 인생을 살았다 해도 저것만큼은 불합리하다고. 제 큰누나가 죽었는데 저럴 수 있나. 형제끼리 저럴 수가 있나⋯⋯.

나는 죽은 엄마가 차희의 고모를 어째서 그렇게까지 질투했는지 문득 알 것 같았다. 질투야말로 그 여자가 내게 가장 먼저 물려준 것이므로.

단지 스무 살의 윤혜영이 아빠의 과거를 영영 가져갔기 때문이 아니라, 어쩌면 저런 이치나 따지는 형제가 있기 때문에. 기껏 돈 많은 집에 시집간 큰언니에게 손 벌릴 생각 한 번 못 하는 어리석은 자매들이 있기 때문에⋯⋯.

똑같이 어느 집 장녀로 태어나 똑같이 어느 집 사모님이 됐다. 그러나 촌에서 그 시절 딸을 대학에 보낼 정도로 부모의 사랑을 받았던 차희의 고모는 삶의 시작부터 자신과 사뭇 달라 보였을 것이다. 애초에 그 집은 딸을 보호하고자 결혼을 시켰고, 이 집은 결혼한 딸을 앞세워 온갖 낯부끄러운 짓을 해서라도 이득을 보지 못해 안달이었다.

모든 것이 비슷해 보였지만 결국에는 모든 것이 달랐다. 실패한 결혼 생활의 끝에서조차. 마지막에 그들에게 이혼을 권했던 자매의 목소리조차.

"뭐 물래? 태경이 나오믄 밥 무러 가야지."

"삼촌, 근처에 들깨 칼국수 잘하는 집 있대요."

슬픔을 못 이겨 엎드려 있는 줄만 알았던 박해경이 문득 핸드폰에서 고개를 들었다. 저 새끼가 근처 맛집을 검색하고 있었던 것이다. 심리 치료견처럼 윤차희를 옆에 두고는. 나는 말 없이 윤차희를 내 쪽으로 끌어당겼다.

아까 엄마가 좋은 하늘이라고 했던 것을 기억하는지 멀리 연기가 사라진 하늘을 잠시 바라본 박해경이 그런 날 발견하고는 몰래 느물거리는 미소를 지었다.

그리고 나더러 보란 듯 차희를 애달프게 올려다보며 말했다.

"차희야, 오빠야 일어날 힘이 없다……. 우짜지."

"오빠야는 지랄. 시아주버님 새끼 또 노망 났제."

"하이고, 아주버님은 무슨. 내사 희야가 해갱이 그래 부른다고 생각하이 징그럽다 마. 애가 애한테 그러는 거 맹키로, 으……."

"엄마. 엄마가 아무리 부정해도 윤차희 쟤는 나랑 결혼한 유부녀예요. 지 남편이랑 돌이킬 수 없는 강을 건넜다니까."

"아이고 징그러버라."

"어이없네. 자기는 내가 사위라고 잘만 말하고 다니면서."

"니는 우리 사위고 아들이지. 근데 희야는……. 유부녀는……. 엄마는 아직 거까지 적응 안 됐다. 마음의 준비를 더

해야 된다."

"아니 우리가 결혼한 지 일 년 반이 됐는데 아직도 적응 중이면 어카는데?"

"좀 기다려 봐라."

"글고 지 남편 형이 뭔 오빠예요. 이게 뭔 개족보야."

엄마는 어차피 우리 집 족보가 개판인데 뭘 그런 걸 따지냐고 했다. 사돈총각이 제 동생 장인을 삼촌이라 부르고, 장모를 이모라 부르는 판에.

"오빠야, 일어날 수 있겠나? 어지럽나?"

"아 잡아 주긴 뭘 잡아 줘. 니 남편 손이나 잡아라."

보는 눈 없는 차희는 결국 슬픈 척 들깨 칼국수나 찾던 놈 팔을 먼저 잡아 일으켰다. 몸이 좋지 않기는 한 모양인지 비틀거리는 와중에도 내 얼굴이 재밌다고 실실 웃는 낯짝이 겨우 중학생인 동생을 놀려 먹던 고등학생 새끼와 별반 다르지 않다. 더는 윤차희가 여자가 아닌 것처럼. 여기가 납골당 앞 벤치가 아닌 것처럼.

그래도 나는 가만히 앉아서 윤차희가 날 일으켜 줄 때까지 노려보았다. 윤차희가 한숨을 쉬며 내 손을 잡았다. 아주 미약한 힘이었지만 언제나 날 일으키기에는 충분한 힘이다. 다들 몸을 돌려 걸어가는 찰나에 윤차희가 까치발을 하고 내 턱에 뽀뽀했다.

"삐치지 마라, 박우경."

"……."

"이따 니한테만 신경 써 줄게."

뽀뽀한 적도 없는 척 새침을 떠는 얼굴이 뻔뻔하기도 하다. 나는 부모님 모르게 차희를 뒤에서 덮쳐 얼굴을 확 깨물어 버릴까 하다가, 앞에서 엄마가 돌아보는 통에 그러지 못했다.

그래서 얌전히 손만 잡았다. 아직도 본인 딸이 유부녀가 된 것에 적응 중이라고 하니까.

엄마가 그것을 보고는 박해경의 손을 잡으며 말했다.

"잘됐네. 우갱이 니도 들깨 칼국수 좋아한다 아이가."

나는 여전히 밀가루 음식을 별로 좋아하지 않는다. 그저 어떤 사람들과 먹으면 괜찮을 뿐이었다.

공원묘지 근처 주차장만 휑하니 큰 식당에서 우리는 칼국수 여덟 그릇을 시켜 먹었다. 죽은 사람 이야기는 하나도 하지 않았다.

박태경은 그러고 보니 생각났다는 양 형수가 첫 아이를 임신했다고 말했다. 꼭 그 말을 하려고 가족 모임을 만든 것 같은 자리에서.

"이번에는 진짜예요?"

"어. 진짜야."

문득 차희가 박태경과 알 수 없는 말을 주고받았다.

"문자로 주소 줄게."

"……포도 맡겨 놨어요? 진짜."

"이번엔 진짜잖아."

"……."

"방금 오만 원 보냈어. 알아서 한 십만 원치 보내 줘."

"박우경. 내 있다이가."

"뭐가 있노."

"태경이 오빠야랑 결혼하고 싶다."

"……돌았나?"

또 악몽이네. 나는 웬 만두 같이 생긴 여섯 살 윤차희가 떠드는 꼴을 가만히 내버려 두었다.

"나는 나중에 크면 내보다 똑똑한 남자랑 결혼할래. 태경이 오빠야처럼. 내보다 공부 잘하는 남자."

"박태경이 뭔."

"글고 저렇게 키 큰 남자랑 결혼할 거다. 그래야 자식도 크대. 아빠가 그랬다. 키 작은 남자는 쳐다도 보지 말라고. 태경이 오빠야 키 크다이가."

"자식은 개뿔. 윤차희 니나 커라. 지는 쪼꼬만 게."

"너무 잘생겼다."

"……."

"태경이 오빠야 너무 멋있지 않나?"

"……."

"결심했다. 결혼하기로."

"……."

"나는 오빠야가 좋다."

키가 커야 하고, 잘생겨야 하고, 지보다 똑똑해야 하고.

그때의 나는 윤차희보다 딱 1.2cm 작았다. 어느 날 유치원에서 키를 재어 보고는 내내 이를 갈았기 때문에 수치까지 정확히 기억했다.

미래를 몰랐던 나는 불안하고 무서웠다. 그래서 말을 듣고 며칠은 윤차희가 박태경의 팔짱을 끼고 결혼식장에 들어가는 악몽을 꿨다. 이후로 박태경이 더는 똑똑하지 못하기를 바라고 저주했다. 공부를 더럽게 못하기만을 바랐다. 박태경의 키가 더는 자라지 않고 내 키만 자라기를 바랐다.

나는 언제 저렇게 클 수 있지. 고작 열두 살배기를 다 큰 어른처럼 바라보며 내가 까마득하게 느꼈던 박탈감이 아직도 선연한 건 조금 우스운 일이다.

그 시절 윤차희는 온갖 책을 다 읽어서 나보다 아는 게 항상 많았다. 그리고 나는 책을 싫어했다.

무식한 내가 윤차희보다 똑똑한 인간이 되는 건 퍽 요원한 일처럼 보였다. 그 시절 내 눈에 들어온 활자는 죄다 날 낳아준 여자가 심심하면 입에 달고 사는 강권의 산물이었다. 때때로 비명을 지르고 싶은 고문의 일부고.

그럼에도 불구하고 언젠가 공부를 해야겠다고 생각한 건 그때부터였다. 당장은 아니고, 좀 더 놀다가. 어쨌든 윤차희는 자기보다 똑똑한 남자를 만나겠다고 하고 나는 윤차희를 만나야 하니까.

박태경보다 키가 클 것. 윤차희보다 공부를 잘할 것. 잘생길 것. 사실 그 애는 그런 것을 기억하지도 못했다. 제가 내 앞에서 흘린 수많은 조각을, 내가 그 조각을 주워 따라온 길을 모른다. 내가 누구 때문에 책상에서 그다지 적성에 맞지도 않는 짓을 했는지도.

내가 한때 누구 때문에 윤차희 저를 공부로 이기려 들었는지도.

윤차희와 학교를 다니는 내내 공부가 적성에 맞다고 느꼈던 적은 별로 없지만, 그래도 그 애와 있으면 세상에서 제일 재미없는 일을 해도 그럭저럭 재미가 있었다. 아주 지루한 일을 해도 견딜 만했다. 윤차희 없이는 아무것도 못 하는 척을 하면 더 오래 같이 있을 수 있었다. 그러다 정말로 그 애 없이는 아무것도 못 하는 놈이 됐다.

나는 아주 무식한 시절에 윤차희를 이겨 먹고자 계략을 짰지만, 정작 그 애가 없으면 뭘 하고 싶지가 않았던 것이다.

"우경아."

나긋한 어른의 목소리가 문가에서 들렸다. 만두가 아니었다. 나는 천천히 선잠에서 깨어났다. 갸름한 얼굴이 어둠 속에서 말갛게 날 내려다보았다.

인생은 알 수 없는 것이다. 윤차희가 매일 돌아오는 집에 내가 산다는 것. 우리가 함께 산다는 것. 내가 윤차희보다 똑똑하지는 못하더라도 얼마간 공부는 잘했다는 것. 윤차희보다 키가 21cm는 크다는 것. 그리고 박태경보다 2cm 크다는 것.

"침대 끝에서 왜 이러고 자는데? 똑바로 누워 자고 있지."

"전화하지……. 데리러 가려고 기다렸는데."

"언제 퇴근할 줄 알고."

침대 끄트머리에서 몸을 일으킨 나는 드레스룸으로 가는 차희의 허리를 끌어당겨 안았다. 납작한 배에 얼굴을 묻자 당연한 작용처럼 머리카락을 쓰다듬어 주는 손이 다정했다.

"오빠야 집에서 잠 못 잤다매."

"그래서 며칠이나 니를 못 봤잖아."

"며칠은 무슨. 겨우 이틀인데."

"하루 지나면 다 며칠인데."

나직하게 웃은 차희가 내 두 뺨을 잡고 고개를 살짝 들게 하더니 콧잔등에 입술을 쪽 맞추었다. 부족하다는 듯 등을 그러안자 이번에는 입술이 부딪혔다.

"됐제. 이틀치."

키스는 다정하고, 이거나 먹고 떨어지라는 말은 쬐질이 나쁘다. 차희가 애처럼 날 밀어내고 블라우스 단추를 하나씩 풀어내리며 드레스룸으로 갔다.

나는 사냥감을 노리듯 뒤를 따라갔다. 저대로 침대에 던지고 싶지만, 그 애는 온몸을 깨끗이 씻지 않으면 침대에 들어갈 수 없는 병이 있었다.

씻기 전에 귀찮게 할까. 아니면 씻을 때 귀찮게 할까.

"윤차희 야하다."

"조금 있으면 안 야한 꼬라지로 나올게. 걱정하지 말고 자라."

"속옷 뭔데. 누구 보여 주려고 이런 속옷 입은 건데. 어?"

작은 리본 하나 달려 있지 않은 회색 브라를 두고 그렇게 말한 게 기가 막힌 모양인지 차희가 코웃음을 쳤다. 나는 아랑곳하지 않고 펜슬 스커트 지퍼를 내리는 가느다란 손가락을 지나쳐 스커트 안쪽으로 손을 밀어 넣었다.

몸매의 선이 바로 드러나는 게 마음에 들면서 마음에 들지 않았다. 그래서 엇비슷한 것을 벌써 두어 개 찢어 먹었다. 몇 달 전 차희가 처음으로 출근하던 날에 하나, 갑자기 반차를 내고 학교에 날 데리러 왔을 때 차에서 하나. 후자는 기쁜 마음에 그런 것이기는 했다.

"또 마음에 안 든다고 찢지 말고."

"지가 정숙하게 입고 다니든가."

"무릎까지 가리는 게 뭐."

"상상하게 한다이가."

"그 상상 박우경 니만 하는데."

"변태들은 한다."

"니가 변태다이가. 박우경."

틀린 말은 아니지만, 윤차희를 사랑하니까 이따금 더럽고 음침한 생각도 하는 거였다.

나는 비록 변태지만 친절했다. 거울 앞에서 블라우스를 마저 벗겨 주고 브래지어를 밀어 올리며 가슴을 움켜쥐자 부끄러움을 이기지 못한 차희가 품 안에서 조금 버둥거렸다. 잠시 허벅지에 걸려 있던 스커트가 무릎을 타고 발밑으로 떨어졌다. 나한테는 더한 꼴도 그렇게 많이 보여 줬으면서 제 눈에는 차마 못 담겠다는 식이다.

"내일 출근 안 하잖아."

나는 뻔뻔하게 중얼거리며 목선에 입술을 묻었다. 차희는 내가 하는 짓이야말로 제일 정숙하지 못하다고 지적하고, 속옷 안으로 파고 들어가는 내 손을 붙잡고 새빨간 얼굴로 고개를 저었다.

"씻고 하자, 박우경."

"변태 새끼한테 야한 말을 밥 먹듯이 하네."

별로 호응하는 기색이 없자 거울 속 차희의 눈이 어지럽게 방황하다 문득 뒤의 나를 향했다. 그럼 같이 씻자……. 차희의 소심한 말 한 마디에 우스꽝스럽게도 당혹감은 순식간에 내게로 옮겨붙었다. 마치 둘이서 한 번도 같이 씻어 본 적이 없는 것처럼.

수도 없이 한 일이 윤차희의 입에만 오르면 부끄러워지는 이유는 뭘까. 같은 말을 네가 하면 왜 더 야할까.

"……윤차희 해롭다, 진짜."

"박우경 니가 더."

윤차희는 내가 아예 해악이라고 했다. 악성. 해악. 비슷한 맥락이기는 하다. 나는 세면대 위에 차희를 올려놓고, 그 애의 다리에 난 흉터를 모른 척하며 입술을 묻었다.

내게는 누군가의 죽음보다 네 다리에 새긴 흉터 한 줄이 더 크다는 사실을, 가까스로 무디게 삼키면서.

차희와 헤어지고 할머니의 병원에 갔던 어느 날, 열아홉 살의 나는 문득 내 손에 남은 게 아무것도 없는 것 같다는 생각을 했다.

　그 애랑 헤어졌다고 울면서 한 번만 안아 달라고 엎드린 나를 내리치는 주름진 손에서, 날 영영 알아보지 못할 것만 같은 눈에서, 원망하고 기피하고 비난하는 비명에서, 야멸찬 욕설에서, 할머니의 그 모든 것에서 내가 평생 가졌던 것의 부재를 느꼈다.

　아무도 없었다. 그러고 보면 나는 그때 윤차희를 잃은 게 아니라, 가지고 있던 전부를 잃었던 것이다.

　할머니, 제발 내 좀 살려 주면 안 되나. 숨을 못 쉬겠다. 그냥 한 번만 돌아와 주라. 한 번만 돌아와서, 딱 한 번만, 내 이름 불러 주면 안 되나…… 병상의 마른 무릎에 매달려 빌던 나를 내리치는 손이 아팠다. 내 애원을 역겨워 하는 욕설이 슬펐다.

　처음으로 그런 게 죽을 것처럼 아프다는 생각을 했다. 고작 온갖 병마가 겹겹이 쌓인 노쇠한 손으로, 치매에 걸린 할머니가 내 머리를 내리치고 밀어내는 게.

　할머니. 나 걔를 사랑하는 거 같아. 죽고 싶어. 할머니는 나더러 죽으라 했다. 그럴까. 내가 죽어도 괜찮을까. 내가 못 와도 할머니는 어차피 모르니까. 나는 동주가 아니니까.

할머니의 미움은 가짜다. 그러나 진짜는 기껏해야 내 허상 같은 기억 속에나 있다.

나는 그때가 되어서야 괜찮지 못했다. 돌아갈 곳이 없기 때문이었다. 더는 윤차희의 위로를 바랄 수 없기 때문이었다. 내가 할머니의 인생에서 어떤 위대한 유적이었는가 하는 말 따위는. 사라진 것이 아니라 잠시 잊힐 뿐이라는 다정한 거짓말 같은 것은.

그럼 나는 네 인생에서 무엇이었을까. 그저 지나가면 잊어버리는 도로의 무의미한 광고판 같은 것이었을까. 그때는 종종 그런 생각을 했다. 그 애가 내 인생에서 모든 이정표였다는 사실을 조금은 억울하게 여기면서.

"간지럽다."

내 머리 위에서 그 애가 나직하게 웃는 소리가 더 간지러웠다. 형광등 불빛이 말간 살갗 위를 어른거렸다. 피부를 깨물고 빨아 삼키면서도 목이 탔다. 나는 차희의 무릎에 입술을 쪽 맞추고 천천히 다리를 열었다.

천천히 내 머리카락을 헤집는 손가락이 봄날의 바람 같다. 제 아래 개처럼 무릎을 꿇고 다리 사이에 고개를 처박은 남자와 있어도, 그 애는 여전히 사과나무 아래 그 여자애처럼 웃는다. 그래서 나는 가끔 차희를 조금 더 몰락시키고 싶다. 아주 더럽히고 싶다. 온몸이 내 것으로 더럽혀진 것을 보고 싶다. 그대로 어디에도 가지 못하게.

우리가 헤어졌을 때에는, 내가 모르는 사람들과 있는 너를 상상하는 게 지옥 같은 일이었다. 사람, 친구, 남자, 그 어떤 것이든. 별일이 아닌 작은 무엇으로라도. 같은 서울 어딘가에서도.

그저 내가 모르는 곳에서 내가 모르는 인생을 살아가고 있는 네가 싫었다. 우리가 갈라진 길목에서 더 멀어지는 게 무서웠다. 네 안온한 세상이 두려웠다. 내가 없어도 멀쩡하게 잘 살아갈 너를 알아서.

내가 아니어도 괜찮은 윤차희. 내가 없는 네 삶의 연속성.

그 막막한 기분이 아직도 이따금 그늘처럼 머리에 드리웠다. 네게서 답장이 돌아오지 않던 열일곱, 그 나이 어딘가를 여전히 떠도는 것처럼. 멀리서 바라보는 너는 아주 멀쩡하고, 나는 무너지고 있는 것만 같았을 때. 나는 가끔 아주 작은 틈도 견딜 수가 없었다. 네가 눈앞에 보이지 않는 순간을 믿을 수 없었다.

내가 네 것이라는 표식을 내 온몸에 새겨도 좋았다. 대신 네 몸에 작은 표식 하나 남길 수 있다면.

그러나 이 모든 흉터 앞에서는 자격 없는 미움이다. 넘쳐흐를 수 없는 불안과 욕심이다. 잇새로 허벅지 안쪽의 여린 살을 아프게 깨물자 내 머리카락을 다정하게 헤집던 손이 내 머리를 툭 쳤다.

"괴롭히지 마……."

"응."

"말만 응."

"괴롭히지 말라고 할 때마다 더 괴롭히고 싶은데, 어쩌지."

"그래도."

괴롭히지 말라는 목소리가 달았다. 나는 벌려진 다리 안쪽으로 입술을 붙이고 그 애의 흉터를 지우듯 발긋한 흔적을 남겼다. 가벼운 신음이 흩어졌다.

그러나 발갛게 달아오른 피부 위에서는 언제나 흉터들만 희게 남았다. 언젠가 차희는 잠시 함께 살았던 친구 집 고양이 핑계를 지나가듯 댔지만, 나는 사실 이것이 오래된 자해의 흔적이라는 것을 안다.

처음부터 알았다. 그러나 한 번도 캐묻지는 않았다. 단지 이름 모를 고양이의 발톱이 지나간 흔적일 뿐이라고 믿는 얼굴을 했다. 그때의 나는 고작해야 차희의 부모를 떠올렸기 때문이다.

눈물과 소란. 제 집을 등지고 세상 어디에도 발붙일 곳이 없는 것처럼 홑옷 차림으로 1월의 국도를 서성거리던 여자애.

내 기다란 패딩 점퍼에 갇혀 웃던 발간 얼굴. 내 등에 얼굴을 묻고 조용히 울던 소리. 그 시절이 곪아 내가 모르는 또 어떤 시절에 네게 병과 흉터를 남겼으리라고.

차희를 아프게 할 만한 무언가라고는 그런 것밖에 떠오르지 않았다. 한때 차희는 제 부모를 사랑해서 모든 것이 어려운 애처럼 보였으니까.

그렇게 모른 척 지나가 주었다. 마치 선심을 쓰고 친절을 베푸는 것처럼 눈을 감았다. 제 몸에 상처를 남길 정도로 내 존재가 차희를 아프게 했으리라고는 감히 생각하지도 못하고. 날

낳은 사람이 내 이름으로 그 애를 몰아붙인 흔적이라고는 상상
하지도 못하고.

알따란 커터 칼로 그은 듯 아주 희미한 실선들. 이제 손끝의
감촉만으로는 성한 살갗과 구분할 수 없는 오래된 시간들. 내
게는 다정한 손이 스스로 남긴 흔적.

차희의 몸. 내 이름자와 같은 흉터들.

나는 정말이지 날 낳은 사람의 죽음을 떠올리는 일보다 차희
의 오래된 상처 한 줄이 아팠다. 죽은 사람에게 여전히 이가 갈
렸다.

무슨 일이 있어도 꼿꼿하게 등을 세우고 살던 그 고집스러운
여자애가 어느 밤 홀로 몸을 웅크리고 제 몸에 상처를 내며 울
었을 것이 막막했다. 영안실에서 마지막으로 보았던 그 여자의
훼손된 시신보다 내가 모르는 차희의 무력한 밤들이 훨씬 더
끔찍했다. 이제는 돌이킬 수도 없어서.

지금의 나는 무슨 짓을 해도 열아홉의 너를 지킬 수도, 스물
의 너를 안아 줄 수도 없어서.

"……우경아."

"조금만 더."

어쩌다 물끄러미 이 자리에 시선이 머물면 차희는 몸이 굳어
버린다. 그래서 나는 눈을 내리깔고 그저 아무런 소용도 없는
습관처럼 생각한다. 욕조에서 잠든 차희를 안고 있을 때면 다
리 사이의 흉터를 매만지며 생각하듯이. 침대에 잠든 그 애를
누이다 문득 생각하듯이……

차희의 흉터를 내 몸으로 다 옮겨 올 수 있다면 얼마나 좋을까. 제 몸을 그었던 어느 날의 고통을 다 내가 가져올 수 있다면.

그때의 널 아프지 않게 할 수 있다면.

물론 생긴 값도 못하고 내 앞에서 수도 없이 넘어지고 엎어지던 네 어린 날의 상처들까지 가져올 수 있다면 좋을 것이다. 그때 이후로 나는 시골길을 걸을 때마다 그 애의 발을 걸어 넘어뜨릴 돌부리를 먼저 확인하고 윤차희를 이리저리 옮기는 버릇이 생겼다.

차희의 팔에는 아직도 나랑 자전거를 타고 가다 굴러떨어져 다친 흉터가 있다. 무릎에는 소사에서 내려오다 엎어져 살갗을 다 갈았던 흔적이 희미하게 있다. 나는 그때마다 과다 출혈로 죽는 게 아닌가 싶어 난리를 쳤다. 아프다고 엉엉 울던 윤차희가 머쓱하게 눈물을 그칠 정도로. 아마도 해 줄 수 있는 게 별로 없는 똑같은 어린애였던 탓이겠지.

지금이라면 그냥 달랑 업고 집으로 돌아왔을 텐데. 든 것 같지도 않을 텐데.

"공주 니 이때 진짜 많이 울었는데, 기억나나?"

"……남의 속옷 벗기면서 뭐 하는데?"

"추억? 순수하게."

"다 벗겨 놓고 순수는 지랄이다, 진짜."

"다 벗겨 놨으니까 추억도 더 순수하지. 봐라. 가린 게 하나도 없잖아."

"순수한 사람이 다 얼어 죽었나. 박우경 니 같은 게 순수하게."

"윤차희 지는 만두같이 생겼던 게."

"내가 언제."

"아 너무 이쁘게 컸다고. 아직도 한 번씩 공주 니 얼굴 보면 놀란다이가. 존나 이뻐서."

"만두라매."

볼멘 음성이 오랜만에 어릴 때처럼 들렸다. 실실 웃음이 새어 나왔다.

"어케 사람이 이렇게 이쁘지. 니 인간 맞나."

"니가 만두라 캤다이가. 만두겠지."

"이래 이쁜 거 말 되나. 미친 거 아니가."

"아 좀."

"이거 완전 생태계 파괴범인데."

"미친놈…… 걍 안 할래."

"그냥 어릴 때 니 볼따구가 찐만두 같았으니까……. 근데 중요한 건 존나 이쁜 만두였다. 그때도 놀랐다이가. 뭐 저런 만두가 다 있노."

"됐다. 니랑 안 한다."

"윤차희 이쁘다."

"만두는 걍 씻고 잘래."

"이렇게 벗겨 놓으면 더 이쁘고."

다리 사이에 입술을 겹칠 때면 늘 그렇듯 내 머리를 움켜쥔 손에 바짝 힘이 들어가는 게 귀여웠다. 나는 그대로 속옷을 내리며 무릎부터 정강이까지 키스했다.

그 시절 부주의한 윤차희의 온갖 상처가 눈에 밟힌다. 스무 해 가까이 지난 이제는 눈에 보이지도 않을 만큼 희미하지만, 나는 흉터마다 그 어린애가 넘어진 온갖 장소까지 기억할 수 있다. 땅이나 돌에 보복할 수는 없지만, 윤차희에게 발을 걸었던 새끼는 개같이 달려들어 패 주었다.

내가 아는 흉터. 어디서 언제 어떻게 다쳤는지 아는 것.

그리고 내가 모르는 것.

"내 이제 괜찮다."

"……."

"하나도 안 아프다."

다 오래된 거니까. 언제 어떻게 다쳤는지도 기억 안 나니까……. 머리 위로 나직한 말들이 내려앉았다. 저는 괜찮다고.

허벅지 위에서 안쪽으로 이어지는 가느다랗고 희미한 선들을 매만지던 손 위로, 차희의 손이 겹쳐 들었다. 천천히 손이 떨어졌다.

"우경아."

"……나는 평생 아플 것 같은데. 윤차희 니가 이때 혼자 있었다는 게."

더는 모른 척할 수 없어 떠밀려 나온 한 마디가 어리석었다. 상처가 네 몸에 났어도 내가 더 아프다고 떠드는 엄살과 다르지 않다는 것을 알았다.

"지금은 아니잖아. 박우경 니가 있다이가."

"……."

"니가 계속 내 옆에 있을 거잖아."

차희가 웃었다. 나는 내 팔을 잡은 차희의 손이 이끄는 대로 일어나 그 애의 어깨를 감아 안았다. 그리고 입술이 아니라 웃는 입가에 입을 맞추었다.

네가 날 향해 웃으면 내 세상 전체가 웃는 것 같다. 다른 일은 아무래도 좋을 것처럼. 아주 오래전부터 그랬다. 네 얼굴 외에는 뵈는 게 없었다. 그래서 네가 울면 천장이 무너지는 집 안에 서 있는 것 같았다. 아주 어릴 때부터.

나는 죽은 엄마에게 눈물을 배웠고, 눈물은 일찍이 폭력이었다. 가여운 척 울면서 남을 휘두르는 것. 괴롭히고 짓누르는 것. 무얼 얻어내려 하는 것. 자기 스스로를 동정하는 것. 내가 보기에 눈물의 이치는 어른이나 아이나 다르지 않았다. 유치원에서 애들이 우는 것조차 혐오스러웠다.

그런데 네가 울면 왜 가슴이 아팠을까. 네 머리를 잡아당기고 인형을 빼앗은 게 왜 후회됐을까. 네 웅크린 등이 왜 무서웠을까. 그걸 인정할 수 없어서 몇 번이나 널 괴롭히고 울려 본 다음에야 알았다. 다시는 너를 울리고 싶지 않다는 것을.

"키스하고 싶으니까, 키스해 줘. 우경아."

사실 나는 차희를 어디에도 가두지 못할 것이다. 고작 내 불안을 위해 내가 모르는 세상의 차희를 꺾어 놓지도 못할 것이다.

나는 차희가 제 생에 갖는 자신감이 좋았다. 언제나 노력하기 때문에 당당한 얼굴이 좋았다. 가끔은 미련할 정도로 애를 쓰는 게 좋았다. 나는 차희에게 내 모든 것을 줄 수 있지만, 자부심을 줄 수는 없었다. 딸이 좋은 직장을 얻었다는 자부심으로 빛나던 부모님의 들뜬 눈도 비슷했다.

월급을 몇 달이나 받았다고 그렇게 고생해 번 돈을 내게 쓰며 웃는 얼굴도. '박우경 니는 아직 학생이다이가' 하고 카드를 꺼내 들며 살짝 누나처럼 으스대는 표정도. 전부 차희가 스스로 만든 삶이었다. 내 하루 중 그 애를 볼 수 없는 시간이 아무리 불만스러워도.

그래도 윤차희의 밤과 아침은 모두 내 것이니까.

힘든 하루가 끝나면 반드시 내게로 돌아오니까.

나는 쏟아지는 물 아래에서 차희의 다리 사이를 헤집고 입술을 삼켰다. 젖은 손으로 가슴을 틀어쥐고는 가슴까지 발개진 것을 놀리다 그 애의 입술에 입을 틀어 막혔다. 오늘은 좀 거친데……. 놀릴 거리가 또 생각났다.

가끔은 그래서 일부러 개소리를 한다. 더 떠들지 말라고 차희가 키스를 해 주는 게 좋아서.

샤워기가 바닥에 떨어진 것을 알고도 벽으로 밀어붙여 몸을 파고들었다. 까치발로 간신히 버티고 있던 자그마한 몸이 완전히 허공에 떴다. 차희가 작게 불평했다.

"나, 우경아. 발. 불안한데."

"응."

"또 이래. 하나도, 안 들으면서, 대답만."

"안 떨어트린다니까."

나는 네 발이 닿지 않는 게 가장 좋았다. 우리가 더 깊이 닿는 게. 네가 밭은 숨으로 내 목에 매달리는 게. 제 스스로 땅을 딛지 못한 불안에 떨며 온몸으로 내게 안겨 오는 게. 한순간은 세상에서 유일하게 의지할 만한 것처럼 날 보는 게.

네 인생을 그렇게 만들어버릴 수는 없으니 잠깐이라도.

네 몸을 아무리 파고 들어도 음험한 욕구가 들끓었다. 제 가슴을 움켜쥔 손을 겹쳐 쥔 작은 손이 미끄러지듯 팔로 떨어져 내 왼팔의 일그러진 살갗을 어루만졌다. 내가 저를 세게 치받는 힘에 마구잡이로 온몸을 흔들리면서도 겨우 그런 게 애틋하다는 듯이.

크게 베인 자국. 그 위로 불에 일그러진 흉터.

나는 언뜻 엉망으로 보이는 왼팔로 차희에게서 종종 원하는 것을 얻어 냈다. 옛날에 다친 손으로 그 애를 몇 번이나 붙잡았던 것처럼. 우리는 똑같이 흉터가 많은 사람들이었지만 하는 짓이 사뭇 달랐다. 그렇게 어릴 때부터.

차희가 날 세게 끌어안았다. 나는 욕설을 삼키며 몸을 겹친 채 샤워기를 잠그고 욕조로 걸어가 물속에서 그 애를 밀어 붙였다. 품 안에서 얕게 흐느끼는 소리에 물기가 맺혔다. 욕조 안에서 일어난 파도가 그 애의 등으로 밀려왔다. 나는 가증스러울 만큼 다정한 태도로 연약하게 떨리는 몸을 안았다.

어쩌면 윤차희가 잘못 걸렸겠지. 조금은 운이 없었을 수도 있다. 아빠는 그 나이를 먹고도 차희 고모의 그 시골 아파트 옆 동에 겨우 집 한 채를 샀다. 갑자기 지방대 경영 대학원에 들어

간다는 생각을 다 하고는. 뻔뻔하고도 소심하기 짝이 없는 발상이다.

그렇게 한 번씩 오며 가며 고모를 본다고 했다. 이따금 같은 차를 타고 학교를 간다고도 했다. 그것만으로 인생이 충만한 얼굴을 하고는, 갓 취직한 제 아들의 아내에게 착실히 보고도 했다. 마치 그 이상의 껄끄럽고 이상한 일은 일어나지 않을 것처럼.

나라면 있을 수 없는 일이다. 겨우 한 번씩 차를 타고 어딘가로 같이 간다는 건. 지척에 네가 있는 것을 알면서 그곳에 쳐들어가지 않는다는 건.

너와 나보다 다른 누군가를 먼저 생각한다는 건.

차희는 그게 아빠가 날 얼마간 사랑하기 때문이라고 했다. 아주 어색하고 약소한 방식으로나마.

"자라. 씻겨 줄게."

"내 자는데 이상한 짓 하지 마리……."

"생각도 없었는데 아이디어 고맙다. 공주야."

차희도 어쩌면 그렇게 약간의 염치를 아는 남자를 만날 수도 있었겠지. 적어도 내가 아빠를 닮았더라면.

제가 남긴 삶의 흉터가 보이지 않는 양 뻔뻔하게 여자를 움켜쥐는 남자가 아니라.

하지만 나는 아빠를 닮지 않았고, 고모를 닮지 않은 너를 아주 오래도록 보고 싶었다. 네 삶의 흉터는 내 손으로 쓰다듬고 싶었다. 상처가 나거든 약을 발라 주고 싶었다.

되돌릴 수 없는 것 대신에 내 모든 것을 주고 싶었다.

"……내일 출근했으면 니 가만 안 뒀다. 진짜."

"윤차희가 나 가만 안 두면 재밌겠다."

따뜻한 물속에서 차희가 잠들었다. 나는 차희를 안고 욕조에 잠시 드러누웠다.

오랜 습관처럼 다시 숨을 참는다. 내 머리가 물속에 있는 것처럼. 어릴 적 차희와 있을 때면 늘 그랬던 것처럼. 어떻게든 지금이 가지 않게 하려고. 인생의 모든 것이 빨리 지나가 버리길 바랐던 여섯 살의 내가, 문득 너를 과거로 보내고 싶지 않아서 그러기 시작한 것처럼.

차희의 손목에서 풀어 낸 검은 가죽 줄 시계가 세면대 위에서 조용히 초침을 움직였다. 나는 시간을 아주 느리게 헤아렸다. 영원을 바라듯이.

부드러운 이마에 입을 맞추자 차희가 잠결에 웃었다. 그것으로 잠시 내 세상이 웃었다.

완벽한 순간이었다.

(끝)

Q&A

〈봄그늘〉은 어떻게 만들어진 걸까. 아직 공개 되지 않은, 알고 보면 더 재밌는 〈봄그늘〉 설정집! 파란미디어가 여쭤 보고 김차차 작가님께서 직접 답해주셨습니다.

1 처음 구상한 스토리, 캐릭터와 실제 본편을 비교할 때 가장 크게 달라진 부분은 어떤 것일까요?

이 작품을 구상하고 초반부를 써 둔 것이 벌써 몇 해 전이다 보니, 그 사이 작품을 생각할 때마다 많은 것이 달라졌던 것 같아요.

첫 시작은 '설 연휴에 고향으로 내려온 직장인(겸 과수원 집 딸내미) 여자 주인공이 초중고등학교 때 밉상 겸 짝사랑 겸 흑역사 겸 라이벌 겸 과수원 집 아들과 재회'하고 잠깐 충동적인 만남을 갖는 내용의 가볍고 씁쓸한 19금 단편이었습니다. 짧은 시간 동안의 이야기를 지엽적으로 다룰 생각이었고요.

그게 사실은 해경이 커플의 이야기였는데요. '청라'라는 배경을 구상하다 보니 좀 더 긴 이야기 속에서 계절과 장소를 느낄 수 있는 작품을 쓰고 싶어지더라구요. 그래서 해경이 커플의 초안은 초안대로 두고 동일한 배경으로 소꿉친구 + 실패한 첫사랑과의 재회 + 가족 드라마 + etc를 구상하게 되었어요. 해경이 커플의 라이벌 (성적) 설정도 차희랑 우경이에게로. 쓰다 보니 해경이 라이프 스타일이 널널(!)해서.

처음부터 끝까지 살아남은 건 사과나무 정도네요.

2 〈봄그늘〉을 집필하며 가장 행복했던 순간은 언제인가요?

완결 직전!

3 〈봄그늘〉을 보고 울었다는 독자님들이 많으신데요. 인물들의 감정이 극으로 치달았을 때, 작가님도 쓰시다가 감정적으로 힘들었던 부분이 있을까요?

보통 그런 부분을 쓸 때는 스스로 감정 인식을 할 새가 없더라고요. 극중에서 이미 인물이 감정을 쏟아내고 있고 그게 또 제 손을 통하고 있기 때문인지 어떤 기분이 들기 전에 진이 먼저 빠지는 것 같아요.

그런 부분을 저는 '탑을 다 쌓은 후에 확 밀쳐 무너뜨리는 순간'으로 비유를 하는데, 손이 느린 제가 그나마 가장 빨리 쓸 수 있는 부분이기도 하고 보통 그런 하이라이트를 위해 앞을 쌓아 올린 것이라 살짝 신날 때도 있습니다. 물론 남의 고통을 즐겨서는 아닙니다!

4 제목 〈봄그늘〉은 어떤 의미를 담고 있나요?

원제는 〈봄의 그늘〉이었어요. 〈봄이 되고 그늘 속에 남는 것들〉을 줄인 것. 그렇게 줄인 〈봄의 그늘〉을 또 줄인 것이 〈봄그늘〉.

약간 직관적으로는 봄이 와도 그늘진 곳은 꽃이 늦게 피는 것에서 착안해서. 거기에 혼자 남아 볕 속의 봄을 바라보는 기분으로 여자 주인공이 남자 주인공을 바라볼 것이라고 생각했어요. 그리고 또 본문 속에도 나오는 표현이지만 마치 등 뒤의 그림자처럼, 이미 지나간 계절들이 봄 뒤에 남는다는 것.

작중 차희가 생각하기에 우경이는 일 년이 지나고 새로운 다음 봄 속으로 갈 사람이죠. 자기는 언젠가 과거가 될 '지금'이라는 한시적인 시간 안에서 머무르고 싶은 사람이고. 따라서 작중의 시간적인 비유이기도 합니다.

5 배경이 되는 청라 역시 작품에서 무척이나 중요한 역할을 하고 있는 것 같아요.
1) 가상의 도시 청라에 대해 설명해 주실 수 있을까요?

언젠가 카페에서 언급한 적이 있는데,

[사실 청라는 이름에 '청'이 들어가긴 하지만 청송을

딱 모티브로 한 건 아니었구요. 차희네 동네 자체 느낌은 안동에서 사과원 좀 있는 쪽에 가깝습니다(한 번밖에 안 가봐서 기억은 희미한데... 만약 잘못됐다면 조작된 안동입니다). 차를 좀 타고 나가면 시내와 신도시가 있고. 완만한 구릉이나 평지가 많은. 거기에 어릴 때 드라이브를 많이 갔던 밀양을 약간 넣고.

〈봄그늘〉 초반부는 몇 년전에 써둔 것인데, 그때까지는 제 평생 사과원 있는 동네를 안동이랑 밀양밖에 안 가봤기 때문에 첫 구상 자체는 그렇게 했어요. 그때까지 실제로 가 본 적은 없었지만 아주 쌀쌀하다는 청송의 날씨를 더해서. (이후에 가보았어요!)

차희 집에서 조금 더 넘어가면 백운면이 미조면으로 바뀌죠. 미조 저수지가 있는 쪽은 영천이나 경주 교외 어딘가의 저수지. 이름은 제가 좋아하는 남해군 미조면에서 따왔습니다. 사랑의 의미로...!]

제가 나고 자란 고향이 부울경이라(잦은 이사로 로테이션) 사실 경북 지방을 잘 알지는 못해서, 이따금 스쳐 지나갔던 경북의 풍경들을 최대한 구체화시키려고 애를 썼어요. 연재를 구체적으로 확정 짓고는 일부러 취재를 나가기도 했구요.

[그러다 보니 (안동과 밀양에) 청송이 더해지고, 영주가 더해지고, 상주가 더해지고, 영천이 더해지고, 김천이 더

해지고, 청도가 더해지고 그런 식으로 배경이 불어났어
요. 단순히 작은 동네만 두고 봐도 그렇고, 본문 속에서
시내(읍내)로 이동하거나 그들이 말하는 청라 속 신도시
의 모습이나 기타 등등.]

이를테면 제 상상 속 읍내의 경우 영천 시내 정도의
작은 규모, 둘째 고모와 문다혜가 살던 신도시는 김천
혁신 도시 정도의 대략적인 이미지를 갖고 있습니다.

2. 이어서 청라의 사투리에 대해 말씀해 주실 수 있을까요?

흔히들 다 같은 경상도 사투리라 생각하지만 경북–
경남 사투리는 억양부터 세부적인 단어 선택까지 다른
지점이 꽤 있는데요. 제가 비록 남쪽 부울경 출신이지만
대학교 때 가장 친했던 친구나 지금 가족처럼 친한 친구
모두 대구 출신이라 제 내면에 남은 대구 사투리가 도움
이 좀 되었습니다.

그리고 쓰는 제 입장에서 일상적으로 자연스러워 보
여야 하기 때문에, 당연히 제 출신지인 부울경 쪽 말씨
도 작품에 많이 섞였습니다.

사실 그건 일부러 의도한 것이기도 해요. 남부–북부
의 사투리 디테일이 다르기 때문에 타 지역에서만 주로

쓰는 말을 잘 모르시는 경우 '틀린 사투리다' 하고 지적하실 가능성이 있거든요.

고로 양쪽을 교란하기 위해(?) 섞어 놓기도 하고, 또 알면서 일부러 고증하지 않은 부분도 있습니다.

예를 들면 "~했다 아이가?"를 대구쪽 젊은 여성분들이 "~했다 아니야?"로 곧잘 쓰시는 경우가 있는데요(귀여워). 실제로 그 지역에서 흔한 말버릇대로 "했다 아니야?"를 활자로 계속 만나셨다면 '사투리가 뭔가 이상하다'고 느낀 타지역 독자님들과 '네 사투리는 틀렸다'고 느낀 남부 지역 독자님들의 댓글이 상당했으리라고 생각됩니다.

사투리는 듣는 것보다 활자로 볼 때 훨씬 더 장벽을 느낄 수 있기 때문에, 사투리로 한정적인 공간 감각을 주되 활자로서의 가독성을 고려해야 했어요. 그래서 어른들의 진한 사투리는 맛을 살리되 실제보다 심플하게 표기한 부분이 많습니다.

젊은 친구들의 경우 어른과 달리 사투리가 말 자체보다는 억양에 남아 있고, 특히 존댓말의 경우 문장으로 적어 놓으면 그냥 표준어인 경우가 많습니다. 근데 읽으면 앗 사투리구나 싶죠.

여담이지만 차희나 우경이가 "~했다 아이가"를 "~했다이가" 하는 걸 보고 "했다 아이가"로 쓰는 게 맞다고 지적해 주신 분들도 계셨는데요.

젊은 층의 사투리는 중년층에 비해 강세와 음조가 단

조롭고 발음도 축약되는 경향이 있습니다. 중년-노년 간의 차이도 비슷한 측면에서 아주 크고요. 세대의 차이, 또 자기를 둘러싼 환경의 차이도 있죠.

참고로 〈봄그늘〉을 보시다 보면 "내가 말했다 아이가"를 아주 정확히 다 발음하는 부모 세대와 "내가 말했다이가" 하고 흘려버리는 자식 세대의 차이를 보실 수 있습니다. 제가 실수로 잘못 쓴 부분이 아니라, 일부러 다르게 쓴 부분입니다.

6 배경을 구상하실 때 정보는 어떤 식으로 수집하시나요?

개인적으로 로판과 달리 현대물을 집필할 땐 자료 조사할 일이 거의 없는데, 〈봄그늘〉은 공간의 특수성이 있기 때문에 직접 차를 몰고 취재를 몇 번 나갔습니다. 사진을 아주 많이 찍어 두었어요. 그래서 제 현대물 중에서는 좀 예외적인, 정성스러운 탄생 과정을 거쳤습니다.

"과수원 집 딸이었느냐"는 감사한 질문도 몇 번 들을 정도였던 사과 농사 관련 정보는 관련일을 하셨던 친척분께 지나가듯 몇 번 들은 것이 있기는 한데 그 외에 접점이 아예 없었습니다. 그래서 상세 정보는 〈봄그늘〉 단행본에 실린 참고 문헌들을 말 그대로 정확히 참고했어요.

그리고 농어촌 배경 휴먼 다큐 〈사노라면〉 600회 중 약

400화 가량을 예전에 광기로 한번에 정주행을 한 적이 있는데(너무나 제 취향 컨텐츠!) 그렇게 400팀의 가족을 보고 나니……. 사실 꼭 사과가 아니더라도 농장이 돌아가는 구조나 가족 경영이 야기하는 갈등, 가부장, 생업으로서 농업을 대하는 세대 차이(온라인vs오프라인) 등은 어딜 가든 비슷하더라고요. 그래서 저도 모르는 사이에 겉핥기로 체득이 된 농촌 상식 덕을 아주 많이 봤습니다.

평상시에는 그냥 집필 전에 관련 역사, 문화 서적을 최대한 많이 읽고 미리 워드로 자세히 정리해 두는 편입니다. 〈이결어망〉때도 그랬고, 아직 미출간한 로판 작품들도 작품별로 시대배경 자료를 정리해 둔 파일들이 따로 있어요.

줄거리 구상과는 별개로, 한두 달은 아예 책 쌓아두고 자료 조사만 파고 들기도 하고요. 시대 배경이나 문화권이 조금씩 다르다 보니, 구상 단계에서 그렇게 미리 준비를 해 두면 나중에 집필할 때 마음이 좀 편하더라구요.

7 농촌 생활, 사투리 등이 현실감 있게 잘 살아 있다는 것이 〈봄그늘〉의 매력 중 하나인데요. 작가님께서 직접 체험해 보신 걸까요?

차희가 우경이-태희랑 아이스크림을 사 먹었던 낡은 시골 슈퍼마켓과 커다란 느티나무, 계절마다 다른 야생화가 핀 시골 국도, 할머니들, 그리고 작품 서두에서 두 주인공이 차를 타고 폐교된 초등학교 앞을 지나가는 장면 속 풍경은 제 유년의 추억 속에서 꺼내 온 것인데요.

초등학교 선생님이셨던 엄마가 시골 학교로 발령을 받으시면서 몇 년간 저도 시골 학교를 다닌 적이 있는데 아직도 눈을 감으면 그 시골 풍경을 지금보다 한참 낮은 눈높이로 바라보았던 시절이 생각나고는 합니다. 피아노 학원이 끝나고, 봉고차를 탄 애들도 집으로 다 떠나면 혼자 남아서 일이 끝난 엄마가 오기를 기다리며 시골 길가를 내다 보던 조용한 오후의 몇 시간. 친구들과 숲을 올라갔던 기억들. 친구가 살던 슬라브식 주택. 친구 어머니가 내어 주셨던 음식들.

그래서 차희—우경이의 유년 시절이 본문에 잠시 튀어나올 때면 그때의 이미지를 많이 떠올렸습니다.

8 배, 포도 등 여러 과일 중에서 특별히 사과를 선택하신 이유가 있을까요? 사과 농장 생활도 너무나 생생해서요. 작가님이 경험하신 부분도 있을까요?

사과가 최애 과일이기 때문입니다. 너무 예쁘고 너무 맛있어요. 농장 생활은 농촌 다큐멘터리 400시간 시청을 통해서⋯⋯.

9 이제는 필수 질문이 되어 버렸죠. 차희와 우경이의

mbti는 무엇인가요?

잠깐 빙의 모드로 검사를 해 보고 왔어요.

차희는 ISTJ-A 극단적 계획형 인간. 우경이는 INTP-A 자기 확신에 찬 벼락치기형 게으름뱅이. 둘의 다른 점이 부각되는 부분은 S-N / J-P 이렇게네요. 둘 다 확신의 T라 사고의 저변은 비슷하지만 대신 사고의 흐름과 삶의 방식이 아주 다르게 갈리는 편. 제3자가 보면 정이 뚝 떨어질 만한 대화도 아무렇지 않게 하고 서로 상처도 받지 않습니다. 그냥 나는 그래서 그랬다고 말한 것 정도. 듣는 입장에서도 아 너는 그러냐 하고 넘어가는 정도.

따지고 보면 본성은 개미와 베짱이 같은 커플인데 함정이 있다면 개미가 베짱이보다 잠이 조금 많다는 것. 청라에서 농사 지을 때도 그랬죠.

차희도 아주 부지런하게 농사에 임한 편이었지만 우경이는 못 이겼는데, 이건 우경이에게 굉장히 예외적인 일이었습니다. 중고등학교 시절 서술을 보면 우경이가 아침에 일어나는 걸 굉장히 힘들어한다는 대목이 나오거든요. 그래서 차희가 학교 갈 때 같이 가지 않으려고 훨씬 빠른 버스를 타는데 오기로 일어나서 따라 타기도 했죠.

즉 오기나 애정으로 게으른 정신력을 매일 재생성한 케이스. 그게 참 일시적인 거였는데, 하다 보니 기계적인 리듬이 생긴 경우입니다.

10 차희와 우경이의 생일은 언제인가요?

차희는 이른 봄에, 우경이는 늦가을에 태어났습니다. 그래서 처음 만났을 땐 차희 키가 조금 더 컸어요.

11 우경이의 주량은 얼마나 되나요? 혹시 술버릇도 있을까요?

고량주 3병. 소주는 정말 잘 먹고 양주에는 조금 약해요. 술버릇은 평상시보다 더 숙면하는 건데, 차희한테는 일부러 술버릇이 좀 있는 척합니다. 술 먹어서 치대는 척, 술 먹어서 쪽쪽거리는 척, 술 때문에 야한 생각하는 척. 하나도 안 취했으면서요.

본문에서 준영과 같이 술을 마시다가 차희와 결혼을 전제로 한 교제를 허락 받고 술 취한 사람처럼 감격하는 장면이 나오기도 했는데, 그건 사실 술에 취했다기 보다는 감정에 취한 거였습니다.

12 차희와 우경이의 키 차이는 얼마나 되나요?

차희보다 21센치가 더 큽니다. 차희는 166, 우경이는 187.

13 대학에 입학한 차희와 우경이의 전공은 무엇인가요?

차희는 경제학과(복수 전공 경영), 우경이는 정치외교학부(로스쿨 준비). 차희의 경우 수학을 좋아해서 원래 이과를 희망했지만 입시 전략상 P대를 가기 위해서 일부러 문과를 선택했던 케이스예요. 가장 중요한 시기에 넋이 나가는 바람에 계획대로 되지는 않았지만요.

우경이는 무슨 공부를 하든 겉핥기 벼락치기 전문이라 쉽게 잡히는 문과가 좀 더 편하다는 정도. 이과든 문과든 원래 공부를 싫어하는 우경이 입장에서는 똑같이 재미가 없었는데, 차희가 P대를 간다고 하니 전략을 베꼈어요. 괜히 이과로 도박하다 P대를 못 가서 차희랑 떨어지면 안 된다는 생각으로. 입시는 성공했지만 이것도 계획대로 되지는 않은 케이스죠.

14 차희는 엄청난 미인으로 표현되는데요. 연예인으로 따지면 누구를 닮았을까요? 그리고 캐릭터를 구상하실 때 모델로 생각한 연예인이 있을까요?

딱히 처음에 모델로 생각한 연예인은 없었는데, 우연히 김유정 배우가 나온 제품 화보를 보고 이런 느낌이겠다 생각한 적은 있었어요. 앞머리 없는 검은 생머리에 다소 무표정한 얼굴이었는데, 차희가 무뚝뚝한 성격이다 보니 딱 이런 인상과 비슷하겠다는 생각이 들더라고요.

15 여러 다른 애칭 중, 차희의 애칭이 '공주'인 이유는 무엇인가요?

경상도 쪽에서는 예전에 딸을 두고 조부모나 부모, 친척, 주변 어른들이 '공주야' 하고 애정을 담아 부르는 케이스가 꽤 흔했어요. 보통은 어릴 때만 그렇게 부르는데, 간혹 어릴 때 그렇게 불렀던 어르신들이 그 '공주'가 다 큰 뒤에도 드물게 아이처럼 공주라 부르시기도 하고요.

호칭이 그렇다고 해서 다들 진짜 공주 대접을 해주거나 하는 건 아니고, '공주야 저 가서 뭐 좀 가 온나' 하고 할머니가 심부름을 시키기도 하시고 그러시는 느낌입니다. 친척집에 가서 음식 일을 거들려고 할때 '공주는 가만 있어라'(이십대 후반에 들은 말) 하면서 못하게 하기도 하고.

개인 통계상으로는 어릴 때 공주야, 하고 불러 주시는 어른이 좀 더 다정하고 친절하셨습니다. 행동이 말을 따라가게 된다고 할까요. 참, 그리고 남의 집 애 이름을 까먹었을 때도 썼습니다. 까먹은 걸 들키지 않을 수 있거든요.

이렇듯 경상도의 '공주'는 보통 어른들이 여자아이한테, 또 세월이 지나서 나이 든 어른들이 한때 아이였던 어른한테 곧잘 쓰는 다정한 애칭이고, 사실상 예쁜 말 외의 큰 의미는 없으며, 고로 당연히 진짜 널 공주처럼 최고급으로 대접하겠다는 의미는 아니에요. 이제는 약간 옛스러운 단어이기도 하고요.

그럼에도 불구하고 〈봄그늘〉 본문에서 차희의 아빠가 차희를 '공주'라고 부르는 이유는 차희의 아빠가 차희를 여전히 어린 딸처럼 보는 어떤 감정이 있기 때문입니다.

어릴 때나 듣던 말이다 보니 차희는 당연히 남들 앞에서 그 호칭으로 불리는 걸 몹시 창피하게 생각하는데, 우경이는 그냥 괴롭히려고 부르는 게 맞아요. 하지만 상술했다시피 행동이 말을 따라간다고, 공주, 공주 하다 보니……

16 박우경을 인생 남주로 생각하는 독자들이 무척 많습니다.

1. 작가님께서 생각하시는 우경이의 매력은 무엇일까요?

순수한 마음과 그렇지 못한 주둥이……?

2. 쓰시면서 우경이에게 심쿵하신 부분이 있을까요?

제가 쓰는 입장이다 보니 저는…….

17 우경이와 비누는 떼놓을 수 없는 관계인 것 같아요. 우경이가 쓰는 비누는 무엇이고 어떤 향기인가요?

차희 집에서 곳곳에 비치된 비누는 보통 오이 비누라 (준영 취향) 차희 집에서 일하다 얼굴이나 목, 팔을 씻고 왔을 때에는 보통 그 향기가 납니다. 딱 오이 비누 냄새라기 보다는 그 향이 체향과 우경이 잘 어울리는 편이라 결과적으로 시원한 남자 향수처럼 변하기도 해요.

그리고 우경이가 할머니 집이나 본가 자기 욕실에서 쓰던 바디 워시는 도브 바디 워시 파란 뚜껑. 그리고 도브 비누.

집에서 쓰던 게(미진 PICK) 너무 지나치게 향기로워서 마음에 들지 않았던 우경이는 중학교 때부터 쇼핑을 따로 했어요. 할머니가 옛날에 도브 비누를 좋아했기 때문에 무의식적으로 처음에 한 번 손이 갔던 걸 어쩌다 보니 어른이 된 지금까지 쓰고 있는 거고요. 한놈만 패는 우갱이……. 시골 농협 하나로마트에서는 선택권이 별로 없기도 하고요. 그래서 그런 시골 마트에서 볼 수 있는 제품 중에서만 상상하고 향기를 서술했습니다.

18 직장인이 된 차희, 차희의 첫 직장은 어디인가요?

준영—말희 어깨뽕을 크게 부풀려 줄 대기업에 입사합

니다. 네이버 연재작이었으니까 대충 네이버인 걸로. 다만 업무가 잘 맞지 않았어요. 원래 성격대로라면 잘 맞지 않아도 평생 잘 다닐 수 있지만, 본인이 더 공부할 돈과 우경이한테 선물로 사 주고 싶었던 일제 그랜드피아노(야마하 C7X) 한 대 값만 벌고 깔끔하게 퇴사했습니다.

19 〈봄그늘〉에는 두 주인공이 고등학교 시절 먹었던 식은 델리 만쥬와 좋은 날마다 먹었던 회전 초밥 등 여러 가지 음식이 나옵니다. 만약 〈봄그늘〉 정식을 만든다면, 어떤 음식으로 구성이 될까요?

코스요리를 생각해 봤어요. 처음에는 경주 한우 육회(우경이 미디움 레어 선호 논란 때 말희가 지적했던 준영의 취향)에 감태를 올린 한 점 음식. 그리고 모듬회에서 젓가락으로 훔쳐온 것 같은 미니 모듬회(신미진과 싸우고도 차희가 챙겼던 그 회).

그리고 회전 초밥집에서 가져 온 화려한 접시 위 초밥(우경이가 비싼 접시만 골라 논란). 그 다음으로는 소고기 구이(미국산). 구이를 먹고 난 다음에는 속을 달래 줄 들깨 칼국수(에필로그)를 작은 그릇에 담아 먹고, 마지막 후식으로는 사과 타르트 한 조각.

20 인물들의 이름에도 어떤 의미가 숨겨져 있을

것 같아요. 모녀사이인 차희와 말희 둘 다 '희'로
끝나는데, 특별한 의미가 있을까요?

차희의 '희'는 '기쁠 희', 말희의 '희'는 '계집 희'자였습
니다. 차희는 집안에서 태어난 것만으로도 기쁨이었고,
말희는 '계집애 좀 그만 태어나라'라는 말과 지긋지긋한
어른들의 감정을 이름에 새기고 태어났죠. 그래서 말희
가 바라보는 '차희'의 '희'는 그녀의 인생에서 이루어낸
작은 진보이기도 했습니다. 내 딸은 나와 같지 않을 것.

**21 차희의 든든한 오빠 태희 역시 무척이나 매력적인
인물이지만, 차희의 걱정대로 태희가 너무 효자라
연애와 결혼이 어려울 것 같기도 해요. 태희는 현재
만나고 있는 사람이 있을까요?**

있습니다. 연작에서 만나고 있어요. 태희의 철벽을
뚫는 소심한 금수저 집착녀…….

**22 오빠 태희와 해경이가 친해진 결정적인 계기는
무엇인가요?**

가까이 사는 또래가 몇 없기도 했고, 속셈이 있었던
미진이 워낙 자기 애들을 자주 붙여 놓기도 했습니다.

그래도 둘 다 싫은 건 끝까지 싫은 타입인데, 처음부터 이상하게 잘 맞았어요.

준영은 동주 집에 대한 안 좋은 시감에도 불구하고 어릴 때부터 태희가 해경이를 물들인다고 생각했는데, 대체로 태희는 잘 들쑤시고 해경이는 잘 따라갔습니다. 해경이가 그렇게 물들다 보니 반대로 들쑤시기도 하고요.

서로 '아니 어떻게 저런 생각을 하지?' 하고 서로의 참신함에 감탄하면서 함께 행동해서 어릴 때 말썽이 두 배.

차이가 있다면 해경이는 집에다 포장을 잘했고, 태희는 포장을 전혀 못해서 똑같은 장난을 쳐도 태희만 후폭풍이 컸다는 거.

23 차희, 태희는 엄마 말희가 아닌 아빠 준영의
입맛과 같은데요, 엄마 말희가 아닌 이유가
있을까요? 그리고 청라는 바다가 멀어 회를 먹을
일이 많이 없다는 내용이 있습니다. 회를 좋아한다고
설정해 두신 이유가 있을까요?

회를 좋아하시는 분들이 워낙 많아 내륙 지방에서도 회를 먹고자 하면 곧잘 먹을 수는 있지만, 여기저기 살아 보니 바다를 낀 도시에 미칠 것은 아니었어요. 전자는 일부러 회를 찾아 먹는 느낌이고, 후자는 자연스레 내 앞에 회가 저절로 와서 먹게 되는 느낌이거든요.

차희의 아빠 준영은 '난초처럼 자랐다'는 본문 표현처럼 유복하게 자란 편이었고, 하나뿐인 아들에 막내라 부족함을 모르고 자랐습니다. 집안 사정도 좋았죠. 대학을 포기한 건 어머니의 급격한 건강 악화로 사과원을 빨리 물려받기 위함이었고요. 먹는 걸로 차별하는 집은 아니라 딸들에게도 당연히 이것저것 맛있는 것 많이 먹여 키웠고, 그 중에 바다와 먼 내륙에서 '일부러' 찾아 자식들에게 먹이는 회도 있었던 거죠. 어릴 적부터 온가족이 바다로 놀러가 먹은 기억도 자주 있고요.

반면 말희는 가난한 시골집에서 가장 귀하지 않은 자식이었고, 준영과 결혼하기 전까지는 청라 밖으로 한 번 놀러 가 본 적도 없는 아가씨였어요. 하루 종일 고되게 일하던 말희의 부모는 경조사가 아니면 자식들을 데리고 어딜 갈 생각 자체를 평생 못해 본 사람들이었고, 어쩌다 생긴 좋은 건 죄다 오빠 몫이었죠. 그래도 말희는 힘들게 산 부모를 동정했어요. 능력이 됐다면 우리 부모도 나한테 이것저것 해 줬을 테니까, 하고 자기를 방어하는 식으로.

따라서 말희가 자라며 해 보지 못한 경험에는 "바닷가로 온 가족이 놀러가 회를 먹는 것"이나 "누군가 다 같이 먹자고 사온 회" 같은 게 있었죠. 어릴 때 먹어본 경험이 없는 음식은 어른이 되어서도 먹을 수 없는 사람들이 있는데 말희가 바로 그런 사람이라는 장치로 들어

간 부분입니다.

물론 오로지 취향 문제로 회나 해산물을 싫어하는 사람들이 훨씬 더 많은데, 말희의 극도로 알뜰살뜰한 성격을 고려하면 그녀가 특정 음식을 가린다는 게 말이 안 되는 것이거든요.

말희는 준영을 만나고 다양한 경험을 하게 되었고, 홍수가 나기 전까지 꽤 여유있게 살아 보기도 했지만 대체되지 않는 어릴 적 결핍도 있으니까요.

태희와 차희는 자기들이 아빠의 입맛을 닮았다고 생각하지만, 어릴 때 특별히 부족한 것 없이 잘 먹었고 다양한 경험을 해보았기 때문에 결과적으로 다양한 취향이 발달한 것이기도 합니다. 그게 어떻게 보면 작은 집 안에서 말희와 준영, 태희, 차희 사이를 구분 짓고요.

유년의 경험은 각자 다양하게, 사소한 방식으로 평생 모습을 드러내는 자산이라고 생각해요. 누군가에게는 그저 취향의 문제지만, 말희에게는 결핍의 증거일 수도 있고요.

24 차희과 우경이 그리고 태희, 해경까지 합세해 중고차를 사러 가는데요. 이들이 산 차종은 무엇인가요? 그리고 나중에라도 이 차 를 타고 여행을 갈 계획이 있을까요?

차희는 작은 차종을 고집했는데 태희가 엄마가 탈 것이라는 핑계로 중형 SUV를 사줬습니다. 싼타페 정도 생각했어요. 여행 계획은 대단한 여행까진 아니더라도 드라이브는 자주 갈 것 같아요. 딱 시외 드라이브 정도. 갑자기 경주를? 지금 포항을? 오늘 영덕을? 왜 청도를? 이런 느낌으로요. 제안은 주로 우경이랑 태희가 번갈아 하고 해경이도 나가는 걸 좋아하긴 하는데 이미 둘이서 다 해먹으니까 바람잡이 정도만 하고, 차희는 얼떨결에 자기가 가자고 한 적도 없는데 운전하는 사람!

25 아빠 준영은 우경이가 찍어 온 차희의 사진을 무척 마음에 들어 합니다. 사진 속 차희는 어떤 모습인가요?

완벽한 구도와 완벽한 조리개, 셔터 속도, ISO 설정 하에 찍힌 사진 속에 있는 모습입니다. 준영은 소싯적 카메라를 좋아했던 사람이라 그런 것에 예민합니다.

또한 자기 딸을 볼 때 자체 조명을 열 개는 켜 놓고 보기 때문에 차희가 거지꼴로 사과원을 누벼도 요정 같다고는 늘 생각하죠. 그러니까 새삼스럽게 예뻐서 그 사진을 좋아한 건 아니고, 자기 때문에 늘 (후줄근하게) 고생하는 딸이 아무 걱정 없는 또래 여자애들처럼 좋은 곳에 놀러가서 행복해 보이는 모습이 좋았던 거예요. 그리

고 자기가 사진을 많이 찍어보았기에 사진만 봐도 알 수
있는 우경이의 시선, 애정 같은 것도.

**26 우경이가 차희에게 선물 받은 시계는 어느
브랜드의 어떤 모델인가요? 그리고 우경이가 자주
타고 다니는 자전거 브랜드는 뭘까요?**

Longines 브랜드의 FLAGSHIP HERITAGE 모델입
니다. 참고로 우경이가 차희에게 선물했던 시계는
Longines 브랜드의 CONUEST HERITAGE라는 모델이에
요. 각각 범선과 밤바다, 별과 파도가 시계 후면에 조각
되어 있습니다.
자전거 브랜드는 우경이도 모르고 저도 모릅니다. 태
경이가 타던 거라서요.

**27 우경이가 차희에게 준 프로포즈 반지에 '전나무
잎사귀'가 새겨져 있잖아요. '전나무 잎사귀'에 특별한
의미가 담겨져 있는 걸까요?**

불변, 견고함, 가장 추운 겨울이 와도 변하지 않고 푸
른 것. 높이 자라나는 것.

28 엄마 말희가 쓰러지고 아빠 준영이 말희의

**간병에만 신경을 쓰고 있을 때, 우경이는 계속해서
차희의 곁을 지켜 줍니다. 이때 우경이는 어떤
심정이었을까요?**

차희의 일상을 지탱해주겠다는 생각, 그리고 준영의
몫까지 어떻게든 자기가 해내야 한다는 생각. 우경이 평
생 가장 열심히 살았던 시절이 바로 그 여름인데, 그러
려고 한 건 아니었지만 어쩌다 보니 내내 철벽이었던 차
희의 틈을 파고 들기도 했죠.

차희가 곁을 허락해 준 것이 기껍지만 그렇다고 차희
의 불행까지 달가운 것은 아니었기 때문에, 그냥 얼른
더 좋은 날에 차희가 웃는 걸 보고 싶다고 생각합니다.

**29 차희—우경, 혜영—동주. 두 커플은 한 집안이
다른 집안에 비해 경제적으로 우위에 있다는 점에서
조건은 비슷하지만 결과는 다른 것 같아요. 두 커플은
어느 점에서 가장 달랐을까요?**

혜영이는 좋은 집안에서 마냥 곱게 자란 큰딸이었어
요. 동주 집안에 비할 바는 전혀 아니었지만 본문에도
여러 번 나왔다시피 그 무렵 혜영(준영)의 집안은 제법
부유했습니다. 반대는 혜영이 집이 가난했기 때문이 아
니라, 혜영이 부친의 출신 성분 때문에 거셌어요.

동주는 학대를 받고 자라 음울한 구석이 있지만 기본적으로는 순한 성미에 그때까지 집에서 시키는 대로 공부만 하던 남자애였죠. 그렇게 된 배경으로는 인질처럼 붙잡혀 있던 어머니(우경의 할머니)가 컸습니다. 동주는 한때 단발적이고 물리적인 저항이 아니라, 성공으로 어머니를 행복하게 만들어 주고 싶었던 아들이었어요.

반면 차희는 집에서 곱게 키우려고 하기는 했지만 본래도 타고난 독기가 좀 있는데다 가세가 기울고 어른의 사정을 일찍 생각하게 되면서 각박한 현실 속에서 대가 강해진 부분이 있어요. 마음의 병 때문에 회피하려는 순간들도 있지만.

그리고 우경이도 개같은 성질머리를 가졌습니다. 어디 가면 둘 다 싸가지 없다는 소리도 듣는 독한 커플이죠.

이렇듯 비슷한 환경으로 보이지만 두 커플은 성격면에서 완전히 달랐습니다. 차희-우경과 달리 혜영-동주에게는 불행한 사고가 있기도 했죠. 그것도 둘이서 감당할 수 없었던 스무 살이라는 어린 나이에. 차희와 우경이도 열아홉에는 무력하게 헤어졌지만, 스물셋에 맞이한 위기 앞에서는 서로를 놓지 않았어요.

또한 그들을 둘러싼 어른들도 완전히 달랐기 때문에, 성격, 사건, 나이, 꼭 어느 하나 때문에 다른 결과를 초래했다고 볼 수는 없을 것 같아요. 차희 조부의 출신 문제도, 혜영이 때는 바로 그 세대의 문제였지만 이제는 낡고 의미 없는 주제가 되었고요. 차희 조부에게 우경이 증조모는 직접적인 생명의 은인이라, 거기에 맞서 싸울 수 없었던 것도 하나의 중요한 요인입니다. 딸을 사랑하지만 적극적으로 지켜낼 수는 없었던 거죠.

반면 준영은 아버지가 입은 은혜도, 누나가 당한 고통도 전부 알기 때문에 그 집에 아버지와 같은 부채 의식은 없습니다. 그래서 딸이 우선일 수 있었고요.

30 우경이에게 피아노는 어떤 의미였을까요?

살아있지 않은 물건 중에서 가장 사랑했던 것.

31 우경이에게 할머니는 어떤 존재였나요?

자기가 세상에 태어나 가장 먼저 사랑했던 사람.

32 우경이는 수영장에서 땡땡이 수영복을 입은 차희가 제게 말을 걸었던 순간 자신을 구해 주었다고 생각하는데요, 차희는 어떤 마음으로 우경이에게 말을 건 것일까요?

저거 바본가? 내가 함 도와 주까.

**33 차희에게 엄마 말희는 어떤 존재일까요? 또
반대로 말희에게 딸 차희는 어떤 존재일까요?**

차희에게 엄마는 절대적인 사랑을 준 사람. 어떤 일이
있어도 저버릴 수 없는 사람. 실망해도 가여운 사람.
말희에게 차희는 뿌듯함. 삶의 진보. 더 나은 삶. 평
생 미안한 사람.

**34 본문에서 '사랑은 사람의 약점이다'라는 말이
나오는데요. 누군가는 사랑 때문에 혼자 무거운
짐을 지기도 하고, 인생을 포기하기도 하고, 또
다른 누구는 다소 이기적인 선택을 하기도 합니다.
작가님께서 생각하시는 사랑이란 무엇일까요?**

내게 돌아올 것을 계산하지 않는 것.

**35 신미진 캐릭터를 구상하실 때 가장 신경을 쓰신
부분이 있을까요? 또는 신미진을 통해 보여 주고
싶으셨던 이야기가 있을까요?**

아무리 이상한 사람이라도 본인 딴에는 당위성을 갖
고 행동하기 마련이고, 임기응변으로 순간순간을 모면
하면서도 자기 합리화를 매순간 성공하면서 살아온 사

람이라고 생각했어요. 자기 합리화를 너무 쉽게 끝낸 나머지 뒷마무리가 허술한 나쁜 사람.

그래서 돌아온 차희 앞에서조차 아주 당당해 보이지만, 사실은 자신이 생각하는 합리성의 뿌리가 없기 때문에 내면은 아주 불안한 사람이기도 하죠.

물론 진심도 있었습니다. 인생의 모든 순간을 나쁜 동기로 행동하지는 않았고요. 하지만 결혼의 시작부터 스스로 '남의 자리를 훔쳤다'고 생각했기 때문에 그 불안감이 아이들을 대하는 것에도 전이됐고, 혜영의 사정을 염탐하려고 말희와 시작부터 잘못된 관계를 형성하기도 합니다. 박동주에게 마음이 있기도 했지만, 사실은 혜영의 인생 자체를 질투했고요.

딸을 사랑했던 부모, 좋았던 형편, 그 시절에 당연하다는 듯 대학을 보내주었던 집안의 분위기, 평생 받고 자랐을 애정, (신미진이 생각하기에) '몸을 더럽히고도' 감히 잘 만난 남편.

자기 인생이 구질구질한 친정 자매들보다 낫다고, 빛 좋은 개살구인 혜영이보다 낫다고, 자기와 달리 시집에서 사랑받았던 말희보다 낫다고 생각하고 싶어하지만 사실 비교군이 없는 스스로의 인생은 알지 못하기 때문에 한 번도 누구보다 나은 인생을 산 적이 없는 인물을 보고 싶었습니다. 그래서 스스로 그걸 알면서 끝까지 부정하고, 자신은 그럴 수밖에 없었다고, 인생이 자기를

이렇게 만들었다고 자기 자신을 속이는 모습으로 마무
리했어요.

36 아버지 준영과 어머니 말희, 둘의 과거 이야기도 살짝만 풀어 주실 수 있나요?

23의 회(해산물) 이야기에서 이어서.

["태희 아빠, 그만 좀 하소……. 딸내미 친구가 지나가
다 좀 들린 게 뭐 그래 큰일이라꼬. 아무도 신경 안 쓰는
데 자기 혼자만 난리고만."

"친구는 무슨, 다 큰 성인 남녀가 어데……!"

초등학교, 중학교, 고등학교를 죄다 같이 나온 한 살
어린 엄마에게 몇 년을 들이대 결혼한 아빠는, 이후로 모
든 일을 본인 사례에 비추어 생각했다.
그러니까 즉 '아무리 어릴 때부터 친구였어도 다 큰 남
녀는 더 이상 순수한 친구 사이로 남을 수 없다'는 본인
의 지론은, 사실상 본인이 다 크고 난 뒤 엄마를 순수하
게 보지 않았기 때문에 생겨났다.]

차희의 생각과 달리 차희의 아빠는 다 크고 난 뒤에야

엄마를 순수하게 보지 않은 게 아니라 어릴 때부터 순수하게 보지 않았습니다. 그래서 어린 우경이를 동족혐오격으로 싫어했던 것이기도 하죠. 비밀이지만.

고등학교 올라갈 때까지는 부끄러워서 표현도 잘 못했고, 틱틱대고 놀리다가 남들 몰래 한 번씩 잘해줬는데 그게⋯⋯. 본인 딴에는 몰래 그랬다고 생각했는데 가까운 동네 형들이나 친구 눈에는 다 보였습니다. 심지어 나이차가 많이 나는 강주는 어쩌다 한 번 보고도 알았죠. 저 새끼 저거 말희라는 애 좋아하나 본데.

말희는 순박하고 싹싹한 성격이라(착한 아이 콤플렉스) 어른들이 예뻐하기는 했는데 반면 또래들 사이에서 눈에 띄는 편은 전혀 아니었어요. 같은 학년이 아니면 이름도 잘 몰랐죠.

반면 준영은 소싯적 부리부리하게 잘생기기도 했고(태희의 거푸집), 큰누나 혜영이를 비롯해 그 집 딸들이 막내라고 남동생 끼고 동네방네 놀러 다니던 게 워낙 일찍부터 눈에 띄었기 때문에 누나들 동창들부터 온동네 애들이 자연스레 다 알았습니다. 고등학교 때는 농구 선수이기도 했고요.

그렇다 보니 말희는 그렇게 눈에 띄는 준영이 (굳이) 한 번씩 자기를 툭툭 건드리고 가는 게 부담스럽기도 하고, 잘생기긴 했으니까 설레기도 하고, 어쩔 땐 저 오빠야가 자길 싫어하나 싶어서 기가 죽기도 했어요. 다른 여자애들한텐 안 그러면서 자기한테만 그러니까. 그러다가도 한 번씩 남몰래 잘해주니까 점점 준영을 (자기 딴에는) 짝사랑하게 되고요.

말희는 준영의 친구가 '너희 엄마 젊을 때 예뻤다'고 포장을 해 주기는 했지만 사실 어딜 가서 특별히 예쁜 여자 취급은 못 받아 보았고, 어른들에게 늘 듣던 말이라고는 '나 순해요 하고 얼굴에 써 놓은 것 같이 생겼다'였습니다. 그게 최대 칭찬이었죠. 청춘은 지나고 보면 당연히 아름답게 보이는 법이지만, 그때 당시의 말희는 그냥 희고 말랑해 보였어요.

근데 그게 어린 시절 준영의 취향이었던 거죠. 하나만 파는 성질머리라 자라면서도 여자애라고는 말희만 의식하고, 그러면서도 표현은 못 하고……. 그러다 말희가 고등학교에 올라온 후에야 노선을 바꾸고 남자처럼 들이댑니다.

내심 남자 얼굴에 약했던 말희는 어? 어? 하다가 스르륵 넘어갔죠. 그리고 결혼 후에는 소심한 질투의 화신이 되고요.

나이가 들어서도 자식들은 잘 모르지만 준영에게만 질투를 티내기도 합니다. 난초처럼 자라서 그런지 선크림에 알로에팩에 오이팩에……. 말희는 그걸 왕자병이라고 부르는데, 어쨌든 뙤약볕에 고생한 티는 나지만 아저씨 준영은 아픈 말희나 같은 일을 하는 친구들에 비해 관리가 잘 된 편이고 말희도 그걸 알아서 속상합니다. 말희는 피곤할 때 먹고 바로 누웠거든요. 가끔은 귀찮다고 선크림도 안 발랐어요. 젊을 때도 내가 쳐졌는데 이제는. 서글픈 기분이죠. 친정 언니들이나 아는 사람들이 네 남편 잘생겼다 할 때마다 좀 뿌듯하고 우쭐하면서도 스르륵 기가 죽는 거예요.

준영은 그게 티가 날 때마다 '내가 잘 생긴 걸 니가 이제 와서 우짤 낀데'하고 거만하게 말했다가 입을 맞아요. '이말희 니도 니 나이 치고 좀 귀여운데 와?' 그때 맞는 건 힘이 좀 약하죠. 부끄러운 줄도 모르고 내가 귀엽다카이.

가정형편이 너무 차이가 나기도 했고, 사실 처음에는 모두 '준영이가 아깝다'고 말한 결혼이었습니다. '혜영이 엄마가 오늘내일 하고 있으니까 저래 급하다고 대충 결혼하는갑다' 하고 떠들기도 하고요. 준영은 이미 사과원을 물려받기 위해 대학도 가지 않고 자기 집에서 일하는 중이었는데, 규모가 제법 있으니 말희한테는 아깝다는 것이었죠. 사모님이 가당키나 하냐면서.

그런데 막상 결혼하고 나니 어른들이 좋아하는 인상이 어딜 가지는 않았고, 야무지다고 칭찬도 자자하고, 심지어 병이 위중했던 차희 할머니도 몇 년은 더 살았어요. 그때는 사과원 일도 잘 풀려서 차희 할아버지가 '우리 며느리가 복덩이다' 하는 소리를 달고 다녔고요. 말희는 아이러니하게도 자기를 낳은 부모보다, 시부모의 인정과 칭찬에서 처음으로 자기 효용을 깨닫습니다.

그리고 준영을 통해서는 자기가 겪어본 적 없는 세상을 배워가고요. 말희가 아는 모든 좋은 곳은 아무리 사소한 장소라도 준영이 데려간 곳이었죠. 어쩌면 인생의 모든 좋았던 것도요.

어쨌든 시부모가 살아 계시고 태희와 차희를 만났던 시절이 말희와 준영에게는 호시절이었다고 할 수 있어요.

37 극 중에 나오는 캐릭터 모두 매력적이라 고르기 힘드실 것 같은데요. 작가님이 가장 애정하는 캐릭터는 누구일까요? 반대로 가장 마음이 가고 안쓰럽게 느껴지는 캐릭터가 있을까요?

절대적 역치로 따지면 제일 마음을 쓴 건 당연히 차희, 우경이 두 주인공이지만 가장 좋았던 캐릭터는 태희였습니다. 안쓰러운 건 혜영이.

38 차희와 우경이에게 한마디 해 주신다면?

앞으로는 싸우지 말고 사이좋게 지내 얘들아.

if, 그때 그랬으면 어땠을까

이랬으면 어땠을까, 그랬다면 어땠을까?
〈봄그늘〉 속 여전히 궁금한 것들이 많아서
참지 못하고 여쭤보았습니다 :) 작가님께서는
어떻게 답변해 주셨을까요?

**39 만약 차희가 4년 전 그 사건을 부모님께 바로
말했더라면?**

> 엄마 말희의 반응 : 신미진이 니 죽고 나 죽자
> 아빠 준영의 반응 : 여자를 때릴 순 없어서 말희를 응원한다
> 오빠 태희의 반응 : 눈에는 눈 이에는 이. 우경이에게
> 아무 유감도 없지만 일단 사무적으로 패고 나서 차분하
> 게 설명하고 우경이는 납득하는 프로세스로 시작.

**40 만약 우경이가 신미진이 차희에게 한 행동을 자기
눈으로 직접 목격했다면 어떤 반응을 보였을까요?**

> 일단 눈돌아서 차희한테 달려들던 자기 엄마 내팽개
> 치다시피 반대로 밀어버린 건 예사였을 거고, 차희 쪽은
> 쳐다보지도 못하고 신미진부터 경찰서로 끌고 갔을 것
> 같아요. 공부만 하는 애한테 내가 미친놈처럼 집적댄 건
> 알았느냐고 기막혀 하면서. 사실 결정적인 순간에는 차

희가 꼬셨지만 본인이 더 간절했으니 본인이 꼬셨다고 생각중이었죠.

정신고문하듯 자초지종을 다 확인하면서 녹음한 다음 차희 집 앞으로 끌고 가서 내 아들이 네 딸 인생 망칠 뻔했다, 내가 아들을 잘못 키웠더라, 그것도 모르고 네 딸에게 내 아들 몸으로 꼬여낸다고 뻔뻔하게 뒤집어 씌우고 길바닥에서 폭행까지 했다고 스스로 말하고 차희 부모한테 사과하라고.

자폭이나 다름없고 애당초 문제의 원인도 전적으로 이쪽에 돌리는 셈이니 신미진은 당연히 못 한다고 할 거고, 차희 부모가 이 관계를 아는 게 차희한테 좋을 것 같지도 않다는 걸 우경이도 알 거예요.

하시만 사건의 전말을 차희 가족이 알아야 하고, 비난은 차희가 자기 엄마한테 당할 게 아니라 남자인 자기가 차희 집에서 받아야 한다고 생각했기 때문에 자해공갈도 서슴지 않고 신미진을 정신없이 몰아붙였을 테고요.

신미진은 사실 방어력이 공격력 대비 약해서 자기보다 더 미친 것 같은 사람이 쉴 새 없이 몰아붙이면 붕괴를 곧잘 합니다. 빡친 말희에게 기세 점수에서 눌렸던 것처럼요. 앞뒤 계산을 못하고 쫓기는 상태가 되죠. 어지간한 사람은 더 미치기가 힘들어서 그 사실을 모를 뿐이에요.

물론 부모 앞에서의 차희 입장 때문에 관계는 자기 쪽의 저급한 시도 정도로만 언급되게 하고, 그간 할머니 집에서 둘이서 몰래 만났던 것도 까발립니다. 자기가 내 내 억지로 졸랐다고요. 어른 없는 집에 둘이서 내내 붙어 있으면 저 새끼가 무슨 짓을 할 줄 알고. 모르면 몰랐지 알면서 그런 놈을 내 딸 옆에 어떻게 두겠느냐 소리가 나오게요.

녹음된 건 동주에게 그대로 갑니다. 이혼 못한다고 협박할 새도 없이 그 난리가 나고 친구 딸 때리고 아들 손에 붙잡혀 경찰서 간 게 소문이 나는 바람에 청라에 더 있을 수가 없게 되면서 별거 후 이혼.

혜영의 남편에게는 이미 진작 과거를 까발린 시점인데, '아직 그러지 않은 척 동주를 협박한다'는 걸 깜빡(!) 해요. 아무래도 공사가 다망하고 정신이 없으니까……

그 사이 준영은 힘든 상황에 엄마를 보고 싶은 마음으로 큰 누나를 보러 갔다가 차희 고모부의 개진상을 보고 안 그래도 더러웠던 기분이 더 더러워져 죽으라고 달려들게 됩니다. 자기 부인과 자식은 아무렇지 않게 패면서 자기가 맞는 것에는 유난히 약한 차희 고모부가 그때 자기 변호를 위해 '느그 누나의 오점'을 말하죠.

그리고 준영은 신미진이 예전에 연락했다는 사실을 알게 됩니다. 준영은 동주를 들이박으며 그 사실을 말하고요. 신미진은 그 뒤에 '네가 그렇게 사랑하는 윤혜영 남편에게 연락해서 그 여자 과거를 까발리겠다'고 협박하지만……. 이미 옛날에 했죠?

사실 단발적인 장면을 본 것이 전부라 오히려 후폭풍은 본문처럼 나중에 안 것보다는 덜했을 것 같습니다. 신미진의 악행도 지속적인 기간동안 이루어진 게 아니라 단발적인 이벤트가 되죠. 차희에게는 수능을 잘 치고 원하던 대학에 갈 기회가 남고요.

우경이는 퍽 차분하게 이 모든 일을 합니다. 그렇게 일이 터지고 차희 집에서는 당연히 난리가 났고, 우경이는 근처도 못 오게 하고, 순서대로 헤어지지만 차희는 본문과 달리 외부적 압박을 겪지 않으니 대학을 계획대로 잘 갔을 거예요.

그러고는 같은 대학에서 우경이를 다시 만나고……. 아마 그렇게 서른 살까지 비밀리에 연애를 하고 서른셋까지는 차희 부모의 허락을 못 받을지도.

41 만약 우경이가 왼손을 다치지 않았더라면 우경이는 계속 피아노를 쳤을까요? 그리고 차희에게 어떤 곡을 들려 줬을까요?

피아노 천재는 아니어도 피아노 반천재 정도는 됐던 박우갱이. 우경이는 피아노에 크게 재능이 있었지만 범재와 천재 사이 벽을 넘을 정도의 수준은 아니었습니다. 시험 벼락치기는 천재적으로 했지만요.

일단은 치기 싫은 곡도 칠 줄 알아야 성장하는데 하면

할수록 애는 진짜 천성이 게을러서 지가 치고 싶은 것만 치고, 손 대자마자 운명처럼 잘 치는 그런 곡만 치고 싶어했거든요.

그래서 어떤 곡은 천재처럼 치고, 또 어떤 곡은 그저 평범한 초딩처럼 쳤던 어린 시절을 지납니다. 그래도 재능이 있어서 중학교 때 이미 전형적인 대학 입시곡들은 대강 형식적으로나마 완성합니다.

피아노를 자의로 오래 치는 건 괜찮아도, 억지로 하기 싫은 곡을 연습으로 파고 또 파며 노력하는 건 못 견뎠던 거죠. 어른이 강압적으로 붙잡아 놓고 강제로 시키면 천재 소리를 들을 만도 했겠지만 그렇게 시킨다고 할 성미는 또 못 되었고요.

그래서 내심 음대를 가고 싶은 마음도 있었지만 너무 열심히 해야 한다고 생각하면 식었고, 그러다 아 또 생각해 보면 음대 가고 싶고……. 그런데 음대로는 차희랑 같은 학교를 가는 게 어려워 보이는 거죠. 본인 머리로 공부는 대충 먹고 들어갈 수 있는데 피아노는 진지하게 해야 하고. 또 부모가 하지 말라고 하도 오랫동안 강권해서 제때 진지하게 파고들지도 못했고.

하여간 여차저차 다치기 전에도 전공으로 할 생각은 없었고, 그래도 인생에서 차희 다음으로 집중한 존재이기 때문에 우경이는 평생 피아노를 치면서 살고 싶어했습니다. 누가 자기 피아노를 알아주지 않아도 좋았으니까.

본래 우경이 본인의 음악 취향은 피아노를 때릴 수 있는, 격정적이고 템포가 빠른 곡이었는데요.

우경이가 피아노 그만두기 직전이 차희한테 제일 처참하게 쌩까였던 시기라 마지막 취향은 부드럽고 그림 같은 노래들에 멈춰 있습니다. 매일 차희 생각만 해서. 드뷔시, 라벨, 슈만, 포레 같은 곡들. 그래서 우경이가 차희에게 들려주고 싶은 곡도 그 중 하나일 것 같아요. 본문에서 레코드판이 돌아가던 장면에 등장했던 드뷔시의 Rêverie(꿈).

여담이지만 〈봄그늘〉 플레이리스트 중 포레의 Après un rêve(꿈 꾼 후에)라는 곡이 있는데, 그 곡은 혜영이와 동주를 생각하며 들었던 곡이에요. 우경이와 차희가 할머니 집에서 아버지 것인 줄도 모르고 듣던 옛날 LP판 중 하나. 피아노나 첼로로 편곡된 버전을 좋아하지만, 가사도 좋습니다.

'어스름 잠결에 신기루처럼 그대의 꿈을 꾸었어
그대가 나를 불렀고 나는 이 땅을 떠났지
그 빛을 향하여
함께 도망치기 위하여
아, 그러나 슬프게도 잠깐의 꿈이었더라
나는 다시 그대를 부르네
밤이여, 그 꿈을 내게 돌려주기를'

42 우경이가 정말로 군청 앞에서 음악을 틀어 놓고 차희에게 프러포즈를 했다면 차희는 어떤 반응을 보였을까요?

차분하게 걸어가서 (설마⋯⋯. 만약에 스피커까지 있다면 스피커를 발로 까서) 음악을 꺼 버리고 없었던 일로 하자고 할 듯.

43 우경이가 사실은 밀가루 음식을 좋아하지 않는다는 걸 알게 된다면, 말희는 어떤 반응을 보일까요?

우경이는 극구 아니라고 하지만 이미 진실은 알아 버렸고, 돌이킬 수도 없죠. 머스마 싫으면 싫다 말도 몬하는데 거따 대고 맛도 없는 밀가루를 한 무더기로 먹었다니⋯⋯. 자괴감이 들지만 한편으로는 자기 기분을 생각해 매번 맛있다고 먹어 줬고 저렇게 극구 아니라고도 하는데 진지하게 '우갱이 니⋯⋯. 사실은 밀가루 싫어하제⋯⋯.' 이러고 청승을 떨 수는 없는 노릇이죠.
그래서 조용히 밥으로 끝판을 봅니다. 밥은 괜찮제.

44 우경이는 강아지 파, 차희는 고양이 파 같은데요. 고양이를 반려동물로 들였을 때 우경이는 어떤

반응을 보일까요?

초면의 고양이에게 호의를 얻기란 어렵죠. 호기심에
조금 건드려 보다가 냉랭한 하악질을 맞닥뜨립니다.
쬐끄만한 게 경우가 없노. 혀를 찬 우경이가 '싸가지
없는 게 딱 윤차희 니 같다.'고 무심결에 말했다가 '지는
그냥 개 같은 게' 하는 소리를 듣습니다.

45 만약 동주와 혜영이가 이뤄졌다면 두 인물의
인생은 지금과 어떻게 달라졌을까요?

많은 것이 달라졌겠죠. 동주는 본가에서 관여할 수 없
게 혜영이를 데리고 서울로 갔을 테고, 혜영이는 그녀를
닮은 첫 딸을 낳고 동주의 지원을 받으며 서울에서 대학
을 아예 새로 입학했을 거예요.
동주는 법대를 무사히 졸업하고 사법고시에 합격해
판사가 되고, 어쩌면 아이러니하게도 자신의 아버지와
할머니가 원했던 대로 언젠가 정계에 진출할 기회를 얻
게 될 수도 있었습니다. 성격이 성격이라 고사했겠지만
요. 아마 법원-집-법원-집을 반복하는 지독한 집돌이
가 되었을 거예요. 지독한 딸바보이기도 하지만 딸은 자
기 아빠가 바보인 것도 모를 정도로 소극적으로 내색할
텐데, 아마 혜영이만 그 마음을 알 겁니다.

혜영이는 국어 교사가 꿈이었습니다. 스무 살 어린 나이부터 예순이 다 되도록 외출 한 번 마음대로 하지 못하고 감옥 같은 집에 갇혀 살았던 세월 대신, 똑같이 긴 어느 시간 동안 학교에서 아이들을 가르치고, 어느덧 은퇴할 나이를 쓸쓸하게 바라보면서도 퇴직 후 동주와 패키지 여행으로 세계 일주를 할 생각에 설레기도 할 거예요. 동주는 여행을 별로 좋아하지 않지만, 혜영이 좋아하는 건 다 같이 하고 싶어하니까요.

그리고 그녀의 집은 감옥이 아니라 그저 집이었겠죠.

46 차희와 우경이의 결혼식을 한다면, 차희는 어떤 웨딩드레스를 입었고 이 둘은 첫 청첩장을 누구에게 줬을까요?

차희의 웨딩드레스는 머메이드 라인에 하늘하늘한 오간자 소매가 있는 그런 스타일. 이거나 저거나 다 똑같아 보이기 시작하는 수렁에 빠진 차희를 대신해 우경이가 골랐습니다.

첫 청첩장은 태희와 해경이가 받았습니다. 고기나 구워먹다가 대뜸요. 이미 혼인신고 다 하고 몇 년이 지났는데 이제 와서? 둘 다 그런 시원찮은 반응이었고 준 사람들도 기대는 안 했습니다.

47 어느 날 차희가 바퀴벌레로 변했다면, 우경이의 반응은?

[바퀴벌레가 좋아하는 음식], [바퀴벌레가 서식하기 좋은 환경], [바퀴벌레 케이지], [바퀴벌레가 먹으면 안 되는 음식]……. 우경이 휴대폰 인터넷 창은 바퀴벌레 생태 관련 검색어로 도배되고, 이미 케이지는 순식간에 준비됩니다. 일단 살려놔야 돌아올 희망이 있죠.

당부도 거듭 합니다. 오해하지 마라. 니가 못생겨서 가두는 게 아니라 내가 밟아 죽일까 봐 가두는 거다. 알겠나…….

차희는 제발 자기를 빨리 죽여주기를 바라고 음식으로 한 글자 한 글자 메시지를 열심히 써 봅니다.

[죽여줘]. 하지만 불분명해서 우경이는 미식을 위한 데코라고 생각해요. 가시나 벌레가 되어서도 깔롱이네.

차희라고 생각하니까 바퀴벌레도 포메라니안 정도로 점점 귀엽게 보이기도 하고. 그래도 인간이었던 시절로 꼭 돌아가고 싶으니까 종교는 전전해볼 듯.

〈살아만 있으면 희망은 있다〉 편.

48 반대로 우경이가 바퀴벌레로 변했다면, 차희의 반응은?

차희도 일단은 벌레우경을 케이지에 가둡니다. 너무 징

그러운데 그렇다고 저걸 죽일 수는 없어서죠. 가둬야 다른 바퀴벌레랑 차별화가 되니까. 세스코는 진작 불렀어요.

그리고 생각을 해 봅니다. 자기라면 가능한 빨리 죽고 싶을 것 같아요. 우경이 입장에 이입을 해 보니 차라리 빨리 죽여주는 게 맞는 것 같은 거죠. 자기한테 멋있어 보이려고 여태까지 온갖 짓을 다한 놈이 벌레가 된 꼴을 보여주고 싶을까. 하지만 또 기다려 봐야 할 것 같고.

그래서 차희는 일주일의 기한을 정하고 '일주일 뒤에 죽든가 일주일 안에 도로 사람이 되든가 니 알아서 해라'고 통보를 날립니다. 고통 없이 보내려면 약보다는 슬리퍼로 한방에 내리쳐서 보내주는 게 낫겠지 생각하면서.

〈너도 이렇게 살 바에야 죽는 게 낫지 않아〉 편이네요.

49 차희가 청라를 떠나 서울에 있었을 때, 해경이가 고백했다면 차희는 어떤 반응을 보였을까요?

해경이는 절대로 고백하지 않았을 사람이라, 차희의 반응도 상상할 수가 없었어요.

50 차희가 과외를 해 주는 유성이와 유정이 남매, 이 남매는 차희와 우경이의 결혼 소식을 듣고 어떤 반응을 보일까요?

유정이는 진작 다른 남자로 갈아타서 귓등으로 듣습니다. 차희 웨딩드레스에만 조금 관심있어요. 유성이는 차희를 좋아했지만 우갱이햄과의 의리를 더 중시하게 되었기 때문에(몰래 받아먹은 과자가 많음) 엄청나게 축하해 줍니다. 띄어쓰기 없는 벽돌 같은 문자로요.

51 차희가 해경이의 깻잎을 떼어 준다면, 우경이는 어떤 반응을 보일까요?

깻잎을 허공에서 회수합니다. 어차피 자기 놀려먹으려고 짜고 그런 거 다 알아서 화가 안 난다고 생각하는데 쌍욕이 나오는 건 어쩔 수 없어요. 정말 화는 나지 않지만.

52 만약 차희와 우경이가 같이 P대학에 갔다면, 둘의 대학 생활은 어땠을까요?

차희는 P대에 갔어도 똑같이 여유가 없습니다. 다만 우경이가 차희가 굶는 꼴 하나는 못 봤을 거고, 나머지는 차희 자존심에 도움을 받을 리 없으니 차희가 과외부터 파트타임 아르바이트, 새벽부터 도서관에 앉아있는 것까지 마음껏 애를 쓰도록 둘 것 같네요.

아무리 힘들어 보여도 차희가 스스로 버텨내는 것에 자부심이 있다는 것을 아니까. 아직 자신은 가족이 아니니까. 대신 저러다 애가 어디서 쓰러지지는 않나 철저히 지켜봤을 거예요. 남학생들이 접근해도 자기가 액션을 취하기 전에 차희가 벌레라도 성가시게 달려든 것처럼 취급하고 내치니까 그거 하나는 좋다고 생각하죠. 물론 그렇다고 뒤에서 눈치를 안 줄 건 아니지만.

치안이 안 좋은 고시원이라 몇 번 사건이 생길 뻔하고, 주거만큼은 그렇게 못 둔다고 설득한 끝에 둘은 대학 근처 투룸에서 동거를 시작합니다. 차희가 극도로 돈이 없어 힘들었던 대학생활 초반을 지나 돈을 조금 모았을 무렵에요.

죽어도 얹혀살 수는 없다는 차희가 월세를 똑같이 나누어 낼 수 있을 만한 곳으로 우경이가 고른 집이었죠. 내 사정에 맞출 필요 없다고 차희가 아무리 선을 그어도 위치 핑계를 대면서.

실제로 학교 후문에서 엎어지면 코 닿을 곳이라 우경이가 원래 구했던 좋은 집보다 엄청나게 편한 게 사실이었고, 청라의 집에서 졸업할 때까지 마음의 여유가 별로 없었던 차희는 집안에서 느끼는 사소한 행복과 기대를 다시 배워요. 꼭 성애적으로 서로를 원하는 순간들이 아니더라도, 서로의 존재를 공기처럼 당연히 여기는 순간도 좋고요. 머릿속으로 진작 신행까지 다녀온 우경이와 달리 차희는 이때 '우리가 가족이 되었으면 좋겠다'는 생각을 처음으로 진지하게 합니다.

하지만 약간……. 공주를 구하고 결혼하기로 한 용사처럼 성공해야 박우경을 가질 수 있다고 생각하고 더 진지해지죠.

도서관에서 게임하면 차희가 하도 재수없는 새끼라고 눈치를 줘서 눈치껏 공부를 잡은 우경이는 아무 생각도 없었던 온갖 자격증과 어학공부를 차희와 함께 섭렵하기 시작합니다.

공부는 싫지만 사람들이 별로 없는 밤에 차희가 책상 칸막이 너머로 머리를 기울여 말을 거는 게 좋아요. 자기 어깨에 문득 기대고 하품을 하는 차희의 모습이 좋고, 엎드려 자는 차희 볼을 괜히 찔러보는 것도 좋고, 밤에 둘이서 캠퍼스를 가로질러 집으로 돌아가는 길도 우경이가 좋아하는 것. 자취방이 좀 더 멀리 있으면 좋았을걸 생각하면서.

청라에서는 많은 걸 신경 썼지만 서울에 오니 둘만의 세상이 있었죠. 우경이가 입대할 때는 태희, 해경이랑 같이 갔다가 돌아오는 기차에서 차희가 몰래 우는 걸 들키는 바람에 한 달 내내 오빠들의 조롱을 받기도 합니다. 그 소식을 나중에 태희에게 전해 들은 우경이는 입이 찢어져라 웃었죠. 윤차희 니 내 앞에서는 하나도 안 슬픈 척 해 놓고 내 가는 게 그렇게 슬퍼 죽겠나. 보고 싶어 미치겠드나. 가스나 니는 내가 그래 좋나. 울 정도로 좋나. 좋아 죽겠나. 지도 놀리겠다고 아주 신이 났죠. 저딴 놈이 보고 싶다고 울었다니.

그래도 제대 후 4학년의 차희와 2학년의 우경이는 1년의 학교 생활을 함께합니다. 그리고 스무 살 보다 더 좋은 스물셋을 보냈을 거예요.

53 만약 차희가 출장을 이유로 우경이의 대학 졸업식에 참석하지 않는다면 우경이는 어떤 반응을 보일까요?

본인도 딱히 본인 졸업식에 관심이 없어서 차희의 부재에 별 감흥은 못 느낍니다. 그냥 떨어지는 게 싫다 정도. 그래도 차희가 사진을 꼭 찍어 보내라고 해서 가운도 입고, 차희가 아침 일찍 꽃집에서 사 온 엄청 큰 꽃다발도 들고 사진은 찍습니다.

본인은 별 생각없는데 차희가 워낙 미안해해서, 그걸 이용해서 어떤 서비스를 뜯어낼까 고민은 합니다. 결국 차희가 학교 앞에 끌고 가서 아무도 졸업하지 않는 날에 뻔뻔하게 가운을 입고 같이 기념 사진을 남겨요.

54 차희가 회사 회식 때문에 매일 집에 늦게 들어온다면, 우경이는 어떤 반응을 보일까요?

짜증은 나는데 짜증을 낼 명분은 없고, 피곤해서 쓰러지는 것도 안쓰럽고, 자기가 싫다고 사회 생활을 못하게 할 수도 없고, 술자리 빌려서 집적거릴 게 분명한 차희 동기(관상에 써났다고 생각) 생각하면 돌아버리겠고.

그래서 장소를 한 번씩 공유하게 하고 자리가 파할 때 데리러 가서 의도적으로 동료 몇몇에게 얼굴 도장을 찍어 둡니다. 차희가 술에 좀 취했다 싶으면 자동으로 자기에게 연락이 오게 하려고요. 연수원에서부터 집적대고 있는 게 분명한 동기 새끼 기도 죽일 겸.

55 만약 태희 또는 해경이가 우경이의 그 시계를 고장 낸다면 우경이는 어떤 반응을 보일까요?

둘은 절대로 그런 실수를 하지 않겠지만 만약에 그런 일이 벌어진다면 우경이는 소리 없는 비명을 지르고 그 어떤 사과에도 대꾸하지 않은 채(실제로 아무 말도 안 들림) 응급환자처럼 시계를 받쳐들고 백화점 매장으로 AS를 맡기러 갈 거예요.

독자님들의 질문
〈봄그늘〉을 사랑해 주셨던 독자님들께서
많은 질문을 보내주셨는데요.
작가님께서 직접 선별한 귀여운 질문과
흐뭇한 미소를 짓게 하는 답변을 만나보세요 :)

56 차희랑 우경이, 태경이 키는 공개되었는데 이외에
태희, 해경, 준영, 말희, 박동주, 신미진, 혜영, 김하진,
문다혜, 김희준의 키가 궁금해요!

윤차희 166 / 박우경 187 윤태희 185 / 박해경 184 /
박태경 185 윤준영 178 / 이말희 157 박동주 179 / 박
강주 176 신미진 164 / 윤혜영 161 문다혜 162 / 김하진
182 / 김희준 177

57 신미진이 혜영 고모 남편에게 박동주와의 일을
폭로하고 죄책감을 느꼈다면(정확히 죄책감인지는
모르겠지만 불안해했다고 작품 내에서 드러났는데) 어떤
식으로 느꼈으며, 나중에라도 자발적으로(떠밀리지
않고) 박동주에게 말하거나, 혜영 고모에게 사과할
마음이 있었는지 궁금해요!

신미진은 자신이 어떤 애정을 갖고 있는 대상이 아니

면 죄책감을 조금도 느끼지 못합니다. 죄책감을 느꼈기 때문에 불안한 게 아니라, '자신이 한 짓을 자기 스스로는 나쁘다고 생각하지 않지만 남은 나쁘다고 생각할 것이기 때문에' 그 일이 드러날까 봐 불안한 거예요.

신미진은 박동주를 상처 주기 위해 그 일을 말할 수는 있지만, 혜영에게 사과를 할 수는 없는 성격입니다.

일례로 말희를 기만하고는 죄책감을 느꼈죠. 그건 본인 나름의 애정이 있기 때문이고요. 하지만 차희에게는 죄책감을 조금도 느끼지 않습니다. 들키면 비난받게 될 것까지는 인지하기 때문에 불안했을 뿐이죠.

58 해경이가 차희를 닮아서 사귄다는 24살 여자친구는 어느 부분이 어떤 식으로 차희와 닮았나요?

사실 많이 닮지는 않았어요. 해경이가 투영했을 뿐이죠.

59 우경이랑 차희의 평균 수면시간은요?

청라에서 가장 일찍 일어나야 했던 여름의 경우 우경이는 4시간 정도, 차희는 조금 더 일찍 자고 조금 더 늦게 일어나서 6시간 정도. 서울에서 같이 학교를 다녔을 땐 우경이는 9시간. 차희는 7시간 정도.

**60 우경, 해경, 태희, 차희(복수전공), 동주의 전공이
궁금해요!**

우경이는 앞서 상술했다시피 정치외교, 해경이는 화
학과, 태희는 기계공학과(중퇴), 차희는 경제학과(경영
복수 전공). 동주는 법대 출신.

**61 차희 대학 수시로 갔나요, 정시로 갔나요? 수시로
갔다면 최저 못 맞춰서 p대 못 간 건가요?**

질문이 진짜 너무 귀여워요……. 정시로 갔습니다.

**62 2권에서 우경이가 〈자기 앞의 생〉 책으로
고백하는 장면이 나오잖아요. 그 장면 쓰실 때
어떻게 쓰셨는지 궁금해요. 그러니까 작가님이
언젠가 그 책을 읽고 '이런 식으로 고백하는 장면을
쓰고 싶다'라고 해서 쓰신 건지, 아니면 〈봄그늘〉
집필하다가 자연스럽게 떠오르신 건지 궁금해요!
진짜 좋아하는 장면이에요!**

성인이 되어서 읽은 책들도 기억이 잘 안 나는데, 이
상하게도 어릴 때 인상깊게 읽었던 책은 기억이 나더라
고요. 정말 오래 전의 일인데요. 〈자기 앞의 생〉이 제

게는 그런 책 중 하나인데, 어렴풋 그런 뉘앙스의 대사가 있었던 것 같아 오랜만에 책을 펼쳐 보았다가 기억대로 발췌할 구절을 찾았습니다.

옛날에 도서관 책에서 누군가 낙서로 다음에 책을 읽을 사람에게 말을 건 것을 본 적이 있어요. 언제 적어 놓았는지는 모르지만 얼마간의 시간이 지나 저에게 도달한 메시지죠. 중고 서적을 샀는데 예전에 이 책을 보았던 사람이 인상깊게 본 구절을 발견하고, '누군가는 이 구절을 자기 기억에 남기고 싶었구나' 하고 모르는 사람의 속을 잠깐 보게 되기도 합니다.

그런 순간에서 착안한 장면이에요.

63 문다혜는 어떤 이유로 열일곱 살 우경이 집을 찾아갔는지, 어쩌다 우경이를 그렇게 싫어하게 됐는지, 가능하다면 우경이와의 짧은 에피소드도 궁금해요!

이유는 학교 행사 같은 걸 핑계로. 말 그대로 핑계라 다혜 스스로 성의도 없었어요. 다혜는 우경이가 고등학교에 입학했을 무렵 연락을 하지 않게 된 차희의 관심을 끌고 싶은 걸 알았고, 대놓고 그 부분을 말하며 접근하기도 합니다. 우경이는 코웃음 치고 거절하지만요. 그러거나 말거나 일단 마음에 들었으니까 직진하는 집착

광공 재질 느낌으로.

다혜에게는 '너도 나를 겪어보면 좋아하게 될 거'라는 엄청난 자신감이 있었죠. 그런데 그게 아니었던 거예요. 우경이 철벽은 다혜가 짧은 인생에서 한 번도 겪어본 적 없는 건방진 무언가인 거죠. 그때까진 한낱 남자새끼가 저한테 감히 그런 적이 없는데.

차희 앞에서 자기가 말을 걸면 잠깐 말을 받아주는 것 같다가 차희만 사라지면 개무시를 하는데, 이 개무시에 성의도 없다는 게 문제였다면 또 문제였어요. 정말 관심이 없어서 그런 거라.

심지어 말을 잠깐 받아준 것도 다혜라는 특정 상대를 인식해서 대꾸한 게 아니라 차희한테 정신이 팔려서 대충 어, 어 하는 느낌이었던 거예요. 앞에 있는 게 누군지도 모르고. 당연히 자존심이 상하죠. 그래놓고는 자기한테서 떨어지라는 말은 가차없이 하니까.

다혜는 좀 전투적인 타입이라 자기한테 그딴 식인 박우경이 차희한테는 대접도 못 받으면서 넋만 나가 있으니 차희도 자연히 거슬리는 걸 넘어 꼴보기가 싫어지는 수순을 밟아요. 본문에서 나왔다시피 다혜 친구들이 다혜의 그런 마음 때문에 차희를 교묘하게 몇 번 괴롭힌 적이 있습니다. 다혜가 시킨 것은 아니지만 다혜에게 잘 보이려고요.

다혜는 그걸 알면서도 내버려뒀지만, 우경이가 그 사실을 알고 자길 죽일 것처럼 구니까 자기가 시킨 적 없

다고 억울해하다가, 그런 자기 스스로를 쪽팔리게 느껴
요. 방치한 것은 맞으니까. 차희에게 자기도 모르는 부
채감을 깊이 쌓게 된 건 그때고, 자길 쪽팔리게 만든 박
우경을 굴절 혐오합니다. 물론 우경이가 싸가지가 많이
없기도 했어요.

64 다혜는 대학갔나요? 연애도 잘하고 있는지
궁금해요!

공부에 큰 뜻은 없어서 지잡대를 갔습니다. 집안의 지
원을 받고 사업을 할 생각이죠. 다행스럽게도 장사 머리는
좋아요. 남자를 쥐 잡듯 잡으며 연애도 잘 하고 있어요.

65 우경이랑 차희 고등학생 때 첫 관계 할 때 피임은
어떻게 했는지?

둘 다 잘 했습니다. 차희는 생리 주기가 불규칙하면
공부에 지장이 있어서 약을 먹고 있었고, 우경이는 연
습용으로(나중에 기회가 오면 차희 앞에서 버벅대지 않으려
고……) 들고 있었어요. 별다른 계기가 있었던 건 아니
고 해경이—태희 친구 중 하나가 여자 앞에서 그래서 쪽
팔렸다고 말한 걸 우연히 듣고.

66 차희랑 우경이 결혼식은 언제쯤 올릴 예정인가요?

우경이까지 대학을 졸업한 뒤에 공식적으로 결혼식을 올렸습니다.

67 김하진, 이소은, 김혜지, 최재영의 근황을 알려주세요!

하진이는 턱걸이로 인서울에 성공. 군대에서 정신 차리고 뒤늦게 공부에 눈 떠 제대 후 편입 준비 중. 소은이는 대구에서 대학 다니면서 하진이 친구랑 사귀다 졸업과 동시에 헤어지고 드라마 찍는 중. 혜지는 경북 시골 외딴 곳에 있는 공기관 연구원으로 근무하며 돌아버리려고 하는 중. 최재영은 아빠 사과원 믿고 대충 학교 다니며 연애 중.

68 만약 차희가 우경이한테 마음이 없었다면, 해경이는 대쉬했을까요?

차희가 우경이한테 마음이 없을 뿐 아니라 해경이에게 마음이 있어야 가능할 것 같아요. '니가 들이대면 형은 넘어올 것 같다'고 생각한 우경이 말처럼. 차희 마음은 무시 못하니까.

하지만 해경이 마음이 워낙 애매모호한 선에 걸쳐 있는 것이기도 했고 동생인 우경이도 정말 많이 아끼기 때문에. 정말 어지간해서는 선을 못 넘었을 거예요. 자기 마음이 어떻든 애초에 아예 넘을 생각도 안 했을 것 같고.

그냥 가족처럼 가까운 거리감만으로도 만족하는 사람이었고 마음이 들끓은 적도 없이 잔잔했거든요. 우경이는 웃을 일이 너뿐이고 나에게는 아니라는 말처럼, 본인보다 우경이 마음의 크기가 비할 수도 없이 크다고 생각하기 때문에.

처음부터 아예 우경이가 없었다면 모르겠지만.

69 태희는 정말로 해경이 마음을 하나도 눈치채지 못했나요?

사실 정말 몰랐습니다. 해경이가 대놓고 애정결핍이라 가까운 극소수를 애틋하게 생각하는 건 태희도 알고 있었어요. 본인처럼 차희도 그 중 하나라고 생각했고, 어린 여동생이라 더 잘해주는 거라고 생각했고요. 사실 해경이 스스로도 그렇게 생각을 했습니다. 서울에서 낯선 차희를 만나기 전까지는 그게 진짜였기 때문에요.

태희-해경이 군대에 가기 전 다같이 청라에서 봤던 시절의 우경-차희는 (본인들은 아닌 척하지만) 큰 사랑

싸움과 작은 자존심 싸움의 연속이었어요. 오빠들 눈에는요. 해경이는 그걸 무척 우스워했거든요. 귀여워하고.

그러다 군대에 다녀와서 보니 동생들이 갑자기 아예 모르는 사이가 되어 있고, 또 자기 여동생은 무슨 생각을 하고 엇나갔는지 연락도 잘 안 닿게 되었죠. 그걸 해경이랑 같이 걱정한 게 꽤 오래됐습니다. 그래서 그냥 친동생처럼 늘 마음을 쓰고 여자애라고 늘 다정한 것, 그 이상도 이하도 아니라고 생각한 게 전부였어요. 그러다 청라에서 다시 네 명이 만났을 때에는 우경이가 항상 차희 옆에 붙어서 투닥거리고 있으니 그런 발상 자체가 어려웠고.

70 4권에서 박동주가 그때 윤혜영 만났다는 것을 안다는 신미진의 대사가 있는데 이때 신미진이 말하는 그때는 언제이고, 왜 찾아갔으며, 신미진은 어떻게 그 사실을 알고 있는지 궁금해요!

동주가 자포자기로 임신한 신미진과 결혼하고 곧장 입대했다가 제대한 후에, 조모의 입을 통해 혜영이가 자신을 배반한 적 없다는 사실을 알게 되는 대목이 4권에 나옵니다. 조모가 차라리 그때 혜영이랑 널 결혼시킬 걸 그랬다고, 네가 저딴 걸(신미진) 데려올 줄 알았으면, 하고 말을 해요. 혜영이가 자기 애를 가졌었다는 사실도 그때 알게 되죠. 그러나 태경이가 이미 태어난 시점이고, 신미진도 청라에 내려와 있었습니다.

그날 뒤늦게 진실을 알게 된 동주가 조모 앞에서 폭발하고 눈에 뵈는 게 없는 사람처럼 대구로 혜영을 찾아가 보지만, 혜영이 남편과 어린이집에서 아이를 데리고 나오며 웃는 것을 멀리서 보고 청라로 돌아온다는 대목이 나와요. 그렇게 집으로 돌아와 조모와 부모를 원망하죠. (4권)

미진이 말하는 '그때'란 바로 이 날이고, 집안이 뒤집히고 난리가 났으니 방문 밖에서도 당연히 그 말소리가 다 들렸습니다. 미진으로서는 동주가 혜영을 진짜로 만났는지 안 만났는지 정확히 알 수 없어요. 결론적으로 두 사람은 만나지도 않았고요. 하지만 만났다고 생각해야 둘을 비난할 수 있죠. 혜영이가 유혹했다고 생각해야 더 미워할 수 있죠.

71 김하진이 우경이랑 어떤 식으로 시비가 붙었는지 궁금해요!

어린이 축구 교실에서 축구공 점유율로⋯⋯.

72 2권에서 차희를 누가, 왜, 어떻게 괴롭혔길래

우경이가 개패듯이 때린 건가요?

그냥 남자애들이 으레 하는 가볍고 흔한 괴롭힘이었습니다. 관심 좀 끌어보려고 하는. 사실 그것보다 우경이도 차희한테 그 정도는 했는데……. 약간 이중 잣대였죠.

그런데 그날따라 차희 괴롭히던 남자애가 좀 끈질겨서 차희가 분을 못 이기고 조금 울었거든요. 괴롭힌 죄질이 나빠서 그랬다기보다는 눈물에 눈이 돌아갔던 게 문제였습니다.

73 고등학교 막 들어갔을 시점에 차희가 우경이랑 거리를 뒀었는데 만약 거리를 두지 않았어도 우경이의 피아노 사건은 일어났을까요?

차희와 상관없이 곧 터질 문제기는 했지만 그 정도로까지 심각하지는 않았을 거예요. 우경이는 자포자기라.

74 1권에서 보면 차희랑 우경이는 사귀기 전부터 티격태격했던 것 같은데 싸운다면 주로 무슨 이유로 싸웠나요?

주로 서로의 말본새가 문제였습니다. 워낙 어릴 때부

터 친구라 서로 괜히 트집 잡고 틱틱대는 게 오랜 습관이기도 하고.

75 신미진과 박동주의 나이 차이가 궁금해요!

동주는 60대에 가까운 50대 후반, 신미진은 50대 중반입니다.

76 신미진네 식구들(외갓집)과 우경이네 왕래는 있었나요? 명절이나 추석에 외갓집에 간 적이 있나요? 아니면 왕래하지 않았나요?

신미진은 친정에 이것저것 해주고 거들먹거리며 자기 존재를 인정받고 싶어했습니다. 기회가 날 때마다 자매들과 상반된 자기 처지를 자랑하고 싶어했고요. 그래서 어릴 땐 왕래를 좀 했어요.

처가가 청라까지 와서 진상을 부린 게 워낙 여러 번이라 박동주는 반드시 가야만 하는 경조사가 아니면 명절때도 가지 않았지만, 신미진은 자기 남편 닮아 반듯하게 생긴 아들들 비싼 옷 입혀 좋은 차 태우고 친정 데려가는 길을 좋아했습니다. 태경이는 초등학교 고학년부터 비협조적이었고, 우경이는 아주 어릴 때부터 싫어했고, 그나마 해경이는 거절을 못 하고 따라가 주었기 때문에 나중에는 해경이만 데리고 가끔 갔습니다.

77 청라에 내려오기 전 박동주 신미진 내외는 어디서 어떻게 살았죠?

동주는 임신한 신미진과 결혼하자 마자 입대했고, 그마저도 가장 복무기간이 긴 공군에 들어갔는데 그 시절 기준으로 복무기간이 거의 3년이었어요. 그동안 신미진은 청라에서 태경이를 낳고 시댁에서 눈치를 보고 있었습니다. 이후 동주가 제대하고 신문사에 기자로 들어가면서 서울에서 얼마간 살게 되는데, 신미진은 차라리 무서운 시조모와 시부 밑에 자기 남편을 묶어 놓는 게 낫다고 생각하게 돼요. 서울에서는 아예 집에 잘 돌아오지 않으니까.

78 박동주는 자식들 행사(졸업식 등)에 갔나요? 8살 갑돌이 갑순이 재롱잔치 때 윤준영은 왔는데 박동주는 안 왔나요?

재롱 잔치 같은 건 안 갔고, 졸업식은 갔습니다.

79 고3 때 헤어지고 나서 졸업식에서 사진도 같이 안

찍었나요?

　　　　　　　　　　　　네. 대화도 안 했어요.

**80 차희 외할아버지 장례식에서 박동주가 빈소
출입구에서 사라졌으니 혜영이를 따라나간 건가요?
만약 그렇다면 둘은 무슨 일이 있었나요?**

　　혜영이를 보려고 나간 건 맞습니다. 붙잡고 무슨 말을
하려고 나간 건 아니고요. 그냥 보고 싶어서.

**81 차희 외할아버지 장례식 때 우경이는 무슨 핑계로
따라온 건지, 박동주와 신미진은 순순히 허락한 건지
궁금해요!**

　　한 다리 건너면 집안의 누군가끼리는 아는 동네라
어른들이 가는 건 별로 위화감이 없는 일이죠. 신미진
이 자매처럼 아낀다고 공언하는 말희 아버지의 장례식
이기도 하고요. 다만 우경이는 자연스러운 문상객이
아니니 차희도 어이가 없었던 건데, 우경이는 그냥 당
당하게 친한 친구 조부상이니 내가 조문을 갈 수도 있
는 거 아니냐 하고 부모에게 말하고 왔습니다. 그렇게
말하니 딱히 할 말이 없어서 박동주와 신미진도 그럼

그래라 했고요.

82 박동주는 자식들에게 애정을 가지고 있나요?

네. 애들이 어렸을 때는 정을 주지 않았지만요. 특히
태경이는 자신이 돌이킬 수 없는 실수의 증거이기도 했
고요. 아들들을 보면 아이들 자체에 대한 죄책감과 자기
혐오를 동시에 느꼈기 때문에 가까이 하기 어려웠지만
점차 최소한의 의무적인 훈육 정도는 하는 쪽으로 변했
고, 교육에도 어느 정도는 관심을 갖게 됩니다. 다만 자
신의 애정을 표현하는 법을 전혀 모르는 채로 아들들이
다 자라 떠나는 것을 보게 됐죠.

83 박동주 신미진 내외가 형편없는 부모이지만
그래도 최소한으로 지켰던 선 같은 게 있었나요?

별로 없는 것 같습니다. 아이들 앞에서 선을 못 지켰
어요. 가식도 떨지못했고. 박동주는 아이들이 가까이
있다 싶으면 자리를 피하려고 하기는 했는데, 신미진은
그걸 회피와 무시로 받아들여서 더 악화가 되었고요.
다만 통상적인 예의범절이나 도덕적인 규칙 같은 건
둘 다 아이들에게 잘 가르치려고 했습니다. 박동주는 의
무감 때문에, 신미진은 자기 출신을 무시한 시댁에 대한

자격지심과 남들의 시선 때문에.

84 헤어져 있는 동안 우경이는 차희를 찾아간 적 있나요?

아뇨. 갖은 오기로 참았습니다.

85 우경이는 왜 공군에 입대했나요?

차희가 어릴 때 공군 제복이 멋지다고 했어요.

86 우경이랑 차희 다섯 살 첫만남은 어땠나요?

우경이 할머니 피셜 "가스나 얼굴에 구멍나겠다" 라고 할 정도로 차희의 존재에 꽂혔던 우경. 차희는 별 생각이 없었습니다. 그냥 여기저기서 흔히 보이는 시끄러운 남자애구나.

87 차희랑 우경이랑 고등학생 시절 사귀기 전에 우경이는 차희 마음을 어느정도는 눈치채고 있었나요? (본인에게 마음이 없지 않다는 사실을 짐작했나요?)

네. 물론입니다. 그래서 계속 도끼로 나무를 칠 수 있었어요. 차희가 가끔 못 숨겼거든요.

88 해경이는 언제부터, 어쩌다 차희를 좋아하게 된건가요?

해경이는 사실 불행하고 지친 여자에게 약합니다. 우는 엄마(이 경우 불행의 원인은 본인이지만)에게 약했던 것처럼요.

대학을 다니는 차희는 해경이가 보기에 어딘가 많이 이상했죠. 연락도 자꾸만 두절되고, 청라에도 내려오지 않고, 집안과는 연을 끊은 것처럼 굴고, 무슨 짓을 하고 다니는지도 모르겠고. 자기 동생과는 저러다 사귀겠지 했는데 아예 쌩깠다 하고. 본인을 해치는 건 아닌가 싶고. 그래서 순전히 걱정이 되는 마음으로 차희를 찾아가고 허탕도 자주 칩니다. 여자가 아니라 동생으로서 신경을 쓴 것이라 화도 안 났어요.

그러다 겨우, 어쩌다 한 번씩 만나면, 분명 제 동생 같은 귀여운 애였는데 모르는 얼굴을 한 여자가 있는 거예요. 마냥 귀여워했던 애가 항상 피로하고, 만사 성가시고, 아주 많이 지치고, 내몰린 것 같은 얼굴을 하고 나타나니까. 피하고 도망치니까.

마냥 귀엽게 보던 애였는데 갑자기 그렇게 힘든 어른

여자가 되어 있으니까. 마음이 아프죠. 계속 신경이 쓰이고 마음이 가고요.

그렇게 서울에서 몇 년이 지납니다. 해경이 머릿속에서 차희는 언제나 우경이와 세트였는데, 서울에서 다시 본 차희에게서는 우경이의 그림자가 안 보여요. 그렇게 시간이 많이 지나고 나니 문득 가끔은 동생이랑 상관없는 여자처럼 보이기도 하죠. 그 순간 스스로 부정할 수 없이 묘한 기분이 들고요.

그러다 청라에서 우경이랑 같이 있는 차희를 보고, 우경이의 그림자가 사라진 게 아니라 눈에 보이지 않았을 뿐이라는 걸 알게 됩니다. 그날 그것을 깨닫고 자체적으로 정리를 해요.

해경이는 어릴 때부터 오랫동안 차희를 좋아한 게 아니라, 사실 서울에서 얼마간 흔들렸던 것이거든요. 이후에 가끔 보인 건 어쩔 수 없는 약간의 미련과, 우경이는 차희를 가졌으니 가끔 속을 뒤집고 골탕을 먹여도 괜찮다는 식의 장난스러운 보복에 가깝습니다.

다만 막상 결혼 이야기가 나오니 차희-우경이 자신들로부터 완전한 둘만의 세계로 분리가 된다는 사실과 그 거리감에 쓸쓸함을 느끼죠.

89 차희는 해경이를 이성적으로 인식한 적 있나요?

초딩 때 잠깐. 3살 위 오빠가 정말 크고 멋있어 보이는 시절에 그렇게 느꼈습니다.

90 해경이가 차희한테 마음 있었던 거 우경이는 짐작하고 있었는데, 언제 어떤 계기로 눈치 챈 건가요?

어릴 때는 제 형이 저를 놀리느라 그런 걸 알면서도 피해망상을 억누르기가 어려웠던 건데요. 사실 차희만 좋다고 하면 해경이는 차희를 좋아하지 않아도 받아주지 않을까 하는 생각도 종종 했습니다. 하여간 그런 연유로 상시 해경이에 대한 경계가 습관이다 보니, 제대 후 만난 자기 형이 차희를 대하는 모습에서 미묘한 위화감을 느껴요. 해경이 입장에서는 이미 정리를 한 후였는데도.

91 차희는 문과 성향인가요?

원래는 문 40 이 60 정도의 성향입니다. 입시 전략 때문에 문과로 갔죠.

92 우경이랑 차희 열여덟 살 때 포항은 무슨 핑계로 어쩌다 간 건가요?

차희가 집 나가고 싶어했을 때. 우경이가 그냥 잠깐 나갔다 오자고 했어요. 집 나가는 대신에. 차희는 아저씨 같다고 시큰둥하게 말해 놓고는 모아 놓았던 용돈으로 간식을 삽니다.

93 태희랑 해경이는 차희가 우경이를 좋아한다는 사실을 언제 눈치 챘나요?

차희 열일곱 살 때 읍내에서 문다혜랑 박우경이 같이 있는 걸 다같이 보고. 그 전에는 솔직히 둘 다 우경이 혼자 헛짓거리하는 줄 알았습니다.

94 차희 예쁘고 똑똑하고 사랑받고 보호받으면서 자랐는데 자존감이 낮은 듯한 모습에 우경이의 영향이 있는지 궁금해요! (어렸을 때부터 은연중에 느껴지던 경제력의 차이? 공부에 대한 열등감, 자격지심, 결국 좋아하지 않았으면 느끼지 않았을 감정들 때문에 자존감이 낮은 건지 아니면 차희 본래의 특성인지, 만약 우경이가 없었다면 밝고 자존감 높은 성격일 수 있었는지?)

차희는 오히려 본래 자존감이 높았고, 위기시 자존감이 높았던 사람 특유의 자기 방어적인 부분이 있습니다.

이상과 현실의 괴리를 머리로 인정은 하는데 마음으로 직면하기는 싫은 것. 그렇다고 나쁜 현실을 알면서 인정하지 않을 수도 없는 노릇이죠.

집에 궂은 일이 없었던 어릴 때의 차희는 공부에 대한 자격지심이나 열등감이 아니라 승부욕이 가장 컸어요. 곧잘 1등을 하기도 했고요. 그러다 어느 순간 1등을 자꾸 빼앗기는데, 그래서 자기는 그럴수록 더 열심히 하는데 정작 우경이는 게임이나 더 열심히 하고 놀아요. 저렇게 하루종일 노는 애가 1등을 하니 재수가 없다고 느낀 부분도 있겠죠. 사실 차희는 우경이가 평범하게 공부하고 1등을 했으면 평범하게 인정했을 성격입니다.

그런 상황에서 중학생 우경이가 차희 질투하는 꼴 좀 보려고 일부러 여자애들과 잘 지내는데, 속사정을 알 리 없는 차희는 질투심에 속이 뒤틀리고, '쟤는 다른 여자애들이랑 저렇게 노는데 내가 쟤를 좋아하면 쟤한테 지는 거잖아' 하는 생각에 마음을 부정하고 싶고. 이 모든 감정의 경계가 모호했어요.

어릴 때야 차희네도 여유로웠기 때문에 두 집안간 경제력의 격차는 그저 사실 그대로를 말하는 것에 가까웠습니다. 엄마가 저 집에 아랫사람처럼 일을 도와주러 가는 것도 동네를 넘어서 청라군 전체가 저 집안에 잘 보이려고 하니 사실 큰 대수는 아니었어요. 우경이 집에서 명백히 호의(우경이 과외)를 받는 부분도 있고.

문제는 홍수 이후였죠. 그 이전에는 우경이네 집안이 얼마나 잘 살든 차희네 집에 절대적인 위치가 아니었습니다.

하지만 홍수를 기점으로 모든 것이 달라졌고, 차희는 점차 '현실 파악'과 '주제 파악'을 하게 돼요. 부모가 너는 뭐든 할 수 있다고 키웠는데 이제 꿈은 훨씬 작게 꿔야 했고요.

차희는 그때부터 실제로 자신이 우경이 앞에서 대등한 입장이 될 수 없게 되었죠. 오랜 친구니까 동등하고 싶은데. 좋아하니까 대등하고 싶었는데.

차희의 열등감의 근거는 경제력의 차이가 아니라 '신세를 졌다'는 사실입니다. 저 집이 얼마나 잘 살고 우리집이 얼마나 못 살든, 우리집이 저 집의 신세를, 그것도 아주 크게 졌다는 게 문제였죠.

이건 오히려 자존감이 높기 때문에 고장이 난 상황이에요. 나는 쟤와 동등한 사람이어야 마땅한데 그럴 수 없게 됐다는 현실을 맞닥뜨리고 싶지 않아서 우경이를 차라리 멀리하겠다고 생각하게 된 거죠.

그리고 어린 시절이 아닌 현재 시점에서 이어지는 차희의 무기력한 서술은 본래 차희의 성격이 아니라 열아홉 살 때 신미진과의 사건을 겪고 생긴 우울증을 기반으로 합니다. 견디지 못하고 자해를 계속할 정도로 심각했어요.

신미진과의 문제 때문에 가족으로부터도 스스로 고립됐고, 경제적으로 쫓기듯 생활했고 시간적으로도 여유가 없었기 때문에 대학에서 친구들과 관계를 제대로 다질 수도 없었죠. 그 이전에도 중학생 때부터 부모와 감정적 교류는 거의 하지 못했던 상황이고요.

그렇게 덩그러니 혼자서 몇 년을 살다가 우경이를 다시 만났으니 현실의 문제들을 일부러 계속 상기하고 좋은 여지는 절대로 생각하지 않으려는 식으로 차희가 자기를 방어하려 들 거라고 생각하며 집필을 했습니다.

문제에 또 부딪히면 그때처럼 스스로가 보잘 것 없어지니까. 가족에게서 사랑받으며 스스로를 귀하게 여겼던 차희의 자아는 사라지지 않았어요. 오히려 무기력한 상황에서도 그 자아를 지키고 싶기 때문에 방어적으로 굴고, 욕심을 내어 '다칠 상황'을 만들지 않는 거죠. 몇 년간 고립된 생활과 긴 우울증이 만든 사고의 흐름을 본연의 성격이라 보기는 어려울 것 같아요.

1인칭 소설이다 보니 부정적인 사건을 회고하거나 독자들에게 전달하기 위해서는 차희 스스로 내뱉어야 하는데, 그게 '사건'보다는 '인물의 부정적인 독백'으로만 받아들여질 때 그저 단순히 자존감이 낮고 부정적인 사람으로 비칠 수도 있는 것 같습니다.

우경이가 없었다면 차희가 밝고 자존감 높은 성격이었을까? 우경이가 없어도 홍수는 왔을 테고 차희의 부모는 매일 술을 먹고 죽음을 운운하며 살았을 거예요. 차희는 중학생 때부터 스무 살이 될 때까지 여전히 집에서 작게 웃을 일 한 번 없이 살았을 거고요. 신미진과의 사건은 우경이가 존재하지 않았더라면 일어나지 않았을 일은 맞지만, 사랑하는 부모와의 거리감은 큰 차이가 없었겠죠. 슬픈 일, 나쁜 일이 있을 때 울고 표정을 찌푸리는 건 성격의 문제가 아니라 상황의 문제라고 생각합니다.

인터뷰 끝.

이번에 질문을 받은 내용은 아니지만 정확한 답변을 드리고 싶었던 내용이에요.

'작가님 나이가 궁금하다. 차희가 20대 초반이면 부모는 50대 초중반이고, 동주가 90년대 대학생 시절…… 여자가 대학가는 게 당연한 시절인데…… 야간학교 봉제 공장 이야기며 무슨 70년대 이야기 같다. 80년대 소설도 이러진 않을 듯'

우선 차희의 부모는 50대에 가까운 40대 후반, 우경이의 부모는 50대 중후반으로 동주의 경우 60대에 가까운 58세입니다. 본문에선 동주나 혜영이 둘 다 60에 가까운 나이라고 나와요.

차희와 우경이는 동갑이지만 부모의 연령이 같지는 않죠. 본인이 형제 중 몇째냐, 혹은 부모가 언제 결혼을 했느냐 등에 따라서 다 달라지고요.

독자님들이 보신 연도는 23년이지만 한참 전 쓰인 초반부를 제외한 부분부터 쳐도 본격적으로 시작한 건 21년도입니다. 그래서 21년도로 기준을 잡으면 동주는 63년생 정도가 됩니다.

63년생 동주와 혜영의 대학 입학은 82년.

그래서 말씀처럼 그냥 80년대!!!!! 이야기가 맞습니다. 그것도 80년대 초반 이야기죠. 70년대와 별 차이도 없는.

그리고 4권에서 우경의 조모가 떠올린 혜영이의 야간 학교 이야기는 고등학교에 올라가기 전 논의였기 때문에 심지어 70년대!!!! 이야기이기도 합니다.

즉 제가 나이가 너무 많아서(ㅠㅠㅠㅠㅠ) 90년대 이야기를 70-80년대 노후화 버전으로 상상해 그려낸 게 아닙니다. 그냥 정확히 70년대 80년대 이야기가 맞고요……. 또 주간에 공장에서 일하는 여공들을 위한 야간 고등학교는 생각하시는 바와 달리 90년대까지도 엄연히 일부 존재했어요.

일례로 동주-혜영과 몇 해 차이 나지 않는 비슷한 시기에 청춘을 보내신 저희 어머니의 경우가 있는데요. 어머니와 나이가 열 살 넘게 차이나는 큰 이모는 외가에서 대학까지 보내주었지만 나중에 이모와 저희 어머니가 고등학교에 갈 무렵에는 집안에 돈이 없었습니다. 밑에 자식들을 고등학교조차 보내지 못할 정도로요.

그래서 저희 어머니는 17살에 공장에서 일 년간 일을 하고 직접 돈을 벌어 그 돈으로 고등학교에 한 해 늦게 입학하셨고, 고등학교 졸업 후에는 또다시 일을 해 자기 힘으로 대학에 가서야 했어요. 대학을 꼭 가고 싶어하셨거든요.

고로 어떤 시절은 여자들이 대학에 가는 게 별로 당연하지 않았습니다. 특히 자식을 많이도 낳던 시절에, 낙후된 농촌에서는요.

다만 당연하지 않은 분위기에도 불구하고 혜영의 집

은 예외적으로 혜영을 대학까지 보내 줄 능력이 있었어요. 아버지가 아끼는 장녀에 공부도 잘 하니 지원하겠다는 의지도 있었고요.

대학까지 보내준다는 여건에도 불구하고 10대의 혜영이가 '고등학교 대신 야간학교를 차라리 가겠다'고 말을 했다는 건 다른 사람에게 '이상한 선택'이었죠. 그래서 우경의 할머니가 의아하게 언급하는 맥락으로 본문에 나옵니다.

[막말로 느그가 집에 돈이 없는 것도 아니고, 이제는 땅이 그래 있고 농사를 그래 크게 짓는데 딸래미가 만다꼬 고등학교도 안 가고 대구까지 가서 그 고생을 한다 카노. ……(중략) 그것도 고등학교는 고등학교지만서도 봉제 공장 같은 데 딸린 야간학교에서 공순이들 모다 놓고 뭘 옳게 신경 써서 가르치굿나? ……(중략) 가스나가 기껏 공부를 그래 잘하는데, 니가 대학 잘 나와가 동생들 도와주면 되지. 니가 무슨 고등학교 갈라고 어데 다른 집 딸래미들처럼 용을 써야 하는 처지도 아이고]

[왜……. 혹시 동주 할무이 때문에 눈치 보이나?]

[아니면 아예 동주 없는 데로 갈라고?]

집에 돈도 있는데, 기껏 공부도 잘 하는데.

"동주 할머니 때문에 눈치 보여서?" "혹은 동주가 없는 데로 떠나려고?"

혜영이 잠깐 '이상한' 결정을 내리게 된 동기를 콕 집어 묻는 할머니의 이 질문들은 10대의 혜영이를 향한 것이었어요. 대학교까지 갈 수 있는 혜영이가 오로지 멀리 가려고 야간 고등학교 선택을 고려할 만큼, 사건 이전부터 동주 집안에서 눈치를 줬다는 뜻이고요.

[미안하다. 혜영아. 니가 옛날에 야간학교 간다고 할 때, 차라리 그냥 그러게 둬야 했는데. 똑똑한 가시나가 괜히 우리 동주 때문에 도망치듯이 대구까지 가서, 거서 고등학교도 옳게 못 나와가 평생 공장에서 고생할까 봐 그랬는데.

혜영이 니가 공부를 얼마나 잘 하는데. 그냥 공부 열심히 해서 느그 아부지가 보내준다는 대학이나 가라고, 그냥 여 있으라고 붙잡았는데. 내가 니를 망쳤다. 동주가, 우리 집이 니 인생을 다 망쳤다……]

니가 옛날에 야간학교 간다고 할 때 말리지 말걸. 이 말은 삼십 대의 혜영이에게 건넨 것이었습니다. 그렇게 멀리 갔으면 동주와 엮이지도, 네 신세를 망치지도 않았을 텐데, 하는 의미로.

즉 본문에 등장하는 혜영이의 야간학교나 공장 이야기

418

는 집안이 너무 가난해 학교도 못 가고 동생들을 위해 돈을 벌러 가야 했던 70년대 80년대 장녀의 눈물겨운 애환 때문이 아닙니다. (70-80년대는 맞지만요!) 단지 10대의 혜영이가 동주 집안으로부터 도망칠 필요성을 진작 느꼈다는 의미에서 등장한 대목입니다. 현실을 알고 있으니 동주에게서 스스로 멀어지려 얼마간 노력한 부분이기도 하고요. 끝내 그러지 못하고 파국을 맞이하지만요. 어쨌든 〈봄그늘〉 혜영-동주의 이야기는 작가가 나이가 너무 많아 세련된 90년대 일을 70년대 80년대처럼 노숙하게 다룬 게 아니라 그냥 애당초 70-80년대 이야기를 한 게 맞으며, 그때는 딸들이 대학에 가는 게 절대 당연하지 않은 시절이었고, 심지어 어떤 딸들에게는 고등학교도 허락이 되지 않았다는 점. 그리고 저는 90년대에 태어난 사람임을 말씀드리고 싶었습니다(눈물)…….

　시대 배경으로 오해하셨던 분들이 이외에도 조금 더 계실 것 같아 지면을 빌려 말씀드렸습니다. 감사합니다.

독자님들께 한마디

어느 좋은 봄날에 차희와 함께
버스를 타고 낯선 청라로 오셨던 여러분.
더운 여름날 해경이와
차희 집 2층 낡은 에어컨 아래 앉아 계셨던 여러분.
가을 새벽녘 우경이와
빨간 사과밭을 부지런히 돌아다니며 일하신 여러분.
이제 겨울의 끝에서 태희와
트럭에 짐을 싣고 청라를 떠나시는 여러분.

청라의 봄과 여름, 가을, 겨울을
모두 저와 함께 보내 주신 여러분.

함께해 주셔서 감사했습니다.
모두 행복하세요.
부디 좋았던 기억만 가져가시기를.

봄으로부터 가장 가까운 그늘을 지나며.
2024년 1월에, 김차차 드림.